KB142190

팀장님은 신혼이 피곤하다 1

팀장님은
신혼이
피곤하다
1
강하다 장편소설
팩토리나인

목 차

팀장님,
옥상으로 나와주세요

"온도담 씨."

시베리아 기단의 영향이라도 받은 듯한 그 남자의 싸늘한 목소리가 그녀의 이름을 불렀다.

"…네?"

그의 책상 앞에 똑바로 선 그녀의 눈이 겁먹은 토끼처럼 휘둥그레졌다. 그런 그녀를 바라보는 그 남자의 미간엔 선명한 내천(川)자가 그려져 있다. 주변 공기까지 긴장하게 만드는 눈빛은 또 어찌나 포악한지. 마치 나약한 짐승의 숨통을 노리는 맹수와 같다.

"만들어 오는 자료마다 엉망으로 갖다 주는 건…."

"…."

"기본을 못 배운 겁니까, 아니면 시비를 거는 겁니까?"

차라리 무시를 하면 했지, 절대로 대꾸해선 안 되는 질문이었다.

하지만 올해로 대한민국 정부 산하 비밀 수사기관 NSO에 입사한 지 고작 일 년 차인 신입은 분위기를 읽지 못하는 건지, 적절치 못한 타이밍에 기어코 입술을 열었다.

"시, 시비라니… 이번엔 검토도 다섯 번이나 했는데요."

그녀의 대답을 들은 남자의 표정이 더욱 일그러졌다. 눈썹 위에 난 작은 점이 씰룩 움직일 만큼. 하지만 인상을 쓰는 와중에도, 조각도로 새겨 놓은 듯한 예리한 눈매와 날렵한 콧날은 좀처럼 망가질 줄을 모른다.

"업무보고서 규격상 주석에 써야 할 폰트는 '바탕체'입니다. 하지만 온도담 씨가 제출한 보고서의 폰트는 그냥 '바탕'이네요."

"그걸 어떻게 아셨어요?"

"지금 일부러 이따위로 했단 소립니까?"

"아니요, 그런 건 아니고…."

그 잘난 얼굴에서 쏘아 보내는 시선에 한층 더 경멸이 짙어졌다. 포악한 맹수처럼 살벌한 그의 화난 얼굴은 함께 일하는 상사들도 두려워하는 것이었다. 그게 새파란 신입에게는 더 무서웠던 걸까. 초롱초롱하던 도담의 눈가가 살짝 붉어졌다. 귀까지 새빨개진 얼굴은 그녀가 얼마나 난처해하고 있는지 선명히 보여주고 있다. 안 그래도 작은 체구의 도담이 움츠러든 모습은 타인의 동정심을 사기 충분했지만 가슴속에 날 선 칼바람을 품고 있는 그 남자는 조금도 동요하지 않았다.

"후우…."

오히려 미간을 더 노골적으로 찌푸리며 한숨을 푹 내쉬는 것이, 욕이라도 안 하는 게 어디냐 싶을 정도다.

"장평 오류, 자간 오류, 페이지 양식 오류. 기타 세부 오류 네 개 더."

신명 나는 지적이 계속해서 이어졌다. 도담은 가뜩이나 아래로 향해 있던 시선을 더 밑으로 떨어트렸다. 주원은 더 이상 상종하기도 싫다는 표정으로 고개를 돌리고는 울음기도 정리하지 못한 도담을 기어이 내쫓았다.

"대화가 통하는 수준이 아닌 것 같군요. 이만 자리로 돌아가세요. 가지고 온 쓰레기는 이면지함에 버리는 거 잊지 마시고요."

어찌나 매정한지, 감히 제대로 된 사과나 해명 한마디도 꺼내지 못했다. 결국 도담은 그에게 하고 싶은 말을 묵례로 대신하고 그의 책상에서 벗어났다. 제자리로 돌아오는 그녀에게 직원들의 시선이 따라붙었다. 그중 가장 걱정 가득한 표정으로 도담을 쳐다보는 건, 그녀의 이 년 선배이자 가장 친한 직장 동료인 혜인이었다.

"온도담…."

혜인은 제 뒤를 스쳐 지나가는 도담을 안쓰러운 목소리로 불렀다.

"나 잠시 휴게실 좀 다녀올게."

도담은 엉망이 된 얼굴을 수습하지도 못하고 발길만 재촉했다. 그녀의 뒷모습을 바라보는 혜인의 얼굴에 한층 더 짙은 걱정이 어렸다.

한창 바쁜 시간 때라 비교적 한가로운 휴게실에서 도담은 시큰해진 코를 훌쩍이고 앉아 있었다. 왜 하필 앉아 있는 자리도 쓰레기통 옆인지. 안 그래도 가여운 그녀의 모습은 더욱더 불쌍해지고 초라해졌다. 쓰던 메일도 멈춰놓고 도담의 뒤를 따라온 혜인은 그런 그녀를 보자마자 긴 한숨을 내쉬었다.

"어휴… 온도담, 왜 바보같이 기죽고 그래!"

깜짝 놀란 도담의 눈이 휴게실 입구 쪽으로 향했다. 성큼성큼 걸어오는 혜인의 얼굴에는 '그 남자'를 향한 짜증이 살짝 어려 있다.

"기주원 성깔머리 개 같은 거 알잖아. 오죽하면 기 팀장님 별명이 성탄일이겠어? 성격 파탄 난 일벌레."

그래, 기주원 팀장. 바로 그 남자가 문제였다.

입사 칠 년 만에 선배들도 따라갈 수 없을 만큼 월등한 성과를 낸 산업1팀의 기주원 팀장. 평소 업무에 관해서는 조금의 실수도 용납하지 않는 완벽주의자로 알려진 주원은 국장이 가장 신임하고 있는 에이스 중의 에이스였다.

문제는 그 병적인 완벽주의 성향을 고작 일 년 차 신입에게도 적용하고 있다는 게 문제였지만.

"아니, 폰트가 바탕인지 바탕체인지 알아보는 건 본인밖에 없을 텐데 그걸 가지고 애를 잡아먹을 듯이 구냐. 하여간 인간성하고는."

혜인은 제 일처럼 성을 내며 도담을 달랬다. 하지만 도담은 조금도 나아진 거 없는 서러운 표정으로 혜인에게 말했다.

"있잖아, 선배. 기 팀장님이… 기 팀장님이…."

"그래, 그래. 기주원이 못돼 먹은 거야. 넌 막 훈련 끝낸 신입이잖아. 실수 정도는 할 수 있지."

"그게 아니라… 기 팀장님이 너무…."

주원을 언급할수록 도담의 눈빛이 점점 더 가련하게 일렁였다. 그 꼴이 너무나 안돼 보였던 혜인은 그녀의 곁에 앉아 등이라도 토닥여주려 했다. 하지만 의자에 앉기 위해 몸을 돌리자마자 그대로 멈춰 버리고 말았다. 호랑이도 제 말 하면 나타난다고, 휴게실 유리문 쪽으로 다가오고 있는 주원 때문이었다.

"야, 도담아. 성탄일 온다."

혜인은 혹시나 또 시비가 털릴까 싶어 도담을 가려주려 했지만 걸음이 빠른 주원은 그새 휴게실 문을 열어젖혔다.

"팀장님…."

그 모습을 금방이라도 눈물을 떨굴 듯 일렁이는 눈으로 좇던 도담은 주원이 탕비실 안으로 사라지자마자 각오 섞인 혼잣말을 내뱉었다.

"이제 더 이상 못 참겠어. 할 말은 해야겠어."

벌떡 일어나는 그녀에게선 비장함마저 느껴진다.

"어머, 무슨 소릴 하는 거야. 가서 뭔 말을 하게."

혜인은 서둘러 도담을 막아보려 했다. 그녀가 아는 도담은 평소엔 맹하고 소심하나, 의외의 순간에 겁대가리 없이 굴 때가 있었다. 그 의외의 순간이 바로 지금이라면 선배이기 전에 인간적으로 뜯어말려야 했다.

'기 팀장 성질에 불붙였다가 무슨 험한 꼴을 당하려고, 또.'

그러나 혜인에게로 향한 도담의 눈빛은 그저 단호하기만 했다.

"선배, 나도 참는 데 한계가 있어. 계속 이러다가는 속병 날 것 같아."

"차라리 속병을 앓아라. 너 말발도 안 되는데 뼈까지 얻어맞고 골병들지 말고."

"오랫동안 가슴에 묻어두고 있던 말이라서 내뱉는 건 자신 있어."

"내뱉고 난 뒤가 문제라고. 넌 앞날도 창창한 애가 왜 벌써부터 인생을 끝내려 들어!"

진심 어린 혜인의 충고는 도담의 오기만 부추길 뿐이었다.

"그래, 언젠가는 끝날 인생…. 하고 싶은 건 다 하고 죽어야지."

"뭐, 뭐?"

"선배, 여기 있어. 금방 갔다 올게."

"어머, 온도담! 야!"

도담은 혜인이 다시 붙잡아둘 새도 없이 주원이 들어간 탕비실 쪽으로 걸음을 옮겼다. 지옥의 불구덩이 속으로 자진해서 걸어가는 제 운명을 아는지 모르는지, 뒷모습은 쓸데없이 용감했다.

"팀장님."

"탕비실에 용건이 있습니까?"

"아니요, 그게 아니라 팀장님한테 용건이…."

"그럼 정식으로 미팅 요청하세요. 지금은 제 개인적인 휴식 시간입니다."

도담의 위풍당당한 모습은 금세 사라졌다. 누가 지독한 FM 아니랄까 봐, 사소한 잡담도 정식 절차를 밟고 진행하려는 기주원 때문이었다. 보통 사람들이라면 이 정도로 거부당했을 때 자존심이 상해서라도 돌아갔겠지만, 오늘의 도담은 조금 달랐다. 그동안 주원에게 수없이 당하면서 모멸감에 쓸데없이 둔해진 도담은 발길을 돌리는 대신 탕비실에 놓여있던 펜을 집어 들었다.

"그럼… 잠시만요."

그리고 정수기에서 일회용 종이컵 하나를 뽑아 무언가를 적기 시작했다. 영문 모를 행동에 주원의 시선도 흘깃 그녀에게로 향했다.

"이거…."

머지않아 도담이 짧은 메모가 적힌 일회용 종이컵을 내밀었다. 직접 받아줄 거란 기대는 애초부터 안 했는지, 종이컵은 프린터 위로 살포시 올려졌다. 거기 적혀 있는 조그마한 글씨는 어디서 많이 본 문구였다.

옥상으로 나와주세요.

'도전장…?'이라는 생각을 할 때쯤, 도담이 꾸벅 허리 숙여 인사했다.

"이따 뵙겠습니다."

"하…."

순간, 주원이 헛웃음밖에 치지 못한 건 순전히 어이가 없어서였다. 보편적인 개념이나 상식과는 몹시 거리가 먼 이 여자를, 도대체 어디서부터 어디까지 나무라야 할지 모르겠다.

* ✦ *

따듯한 햇살과는 달리 어쩐지 긴장감이 감도는 옥상.

"그래서, 용건이 뭡니까."

상사에게 무엇을 해도 되고, 무엇을 해선 안 되는지 확실히 알려주러 온 주원이 낮게 물었다. 그 안에 호기심은 전혀 없었거늘, 도담은 넙죽 입술을 떼어냈다.

"팀장님한테 부탁할 게 있어서요."

'부탁이라….'

그녀가 내뱉은 단어에 주원의 눈썹이 다시 노골적으로 일그러졌다. 맡은 업무 하나 똑바로 처리 못 하는 신입이 뻔뻔스레 내뱉은 말에 뭐라 대꾸해야 할지 혼란스러울 지경이다.

"무슨 부탁?"

주원은 이 여자가 어디까지 가나 살펴볼 명목으로 캐물었다. 지독히 가라앉은 목소리만으로도 그의 불편한 심기는 눈치챌 수 있을 텐데, 도담은 정말 분위기를 못 읽는 건지 꿋꿋이 본론을 이어나간다.

"자꾸 그렇게 화내지 말아주셨으면 좋겠어요…."

"…."

"지금처럼 저 똑바로 쳐다보시면서 화난 얼굴로 한숨을 쉬면 제 마음이 너무…. 그러니까 너무…."

"…."

"아, 잠시만요. 제가 팀장님 앞에만 서면 너무 긴장돼서. 혹시 괜찮으시다면 일 분만 다른 쪽을 보고 있어주시겠어요?"

뻔뻔한 줄 알았던 신입은 인제 보니 사리분간도 하지 못하는 무개념이었다. 본인이 원인 제공을 해놓고서 화낸다고 기분 나빠하는 건 굉장히 유아적인 발상이 아닐 수 없었다.

그런 그녀를 더 이상 받아줄 수 없었던 주원은 날카롭게 쏘아붙였다.

"온도담 씨, 착각하나 본데 이곳은 온도담 씨의 직장입니다. 사리

분간 못 하고 징징거려도 다 받아주는 어린이집이 아니라."

그러자 도담은 눈썹을 축 내린 채 들릴락 말락 한 목소리로 말을 이어나간다.

"알죠, 그건 아는데… 팀장님만 보면 못 참겠단 말이에요."

"못 참으면, 뒤엎기라도 할 생각입니까?"

"아니요! 제가 감히 팀장님한테 어떻게 그러겠어요! 전 그냥 팀장님이 제 앞에서 화내실 때마다 팍! 찡그려지는 눈썹이랑, 씰룩! 움직이는 점이랑, 단전에서부터 나오는 깊은 한숨 소리가…."

"하…."

"그래요! 바로 그거!"

"그거?"

"화내기 직전의 이 모습이 너무 좋아서 못 참겠어요. 인상 찡그리는 것까지 완벽했어요, 지금."

가소로운 불만 사항인 줄 알았던 그녀의 용건이 갑자기 노선을 틀었다. 생전 처음 듣는 칭찬 아닌 칭찬에 주원의 눈썹이 한 번 더 꿈틀거렸다. 그걸 놓치지 않고 본 도담의 눈빛이 또 일렁이기 시작했다. 그렁그렁하게 맺히는 눈물은 다시 보니 서러움이랑은 살짝 결이 다르다.

"원래는 저 혼자 몰래 좋아하고 싶었는데, 요즘 팀장님이 저한테 화내는 횟수가 더 많아지니까 제 심장이 남아나질 않을 것 같아요."

"…."

"사람이 욕을 들으면 기분이 나빠야 하는데 가슴이 막 두근거리고, 화내는 얼굴 보고 싶어서 일부러 실수하게 되는 거 있죠? 그래서 화내는 방식을 덜 멋있는 쪽으로 바꿔주시는 건 어떨까….”

“….”

“아, 그래도 오늘은 일부러 실수한 건 아니에요! 바탕이랑 바탕체는 제가 양식을 헷갈렸거든요!”

“그만.”

도담이 쏟아내는 어마어마한 고백을 가만히 듣고 있던 주원이 그녀의 말을 막았다. 여전히 인상을 쓰고는 있지만, 열게 흔들리는 동공은 그가 얼마나 당황하고 있는지를 여실히 드러내 주었다. 하지만 이럴 때일수록 침착해져야만 했다. 미친 사람을 상대하려면 그 어느 때보다 제정신이어야 하니까.

“온도담 씨.”

“네, 팀장님.”

“…미쳤습니까?”

주원은 어느 정도 확신하고 있는 질문을 던졌다. 그 확신은 정확히 맞아떨어졌다. NSO에서 겨우 훈련을 끝낸 일 년 차 신입 온도담은 화내는 모습이 미치도록 섹시한 산업보안1팀 에이스 기주원에게 오늘로써 정확히 백사십오 일째 미쳐 있다. 그건 타인에게 무관심한 주원을 제외한, 대부분의 동료들이 다 알고 있던 사실이었다. 물론 그녀를 설레게 하는 포인트가 기주원의 난폭한 성질머리라는 건 아무도 예상치 못했겠지만.

“제가 아직 팀장님한테 고백할 준비는 안 돼서….”

“….”

“제 입으로 대답하긴 부끄러운데….”

도담이 수줍게 대답했다.

붉어지는 그녀의 뺨을 확인한 주원은 가슴을 콱 틀어막는 울화를 내보내려 했다. 하지만 의식적으로 입술을 닫고 참아냈다. 단전에서부터 올라오는 깊은 한숨. 그건 취향 한 번 제대로 이상한 이 여자 앞에선 조심해야 할 행동이었다.

"저는 다른 욕심은 없고요. 앞으로는 팀장님의 매력을 조금이라도 자각하시고 화를 내셨으면 좋겠어요. 최대한 덜 멋있고 덜 설레는 쪽으로…. 제가 심장이 약하거든요."

"…."

"그럼 먼저 내려가 보겠습니다. 오늘 하루도 파이팅입니다."

도담은 차마 어떤 반응도 보이지 못하고 서 있는 주원에게 꾸벅 인사를 했다. 그러고서 망설임 없이 돌아서는 발걸음엔 일말의 미련도 없었다. 그 후련한 뒷모습을 바라보던 주원은 그제야 대놓고 눈썹을 일그러트렸다.

"또라이 아니야…?"

딩동댕, 그것 또한 정답이었다. 주원에게 단단히 홀린 도담은 이 남자 말고는 아무것도 생각할 수 없는 심각한 상사병을 앓는 중이었으니.

살림
차려보지 않을래?

모두가 우울한 표정으로 들어서는 출근길의 로비.

안내데스크 앞에 서 있는 도담은 남들과 달리 생기 넘쳤다. 별이라도 박아 넣은 듯 반짝반짝 빛나는 두 눈은 프론트에 걸린 시계를 또렷이 주시하고 있다.

“도담 씨 일찍 출근했네?”

“안녕하세요! 좋은 아침입니다, 선배님!”

“거기서 뭐 해?”

“저야 뭐 그냥…. 그럼 오늘 하루도 수고하세요!”

스쳐 지나가는 동료들에게 상냥한 인사를 건네면서도 좀처럼 자리를 뜨지 않는 그녀. 그런 도담의 발이 움직인 건 시곗바늘이 정확히 여덟 시 삼십사 분을 가리켰을 때였다.

“오, 사, 삼, 이, 일… 땡!”

초침이 정확히 십이에 다다르자, 도담은 내내 경직되어 있던 입가를 풀었고.

"기주원이다."

"어디? 아, 진짜네. 나 넥타이 안 삐뚤어졌어?"

"아씨, 어제 보고서 제출 못 했는데. 성탄일 피해서 도망쳐야겠다."

직원들의 쏟아지는 불평불만을 들으며 빙글 몸을 돌렸다. 뒤돌자마자 보이는 주원의 모습은 안 그래도 생글생글하던 도담의 얼굴을 한층 더 헤벌쭉하게 만들었다.

"안녕하십니까, 기 팀장님!"

"팀장님, 좋은 아침입니다!"

다른 직원들이 출근하는 그에게 고개 숙여 인사하는 동안, 도담은 누구보다 빨리 엘리베이터로 향했다. 오매불망 주원만 기다리고 있던 티가 나지 않게, 자연스러운 상황을 연출하기 위해서였다. 평소대로라면 여덟 시 삼십사 분에 로비로 들어선 주원은 곧장 이쪽으로 걸어올 것이고, 늘 그렇듯 가운데 엘리베이터 앞에 멈춰 설 것이다. 그리고 엘리베이터 계기판을 건조하게 주시하고 있다가, 가장 먼저 도착하는 엘리베이터 쪽으로 차분한 걸음을 옮기겠지.

'오늘도 마찬가지일 거야. 팀장님의 하루 일과는 천재지변이 일어나지 않는 이상, 조금도 어긋나지 않으니까!'

기주원의 지독한 FM 성향은 이런 상황에선 꽤나 도움이 됐다. 조금만 관찰해도 모든 행동이 예측 가능하니 우연을 가장한 만남쯤은 하루에도 수십 번은 가능했다. 물론 그렇게 만난다고 해서 쌀쌀맞은 그 남자와 가까워질 수 있는 건 아니었다. 도담이 인사를 건넬 때마다 주원은 무심한 고갯짓 한 번으로 받아줄 게 뻔하지만….

'그 성의 없는 고갯짓이라도 보고 싶단 말이지. 사람 무시할 때의 냉랭한 표정은 팀장님의 매력 포인트니까.'

도담은 인사를 건네기에 앞서 목부터 가다듬었다.

"기 팀장님, 안녕하세요."

그리고 최대한 밝은 미소로 그를 반겼다. 또랑또랑한 목소리였으나 주원은 아무것도 듣지 못한 사람처럼 반응이 없었다. 이건 평소와 다른 모습이었다. 혹시 그가 골똘히 생각에 잠겨 있어서 못 들었나, 생각한 도담은 조금 더 주원에게로 몸을 틀어 한 번 더 말을 걸어 보기로 했다.

"밖에 하늘 보셨어요? 구름 한 점 없이 되게 맑던데."

"…."

"아 참, 어제 퇴짜 맞았던 보고서는 말씀하셨던 부분 싹 다 수정해서 퇴근 전에 팀장님 책상에 올려놨어요. 한 번 더 확인해 보세요."

"…."

"어… 그리고 또… 드릴 말씀이 뭐가 있었더라…."

분명 실내 온도는 적당한데, 어쩐지 남극의 칼바람을 맞고 있는 기분이 들었다. 좋든 싫든 무슨 대꾸라도 해줘야 말을 마무리 지을 텐데, 아예 무시를 해버리니 어떻게 끝맺어야 할지도 모르겠다.

"오, 오늘 하루도 파이팅입니다! 팀장님!"

도담은 결국 입버릇 같은 격려로 대화를 끝냈다. 거기에도 뭐라 대꾸해 주지 않는 주원은 확실히 다른 때와 달랐다. 이럴수록 후회되는 건 어제 무턱대고 꺼내놓았던 진심이었다.

'역시 말도 안 되는 부탁은 꺼내지도 말 걸 그랬나….'

도담은 다 늦은 후회를 하며 습관처럼 어깨를 움츠렸다. 아침의 기대와 달리 마냥 설레지만은 않은 시간을 보내고 있던 그때, 뒤에서 익숙한 여성의 목소리가 들려왔다.

"기 팀장, 좋은 아침."

올해로 NSO 근무 십칠 년 차인 산업보안3팀의 양은화 팀장이었다. 오랜 경력만큼 일을 깔끔하게 처리하는 것으로 유명한 양 팀장은 주원이 깍듯이 대하는 몇 안 되는 선배 중 한 명이었다.

"안녕하십니까, 선배님."

"오전에 다른 부서랑 미팅 있다고 하지 않았었나? 그쪽으로 바로 갈 줄 알았는데."

"팀에 넘겨줘야 할 자료가 있습니다."

"그렇구나. 그쪽 사람들 비협조적인데 기 팀장이 수고해."

두 사람의 대화에 쉼표가 찍힐 때쯤, 도담이 양 팀장에게 인사를 건넸다.

"저… 안녕하세요, 양 팀장님."

다른 팀의 신입도 굽어살필 만큼 살가운 양 팀장은 움츠려 있던 도담과도 친근한 인사를 나누었다.

"도담 씨도 있었구나! 기 팀장이랑 같이 출근하는 거야?"

"같이는 아니고 어쩌다 보니까…!"

"자리로 가는 거면 기 팀장 대신 자료 좀 가지고 올라가지."

"네?"

"기 팀장, 자료 전달은 도담 씨한테 맡겨. 그편이 덜 번거롭지 않겠어?"

갑작스럽게 주어진 심부름이었지만 주원을 위해 그런 것 정도는 당연히 해줄 생각이었던 도담은 초롱초롱한 눈빛으로 주원을 살폈다. 하지만 주원은 그런 도담을 흘깃 내려다보는가 싶더니 싸늘하게 대답하고 때마침 열린 엘리베이터 안으로 들어가 버렸다.

"제 일은 제가 하겠습니다."

전엔 가시가 돋쳐 있었다면 지금은 가시 갑옷이라도 두르고 있는 느낌이었다.

"에휴…."

그런 그를 바라보던 도담이 엘리베이터에 따라 타지도 못하고 한숨을 내쉬었다. 의미심장한 두 사람의 분위기에 양 팀장의 눈에 의아함이 깃들었다.

＊ ✦ ＊

NSO의 회의실.

안 그래도 엄숙한 공간에 한층 더 무거운 분위기가 감돌았다. 산업보안부 계진상 부장과 산업보안2팀, 3팀의 팀장들이 심각하게 노려보고 있는 건 다름 아닌 한 남자의 사진이었다.

살면서 햇빛 한 번 안 본 듯한 하얀 피부와 선이 고우면서도 또렷한 이목구비, 거기에 묘한 색기가 느껴지는 미소를 짓고 있는 호감형 남자.

하지만 이들에겐 아닌 모양이다. 이 남자 한 명한테 자그마치 일

년을 투자한 산업보안부 요원들은 사진 속 얼굴이 징글맞도록 싫은지 표정이 험악했다.

"또 실패했다…, 그 말이지?"

심란한 표정의 계진상 부장은 울화를 억누른 듯한 목소리로 물었다.

"네…."

그 질문에 대답해야 하는 산업보안2팀의 배호영 팀장은 잔뜩 얼어붙어 있었다. 임무를 말아먹은 건 제 잘못이 아니었지만, 계 부장의 날카로운 눈빛은 오직 자신만 노리는 것 같아서였다.

"그동안 보고받았던 상황 다시 쭉 설명해 봐. 얼마나 삽질을 했는지 들어나 보자."

계 부장은 산업보안2팀이 제출한 보고서에도 나와있는 내용을 굳이 꺼내 물었다. 배 팀장은 주눅 든 표정으로 실패하기까지의 경위를 조용히 읊어나갔다.

"그, 그게… 저희 팀 에이스였던 유수영 요원을 타깃의 옆집에 배치시켰는데…."

"그랬는데?"

"타깃의 마음을 열게 하는 데까지는 성공했습니다. 둘이 서로의 집까지 스스럼없이 드나들었으니까요. 그 정도면 많이 가까워진 거죠."

"그래, 그렇게 가까워지고 나서 뭐."

"이제 됐구나, 싶었을 때쯤 유수영에게 메일 한 통이 왔습니다. 이 남자를 더 이상 속일 수가 없을 것 같다고…. 그래서 자기가 NSO 산업보안부 소속인 걸 다 말해버렸다고…."

거기까지 말했을 때, 계 부장은 솟구치는 분노를 더 이상 참을 수 없는지 테이블을 쾅 하고 거세게 내리쳤다. 과격한 반응에 제대로 겁먹은 배 팀장은 저도 모르게 두 눈을 질끈 감았다.

하지만 한번 뚜껑이 열린 계 부장은 버럭 언성을 높였다.

"그게 말이 되는 소리야? 어떻게 NSO 요원이 자기 정체를 불어!"

"아… 부장님, 고정하시고…."

"내가 고정하게 생겼어? 이런 일이 벌써 두 번째잖아! 이 새끼 추적하던 여자 요원이 양심에 찔려서 못 해 먹겠다고 사직서 낸 지 몇 달이나 됐냐!"

계 부장의 호통에 배 팀장의 고개가 더욱 푹 숙여졌다. 유수영 요원이 타깃에게 제 정체를 불어 잘리기 석 달 전. 똑같이 이 타깃을 속이는 건 마음이 아파서 못 하겠다며, 어느 날 갑자기 사직서를 내던진 요원도 배 팀장의 담당이었기 때문이다.

"넌 팀원 관리를 어떻게 하길래…!"

제 성질을 못 이긴 계 부장은 앞에 놓여있던 보고서 파일을 집어 던지는 시늉을 했다.

"으앗!"

배 팀장은 두 손으로 얼굴을 재빨리 막았다. 그 한심스러운 꼴을 보니 이렇게 화내는 것도 소용없겠다 싶어졌는지, 계 부장은 성난 욕설과 함께 파일을 아무렇게나 던져버렸다.

"자 자, 그럼 이번까지 해서 도합 세 번 실패했네요? 운성 중공업 산업기밀 유출 브로커 검거."

살얼음판과 다름없는 분위기 속에서 입을 연 건 산업보안3팀의 양은화 팀장이었다. 그녀는 서글서글한 미소와 상반되는 예리한 눈빛으로 지금까지의 상황을 객관적으로 정리하기 시작했다.

"초반에 남자 요원을 투입했더니 타깃이 생물학적 남성은 상종도 안 하는 놈이라서 말도 못 붙여보고 실패. 그래서 여자 요원을 투입했더니 타깃한테 진심으로 홀려서 두 번이나 실패."

"흠흠…."

"와, 서재이…. 난이도 극악이네, 정말."

그래, 서재이. 모든 건 커다란 스크린에 선명하게 떠오른 얼굴의 주인공, 서재이 때문이었다. 운성 중공업의 산업기밀을 러시아 쪽으로 빼돌리려 한다는 의심을 받고 있는 서재이는 벌써 일 년째 NSO 산업보안부의 골머리를 썩이고 있었다.

"양 팀장, 자네가 가져가 줘라. 응? 나 서재이 사건 못 해 먹겠어. 정말."

"내가? 에이, 우리 팀 일 많은 거 알면서."

"그 일 우리 쪽에서 다 맡을게. 운성 중공업 대표는 숨 쉬듯 상황 체크하지, 안 그래도 몇 없는 팀원은 자꾸 사직서 내지! 나 죽겠어, 정말!"

서재이 때문에 벌써 요원을 두 명이나 잃어버린 배 팀장은 양은화 팀장에게 애원하듯 말했다. 하지만 양 팀장은 제 알 바 아니라는 듯 어깨만 으쓱해 보였고, 대신 계 부장의 따가운 불호령만 떨어졌다.

"너 이 자식, 팀장이 맡은 임무를 다른 팀한테 팽개쳐 버리고 잘하는 짓이다! 어?"

"팽개쳐 버리는 게 아니라 더 좋은 방안을 찾겠다는 건데…."

"조용히 안 해! 니가 여기서 무슨 자격으로 떠들어, 인마!"

계 부장의 격한 삿대질에 배 팀장은 억울한 표정으로 입을 닫았다. 그 가여운 광경을 지켜보던 양 팀장은 크게 호흡을 고른 뒤, 상황을 극복할 만한 제안 하나를 꺼내놓기로 했다.

"그냥 더 이상 인력 낭비하지 말고 에이스를 투입시키는 건 어때요?"

"에이스?"

"산업보안부의 진짜 에이스 있잖아요. 신입 때부터 맡은 임무를 전부 성공적으로 이끌어서 최연소 팀장이란 타이틀까지 섭렵한 산업보안1팀 기주원."

"기주원…?"

"네, 기 팀장이라면 이번 서재이 건도 어떻게든 해결할 것 같은데."

양 팀장이 언급한 이름을 들은 두 남자가 잠시 깊은 생각에 잠겼다. 그중 먼저 손사래를 친 건 임무를 누구에게든 떠넘기고 싶어 했던 배 팀장이었다.

"에이, 양 팀장이 서재이를 몰라서 그러나 본데, 아무리 기주원이라고 해도 그 새끼는 못 다뤄. 증거 수집은커녕 인사도 못 트고 나가떨어질걸."

"어째서?"

"어째서라니. 맨 처음 실패했던 이유가 뭔데. 서재이는 남자 놈들은 아예 사람 취급도 안 해요. 어떤 방식으로 접근하든 개무시 해버린다고."

"…."

"그런데 이놈이 여자는 눈길만 건네도 마음을 활짝 열어준단 말이지. 우리 팀 여자 요원이 한 번 실패했는데도, 또 여자를 갖다 붙인 이유가 뭐겠어."

한마디로 남자에게는 난이도가 극악이라 문제, 여자에게는 마음을 홀랑 훔쳐가 버리는 옴므파탈이라서 문제라는 소리였다. 그런 사정쯤은 배 팀장에게 귀가 닳도록 들어 알고 있던 양 팀장은 여유롭게 대답했다.

"서재이의 마음을 여는 역할과 모질게 물어뜯어야 하는 역할, 이렇게 따로따로 필요하다는 거잖아. 그러면 남자 한 명, 여자 한 명을 동시에 접근시키면 되지."

"동시에?"

"난 물어뜯는 역할로는 기주원이 최고라고 생각해. 감정 없이 일만 하는 로봇이잖아, 걔."

끄덕끄덕. 양 팀장의 말을 들은 계 부장이 고개를 주억거렸다. 배 팀장도 거기까지는 동의했으나 문제는 여자 요원이었다.

서재이한테 홀리지 않을 만큼 정신력 강한 여자 요원을 당장 무슨 수로 선별해 내.

"여자는 양 팀장 자네가 갈 건가?"

계 부장은 베테랑에다 유부녀이기까지 한 양 팀장에게 넌지시 물었다. 그는 내심 기대하는 표정이었으나 양 팀장은 고개를 저었다.

"어휴, 나 서재이처럼 매력적인 사람한테 약해요. 아무리 아들이 둘이라고 해도."

"그럼 여자는 누굴 보내. 아무나 투입시켰다가는 천하의 기주원도 쪽을 못 쓸 텐데."

계 부장의 실망스러운 반응에, 양 팀장은 자신감 넘치는 미소로 말했다.

"이런 데 쓸 만한 적당한 인재를 알아요. 서재이가 아니라 서재이보다 훨씬 더 매력적인 남자가 나타난다고 해도 눈 하나 깜짝 안 할 여자."

"그런 요원이 있어?"

"다른 일은 몰라도 서재이한테 안 넘어가는 것만큼은 완벽하게 해낼걸요?"

"오오…."

양 팀장의 확신 어린 말에 두 남자의 눈빛이 반짝 빛났다.

산업보안부 동료들이 모두 다 인정하는 기주원바라기, 온도담. 그 대책 없는 순정이 한 부서의 희망이 되는 순간이었다.

* ✦ *

쏴아아아!

마음은 심란한데 주변에 심신을 달래기 위해 찾아갈 수 있는 폭포가 없어, 임시방편으로 찾아온 화장실이었다. 도담은 세면대 물소리를 들으며 뒤숭숭한 감정을 정리했다. 어제 진심을 전하면서 아무것도 기대하지 않았다고는 해도, 이렇게나 사이가 멀어져 버릴 줄이야. 이 분위기라면 조만간 다른 팀으로 옮겨 가란 명령이 떨어져도 이상하지 않을 것 같다.

"하아… 난 어제 왜 오기를 부려서는. 이러다 진짜 다른 팀으로 보내버리기라도 하면 큰일인데."

도담은 거울에 쾅쾅 이마를 찧으며 자신의 과오를 한탄했다.

"도담 씨, 얼굴이 아주 죽상이네."

도담뿐이던 화장실에 양 팀장이 들어섰다. 공과 사는 확실히 구분하고 싶었던 도담은 최대한 밝은 얼굴로 그녀에게 인사했다.

"아, 양 팀장님. 안녕하세요."

"기 팀장 돌아올 때 다 되어 가는데 여기서 왜 이러고 있어. 마중이라도 나가야 하는 거 아니야?"

양 팀장이 꺼내놓는 주원 얘기에 눈빛이 흔들리고 말았다. 평소 같았으면 넉살 좋게 넘어갈 수 있었겠지만, 오늘은 그게 마음처럼 쉽지 않았다.

"그건 팀장님이 질색하실 거라…."

도담은 다소 주눅 든 목소리로 대답했다. 그녀의 축 처진 어깨를 본 양 팀장은 손을 씻으며 넌지시 물었다.

"자기, 기주원이랑 무슨 일 있어? 기주원이 자기한테 평소보다 더 매정하게 구는 것 같던데…."

"네?"

"내 눈은 속일 생각 마. 둘이 무슨 일 있었잖아."

거울을 통해 보이는 도담의 표정에 난처함이 어렸다. 잠시 할 말을 고르는가 싶던 그녀는 이내 자신의 실수를 실토해 버렸다.

"그게… 팀장님한테 솔직하게 말해버렸어요."

"솔직하게 뭘?"

"화내는 모습이 제 취향이라서 곤란하다고…. 그러니까 조금만 덜 멋있게 화내달라고….”

“그 쌀쌀맞은 기주원한테 고백을 했단 말이야?”

“아, 고백은 아니었어요! 제 마음을 받아달라는 뜻으로 한 건 아니니까!”

양 팀장은 당황한 표정으로 손사래를 치는 도담을 지그시 바라보았다. 그녀의 눈빛이 왠지 날카롭게 느껴졌으나, 이내 흘러나오는 말엔 장난기가 가득했다.

“배짱도 좋아. 이 안에서 연애할 생각을 다 하고.”

“어, 연애라니! 그런 건 꿈도 안 꾸는데….”

“괜찮아. 나무라려는 거 아니야. 덕분에 자기한테 맡길 수 있는 일이 하나 생겼거든.”

“맡길 수 있는 일이요?”

순간, 도담의 눈동자가 반짝 빛났다. 비밀 수사기관 요원에게 맡길 일이라는 건 극비 프로젝트 임무밖에 없었으니까.

“첫… 임무인가요?”

햇병아리 신입인 도담은 기대와 흥분이 뒤섞인 얼굴로 물었다.

“응, 첫 임무야. 온도담 씨만이 할 수 있는 극비 프로젝트.”

세면대 물을 잠그며 확답하는 양 팀장을 보니 정말 첫 임무를 내려줄 모양이었다. 이때껏 잡무만 처리해 왔던 도담은 처음으로 맡는 ‘진짜 임무’에 신이 난 기색을 감출 수 없었다.

“맡겨주시는 일이라면 뭐든지 할게요. 저 여기 배치된 지 얼마 되지도 않아서 교육받았던 거 하나도 안 까먹었어요!”

두 눈에 열정을 가득 담아 소리치자, 양 팀장은 진정하라는 듯 검지를 입가로 들어 올리더니 장난기를 싹 뺀 진지한 목소리로 어마어마한 멘트를 날렸다.

"자기, 기주원이랑 살림 차려보지 않을래?"

잘 부탁드립니다, 서방님

"도담아."

"…."

"온도담."

"…."

"어머, 이것 봐라? 야! 온도담!"

언제 왔는지도 모르게 다가온 혜인이 소리 높여 도담을 불렀다. 화면 보호기가 켜진 컴퓨터 모니터만 멍하니 쳐다보고 있던 도담은 깜짝 놀라 고개를 들었다.

"으, 응?"

"무슨 멍을 하루 종일 때리고 있어? 얼굴은 또 왜 그렇고?"

"얼굴? 내 얼굴이 왜?"

"거울을 봐봐. 터질 것처럼 빨개."

혜인의 말에, 도담은 책상 위에 놓여있던 작은 거울로 슬쩍 시선을 옮겼다. 평소에도 홍조기가 있기는 하지만 오늘은 귀까지 불긋불긋하게 물이 들어 있었다. 그 몰골을 그냥 지나치지 못한 혜인이 걱정스레 물었다.

"감기 걸렸어?"

"감기는 무슨. 나 멀쩡해, 선배."

"멀쩡한 사람치고는 얼굴이 제대로 익었는데?"

"볼 터치를 너무 많이 올려서 그런가 보지. 이따가 수습해 볼게."

"그래? 그럼 다행이지만…."

도담은 자연스러운 임기응변을 시도했지만, 혜인의 심상치 않은 눈빛은 풀리지 않았다. 아무래도 이상한 도담의 상태가 그녀에게는 훤히 보이는 모양이다. 이럴 때 가장 좋은 방법은 화제를 돌려버리는 것이었다.

"선배는 어쩐 일이야? 뭐 필요한 거 있어?"

의식적인 미소를 띠며 혜인에게 물으니, 그녀는 순순히 바뀐 화제를 따라와 주었다.

"오늘 아침에 사이버안보부에서 팩스 날아온 거 있지? 아마 니가 받았을 거라고 하던데."

"응, 내가 보관하고 있어."

"난 그거 가지러 왔어. 자기 일도 스스로 하지 못하는 민수 선배 심부름이지."

"아아, 알았어. 찾아줄게."

도담은 혜인이 말한 자료를 찾아 책상을 이리저리 살펴보았다. 하지만 쉽사리 찾지 못했다. 잠깐 보관해 놓은 거라 찾기 어려운 데다 두지도 않았을 텐데, 어디에 놔두었는지 도통 생각나지 않는다.

"잠깐만 있어봐. 내가 그걸 어디에 놨더라…."

도담은 당황스러운 표정으로 파일꽂이를 열심히 뒤적였다. 그래도 보이질 않아서 데스크 아래 파일함까지 열어젖힌 찰나, 혜인이 도담의 책상 위에 버젓이 놓여있던 파일 하나를 들어 올렸다. 바로 눈앞에 두고도 못 찾고 있었나 보다.

"도담아, 이거 아니야?"

"그, 그거네. 하하."

도담은 파일함을 스르륵 닫고 멋쩍은 웃음을 날렸다. 그런 그녀를 가볍게 넘기지 못한 혜인은 다시 걱정 가득한 얼굴이 되어버렸다.

"온도담, 너 오늘 상태 진짜 이상하다."

"아니야! 나 진짜 괜찮은데…."

"아니긴. 무슨 일 있는 거 맞지?"

무슨 일이라…. 사실 무슨 일이 있긴 했다. 뭐라 표현할 수 없을 만큼 대단하고 엄청나서 아직도 이게 꿈인지 현실인지 자각이 안 되는, 그런 어마어마한 일이 벌어졌다. 원래 같았으면 절친이나 다름없는 혜인에게 구구절절 얘기했을 것이다. 하지만 이번 일은 그럴 수 없었다. 내부 사정상, 당분간은 작전에 대해 함구해 달라는 양 팀장의 부탁 때문이었다.

'공식적인 첫 번째 임무이자 일생일대의 기회인데, 선불리 행동했다가 일을 그르치면 안 되지!'

더 큰 의심을 사기 전에 자리를 뜨는 게 상책이라 생각한 도담은 서둘러 자리에서 일어났다.

“어후, 나 화장실 좀 다녀와야겠다. 갑자기 배가 너무 아프네.”

“연기도 못하는 게 거짓말은!”

“아니야, 점심때 먹은 게 탈이 났나 봐. 그럼 난 이만….”

“확실히 뭔 일 있네, 있어.”

혜인은 그런 그녀를 몹시 미심쩍게 여겼으나, 도담은 그럴수록 멀쩡한 배를 부여잡은 채 걸음을 빨리했다. 오지랖 넓은 그녀라면 의구심이 해결될 때까지 꼬치꼬치 물어볼 게 뻔했다. 오늘은 그녀를 피해 다녀야겠다, 생각한 도담은 일단 부서를 떠나 있기로 했다.

‘나가서 자판기 커피 한잔하고 오면 혜인 선배의 관심도 사라지겠지.’

하지만 출구를 딱 다섯 걸음 정도 앞뒀을 때쯤, 자동문이 열리고 익숙한 향기가 스며들어 왔다. 후각보다 심장을 더 자극하는 이 향기의 주인공은 굳이 눈으로 확인하지 않아도 충분히 알 수 있었다. 도담은 저도 모르게 걸음을 멈춰버리고 말았다. 그러고는 연기하던 것도 잊은 채 멍한 표정으로 고개를 들었다.

“기 팀장님….”

“….”

그가 지극히도 당연하게 그녀의 시선을 사로잡는다. 흐트러짐 없이 깔끔히 올린 머리, 와이셔츠 깃을 단단히 붙든 넥타이 매듭, 한 번도 더러워지거나 구겨진 적 없었을 듯한 정장. 오늘도 흠잡을 데 없이 완벽한 그가 도담을 내려다보았다. 까만 눈동자가 정면으로 마주친 순간, 온몸에는 찌르르 전기가 오른다. 이런 감정을 견디기 벅찼던 도담은 매번 고개를 돌려버리곤 했다. 하지만 오늘은 일부러 피하지 않았다.

'곧 어마어마한 사건의 파트너가 될 사람인데 서먹하게 굴면 안 되지! 팀워크를 위해서라도 내가 먼저 다가가야 해!'

각오를 다진 도담은 내친김에 친밀한 인사를 시도했다.

"일찍 돌아오셨네요! 미팅은 잘 마치셨어요?"

"네."

돌아온 대답은 지극히 짧고 건조했다. 대화를 이어나가려 해도 덧붙일 말이 없을 정도로.

"아… 그러셨구나. 다행이네요! 팀장님!"

까딱. 이번에는 목소리도 아닌 고갯짓이 되돌아왔다. 그러고서 냉랭한 발걸음을 옮기는 그는 역시 어렵고 힘들고 난해한 사람이다. 그래서 더 애가 닳고 탐이 나는 것이지만.

"우리 팀장님은 뒷모습도 멋있네…."

도담은 떠나는 그를 바라보며 미련 가득한 혼잣말을 중얼거렸다. 귀가 좋은 주원은 그녀의 칭찬을 놓치지 않고 들었다. 그는 그제야 눈썹을 구기며, 어제에 이어 또 한 번 결심을 다졌다. 무슨 수를 써서든, 저 망나니 같은 신입사원과는 절대 엮이지 말아야겠다고.

"지금 뭐라고 하셨습니까."

주원이 잡아먹을 듯한 눈빛으로 되물었다. 산업보안2팀 배 팀장은 그런 주원이 살짝 두려웠으나, 애써 내색하지 않고 한 번 더 대답했다.

"온도담 씨랑 같이 운성 중공업 사건 좀 맡아달라고. 핵심기술을 러시아에 팔아넘기려는 브로커를 잡아야 하는데, 나보단 기 팀장이 적임이야."

예부터 귀찮고 자잘한 일을 후임에게 떠넘기는 선임은 늘 있어왔다. 하지만 배 팀장이 넘기려는 '운성 중공업 사건'은 이런 식으로 무책임하게 떠넘길 수 있을 만큼 가벼운 건이 아니었다. 게다가 그 부담스러운 사건을 한낱 신입사원인 온도담과 맡으라는 것도 말이 안 되고.

"그 건이라면 선배님이 오랫동안 공들여 오시지 않았습니까. 그걸 왜 저에게 넘기시는 건지 모르겠습니다."

주원은 냉담한 목소리로 난색을 표했다. 이 정도 반응은 예상했던 배 팀장이 더 적극적인 자세로 그를 설득했다.

"기 팀장이 딱이라서 그렇다니까. 중년인 나보다 체력 좋지, 머리 좋지, 실력 좋지. 성격…은 잘 모르겠지만, 그딴 건 임무 수행에 쥐뿔 도움 안 되는 거잖아?"

"굳이 온도담 씨를 투입하는 이유는요."

"말하자면 복잡한데, 이번 작전은 여자 요원과 남자 요원의 협력이 중요해. 그런데 자네는 비슷비슷한 연차의 팀원들하고는 별로 합이 안 맞잖아."

"…."

"그러니까 기 팀장 명령이라면 죽는 시늉이라도 할 수 있을 만한 신입을 붙여놓는 거지. 물론 짬밥 좀 먹은 요원보다 서툴긴 하겠지만 기 팀장이 오죽 잘 이끌어주겠어?"

어지간하면 반박을 해보겠지만 배 팀장의 말은 충분히 일리가 있었다. 모든 것이 완벽한 기주원에게 딱 한 가지 없는 것이 있다면, 그것은 바로 흔적도 없이 실종되어 버린 친화력이었다. 수년을 함께해 온 동료들은 물론 그를 아끼는 선배들에게조차 단 한 번도 곁을 내준 적이 없던 주원은 적당한 대꾸를 찾지 못하고 인상만 구겼다.

그 심상찮은 표정을 감지한 배 팀장은 까마득한 후배에게 부탁조로 애원하기 시작했다.

"사실… 운성 중공업 내부에서 지목하고 있는 용의자가 있는데, 이놈이 만만치가 않아. 우리 팀에서만 벌써 세 명이 KO 당했고 그 중 두 명은 일을 아예 관둬버렸어."

"…."

"이젠 투입할 인력도 없고, 한 번만 더 허탕 치면 국장님이 내 모가지를 자르려 들 거다, 아마."

"…."

"그러니까 기 팀장이 이번 사건 좀 맡아줘. 물론 상대가 상대이다 보니 좋은 성과를 내긴 힘들겠지만, 기 팀장은 워낙 실적이 좋으니까 국장님이 허탕 한 번쯤은 봐주시겠지."

일부러 실패를 운운한 건 주원을 자극하기 위해서였다. NSO에 입사한 뒤 단 한 번도 작전에 실패해 본 적 없는 주원에겐 자신의 실적이 곧 프라이드일 게 분명했다.

"국장님의 자비를 바랄 일은 없을 겁니다. 적어도 제가 맡은 건이라면."

배 팀장의 수가 먹혔는지, 되돌아온 주원의 대답에는 수락의 여지가 있었다. 희망을 발견한 배 팀장은 자존심도 버리고 극찬을 덧붙였다.

“아, 기 팀장 실력은 내가 잘 알지! 그래서 기 팀장이 KTX급 속도로 승진할 때도 엄청 지지했던 거 아니야!”

하지만 주원의 표정은 일순 단호해지는가 싶더니, 그새 자신의 요구 사항을 내밀었다.

“그런 의미에서 협력할 요원은 제가 선출하도록 하겠습니다. 신입도 신입 나름이니까요.”

말을 마친 주원이 테이블 위에 펼쳐져 있던 양장 노트를 탁 덮었다. 이건 합의가 필요 없는 필수 조건이라는 뜻이었다.

평소라면 융통성 있는 배 팀장은 그 쯤은 받아들여 줄 수 있었다.

“아, 미안하지만 이번 건은 온도담 씨 아니면 안 돼.”

그러나 문제가 있다면, 지금은 융통성을 발휘할 수 없는 긴급 상황이라는 것이다. 기주원의 눈빛이 아무리 매서워진다고 해도, 이건 어쩔 수가 없다.

“어째서입니까.”

“부장님의 명령이야. 내가 어쩔 수 있는 게 아니라고, 그건.”

엄연히 말하면 3팀 양 팀장의 의견이긴 했으나 그런 건 주원이 알 수 없으니 상관 않기로 했다. 아무리 성격 파탄 난 기주원이라고 해도 부장급 상관의 명령에까지 반기를 들 리는 없기 때문이었다. 이래 봬도 그는 규율에 꽉 얽매여 있는 남자니까.

하지만 주원은 쉽사리 수긍하지 못하겠는지, 험한 인상을 좀처럼 풀지 못했다. 어금니를 꽉 깨물고 있는 걸 보면 임무 자체를 거부할지도 모르겠다.

"흐음…."

그런 주원을 보던 배 팀장은 낮은 한숨을 내쉬었다. 정말 인간적인 도리에서 이 방법까진 쓰고 싶지 않았는데, 기주원의 대찬 고집을 꺾으려면 어쩔 수 없나.

"기주원, 니가 올해로 팔 년 차 됐나?"

"…."

"차현도 그놈도 딱 그 연차 됐을 때 널 만났었지, 아마."

차현도. 그 이름 석 자를 들은 주원의 호흡이 잠시 멈추었다. 그건 주원 본인만 알 수 있는 미세한 변화였지만, 급격히 낮아진 온도는 배 팀장에게도 느껴졌다. 배 팀장은 그 틈을 놓치지 않고 모래알만큼이나 삼키기 버거운 말을 이어나갔다.

"현도가 그 많은 신입들 중에서 너를 맡겠다고 했을 때, 난 솔직히 뜯어말렸었다. 기주원 걔 교육 때부터 싹수 노란 거로 유명하지 않았냐고. 평가 최하점 찍은 꼴통이랑은 엮이지 말라고."

"…."

"그랬더니 그 새끼가 뭐라고 대답한 줄 알아?"

"…."

"부족한 점수만큼이 너의 가능성이라더라. 현도는 그 가능성을 채워주고 싶어 했어."

이미 알고 있는 내용이었다. 하지만 주원은 처음 듣는 이야기처럼 가만히 귀를 기울였다. 이 순간, 머릿속을 지나가는 기억의 파노라마들은 애써 외면한 채.

배 팀장은 주원의 까만 눈동자를 응시하며 마지막으로 부탁했다.

"기주원, 한 번만 차현도가 되어줘라."

맡고 싶지 않은 사건. 엮이고 싶지 않은 사람. 가당치 않은 협업. 그 모든 걸림돌을 무색하게 만드는 이름에 주원은 꼼짝할 수 없었다. 꼭 사지에 날카로운 쐐기라도 박힌 것처럼.

＊ ✦ ＊

"흐음…. 아직 안 오셨네?"

텅 빈 주원의 책상을 내려다보던 도담이 아쉬운 혼잣말을 중얼거렸다. 이 자리를 찾아온 게 벌써 여섯 번째였다. 무슨 회의가 이리도 긴 건지, 그는 퇴근 시간이 다 되어가도록 자리로 돌아오질 않는다.

'혹시 나랑 일하기 싫다고 시위라도 하시는 건가?'

스멀스멀 기어 올라오는 합리적 의심은 도담을 불안하게 만들었다. 호불호, 그중에서도 특히 불호가 강하기로 소문난 주원은 도담과의 협동 임무가 싫다는 이유 하나만으로 윗사람에게 반기를 들 수도 있는 남자였다.

"나 말고 다른 사람으로 바꿔버리면 어떡하지…."

도담은 한숨 섞인 목소리로 걱정을 드러냈다. 하지만 딱히 대책은 없어서 털레털레 제자리로 돌아가려던 순간, 쌀쌀맞기 그지없지만 심장만큼은 두근두근 반응하는 목소리가 들려왔다.

"여기서 뭐 하는 겁니까."

코앞에 있는 넥타이는 오늘 낮, 그와 잘 어울린다고 생각했던 그

넥타이였다. 도담은 일렁이는 눈빛으로 살짝 고개를 들어 올렸다.

"용건 있습니까." 주원이 물었다.

도담이 지독하게 좋아하는 미간 주름이 은은하게 잡혀있었다. 그 얼굴을 보자 도담의 몸엔 뜨거운 열이 올랐다. 하지만 혹시라도 그가 질색할까, 애써 표정을 정돈하고 밝게 대답했다.

"네! 용건이 있습니다!"

"보고하세요."

"네! 알겠습니다!"

주원은 그녀를 스쳐 지나 자신의 책상으로 향했다. 도담은 그 뒷모습을 은근한 시선으로 지켜보며 준비한 용건을 꺼내놓으려 했다. 하지만 아무 생각도 나지 않았다. 분명 다른 팀의 선배가 주원에게 전할 말이 있다고 했는데. 그걸 듣고 자신이 전달하겠다고 호언장담까지 했는데, 이상하게 머릿속이 새하얗다. 아무래도 예상치 못한 상황에서 맞닥뜨린 기주원의 섹시한 얼굴 때문인 것 같다.

"그, 그게… 분명히 뭐가 있었는데…."

"…."

"잠시만요! 조금만 시간을 주시면 기억해 낼게요!"

"하아…."

주원의 입술 새로 긴 한숨이 샜다. 도담은 그 한숨을 아주 좋아하지만, 지금처럼 단단히 비호감을 사버린 상황에서는 그리 달갑지 않았다. 그래서 어떤 반응도 보이지 못하고 있던 찰나, 주원이 입을 열었다.

"온도담 씨, 이번에 맡게 된 사건에 대해선 들었습니까?"

"네? 아, 자세히는 아니고 그냥 팀장님이랑 같이 해야 할 임무가 있다는 것 정도만…."

"그럼 얘기하기 더 편하겠군요. 거두절미하고 단도직입적으로 말하겠습니다."

"…."

"난 온도담 씨랑 사적으로 엮이고 싶지 않습니다."

그녀의 마음에 대한 냉정한 답변이었다. 도담은 매정하게 자신을 거부하는 남자를 말없이 바라보고 서 있었다. 주원은 그런 그녀에게 더욱더 차디찬 목소리로 말을 이었다.

"그러니 업무 시간 외엔 나를 쳐다보거나, 내게 대화를 시도하거나, 찾아오지 마세요. 정식으로 금지하도록 하겠습니다."

"아아…."

"…."

"그런데 팀장님…."

"지금부터 적용됩니다. 돌아가세요."

주원은 도담이 무슨 말을 꺼낼 새도 없이 손을 휘휘 저었다. 하지만 똘망똘망한 눈빛으로 그를 바라보는 도담은 무언가 할 말이 있어 보였다. 주원은 그 눈을 애써 무시한 채 배 팀장에게서 받아 온 자료를 펼쳤다. 할 말 끝났으니 이만 꺼지라는 암묵적인 신호였다.

그러나 별생각 없이 내린 눈이 배 팀장의 업무 지시 사항을 읽었을 때, 보다 정확히 말하자면, '서재이의 옆집에 신혼부부 역할로 잠입한다.'라는 구절이 뇌리에 콱 박혔을 무렵이었다. 바늘로 찔러도 피 한 방울 안 나올 것 같았던 기주원의 낯은 백지장처럼 질려버렸고,

도담의 입가에는 후련한 미소가 맺히기 시작했다.

"…부부?"

"다음 주 월요일에 입주라고 들었는데…."

도담이 운을 떼었다.

침착함을 잃은 주원의 눈동자가 반강제로 그녀에게 향했다. 도담은 그런 그를 웃음기 어린 눈으로 마주하고는 초혼을 갓 치른 새색시처럼 참한 인사를 올렸다.

"잘 부탁드립니다, 서방님."

왠지 모르게 느껴지는 비장함에 주원은 저도 모르게 꿀꺽 마른침을 삼켰다.

내일부터 남편으로 대하세요

NSO 비밀 수사 요원 생활 팔 년 차. 이론이란 이론은 기계처럼 머릿속에 주입했다. 실전 경험도 이만하면 제법 쌓았다고 생각한다. 그래서 어지간한 상황은 능수능란하게 대처할 수 있을 거라 자신해 왔건만, 갑작스럽게 벌어진 상황은 그를 속수무책으로 만들기에 충분했다.

그렇다고 대책 없이 있을 수만은 없어서 주원은 주말까지 반납한 채 애견용품 판매점을 찾았다. 당장 월요일부터 다짜고짜 신혼생활을 시작해야 하니 혼수를 준비하기 위해 이곳에 온 참이다.

"흐음…."

주원이 진중한 표정으로 바라보고 있는 건 다름 아닌 반려견 펜스였다. 반려동물이 함부로 넘나들지 못하도록 보호 차원에서 설치하는 펜스는 종류와 크기가 다양했다. 주원은 그중에서도 가장 크고 튼튼한 대형견용 펜스를 유심히 살펴보았다. 제 허벅지까지 오는 펜스를 들었다가 놨다가 흔들었다가, 툭툭 쳐보더니 이내 다시 고민스러운 표정으로 무거운 한숨을 내쉰다.

그 모습을 지켜보던 점원이 웃으며 다가왔다.

"도움이 필요하신가요?"

딱히 도움이 필요한 상황은 아니었지만, 이왕이면 제대로 확인해 보는 게 좋겠다고 판단한 주원은 심각한 목소리로 물었다.

"이 펜스, 튼튼합니까."

"네! 보시다시피 다른 펜스들에 비해 두꺼워서 엄청 튼튼해요!"

"휘어지거나 철망이 뜯어질 가능성은요."

"지금까지 그런 사례로 반품 요청 들어온 건 없어요. 이 회사가 워낙 펜스로 유명하잖아요."

"흐음…."

점원의 말을 듣던 주원이 다시 고민스러운 탄식을 내뱉었다. 아직 마음에 안 드는 게 있는 모양이었다. 점원은 조금 더 자세한 설명을 위해 고객의 정보를 캐물었다.

"키우시는 반려견 몸집과 나이가 어떻게 되나요? 반려견의 정보를 말씀해 주시면 적당한 제품을 추천해 드릴 수 있을 것 같은데."

"아…."

"대형견을 찾으시는 걸 보니까 리트리버? 허스키? 사모예드?"

점원의 집요한 질문에 주원의 눈빛이 살짝 흔들렸다. 사내에선 항상 표정 변화가 없는 냉혈한 중의 냉혈한이지만, 골치 아픈 임무를 앞둔 지금은 너무 쉽게 동요하게 된다.

하지만 그는 애써 목을 가다듬고, 괜히 진열된 펜스들을 훑어보며 입을 열었다.

"똑바로 선 키가 153cm에서 155cm쯤 됩니다."

"아아, 그럼 대형 성견이겠네요."

"그렇다고 볼 수 있겠네요. 이빨보다 손을 더 자유자재로 사용합니다. 도구도 적극적으로 사용하는 편이고요."

"예?"

"아, 자제력 훈련이 안 되어있습니다. 언제, 어떤 방식으로 달려들지를 모르니, 이 중에서 가장 튼튼한 제품으로 부탁드립니다."

사무적인 목소리로 제 할 말을 마친 주원이 정돈된 표정으로 점원을 내려다보았다. 이곳이 회사는 아니지만, 그는 점원에게 확실한 피드백을 기대하는 중이었다. 그러나 다시 마주한 점원의 눈은 전혀 친절하지 않았다. 오히려 아까와 상반되는 경계 어린 시선으로, 그는 주원에게 조용히 묻는다.

"손님."

"네."

"혹시 사람을 가두려는 건가요?"

허를 찔렸다. 순하게 생겨서 솔직하게 말했는데, 일반인치고는 촉이 좋은 모양이다.

주원은 적당한 변명거리를 찾아보려 했지만, 이미 점원은 그가 무슨 말을 하든 믿어줄 것 같지가 않았다.

"…무슨 말씀이시죠."

그래서 말 같지도 않은 대답을 하며 미간까지 찌푸리니, 점원은 별안간 큰 웃음을 터트렸다.

"하하하! 너무 작정하고 고르시는 느낌이라서 농담해 본 거예요! 하하하!"

"…."

"제일 튼튼한 거라면 이 펜스를 따라올 자가 없죠! 몇 개나 필요하세요?"

같잖은 농담 때문에 크게 동요할 뻔했다. 선천적으로 단조로운 표정이 아니었다면 철렁했던 순간을 들키고 말았을 거다.

주원은 동요할 뻔했던 눈빛을 다시 가라앉혔다. 그러고는 도로 생글생글해진 점원에게 짜증 섞인 목소리로 대답했다.

"뜯겨 나갈 걸 대비해서 되도록 많이."

까만 가죽 지갑을 꺼내 들고는 있지만 사실 이 펜스 따위가 그녀를 막을 수 있을 것 같진 않다. 시작 전부터 자꾸만 이성이 흔들리는 지금, 이 위기에서 주원을 빼내줄 도구는 펜스가 아니라 모든 걸 끝낼 수 있는 사직서인지도 모르겠다.

* ✦ *

그 어느 때보다 기분이 하늘을 찌르는 주말 밤이었다. 도담은 침대에 폭 파묻혀서 심호흡을 했다. 내일부터 시작될 갑작스러운 신혼 생활에서 심장을 건사하기 위해서였다. 그 상황을 생각만 해도 호흡이 가빠지는 탓에, 그녀가 선택한 해결책은 이미지 트레이닝이었다. 머릿속으로 그와의 신혼 생활을 실컷 생각하고 가야지만, 막상 현실로 닥쳤을 때 심장이 터지지 않고 무사할 테니.

"자, 일단 아침에 일어나는 상황부터 트레이닝 해보자. 알람 소리에 맞춰 딱 눈을 뜨면 낯선 천장이 가장 먼저 보이겠지."

도담은 천장을 바라보며 똑바로 누웠다. 지금 그녀 눈에 보이는 건 어렸을 때부터 보고 자란 천장이었으나, 도담은 애써 낯선 천장이라고 상상하며 트레이닝을 계속했다.

"그때 내 옆에서 아직 잠에서 깨지 못한 숨소리가 새근새근 들려오는 거야. 그럼 난 자연스럽게 옆을 보겠지? 아주 천천히 조심스럽게."

그리 말하며 도담은 천천히, 그리고 조심스럽게 고개를 옆으로 틀었다. 너무 오래 베고 자서 빨아도 깨끗해지지 않는 베개가 눈에 들어왔다. 하지만 이 순간만큼은 그 베개가 곧 기주원 팀장이었다. 도담은 베개에 그의 얼굴을 새겨 넣으며 마지막 단계를 연습한다.

"팀장님은 예민하니까 내 인기척에 같이 눈을 뜨겠지? 그리고 나한테 인사하는 거야."

'온도담 씨… 잘 잤습니까?'

"꺄아아아! 어떡해, 어떡해! 그 얼굴을 내가 어떻게 버텨!"

도담의 심장은 딱 거기까지가 한계였다.

이미지 트레이닝만으로도 가슴이 벅차다 못해 터질 것 같은데, 주원과 진짜 신혼살림을 차리면 그 자리에서 심장마비가 올지도 모를 일이었다. 어찌 보면 다른 의미로 목숨이 위험한 임무였다. 그 시작을 딱 하루 앞둔 도담은 저도 모르게 마음이 비장해졌다. 이번 임무를 누구보다 잘 수행해서 기주원 팀장에게 조금이라도 긍정적인 점수를 따고 싶다.

"내일 컨디션을 위해선… 일단 잠을 푹 자자!"

주접도 이쯤이면 됐다 싶어서 도담은 불을 끄기 위해 침대에서 몸을 일으켰다. 스위치 쪽으로 팔을 길게 뻗은 그때, 침대 머리맡에 놓여있던 도담의 휴대폰이 요란하게 울렸다. 슬쩍 시선을 돌려 발신자를 확인하니, 저장은 진즉 해놨지만 한 번도 전화가 걸려온 적은 없었던 이름이 두둥실 떠 있었다.

"기 팀장님…?"

이 현실을 믿을 수 없어서 도담은 한동안 두 눈만 끔뻑였다.

그러다 떨리는 손으로 휴대폰을 들어 조심스럽게 통화 버튼을 누르고는 조심스러운 목소리로 묻는다.

"여, 여보세요? 혹시 우리 기 팀장님 휴대폰을 주우신 분인가요?"

주원의 첫 전화를 받고도 진짜 그일 거라 기대도 하지 못하는 도담은 퍽 짠했다. 그런 그녀에게 주원은 너무나도 본인다운 첫마디를 건넸다.

—휴대폰 안 잃어버렸습니다.

단 1%의 정도 없는 쌀쌀맞은 목소리. 분명 주원의 음성이었다. 진짜 그이의 등장에 감동한 도담은 그제야 격한 반응을 터트린다.

"앗! 진짜 기 팀장님이셨구나! 안녕하세요, 기 팀장님! 좋은 밤이네요! 오늘 하루는 즐겁게 보내셨나요?"

잠깐의 이미지 트레이닝 덕분일까. 말문은 평소보다 훨씬 수월하게 열렸다.

—아, 귀….

목소리가 대차도 너무 대찼던 것이 주원의 심기를 건드려 버렸지만. 그의 낮은 탄식에 당황한 도담은 황급히 목소리를 줄였다.

"죄송해요, 팀장님. 이 밤에 전화하실 줄은 상상도 못 해서…."

—사과는 됐고, 지금 뭐 하고 있습니까?

"네? 저요?"

—되묻는 거 싫습니다. 한 번에 대답하세요.

주원의 질문을 들은 도담의 눈빛에 당황감이 어렸다. 방금까지 주원을 가지고 온갖 상상을 하고 있었는데, 그걸 곧이곧대로 말했다간 파멸을 면치 못할 터였다. 불호가 특히나 심한 기주원이라면 임무를 때려치워 버릴지도 모를 일이지.

잠시 고민하던 도담은 되는대로 얼버무려 보기로 했다.

"아… 저야 뭐, 그냥…. 내일을 준비하기 위해 몸과 마음을 정갈히 하고 있었답니다."

—최종 점검 안 합니까?

"아… 최종 점검…. 마침 그걸 할 차례였는데…."

—변명은 필요 없습니다. 실망은 미리 해뒀으니까.

주원의 태도는 고민이 무색할 정도로 삐딱했다. 그렇다고 해서 순순히 진실을 고할 수도 없었던 도담은 다른 쪽으로 대화를 이어나가기 위해 물었다.

"팀장님은 뭐 하고 계셨는데요?"

—….

그러자 이어지는 건 영문 모를 침묵이었다. 일벌레인 주원이라면 당연히 남은 업무를 붙잡고 있을 거로 생각했건만, 선불리 대답을 못 하는 걸 보면 그건 아닌 모양이었다.

"여보세요? 팀장님?"

도담은 그런 그를 한 번 더 부르며 재촉했다. 그러자 주원은 별안간 헛기침을 하는가 싶더니, 이내 쌀쌀맞은 목소리를 내뱉었다.

—온도담 씨가 내 주말 일과를 확인할 위치는 아닌 것 같은데요.

아, 그냥 말해주기 싫은 거였구나. 난 또 완벽한 팀장님이랑은 어울리지 않는 엉뚱한 짓이라도 하고 있는 줄 알았네.

듣지 못한 대답은 아쉬웠으나 어차피 소소한 잡담을 나눌 관계는 아니었다. 여기서 질척거려 봤자 득 될 게 없다고 판단한 도담은 이쯤에서 보채지 않고 물러나기로 했다.

하지만 마무리 멘트를 하기 전, 그에게 꼭 하고 싶은 얘기가 생각났다. 사실은 주원과의 임무가 결정됐던 날부터 하고 싶었지만 그럴 기회가 없어서 전하지 못한 말이었다. 도담은 혀끝에 맺혔던 인사를 잠시 넣어두고 비장하게 숨을 들이마셨다.

"기주원 팀장님!"

—뭡니까.

씩씩한 도담의 목소리와 달리 맥 빠질 만큼 시니컬한 대답이 돌아왔다. 하지만 그 정 없는 태도에 단련이 된 도담은 굴하지 않고 입술을 떼어냈다.

"저 이번 임무에 최선을 다할게요! 제가 실전 경험 없는 신입이라 불안하시겠지만, 팀장님을 위해서라면 뭐든 해낼 자신 있어요!"

—….

"그러니까 앞으로 저만 믿어주세요. 전 팀장님에게 든든한 파트너가 되고 싶어요."

평소 방방 떠있던 도담의 목소리는 이번만큼은 진지했다. 혹시라도 주원이 또 헛소리라 생각할까 걱정스러워서였다. 하지만 그건 어디까지나 그녀의 기우였다.

'선배님. 저도 당신의 쓸모 있는 파트너가 되고 싶습니다. 언젠가는.'

팔 년 전, 아무것도 모르던 신입 시절의 그도 누군가에게 그런 말들을 했었다.

휴대폰 너머에선 주원의 숨소리만 고요하게 들려왔다. 두 번째로 찾아온 침묵은 확실히 첫 번째보다 무거웠다. 그 반응이 의아했던 도담은 조심스러운 목소리로 반응을 떠보았다.

"팀장님, 혹시 감동하셔서 우시는 거예요?"

역시 잠깐이라도 진지하게 상대해 주면 안 되는 여자다. 그렇게 생각하며 회상에서 깨어난 주원은 언제 진지해졌냐는 듯, 곧바로 까칠하게 대답한다.

—그럴 리가요. 방해나 안 되면 다행이라 생각합니다.

"하하하, 농담은."

—진담입니다. 이만 끊겠습니다.

예상에서 조금도 벗어나지 않은 반응이었지만, 그래도 진심을 전할 기회라도 준 게 어디인가 싶다. 할 말을 끝낸 도담은 이쯤에서 통화가 끊어지리라 생각하고, 작별 인사를 준비했다. 하지만 다시 입술을 열기도 전에, 주원이 그녀의 이름을 불렀다.

—아, 온도담 씨.

낮고 차분한 그의 목소리는 늘 그렇듯 그녀의 말초신경을 자극한다. 도담은 휴대폰을 꼭 쥐어 잡고 이어질 마지막 멘트를 기다렸다.

—이제 우린 부부입니다.

"네…?"

—내일부터는 나를 상사가 아닌 남편으로 대하세요.

뚝. 짧은 통화는 그렇게 종료됐다. 통화 종료음이 그녀의 귀를 파고들었으나, 도담은 일렁이는 눈을 크게 뜨고 한동안 휴대폰을 내려놓지 못했다. 그의 입술에서 새어나온 단어에 호흡이 멈춰버렸다. 마치 우유라도 엎지른 듯 머릿속이 하얗게 변해갔다. 그녀가 좋아하는 사람은 상상했던 것보다 훨씬 더 설레는 사람이었다.

할 말을 고르는 숨소리, 붙어있던 입술이 천천히 떨어지는 소리, 그런 뒤에야 흘러나오는 목소리까지. 그의 기척들은 도담의 마음을 부르는 신호탄인 것만 같다.

이대로라면 가슴이 펑 하고 터져버리려나.

내일부터 그의 아내가 되어야 할 도담은 고민이 깊어졌다. 풋풋하게 팬심으로 시작한 첫사랑이 가망도 없는 마지막 사랑이 되어버릴까 봐.

* ◆ *

운성 중공업 본사 대회의실.

고위급 임원들만 모인 그곳에 살벌한 긴장감이 감돌았다. 회의가 시작된 지는 꽤 지났건만 누구도 쉽사리 입을 떼지 못하는 이유는 다름 아닌 오늘 전달해야 할 흉보 때문이었다.

보고를 맡은 인사부 부장은 식은땀을 감추기 위해 손수건으로 관자놀이를 연신 두드렸다.

"NSO에서 연락 올 때가 되지 않았습니까."

그런 그를 지켜보던 서태환 대표가 특유의 낮은 목소리로 물었다. 서른여덟이라는 젊은 나이에 수장이 되었으나, 위압적인 분위기로 좌중을 압도하는 그는 쉰이 넘은 부장을 경직시키기에 충분했다.

인사부 부장은 서둘러 목소리를 정돈하고 달갑지 않은 소식의 첫마디를 건넸다.

"오늘 아침 검찰 측이 보고한 바에 따르면… NSO가 이번에도 증거 확보에 실패해서, 아예 담당 팀을 바꾸기로 했다고…."

내용이 내용인지라 도저히 말을 똑바로 끝낼 수가 없었다. 오늘로써 벌써 세 번째 전하는 참패 소식이었다. 굳이 따지자면 좋은 성과를 내지 못한 게 인사부 잘못은 아니었다. 하지만 서태환 대표의 매서운 눈빛을 보고 있자면, 저절로 몸이 움츠러들었다.

"그래서… 바꾸도록 놔두셨습니까."

태환이 나직이 물었다.

서슬 퍼런 날이 선 음성에 이 순간 그가 원치 않는 대답을 하기란 참 어려운 일이지만, 딱히 도망칠 구석이 없었던 인사부장은 괜히 파일을 뒤적이며 대답했다.

"예, 예…. 저도 이런 식으로 사건을 위임해 버리는 건 무책임하다고 말씀드렸습니다만, NSO 측에서는 최선의 결정이라고 생각하는 모양입니다. 검찰도 그 부분에 대해서는 깊이 동의했고요."

"…."

"대신 위임하는 과정을 최소화하여, 수사가 길어지지 않게 신경 쓰겠다는 약속을 받아뒀습니다."

보고를 듣던 태환이 묵직한 펜을 빙글 돌렸다. 회의 내용이 마음에 들지 않을 때 보이는 부정적인 의미의 제스처였다. 그걸 알고 있는 임원들은 좀 더 숨을 죽였다.

자신의 눈치를 살피는 자들을 바라보던 태환은 등골이 싸해질 만큼 날이 선 음성을 내뱉었다.

"우리가 지켜야 하는 것은 단순한 기술이 아닌, 운성 중공업의 경쟁력입니다."

"…."

"이를 빼앗기는 순간, 이 자리에 있는 모두의 미래가 사라진다는 걸 잊으신 겁니까."

이 말이 대표의 협박이라 생각한 임원들은 아무도 질문에 답을 하지 않았다.

사실 태환이 말한 '모두' 속엔 자기 자신도 포함되어 있었다. 운성 중공업이 세계적인 기업으로 자리 잡을 수 있도록 선도해 준 핵심기술이 바로 태환의 작품이기 때문이다. 그 기술 하나를 무기 삼아, 태환은 운성 그룹 중 가장 큰 규모의 운성 중공업을 차지했고 '서'씨 가문 장남의 위상을 지켜냈다. 그러니 태환에게 이번 브로커 사건은 자신이 악착같이 쌓아 올린 성을 위협받는 것이나 다름없는 셈이었다.

태환의 엄포로 숙연해진 가운데, 한 사람이 입을 열었다.

"걱정하지 마십시오, 대표님. 운성 중공업은 조금도 타격받지 않을 겁니다."

태환이 핵심기술 개발에 매진할 당시, 연구팀의 헤드쿼터였던 최우석 상무였다. 최 상무는 늘 그렇듯 암울해진 상황을 정리하기 위해 앞장섰다.

"더딘 수사와는 별개로 운성 중공업의 기밀은 전부 안전하게 보호되고 있습니다. 그러니 앞으로 브로커 검거에 몇 번을 더 실패한다 한들, 대표님이 타격을 입으실 일은 없을 거라 장담합니다."

"그 말, 너무 안일하게 들리는데."

"불안감을 내려놓으세요. 지금껏 제가 대표님을 실망시켜 드린 적이 단 한 번도 없지 않습니까."

그리 말하는 최 상무에게선 확실히 임원들과 다른 여유가 느껴졌다. 임원들은 최 상무의 말에 힘을 실어주려는 듯, 태환을 바라보며 고개를 끄덕였다.

"…마지막으로 믿어보지."

잠깐의 침묵 뒤에 나온 태환의 대답은 그나마 차분해져 있었다. 자칫 밑도 끝도 없이 험악해질 뻔했던 회의가 이쯤에서 마무리 되려는 모양이었다. 임원들은 이번에도 큰일을 해낸 최 상무를 믿음직럽다는 눈으로 바라보며 겨우 긴장을 풀었다.

그 순간, 드르륵 하는 소리와 함께 무거운 회의실 문이 열렸다.

"앗! 이사님! 이러시면 안 됩니다!"

"응? 왜?"

"임원회의 중이세요!"

"나도 임원일걸? 이사면 임원 아닌가?"

당황한 비서의 목소리 뒤로 한없이 가벼운 음성이 들려왔다.

"아…."

여유를 지키고 있던 최 상무는 물론 회의실에 있던 임원들의 얼굴에 당황한 기색이 역력했다. 모두가 격식 있는 정장을 빼입고 있을 때, 홀로 플라워 블라우스에 화려한 레드 수트, 화룡점정으로 태환이 경박하다고 싫어하는 피어싱까지 박아 넣고 온 남자.

"형! 나 햄버거 사 왔는데, 들어가도 되지?"

"…."

"감자튀김 나눠줄게."

그는 NSO와 기주원, 그리고 서태환의 골칫거리이자 운성 그룹 내에서도 제대로 미쳐 돌은 놈이라 소문이 자자한, 위험인물 1호 서재이였다.

"서, 서 이사님…."

예상치 못한 그의 등장에 임원들은 이전보다 더 사색이 되었다. 심각해질 뻔한 상황을 겨우 달래놓은 최 상무도 당황한 건 마찬가지였다. 하지만 재이는 이 분위기를 보고도 모르는 척하는 건지, 아니면 아예 신경을 안 쓰는지 자신을 말리는 비서의 손도 뿌리치고 태환에게 다가갔다.

"밥은 먹었어? 어째 못 본 사이에 얼굴이 더 수척해진 것 같네."

속을 뒤집어놓는 안부 인사가 건네졌다.

태환은 재이를 보이지 않는 사람처럼 무시했다. 그런 태환을 바라보는 재이의 입꼬리가 위를 향했다. 비웃음이라고 생각할 수 없을 만큼 무방비한 미소였다.

"왜 나한테는 회의 있다고 말 안 했어? 내가 아무리 출근을 안 해도 그렇지, 나 몰래 만나는 건 너무하잖아."

"…."

"내 험담하려고 만난 사람들도 아니고."

서재이에 대한 험담보다 더 큰 일을 몰래 벌이고 있었던 임원들은 숨죽여 마른침을 삼켰다. 지진이라도 난 듯 흔들리는 동공들은 척 봐도 동요하는 중이었다. 그 와중에 태환은 조금의 표정 변화도 보이지 않았다. 의미심장하게 굴면서 사람 속내를 찔러보는 서재이의 취미를 익히 알고 있어서였다.

"찾아온 용건이나 말하지."

대화를 길게 이어나가고 싶지 않았던 태환이 여전히 재이를 외면한 채 추궁하듯 물었다. 그런 그를 가만히 내려다보던 재이는 회의실 테이블에 되는대로 걸터앉고는, 다른 이들의 불편한 눈초리에도 아랑곳없이 가지고 온 햄버거 포장을 뜯기 시작했다.

"서 이사님, 여기에서 식사는 좀…."

재이의 태연자약한 태도에 당황한 최 상무는 그를 말려보려 했다. 하지만 한 문장을 다 마치기도 전에 재이가 나긋한 목소리를 흘려보냈다.

"나 얼마 전에 여자 친구랑 헤어졌어."

"…."

"우리 옆집에 사는 여자라서, 진짜 연애놀이 하는 것처럼 재밌게 놀았었는데…."

"…."

"갑자기 날 떠나겠다고 하더라. 미안해서 같이 있을 수 없다나 뭐라나."

서재이의 옆집. 그곳은 NSO에서 파견한 요원들이 사용하는 임시 거처였다. 그곳에 살았던 여자라면, 가장 최근에 실패했다던 요원을 말하는 것이 분명했다.

불안한 기류가 회의실을 떠돌던 그때였다.

"그 여자… 사실 날 뒷조사하고 있었대."

결정적인 단어가 나와버렸다. 애써 침착함을 유지하던 최 상무의 눈빛도 격하게 흔들리기 시작했다. 그러나 태환은 그 순간까지도 일말의 반응을 보이지 않았다. 전혀 관련 없는 사람인 것처럼 새어 나오는 호흡은 차분하기만 하다. 그런 태환에게 재이는 물었다.

"형이 보낸 여자야?"

"…."

"나에 대해서 뭘 알고 싶었는데? 사생활? 여자관계? 아니면 우리 집 인테리어 스타일?"

장난스럽게 추궁하는 모습에 모든 걸 눈치챈 건지, 아직 자세한 내용까진 모르는지 가늠하기 어려웠다. 그래서 어떤 대답을 해야 할지 태환이 고민하는데, 재이가 태환을 바라보며 뒷말을 이어나갔다.

"궁금한 게 있으면 그냥 나한테 물어보지 그랬어. 나 형한테 숨기는 것도, 숨기고 싶은 것도 없는데…."

적의라고는 찾아볼 수 없는, 헤실헤실하는 표정이었다.

"하…."

태환의 입술 새로 헛웃음이 터져 나왔다. 한쪽이나마 올라간 입꼬리와 달리 눈빛은 전보다 더 싸늘해졌다. 머지않아 자리에서 벌떡 몸을 일으킨 태환은 적대감을 감출 생각도 없는지 분노를 욱여넣은 한마디를 내뱉었다.

"말투며 행동이며 그 헤픈 면상까지…. 천박해서 봐줄 수가 없군."

지켜보는 이들은 험악해진 분위기에 얼어붙어 아무 말도 하지 못했다.

태환은 이내 재이에게서 살벌한 눈빛을 거두었고, 더 이상 상종하기도 싫다는 듯 매정한 발걸음을 떼어냈다.

"서, 서 대표님!"

최 상무와 임원들은 그런 태환을 곧장 따라나섰다. 하지만 재이는 떠나는 그를 붙잡아볼 생각도 않고, 테이블 위에 가만히 앉아있을 뿐이었다.

이윽고 재이가 열어놓았던 회의실 문이 거칠게 닫혔다. 그와 동시에 이명이 생길 만큼 고요한 침묵이 재이를 덮쳐 왔다. 재이는 적막감을 그리 좋아하지 않았다. 혼자 남겨진 상황에서는 더더욱 그랬다. 그래서 괜히 다 열어놓은 햄버거 봉투를 뒤적이고, 일부러 부스럭부스럭 소리를 내며 포장을 벗겨냈다.

"아, 햄버거 눅눅해졌네. 아쉬워라…."

그는 가벼운 혼잣말과 함께 엉망이 된 햄버거를 크게 한 입 베어 물었다. 늘 그랬듯이, 속내를 알 수 없는 무방비한 미소를 어여쁜 얼굴에 띠운 채.

그녀가 상사를 부를 때

오랜만에 한가로운 월요일 낮부터 온도영의 방에서 한바탕 소란이 일었다.

"아아악! 이 돌은 자야! 내 이불 안 내놔?"

잠에서 막 깨어났음에도 불구하고 고래고래 소리를 지르는 도영은 몹시 분노한 표정이었다. 그에 비해 도담은 생글생글 웃는 낯으로 그의 이불을 끌어당겼다.

"사랑하는 도영아, 나 출장 가있는 동안만 바꿔주라. 응?"

"니 이불 가져가! 왜 남의 걸 뺏어가려고 그래?"

"내 이불은 십 년이나 돼서 하얗다 못해 누렇단 말이야. 군데군데 해진 데도 많고. 그런데 너 건 산 지 한 달도 안 돼서 아직 뽀송뽀송하잖아."

"넌 그걸 말이라고 지껄이지?"

도영은 억지 부리는 도담을 매섭게 쏘아보았다. 아무리 사정해도 빌려주지 않을 분위기였다. 하지만 그와의 동거 생활도 어느덧 이십육 년째. 도담은 단순무식한 도영을 굴복시키는 방법을 잘 알고 있었다.

"정말 안 바꿔줄 거야?"

"어, 안 돼. 돌아가. 돌은 자야."

"좋게 말로 부탁해선 안 들어준다 이거지."

"나쁘게 부탁해도 안 들어줄 거다. 가시나야."

"알았어, 그럼."

재차 도영의 뜻을 확인한 도담은 고개를 끄덕였다. 흡사 물러서려는 것처럼 보였으나, 대답과 달리 그녀는 이불자락을 더욱 단단히 붙들기 시작한다.

"뭐, 뭐 하는 거야."

도영의 눈빛이 살짝 불안해졌다. 도담은 그런 그를 무시한 채 두 다리에 힘을 주었고, 힘겨루기를 하는 황소처럼 이불을 끌어당겼다. 그야말로 온 힘을 다해, 얼굴이 새빨개지도록.

"아아악! 엄마! 누나 또 힘으로 내 거 뺏어 가려고 해! 엄마! 엄마!"

누나가 어마어마한 힘을 내세워 고집을 부릴 때면, 도영은 습관적으로 엄마를 찾곤 했다. 나이가 스물여섯이 되도록 고치지 못한 몹쓸 버릇 중 하나였다.

"온도담! 넌 왜 자던 동생 이불을 뺏어 가고 그래!"

이 난리통을 더는 봐줄 수 없었던 두 남매의 엄마 홍 여사는 잽싸게 달려와 버럭 성질을 냈다. 도담은 여전히 이불을 끌어당기며 우렁찬 목소리로 대답했다.

"나 오늘부터 장기 출장이잖아! 도영이 새 이불 좀 빌리고 싶은데 얘가 협조를 안 해줘!"

"회사에서 숙소 잡아줬다며! 거기 이불도 없대?"

"어휴, 우리 회사는 너무 작고 영세해서 집만 덜렁 구해주고 말았어! 살림살이는 내가 들고 가야 돼!"

사실 도담의 가족은 그녀가 조그마한 무역 회사의 경리로 일하는 줄 알고 있었다. 정부 산하 비밀 수사기관인 만큼, 여기서 일한다는 사실은 가족에게도 말하지 말라는 NSO의 지시였다. 그녀의 엄마는 그 가짜 직장을 몹시 마음에 들어 하지 않았다. 밤낮없이 야근만 시키는 것도 모자라 출장을 지방으로 보내버리기까지 하니, 차라리 한 살이라도 젊을 때 그만두고 새 직장으로 갈아타기를 바랐다.

"그러니까 공무원 시험이나 계속 쳤으면 좀 좋아! 하여간 그걸 왜 그만둬 버려서는."

딸이 이미 국가 기관에서 일하고 있다는 걸 꿈에도 모르는 홍 여사는 툴툴거리며 도영의 방으로 들어섰다. 그런 뒤 별안간 도영의 등짝을 찰싹! 내리쳤다.

"비켜! 이놈 새끼야! 누나 멀리 가는데 이불 하나 양보 못 하냐!"

"악!"

당연히 제 편이 되어줄 줄만 알았던 엄마의 배신에 당황한 도영은 그대로 이불을 놓쳐버리고 말았다.

"아싸! 엄마 사랑해!"

이 틈을 놓치지 않고 도영의 이불을 둘둘 만 도담이 서둘러 방을 나서자, 도영은 억울해 죽겠다는 눈빛으로 홍 여사에게 악을 쓴다.

"엄마가 이 상황에서 누나 편을 들면 안 되지! 그럼 난 뭐 덮고 자라고!"

"안방 이불 하나 꺼내주면 되잖아!"

"꾸리꾸리한 냄새나서 싫단 말이야! 나 후각 예민한 거 몰라서 이래?"

"아후! 목소리도 굵은 애가 왜 이렇게 소리를 질러대! 조용히 안 해!"

성격이 불같다는 점이 똑 닮은 모자가 맹렬히 싸우기 시작했다. 어디까지나 도담의 만행으로 시작된 분쟁이었으나, 도담은 그들과 상관없이 마냥 신나 보였다.

그가 데리러 오겠다고 말한 시간은 오후 한 시. 그리고 지금 시각은 열두 시 삼십오 분. 평소 회사 출근하듯 도담을 데리러 오는 거라면 그는 아마 이십 분 전에 도착할 것이다. 그 말인즉, 앞으로 오 분만 더 기다리면 주원과의 본격적인 신혼생활이 시작된다는 뜻이다. 비록 거짓이라고 해도 명목상 '나의 남편'이 된 그를 맨정신으로 마주할 수 있을지나 모르겠다.

"아이, 팀장님도 참… 어제 왜 전화를 걸어서는."

도담은 습관처럼 붉어지는 얼굴을 진정시키려 손등으로 매만졌다. 그러고는 도영에게서 쟁취한 이불을 커다란 캐리어에 구겨 넣는데 집중하고 있던 그때였다. 거실 탁자에 놔두었던 도담의 휴대폰 벨이 울렸다. 순간 쿵! 하고 떨어지는 심장은 발신자를 이미 아는 듯하다.

"어머, 어떡해! 어떡해! 전화 왔어! 어머!"

도담은 유명 아이돌 팬미팅에 당첨된 십대 소녀처럼 호들갑을 떨며 휴대폰으로 다가갔다. 마침 홍 여사에게 자신의 억울함을 표출하고 있던 도영은 그런 그녀를 가리키며 버럭 소릴 질렀다.

"봐봐! 엄마! 잰 미쳤다니까! 엄마는 미친년 편을 든 거야, 지금!"

"뭐어? 누나보고 미친년? 이놈 말하는 싸가지 봐라!"

짜악! 짜악!

"아아악!"

도담은 전화를 받기 직전 터져 나온 도영의 외침을 굳이 주원에게까지 들려주고 싶지 않았다. 그래서 아예 베란다 밖으로 나간 뒤에야 조심히 통화 버튼을 누르니, 살짝 신경질적이어서 더 섹시하게 느껴지는 그의 목소리가 들려왔다.

—준비는 다 됐습니까.

주원의 매력엔 반사적으로 반응해 버리는 도담은 순식간에 새빨개진 얼굴로 대답했다.

"조, 좋은 아침입니다! 팀장님!"

상기된 인사를 들은 주원은 짧은 한숨을 내쉬었다. 그리고 꺼내는 말은 첫마디보다 더 까칠했다.

—오늘부터 난 팀장이 아니라 남편이라고 몇 번을 말했습니까.

아, 팀장님…. 제발 부탁인데, 제 취향 제대로 저격하는 그 화난 목소리로 달콤한 멘트 좀 날리지 마세요. 신혼생활 시작하기도 전에 심장병으로 죽겠어요.

하고 싶은 말은 그뿐이었으나, 공교롭게도 도담은 딱 그 말만 하지 못하는 처지였다. 그래서 베란다에 널어놓은 도영의 티셔츠만 물어뜬으며 심장을 식히고 있었다.

"봐봐! 엄마! 쟤 내 옷 먹잖아! 저래도 미친년이 아니야? 저래도?"

뒤편에서 도영의 거친 고함이 들려왔다. 자칫하면 주원에게까지 들릴 만큼 커다란 음량이었다. 빨리 전화를 끊어야겠다고 생각한 도담은 서둘러 마무리 멘트를 날렸다.

"저, 저는 이제 준비 다 됐어요! 지금 바로 나가겠습니다!"

—온도담 씨 아파트 단지 입구 카페입니다. 수선 떨지 말고 자연스럽게 찾아오세요.

"네! 수선 떨지 말고 자연스럽게!"

그리 대답하는 도담의 목소리는 수선스럽고 자연스럽지 않았다. 하지만 통화는 거기에서 끝이 났고, 그와의 신혼생활도 이렇게 시작되고 말았다.

오늘 내 차림새 괜찮은가? 내 얼굴 상태는 또 어땠더라?

분명 오전 내내 시간을 들여 꾸몄는데도 그녀는 제 모습에 확신이 서지 않았다. 그러나 이런 불안한 생각들이 모여 긴장감이 될 테니, 도담은 일부러 씩씩한 구호를 외치며 베란다 문을 열어젖힌다.

"수선 떨지 말고 자연스럽게! 진짜 와이프처럼 예쁘고, 깜찍하고, 사랑스럽게! 온도담 아자아자!"

"엄마! 나 이제 쟤 무서워!"

주원은 오만상을 쓴 채 손목에 찬 시계를 바라보고 있었다. 전화를 끊은 지 벌써 십 분째였다. 집과 아파트 단지 입구를 몇 번이나 왕복하고도 남을 시간인데, 그녀는 좀처럼 나타나질 않는다.

다른 사원들 같았더라면 엄하게 혼낼 준비부터 했을 것이다. 그러나 주원은 온도담의 유별난 취향에 대해 너무 잘 알고 있었다. 섣불리 화를 냈다가는 이상한 쪽으로 꽂혀서 더욱더 수선을 떨 게 뻔하다.

“역시… 마음에 안 들어.”

주원은 특유의 차디찬 표정으로 불편한 혼잣말을 내뱉었다. 그렇게라도 성질을 죽이고 있는데, 드르르륵 하고 캐리어 바퀴가 맹렬하게 굴러오는 소리가 저 끝에서부터 들려왔다. 굳이 뒤를 돌아보지 않아도 느껴지는 존재감에 간담이 서늘해졌다. 주원은 마른침을 삼키며 고삐 풀린 망아지를 상대할 준비를 했다.

“여보!”

낯 뜨거운 호칭이 아파트 단지를 가득 메웠다. 믿고 싶지 않은 현실에 차마 아무 반응도 못 하고 있으니, 그녀는 부끄러운 단어를 연거푸 외친다.

“여보! 저 왔어요! 여보!”

“설마….”

순간 등골에 싸한 소름이 끼친 주원은 천천히 뒤를 돌았다. 빠른 속도로 달려온 작은 생명체가 그의 품에 와락 안겨왔다.

“나 친정에 가 있는 동안 많이 보고 싶었어요?”

도담은 애교 섞인 질문을 던지며 그의 허리를 꽈악 끌어안았다. 제대로 스며드는 달콤한 향기에 주원의 눈빛이 촛불처럼 흔들렸다.

“온도담….”

그녀의 두 팔이 주원의 허리를 단단히 조여왔다. 예상치도 못했던 스킨십은 천하의 기주원도 얼어붙게 만들었다. 도담은 이런 포옹이 너무 익숙한 사람처럼 자연스럽게 몸을 밀착시킨 뒤, 고갤 들어 주원의 얼굴을 바라보았다. 그러고는 딱딱하게 경직된 그의 눈을 사랑스럽게 바라보며 묻는다.

"우리 여보, 나 많이 기다렸어요? 늦게 나와서 미안해요. 대신 집에 가서 뽀뽀 많이 해줄게요!"

이걸… 어디서부터 어디까지 지적해야 할지 모르겠다. 아무래도 이 여자는 임무를 빌미로 하고 싶은 짓을 다 하려는 모양인데, 너무 뻔뻔하고 어이가 없어서 말도 나오지 않는다. 일단 허리를 휘감은 두 팔부터 치워버리고 싶었던 주원은 커다란 손을 그녀의 머리 위로 뻗었다.

"쓰다듬어 주게요?"

도담이 강아지처럼 천진난만한 눈으로 물었다. 이쯤 되면 눈치가 없는 건지, 아니면 제멋대로 해석하며 억지를 부리는 건지 모르겠다. 주원은 그런 도담의 두 팔을 꽉 잡았고, 온 힘을 다해 강제로 떼어냈다.

"앗!"

이제야 주원에게서 떨어져 나간 그녀의 몸.

"미쳤습니까?" 주원이 살벌하게 물었다. 그건 절대 질문이 아니었지만, 도담은 기죽는 기색 하나 없이 대답했다.

"어머, 둘이 있을 땐 여보가 더 난리면서 밖이라고 부끄러워 하기는."

"뭐?"

"하여간, 우리 여보는 수줍음 타는 모습도 귀엽다니깐."

도담의 작은 주먹이 주원의 가슴팍을 툭 쳤다. 이 광경을 흐뭇하게 바라보며 지나가는 사람들은 주원의 심기를 건드리기에 충분했다.

"여기까지."

주원은 다가온 그녀의 팔목을 낚아채듯 붙잡았다. 그다지 힘이 실려있진 않았으나 마주한 눈빛만큼은 살벌했다. 도담이 그런 그를 멀뚱멀뚱 마주하자, 주원은 별안간 고개를 끌어내린다. 잘하면 숨소리까지 들릴 만큼 그의 얼굴이 가까워져 마치 키스라도 해줄 듯 로맨틱한 자세였다.

"가, 갑자기 이렇게 얼굴을 가져오시면 제가 정신을 못 차릴 것 같은데…."

하지만 그 끝에 이어지는 건, 잔뜩 힘이 실린 협박이었다.

"온도담 씨, 차에 타서 봅시다."

평소와는 비교도 할 수 없이 격노한 그의 눈동자를 보며 도담은 저도 모르게 마른침을 삼켰다.

차 안은 조용했다. 운전대를 잡은 주원은 한동안 말이 없었다. 아까 분위기로 봐선 한소리 할 것 같았는데, 의외로 주원은 입술 한 번 떼지 않는다. 그런 그의 눈치를 살살 보던 도담은 조심스레 말문을 열었다.

"여보, 혹시…."

"그 호칭, 꼭 매 문장마다 붙여야 합니까?"

그제야 나온 주원의 질문이 그녀의 말을 끊었다. 날이 선 목소리를 보니 궁금해서 묻는 건 아닌 듯했다. 딴에는 맡은 역할에 최선을 다하는 중인데, 이걸 나무라는 건 선뜻 이해가 가지 않는다. 도담은 그의 날선 반응이 억울해 눈썹을 내려트리고 툴툴거렸다.

"팀장님이 그랬잖아요. 오늘부터는 직장 상사가 아니라 남편으로 대하라고."

"그게 나한테 엉겨 붙어도 된다는 뜻은 아니었습니다."

"어머, 주변에서 신혼부부 못 보셨어요? 얼마나 꼭 붙어 다니는데요. 한여름에도 떨어지질 않더라."

반박할 거리는 없었지만 주원의 표정은 결코 수긍하는 것 같지 않았다. 오히려 더욱 딱딱하게 굳어버린 것이, 온 얼굴로 불편한 심기를 드러내고 있다.

"부부라고 해서 모두가 죽고 못 사는 건 아닙니다. 온도담 씨와 나는 아주 기본적인 역할만 하는 거로 하죠."

"기본적인 역할이 뭔데요?"

"같이 사는 것."

"겨우?"

머지않아 꺼내진 그의 말은 가당치도 않았다. 일에 관해서는 프로페셔널한 사람이라 생각했건만, 이제 보니 직업 정신보다 똥고집 정신이 더 센 모양이었다. 그런 태도가 답답했던 도담은 버럭 성질을 냈다.

"같이 살기만 하는 거면, 군대 동기랑 부인이랑 다를 게 뭐예요!"

주원은 그녀의 고함에 귀가 아픈지, 창가 쪽으로 고개를 기울였고 노골적으로 인상을 쓰며 되물었다.

"대체 온도담 씨는 나한테 뭘 기대하는 겁니까?"

그건 도담이 내심 기다리던 질문이었다. 이를 기회 삼아 모든 걸 풀어놓고 싶었던 도담은 제 이야기를 줄줄 시작했다.

"아니, 뭘 기대한다기보다는… 일단 여보 자기 호칭은 해줘야 하고, 주변에서 보는 눈이 있으니까 손 정도는 잡고 다니는 게 좋을 것 같고."

"…."

"그리고 날 보는 눈빛에 조금 더 애정이 어려있으면 좋겠어요."

"하…."

"물론 나는 팀장님이 인상 쓰는 걸 좋아하지만, 남들은 그런 얼굴을 수상하게 여길지도 모르잖아요."

더 진한 바람도 있었지만 그건 숨기기로 했다. 딱 여기까지가 주원이 들어줄 수 있는 최선이라고 생각해서였다.

"흐음…."

주원은 도로 끝을 바라보며 긴 한숨부터 내쉬었다. 그러고는 잠시 고민하는 듯 침묵하더니 대찬 거절을 내뱉었다.

"역시 싫습니다."

이럴 거면 고민하는 척은 왜 했는지 모르겠다.

"그럼 어떡하려고요! 서재이 앞에서도 이렇게 딱딱하게 대할 거예요? 누가 봐도 직장 상사랑 부하 직원처럼 보이게?"

그의 태도를 이해할 수 없었던 도담은 징징거리는 목소리로 물었다. 그러자 주원이 해결책이랍시고 늘어놓는 답변들은 하나같이 성에 차지 않았다.

"호칭은 가급적 생략하도록 하죠. 굳이 안 붙여도 대화는 가능하니까.”

“생략해 버린다고요?”

“스킨십은 필요한 상황이 되면 내가 알아서 하겠습니다. 그러니 이 시간부로 나한테 엉겨 붙는 건 금지.”

“뭘 또 금지까지….”

“애정 어린 시선도 필요 없습니다. 눈이 마주쳤을 땐 자연스럽게 고갤 돌리세요.”

“하아, 정말 너무하시네.”

아무것도 하지 말고 가만히 있으라는 뜻과 다를 바가 없었다. 오늘부터 남편으로 대하라고 했으면서 철벽만 더욱 높게 쌓아버리니, 도대체 이걸 어쩌라는 건가 싶다.

“내가 할 수 있는 건 하나도 없잖아요.”

도담은 입술을 삐죽이며 툴툴거렸다.

“신입은 군말 없이 선임을 따르는 게 당연한 겁니다.”

주원은 특유의 쌀쌀맞은 목소리로 표정 변화 하나 없이 대답했다. 그 단호한 눈빛을 보니, 여기서 더 징징거려 봤자 변하는 건 없을 것 같았다.

그렇다면 어쩔 수 없지. 나도 욕심을 좀 줄여보는 수밖에.

“알았어요. 팀장님이 원하는 대로 따라줄게요.”

도담은 체념 섞인 목소리로 대답했다.

이제야 고분고분 제 말을 들어주려는 듯한 도담의 모습에, 주원의 입술 새로 작은 숨이 터져 나왔다.

“대신 이거 하나만 추가해요.”

하지만 뒤따라온 대사는 다시금 주원을 긴장시켰다. 아무래도 이렇게 물러날 수 없어서 조건이라도 내걸어보려는 모양인데, 어차피 가당치도 않은 말일 게 뻔했다.

"앞으로 나한테 반말하세요."

무엇이든 완강히 거부할 준비를 하고 있던 주원에게 의외로 소소한 조건이 붙었다.

"나는 존댓말도 살갑고 귀엽게 쓰지만, 팀장님은 영 아니잖아요. 전형적인 직장 상사처럼 사무적이고 정 없어요."

"…."

"그러니까 차라리 말을 놓으세요. 그러면 딱히 뭘 하지 않아도 지금보다는 가까워 보일 것 같으니까."

이어지는 그녀의 설명은 사심보단 업무를 위한 제안에 가까워 보였다. 그래서 감정적으로 외면하지 않고 조금 더 고민하는데 도담이 침묵을 깨고 되물었다.

"겨우 이 정도도 안 되나요?"

평소처럼 방방거리지 않는 차분한 목소리였다. 그 차이가 왠지 진지하게 다가와, 침묵을 유지하던 주원은 체념 섞인 한숨과 함께 차디찬 목소리를 흘려보낸다.

"…고개 돌려. 운전하는 데 방해돼."

언제나 굳게 닫혀 있던 그의 바리케이드가 처음으로 틈을 보인 순간이었다.

도곡동의 고급 오피스텔 '임페리얼 파크' 주차장.

“와, 오피스텔 주차장이 종합 운동장만 하네!”

차에서 내린 도담이 진심 어린 감탄사를 내뱉었다. 낡은 아파트에서만 십 년을 넘게 살았던 도담은 처음으로 느껴보는 상류층 분위기에 적잖이 충격받은 모양이었다.

하지만 주원은 별 감흥이 없는지, 무심한 표정으로 트렁크를 열었다. 그 안에서 나온 건 주말에 사둔 개 펜스들이었다. 심상치 않은 그의 이삿짐을 본 도담은 당황을 감추지 못했다.

“그, 그게 다 뭐예요?”

“펜스.”

“그건 아는데, 왜 가져왔어요? 혹시 우리 개 키워요?”

“꼭 개한테만 쓰라는 법 있나?”

친밀감을 위해 반말을 사용하라 했지만, 어쩐지 더 쌀쌀맞게 느껴지는 건 기분 탓일까.

무뚝뚝하게 대답한 주원은 펜스를 전부 꺼내 들었다. 그러고는 그를 빤히 바라보는 도담에게 당부하듯 말했다.

“펜스 엘리베이터 앞에 옮겨놓고 올게. 넌 여기서 기다리고 있어.”

“앗, 같이 가요!”

“너 캐리어 아직 트렁크에 있잖아.”

“제 캐리어는 제가 꺼낼게요!”

“그냥 있어. 말 길어지게 하지 말고.”

주원은 따라가겠다는 그녀를 한사코 저지하고, 엘리베이터 쪽으로 미련 없는 걸음을 옮겼다.

도담의 눈동자는 좀처럼 그의 뒷모습에서 떨어지질 못했지만, 주원은 저 멀리 가는 동안 한 번도 돌아보질 않았다. 왠지 섭섭하긴 해도 진짜 남편도 아닌 이상 혼자 삭여야 했다.

"에휴… 생각했던 것보다 훨씬 어려운 사람이네."

미련 가득한 혼잣말을 내뱉은 도담은 천천히 몸을 돌려 주원이 열어놓고 간 트렁크로 향했다. 그는 아무것도 하지 말고 가만히 있으라고 했으나, 도담은 그가 일일이 챙겨줘야 할 짐이 되고 싶지 않았다.

"자, 그럼 힘 좀 써볼까?"

도담은 괜히 어깨를 풀며 캐리어 앞에 자세를 잡았다. 너무 크고 무거운 캐리어라 끌고 오는 것도 참 버거웠으나, 젖 먹던 힘까지 들이붓는다면 못 들 것도 없을 터였다.

"읏챠!"

도담은 힘찬 기합과 함께 팔에 잔뜩 힘을 넣었다.

"흐읍…! 악…!"

하지만 캐리어는 꿈쩍하지 않았다. 옷부터 이불, 살림 집기들까지 과하게 때려 넣어서일까. 아무리 용을 써봐도 혼자 힘으로는 내릴 수 있을 것 같지가 않다.

"아… 잡아끌어서 내려야 하나. 아니야, 그랬다가 차에 기스 나버리면 어떡해."

몇 번 더 낑낑거려보던 도담은 제풀에 지쳐 캐리어를 놓아버렸다. 주원은 이 어마어마한 걸 어떻게 트렁크에 실었던 건지. 우락부락한 근육질 타입이 아니라서 생각지도 못했는데, 그는 의외로 힘깨나 쓰는 체질인가 보다.

"안 되겠다. 이번에도 신세를 지는 수밖에…."

도담은 빠질 뻔했던 어깨를 주무르며 속상한 혼잣말을 중얼거렸다. 그러고는 주원이 사라진 쪽으로 다시 시선을 두려는데 생전 처음 듣는 나긋한 목소리가 등 뒤에서 들려왔다.

“나는 그거 들 수 있을 것 같은데….”

“엄마야!”

갑작스러운 인기척에 깜짝 놀란 도담은 소리를 지르며 고갤 돌렸다. 그러자 시야에 들어차는 건 커피를 들고 다가온 화려한 수트 차림의 남자였다. 하얗고 매끈한 얼굴, 여우처럼 살랑거리는 눈꼬리에, 보기 좋은 살구빛 입술까지. 분명 초면인데 어디서 봤던 사람처럼 낯이 익다.

내가 아는 배우를 닮은 건가. 아니면 딱 한 번 스쳤는데 너무 잘생겨서 머릿속에 각인이 되어버렸나. 그것도 아니면….

“가방 꺼내는 거 도와줄까?”

“예?”

그가 당황스러울 만큼 살가운 반말로 물었다. 도담은 됐다고 손사래를 치려 했으나 그는 무턱대고 트렁크 앞으로 다가왔다.

“저기서부터 지켜보고 있었는데 혼자 애쓰는 것 같길래.”

“아뇨, 괜찮은데….”

“잠깐 내 커피 좀 들고 있어줘.”

그는 들고 있던 커피를 도담에게 넘겼다. 하얀 커피 뚜껑에는 네임펜으로 알파벳 하나가 적혀있었다.

‘J.’

그걸 본 순간 머릿속에서 섬광처럼 그에 대한 정보가 터져 나왔다.

'운성 중공업 산업기밀 브로커, 서재이…!'

그래, 서재이였다. 임무 계획서에서 사진으로만 봤던 서재이가 그녀 앞에 나타나 말을 걸고 있다. 이건 도담이 반드시 잡아야 할 절호의 찬스였다. 이번 임무는 어떻게 하면 서재이와 물 흐르듯 자연스럽게 안면을 틀 수 있을지가 관건이었는데, 이렇게 먼저 다가와 준다면 일이 몇 배는 더 쉬워질 터였다.

"도, 도와주셔서 감사합니다! 이 은혜는 제가 꼭 갚을게요!"

상황을 파악한 도담은 빠르게 태세를 전환했다.

"응, 꼭 갚아."

어지간한 사람이면 별거 아니라고 해줬겠지만, 역시 서재이는 들려온 소문만큼이나 범상치 않았다. 도담은 그의 이상한 페이스에 휘말리지 않도록 정신을 똑바로 차리고, 서글서글하게 대화를 계속 이어가 보기로 했다.

"혹시 A동에 사세요?"

"그러니까 이쪽으로 지나가고 있었겠지."

"어머나, 이런 우연이! 저도 A동에 살거든요! 오늘 이사 왔어요!"

"아아, 그래?"

"첫날부터 이웃 주민에게 신세를 지네요. 앞으로 잘 부탁드려요!"

"응."

하지만 어째 얘기를 하면 할수록 그의 반응은 미적지근해졌다. 도담은 그가 무슨 낌새라도 눈치챈 건 아닌지 불안해졌다. 바로 전 요원이 자신의 정체를 다 실토한 뒤 잠적했다고 들었는데, 잔뜩 예민해져 있을 그에게 너무 들이댄 건 아닌가 싶다.

조심스러워진 도담이 이쯤에서 인사를 마무리 지으려 다시 입술을 여는 참이었다.

"그럼 저는…."

"그나저나… 나 귀신이 보이는 것 같아."

"예? 갑자기요?"

황당하리만큼 뜬금없는 재이의 말에 도담은 어리둥절한 눈빛으로 재이를 올려다보았다. 그러자 재이는 저 먼 어딘가를 유심히 바라보며 조심스러운 목소리를 이어나갔다.

"응, 저쪽에서부터 무섭게 걸어오고 있는 남자. 아무리 봐도 저승사자 같은데."

"저승사자라니…."

"니가 보기에도 그래?"

도담은 재이의 시선이 향한 쪽으로 고갤 돌렸다. 그리고 뒤늦게서야 발견하고 말았다. 쥐도 새도 모르게 천천히, 하지만 저승사자 저리 가라 할 만큼 살벌한 기운을 내뿜으며 다가오는 그녀의 비공식적 남편, 기주원을.

"여보, 그 남자 누구야?"

"…네?"

팽글팽글 돌아가던 도담의 머리가 한순간에 정지했다. 아마도 기주원 입에서 나왔다고는 믿기 힘든 '여보'라는 호칭 때문일 것이다.

'죽어도 그렇게는 안 부르겠다더니….'

도담은 동그래진 두 눈을 깜빡이며 주원을 바라보았다. 도담이 그러거나 말거나 어느새 차 앞까지 다가온 그가 이번엔 재이를 똑바로 보며 묻는다.

"어떻게 아는 사이냐고 물었어."

일에 관해선 준비가 철저한 주원이 재이를 못 알아볼 리는 없었다. 그러나 그런 것치고는 적대적이었다. 서글서글하게 인사를 건네도 모자랄 텐데 경계심만 가득하다.

재이는 그런 그를 흘깃 바라보더니, 도담에게 나직이 물었다.

"결혼했었어?"

"네, 네?"

"어른이었네. 키가 작아서 몰랐어."

난데없는 디스였다. 어쩐지 반말을 찍찍해대며 살갑게 군다 싶더니, 그는 도담을 한참 어린 학생으로 알았나 보다. 살짝 빈정이 상한 도담은 의식적으로 허리를 꼿꼿이 세우고 반박했다.

"어머, 저 스물일곱 살 유부녀거든요?"

"남의 와이프한테 '너'라니…."

"…."

"아무리 봐도 초면인 것 같은데, 무례하네."

주원이 낮은 목소리로 말을 꺼냈다. 재이를 노려보는 눈빛은 마치 자신의 영역에 침범한 수컷을 내쫓으려는 맹수 같았다.

재이는 그런 그를 가만히 마주했다. 혹시 기분 나빠하는 건 아닌가 싶었으나, 재이는 오히려 사람 좋은 미소를 띠고 있었다.

"아, 내가 괜한 오해를 산 것 같네. 난 이쯤에서 빠져야겠다."

재이는 도담에게 넘겨주었던 제 커피를 다시 가져갔다.

"또 보자."

그러고는 굳이 그녀에게만 작별인사를 건넸다. 남자는 아예 못 본 것처럼 상종도 안 한다더니. 딱 그 소문대로였다.

주원은 재이를 경계심 어린 눈으로 주시했고, 그가 자신의 곁을 스쳐 가는 순간 빠르게 그의 모든 것을 스캔했다. 연한 카멜색 머리카락, 딱히 눈에 띄는 흉터는 없지만 심상찮게 박힌 피어싱들, 화이트 머스크 향수를 사용하고 의외로 비흡연자. 코트 색이 요란하긴 하지만 그 안에 수트를 차려입은 것으로 보아 사무적인 장소에 다녀온 모양이다.

'그것이 운성 중공업일까. 아니면 브로커와의 만남일까.'

주원은 찰나의 시간 동안 타깃의 표정에서 실마리를 찾아보려 했다. 그러나 지극히 온화한 재이의 얼굴만 봐서는 도대체 무슨 생각을 하는지 읽어낼 수가 없었다. 입가에 번져 있는 웃음기는 분명 한없이 가벼워 보이는데, 어쩐지 방심하지 못할 긴장감이 감돈다.

"…."

주원은 자신을 스쳐 지나 엘리베이터로 향하는 재이의 발소리에 가만히 귀를 기울였다. 멀어지는 그에게 온 신경을 쏟아붓는데 도담이 산통을 깨고 주원을 불렀다.

"저기, 근데요. 있잖아요."

여보도 안 되고 팀장님도 안 된다고 하니, 이제는 '저기'라고 부를 참인가 보다.

"또 뭐."

주원은 책잡고 싶은 마음을 꾸욱 누르고 무심히 되물었다. 그러자 도담은 혹시나 누가 들을까, 속삭이는 목소리로 걱정을 드러낸다.

"그렇게 까칠하게 굴면 안 되지 않을까요? 앞으로 남편 무서워서 못 다가오면 어쩌려고."

"어차피 남자는 상종도 안 하는 놈이야. 내가 살갑게 다가가면 너까지 경계했을걸."

"그래도 너무 날을 세운 것 같은데."

"내 판단을 못 믿는다는 뜻이야?"

"아니요, 그런 건 아니고…."

더 이상 말대꾸할 수 없는 분위기에, 도담은 가만히 입을 닫았다. 주원은 그런 그녀에게서 무심한 시선을 거두고, 트렁크 앞으로 걸음을 옮겼다. 그러고는 재이가 미처 꺼내주지 못했던 가방을 가뿐히 들어 올렸다. 아까는 의식하지 못했던 그의 팔근육이 하얀 와이셔츠 안으로 선명히 비쳤다.

"평소에 운동 많이 하시나 봐요?"

"뭐?"

"아니에요, 아무것도."

도담은 자신의 순수하지 못한 마음이 들통날까 싶어, 그에게 꽂힌 시선을 거두어냈다. 그사이 짐을 다 꺼낸 주원은 차 트렁크를 닫고, 캐리어를 기다리는 그녀에게 전혀 예상치도 못한 걸 건넸다.

"잡아."

"네?"

"내 손 잡으라고."

도담은 제 앞에 내밀어진 커다란 손을 물끄러미 바라보았다. 그의 명령을 못 들은 건 아니었지만 그걸 감히 곧이곧대로 받아들여도 될

지 고민스러워서였다.

주원은 그런 그녀에게 한 발짝 더 다가섰다.

"엘리베이터 앞에서 서재이랑 마주칠지도 모르잖아."

"아…."

잔뜩 예민해진 도담의 손에 매정한 목소리와 상반되는 부드러운 손길이 와닿았다. 처음으로 잡아본 그의 손은 생각지도 못하게 따듯해서, 도담은 어쩐지 머릿속이 하얘지는 기분이었다.

* ✦ *

임페리얼 파크 9층 복도.

규칙적인 발걸음 소리가 공허한 공간을 메웠다. 콧노래를 흥얼거리며 908호에서 멈춰 선 남자는 서재이였다.

오늘 아침 이복형과의 가시 돋친 대화도, 조금 전 주원과의 불편했던 첫인사도 전부 잊어버린 듯, 그는 여전히 부드러운 미소를 머금고 있었다. 언뜻 보면 별 걱정거리 없이 행복하고 태평해 보이는 얼굴이었다. 하지만 그 입꼬리는 제집 현관문에 꽂혀 있는 편지 봉투를 발견하고 금세 굳어버렸다.

Dear J

From ZTZ

재이에게 온 것이 확실한 그 편지에는 낯선 이니셜이 적혀 있었다.

정식으로 온 우편이었다면 우편함에 들어있었을 텐데, 굳이 문에 꽂아둔 걸 보니 누군가 이 앞까지 들렀다 간 모양이네.

재이는 검지와 중지 사이에 편지를 끼워 조심스레 집어 들고는 가만히 서서 낯선 이니셜을 바라보았다. 온화한 눈웃음이 무색할 정도로 차가운 눈빛. 아름다운 입술 사이로 흘러나온 목소리엔 일말의 감정도 없었다.

"…귀찮게."

들고 있던 편지를 가뿐히 반으로 접어버린 재이는 현관문 도어 록을 열었다. 이걸 보낸 이가 어떤 심정이었을지, 무슨 얘기들을 적어 놨을지 조금의 흥미도 없는 무심한 손길. 다른 이들은 절대 보지 못할 그의 그림자가 짙어지고 있었다. 혼자 남겨진 순간에는 늘 그래 왔듯이.

* ✦ *

다행히도 서재이와 한 엘리베이터를 타지는 않았다. 불행히도 그걸 확인한 주원은 곧장 그녀의 손을 놓아버렸다. 하지만 도담의 피부에 각인된 그의 온도는 좀처럼 사라지질 않았다. 그는 떨어진 지가 한참인데, 손은 아직 뜨끈뜨끈한 것 같다.

"온도담."

주원은 그런 도담을 불렀다.

"네, 네!"

그제야 정신을 차린 도담이 그를 똑바로 올려다보며 대답하자 주원은 907호 현관문에 달린 도어 록을 가리키며 말했다.

"위쪽 버튼 누르고 패드에 불 들어오면 그때 비밀번호 입력해."

"알겠습니다!"

"세 번 이상 잘못 누르면 바로 경찰에 연락 가니까 조심하고."

"알겠습니다!"

"자꾸 그렇게 부자연스럽게 대답할 거야?"

"알겠… 네, 네? 아니요. 죄송해요."

머릿속에 가득한 헛생각을 들키지 않도록 열심히 대답했는데, 성의 없는 대꾸가 오히려 주원의 심기를 거슬러버렸다. 함께 임무를 맡게 된 이상 완벽하고 성실한 모습만 보여주고 싶었거늘, 그의 앞에만 서면 어쩐지 평소보다도 더 어리숙해지는 느낌이다. 게다가 지금 들어가려는 곳은 앞으로 그와 단둘이 살게 될 신혼집. 이쯤 되면 좋아서 미치지 않은 게 용할 지경이었다.

도담은 슬슬 달아오르는 두 뺨을 문지르며 버릇이 되어버린 홍조를 감추기 위해 애썼다. 주원은 그런 도담을 성가시다는 듯 내려보다가, 무덤덤한 손끝으로 도어 록 비밀번호를 눌렀다.

삐리릭 철컥. 짧은 알림음과 함께 잠금장치가 해제되는 소리가 들려왔다. 주원이 문고리를 돌려 당기자, 새로운 보금자리는 그토록 기대했던 내부를 훤히 드러낸다.

"실례하겠습니다!"

도담은 신이 난 기색을 숨기지 못하고, 주원보다 먼저 씩씩하게 안으로 들어섰다. 딱 봐도 신혼부부의 집인 걸 알 수 있을 만큼 화사한 북유럽풍 인테리어가 그녀의 마음을 사로잡았다. 혼자 살기엔 넓지만 신혼부부가 둘이 살기엔 딱 좋은 크기의 내부. 거실을 장식한 아기자기한 화분들. 그리고 가만히 보고만 있어도 사랑이 퐁퐁 샘솟을 것만 같은 에로스와 프시케 조각품까지.

"와아, 진짜 신혼집 같아요."

도담은 감탄을 금치 못했다. 하지만 그녀를 뒤따라 집 안으로 들어온 주원의 반응은 몹시 건조했다.

"건드리지 마. 전부 렌트한 거야."

"렌트라니. 한창 신나있는데 너무 산통 깨는 거 아니에요?"

"여긴 직장이야. 신난 니가 비정상이지."

"치, 하여간 심술은…."

도담은 입술을 삐쭉거리면서도 집 안 곳곳을 구경했다. 식기가 적당히 정리되어 있는 부엌을 지나, 물기 하나 없이 깨끗한 화장실을 훑고, 모르는 책들이 가득히 꽂혀있는 서재까지 보고 나니, 딱 한 군데. 하트모양 꽃 리스가 달린 의미심장한 문이 마지막 코스로 남았다.

"어머나, 여기가 신혼 방이겠네. 뭐가 준비되어 있으려나."

도담은 설렘 가득한 혼잣말을 중얼거리며 방문을 열었다.

가장 먼저, 방 안에 놓인 디퓨저에서 나오는 아로마 향이 그녀를 반겼다. 하지만 정작 그녀의 신경을 빼앗아간 건 따로 있었다. 안방 한가운데 놓인 킹사이즈 침대. 아이보리 색 순면 이불이 깔끔히 펼쳐진 침대에는 놀랍게도 베개가 두 개였다.

'침대 크기며 베개 개수며… 혹시 팀장님이랑 여기서 같이 자는 건가!'

거기까지 상황을 파악한 도담은 터질 것처럼 붉어진 얼굴을 더 이상 감당할 수가 없었다. 비록 혹시 몰라서 이런 상황을 머릿속으로 시뮬레이션 해보긴 했지만, 그와 진짜로 한 침대를 쓰게 될 줄은 몰랐다.

"섹시한 잠옷으로 가져올걸. 너무 오버하는 것처럼 보일까 봐 매일 입던 걸로 가져왔는데…."

도담은 아쉬워 탄식하며 이불을 매만져 보았다. 보드라운 촉감은 아까 닿았던 그의 손길과 참 많이 비슷했다.

"온도담."

그때, 바깥쪽에서 주원의 음성이 들려왔다. 퍼뜩 정신을 차린 도담은 방울토마토 같은 얼굴로 안방을 빠져나갔다. 보이는 건 서재의 문에 개 펜스를 달고 있는 주원이었다. 아까부터 뭘 자꾸 쿵쿵거린다 싶더니, 그는 들어오자마자 저것부터 설치하고 있던 모양이다.

"필요하신 거 있으세요?"

도담은 새까만 흑심을 숨긴 채, 그에게 물었다. 그러자 주원은 잡고 있는 개 펜스를 턱 끝으로 가리키며 짧게 대답했다.

"이쪽 잡고 있어."

"네, 그런데 이건 왜 다는 거예요? 우리 개도 안 키울 거라면서요."

"…."

"아, 혹시 개 키우는 척이라도 하려고?"

"…."

도담은 재차 물었으나 주원은 펜스 설치에만 집중할 뿐이었다. 하지만 어쩌면 대화가 이어지지 않은 것이 다행이었다. 신혼 침대 때문에 안 그래도 심장이 녹아내릴 것 같은데, 이렇게 가까운 거리에서 그의 목소리까지 듣는다면 기절할지도 모른다.

너무 노골적이지 않게 흘깃 주원의 얼굴을 감상하던 도담은 넌지시 운을 뗐다.

"그런데요, 기 팀장님. 그거 아세요?"

"뭐."

"아니, 별건 아니고… 안방에 들어가 보니까 침대 하나에 베개가 두 개더라구요."

"그래?"

"네, 제가 어지간하면 이상한 쪽으로 해석 안 하려고 했는데요. 아무래도 상황이 상황이다 보니, 그런 생각이 드네요."

"무슨 생각."

"팀장님이랑 저랑 오늘부터 같이…."

"다 됐다. 이제 봐도 돼."

가장 중요한 타이밍에 펜스 설치를 끝낸 주원이 자리에서 일어섰다. 본론을 꺼내지도 못한 도담은 아쉬운 마음에 입술을 삐죽였다. 그러고선 설치된 펜스를 괜히 흔들어보았다.

"넘어올 수 있겠어?" 그러자 주원이 물었다.

그녀의 허리까지 오는 펜스는 넘자고 마음만 먹는다면 넘을 수는 있겠지만, 굳이 그렇게까지 할 일은 없을 것 같았다.

"아니요. 이걸 어떻게 넘어요. 제 키가 겨우 155인데."

그래서 별걸 다 물어본다는 투로 대답하니, 주원은 오늘 들어 처음으로 기분 좋아 보이는 표정으로 대답했다.

"다행이네."

'응? 뭐가요?'라고 되물어볼 필요는 없었다. 그녀를 밖에 세워둔 채 펜스의 잠금장치를 잠근 주원이 그에 대한 답변을 묻지 않아도 답해주었으니까.

"앞으로 난 이 안에서 생활할 생각이야."

"네?"

"넓은 침대는 혼자 잘 쓰고, 앞으로 집 안에선 각자의 업무에만 열중했으면 해."

"아니, 그게 무슨…."

"업무 지시는 전처럼 메일로 내리도록 하지. 그럼 이만."

군더더기 없이 깔끔한 전달 사항을 끝으로 쾅 하고 서재의 문이 닫혔다. 이로써 그녀의 눈에 보이는 건 쓸데없이 튼튼한 개 펜스뿐.

"막아야 할 개가… 나였어요?"

뒤늦게 현실을 직시한 도담은 이미 닫힌 문을 두드리며 외쳤다.

"아니, 여보세요! 팀장님! 그 안에만 있겠다니요!"

"…."

"잠은 그렇다 치고 밥은요? 밥도 혼자서 먹어요? 화장실은 또 어떡하시려구요!"

"…."

"기 팀장님! 오늘부터 우린 부부라면서요! 세상에 이런 부부가 어디 있어요!"

한껏 부풀려 왔던 환상이 팡 터져버린 자의 안타까운 미련을 뒤로하고, 주원은 서재 책상에 물건들을 정리하며 역시 제 몸을 지킬 잠금장치를 마련해 두길 잘했다고 생각했다.

이제야 긴장했던 어깨가 느슨히 풀어진다. 한동안 바깥은 시끄러울 듯하니, 오늘은 하루종일 이 안에 처박혀서 일이나 하고 있어야겠다.

말 많고 탈 많은
옆집 남자

막 떠오른 하얗고 맑은 햇살이 눈꺼풀을 간질였다. 창문을 열자마자 스며드는 아침 공기는 아직 몽롱한 정신을 일깨웠다. 한 편의 그림처럼 멋진 도시의 풍경과 새로운 날을 시작할 준비를 끝마친 몸.

하지만 싱그러운 아침을 맞이한 도담의 기분은 좋지 않았다. 그도 그럴 것이, 그렇게나 기대했던 부부 생활의 첫날을 철저히 혼자서 보내야 했다.

"하아… 이게 뭐야. 어제는 완전히 독수공방 신세였잖아."

도담은 이제 막 차들이 움직이기 시작한 도로를 내려다보며 툴툴거렸다. 단지 밤을 혼자 보냈다는 이유로 이러는 것은 아니었다. 애초부터 이 부부 생활은 연기일뿐더러, 제주도 전통 가옥처럼 활짝 열려있는 도담의 마음과 달리 주원의 마음은 완전히 밀폐되어 있었으니까. 도담이 가장 신경 쓰고 있는 점은 주원이 너무 노골적으로 그녀를 피한다는 것이었다. 어제는 하루 온종일 서재에 처박혀서 코빼기 한 번 비추지 않았다.

온도담, 오늘 서재이와 나눴던 대화 보고서로 제출.

온도담, 지난주 회의 내용 요약본 워드 파일로 제출.

그러다 필요할 때면 이딴 식으로 업무용 메일만 보내대니, 그가 한 집에 있는 것도 잊을 지경이다.

"아니, 이제부터는 자길 남편으로 생각하라면서. 그럼 본인부터 날 부인으로 받아들여야 할 거 아니야."

도담은 주원의 앞에서는 감히 꺼내지도 못할 불만을 중얼거렸다. 그래도 속은 풀리지 않았지만, 어차피 혼자 삭이는 것밖에 할 수 있는 게 없었다.

"에휴… 오늘은 얼굴이나 볼까 모르겠네."

한숨을 푹 내쉰 도담은 쓸쓸히 창가를 떠났다. 우울한 표정을 유지한 채 방문을 열고 거실로 나가자 예상치 못한 목소리가 그녀를 반겼다.

"온도담 지각."

설마 하는 마음으로 돌린 시선 끝에는 쓰리피스 정장을 깔끔하게 차려입은 주원이 그녀를 내려다보고 서 있었다.

"기 팀장님?"

도담은 기대도 하지 않았던 주원의 등장에 놀란 기색을 감추지 못했다. 하지만 주원은 반가움이라고는 조금도 들어있지 않은 쌀쌀맞은 음성으로 그녀를 책망했다.

"출근 시간은 지켜야 하지 않나?"

"…예?"

"여기도 엄연한 회사인데."

지옥의 FM 기주원은 정시 출근 시간에 맞춰 거실로 나온 모양이다.

이럴 거면 귀띔이라도 해주지. 어제 하도 서재에 틀어박혀서 개인 플레이만 하기에, 앞으로도 계속 부딪힐 일 없이 따로따로 일하자는 건 줄 알았더니만.

"언제는 들어갔다가, 언제는 나왔다가…. 도대체 무슨 장단에 맞춰야 할지 모르겠네."

"안 들려. 또박또박 말해."

"아무것도 아니에요. 씻고 올게요!"

도담은 뾰로통한 표정을 싹 감추고 화장실로 향했다. 주원의 날 선 눈빛이 뒤통수를 찔렀으나, 이쯤이야 너무 적응돼서 따갑지도 않았다. 하지만 뒤이어 들려온 주원의 말은 아무래도 신경이 쓰였다.

"오늘 난 외근이야. 식탁에 카드 놔뒀으니까 필요할 때 써."

"응? 외근? 갑자기 무슨 외근이요?"

갑작스러운 소식에 당황한 도담이 되묻자, 그는 특유의 까칠한 목소리로 대꾸했다.

"그런 것까지 내가 보고해야 하나?"

"지금은 같이 일하는 관계니까 나도 알아두는 게 좋죠."

"이 업무와는 관련 없는 일이야. 신경 꺼."

그리 말하며 주원은 검은 브리프케이스를 챙겨 들었다. 그 매정한 뒷모습은 이러다 영영 안 돌아올 사람 같았다.

"팀장님, 잠깐만요! 언제 돌아오실 건데요!"

도담은 애타는 목소리로 그에게 물었다. 하지만 주원은 아무 말 없이 구두를 신고, 현관문 앞으로 다가갔다.

"오늘 저 장도 보고, 밥도 차려놓으려 그랬는데! 언제 오는지 말을 해줘야 준비를 하죠!"

답답해진 도담은 오늘의 계획을 큰 소리로 털어놓았다. 나가는 건 좋으니 제발 돌아오기만 해달라는, 어찌 보면 애원이었다. 주원은 그제야 고개를 돌려 도담을 바라보았다. 살짝 찡그려진 눈썹. 더욱 뾰족해진 눈초리.

"온도담, 지금 뭐 하는 거야?" 그가 한기를 띤 목소리로 물었다. 질문의 의도를 파악하지 못한 도담은 긴장한 채 눈동자만 끔뻑였다. 이어지는 주원의 말은 참 가차 없었다.

"와이프 역할을 하라고 했지, 누가 내 시중들라고 했어?"

"네?"

"정신 줄 똑바로 잡아. 니가 신경 써야 할 건 내가 아니라 서재이야."

도담은 그제야 알 것 같았다. 그가 왜 자신의 시선을 피해 다니는지, 왜 자꾸 멀어지려 하는지.

우리는 부부고 내 남편은 기주원이다. 그 사실 하나만으로도 가슴이 벅차서, 나의 눈과 마음은 하루 종일 그의 뒤만 따라다닌다. 그러나 정작 내가 열과 성을 다해 쫓아야 할 사람은 따로 있었다. 이 꿈만 같은 부부 생활의 이유가 수사인 이상, 나는 그에게로 향한 눈과 마음을 목표물인 서재이에게로 돌려야 한다. 지나치리만큼 벽을 세우는 이 남자는 내가 내 역할을 잘 해낼 수 있도록, 자기만의 방식으로 돕고 있는 거겠지.

"팀장님…."

의도는 알겠는데, 그 사실을 깨닫고 나니 주원이 더 근사하게 보였다. 날 싫어해서 밀어내는 게 아니라 뒤에서 서포트 하고 있었던 거라니….

'그냥 고집불통 철벽남일 때보다 더 멋있잖아!'

도담은 발광하는 마음을 애써 숨긴 채, 주원에게 말했다.

"알겠어요, 팀장님. 저 팀장님의 기대에 꼭 부응할게요!"

"나 너한테 기대 안 하는데."

"팀장님이 이렇게 열렬히 응원해 주시는데, 실망시킬 수야 없죠!"

"내가 언제 응원을…."

주원은 혼이 났음에도 불구하고 금세 씩씩해진 도담을 이해하지 못하겠다는 시선으로 바라보았다.

"그러니까 걱정하지 마세요! 저 진짜 멋진 파트너가 될게요!"

그래도 마지막 다짐에까지 토를 달지는 않았다. 저렇게 의욕이 넘친다는 건 좋은 의미니까.

"짐이나 되지 않았으면 좋겠네."

주원은 다녀오겠다는 인사 대신 까칠한 한마디를 남겨두고 현관문을 열었다.

"다녀오세요! 여보! 쪽!"

복도가 쩌렁쩌렁 울리도록 낯 뜨거운 호칭을 외치는 것도 모자라

노골적인 손 뽀뽀까지. 책잡고 싶은 것이 한두 개가 아니었으나, 이번엔 그냥 넘어가기로 했다. 어차피 무슨 말을 해도 제 식대로 해석해 버릴 테고, 이 가짜 신혼에 저리 열정을 쏟는 것만으로도 쓸모 있겠다 싶었으니까.

멋진 파트너가 되겠다고, 기대에 부응하겠다고, 큰 소리를 떵떵 쳐 놓긴 했는데….

"도대체 뭘 해야 할지 모르겠단 말이지."

주원이 집을 떠나고 몇 시간 후. 도담은 무료한 표정으로 거실 소파에 가만히 앉아 있었다.

쓸데없이 어제 모든 일을 다 처리해 놓은 탓에 잔업조차 남아있지 않았다. 그렇다고 해서 멍 때리고 있기엔 그녀의 의욕이 너무 과했다. 어제 입주해서 먼지 한 톨 없는 집이었지만 청소기도 싹 돌려놓았다. 거의 새것과 다름없는 냉장고도 깨끗이 닦았다. 욕실까지 반짝반짝하게 소독하고 나니, 이제 집 안에서조차 할 일이 없어졌다.

이럴 줄 알았으면 집안일을 천천히 아껴서 할걸.

"서재에는 치울 게 좀 있을 것 같은데…."

지루함에 지쳐있던 도담의 눈동자가 흘깃 서재 쪽을 향했다. 하지만 고개를 도리도리 저었다. 가뜩이나 FM인 사람인데, 규칙을 어기고 금지된 방에 출입했다간 무슨 욕을 들어먹을지 모른다. 결국 도담은 탐나는 서재에서 억지로 눈을 돌리고, 긴 한숨을 내쉬었다.

"휴우, 진짜 뭐 할 일 없나."

그러고는 주변을 둘러보는데, 욕실 옆 빨래 바구니가 눈에 들어왔다. 사실 아까부터 계속 마음에 걸리던 주원의 빨랫감이었다. 시중들지 말라고 해서 애써 외면하고 있었지만, 이 집 안엔 저 빨랫감 빼고는 일거리가 없었다. 기주원이라면 제 물건에 손대는 걸 질색할 것 같긴 하나, 빨래처럼 시간이 오래 걸리는 일이라면 대신 해준 걸 고마워할지도 모른다.

"그래, 난 와이프니까. 이런 것 정도는 챙겨줄 수 있지, 암."

스스로 합리화를 마친 도담은 빨래 바구니로 다가갔다. 주원이 자주 뿌리는 향수 냄새가 은은하게 밴 티셔츠와 잠옷으로 입은 듯한 바지, 그리고 까만 남성 드로즈가 눈에 보였다.

"어머, 속옷이…. 흠흠, 이건 못 본 거야. 못 본 거."

도담은 수줍음을 애써 감춘 채 잠옷 바지로 까만 드로즈를 덮었다. 그리고 밖으로 나가려는데 현관문 너머 복도에서 여자의 고성이 쩌렁쩌렁하게 울려 퍼졌다.

"야! 이 개새끼야! 니가 감히 날 갖고 놀아?" 울음 섞인 욕설에는 원망과 분노가 가득했다.

"내가 너 이대로는 못 놔줘! 맨날 처웃고 있는 그 면상부터 갈아 엎어버릴 거야! 내가!"

"…."

"알겠냐! 서재이!"

여자가 낯익은 이름을 부르며 현관문을 쾅 닫았다. 아마 서재이와 무슨 일이 있었던 모양이다.

"서재이… 출근한 거 아니었나?"

도담은 수상쩍은 표정으로 현관문 앞까지 다가가 조심스럽게 문을 열었다.

"흑, 흐윽… 뭐야! 넌!"

재이의 집과 도담의 집 사이에 서있던 여자와 제대로 눈이 마주치고 말았다. 그녀의 어마어마한 포스에 눌린 도담은 당황한 기색을 감추지 못했다.

"아, 저, 그게… 그냥 나왔는데…."

"씨… 개 같은 새끼…."

"예?"

"나 지금 기분 더러우니까 눈깔 돌려! 재수 없게, 진짜!"

시선을 돌리지 않으면 얼굴을 할퀼 기세였다. 도저히 그녀를 이길 자신이 없었던 도담은 사십오 도 아래로 고개를 내렸다. 그새 여자는 서재이네 현관문을 연신 발로 걷어차며 계속해서 분통을 터트렸다.

"그래! 너한테 기대한 나만 미친년이지! 떡 줄 사람 생각도 안 하고 있었는데 혼자 김칫국부터 처마셔서 미안하다! 개새끼야!"

"…."

"지옥 불에나 떨어져라! 천벌 받을 새끼!"

그 외에도 차마 입에 담을 수 없는 욕들을 줄줄이 늘어놓던 그녀는 잠잠한 현관문과 싸우는 것도 지쳤는지 옷깃을 추슬렀다. 그러고는 높은 구두를 또각거리며 엘리베이터로 향했다. 스쳐 지나는 순간 괜히 도담을 노려보는 것도 잊지 않았다.

"어휴, 성질이 아주 불같은 언니네."

도담은 그녀가 멀리 사라지고 나서야 감탄 섞인 혼잣말을 중얼거렸다. 그런 뒤 이 난리통에도 별 반응이 없는 옆집 현관문을 가만히 바라보았다. 아까 전 그 여자와 서재이가 무슨 관계인지는 모르겠으나, 현관문에 찍힌 발자국을 보니 둘 사이에 악감정이 있음은 분명했다.

"이쯤 되면 나와볼 법도 한데. 이 남자는 뭘 하고 있는 거야?"

도담은 숨을 죽이고 재이의 집 동태를 살펴보려 했다. 하지만 아무리 복도가 조용하다 해도 집 안에서 나는 소리까지는 잘 들리지 않았다. 잠시 고민하던 도담은 빨래 바구니를 품에 꼭 안은 채 완전히 복도로 빠져나왔다. 그러고는 서재이가 있는 908호로 살금살금 다가가, 현관문에 귀를 가까이 댔다. 그제야 미세한 인기척이 들려왔다. 도담은 그 소리가 서재이의 것인지 확인하기 위해, 숨을 죽이고 청각을 완전히 집중시켰다. 바로 그때였다.

—아줌마, 거기서 뭐 해?

복도에 낯설고도 익숙한 목소리가 들려왔다.

"엄마야!"

깜짝 놀란 도담은 빨래 바구니를 든 채 주저앉았다.

—괜찮아? 놀라게 할 생각은 아니었는데.

계속해서 그녀에게 말을 거는 목소리 때문에 세게 부딪힌 엉덩이는 아프지도 않았다. 도담은 토끼처럼 휘둥그레진 눈으로 여기저기를 둘러보더니, 이내 문제의 목소리가 908호 인터폰에서 흘러나오고 있다는 걸 알아차렸다.

'서, 서재이…?'

등줄기에서부터 오소소 소름이 끼쳐왔다. 설상가상, 누군가의 발소리가 현관 쪽으로 점차 가까워졌다.

혼돈의 도가니에서 아연실색한 얼굴을 정리할 틈도 없이 908호의 현관문이 열렸다. 어제 한 번 봤다고 확실히 익숙해진 얼굴이 문틈으로 드러났다. 다시 봐도 참 선이 고운 외모였다. 그의 눈엔 어제만큼이나 순수한 미소가 어려있었으나, 도담은 곧이곧대로 감탄하고 있을 수만은 없었다.

“아줌마.” 재이가 그녀를 불렀다.

“…네?”

“혹시 나 감시해?”

뒤따라오는 질문은 도담의 심장을 철렁 내려앉게 만들었다.

‘어떻게 해야 하지. 난 이제 어쩌면 좋지. 무슨 수로 이 수상쩍은 상황을 빠져나가지?’

머릿속에서 수많은 생각들이 뒤엉켜 오히려 정상적인 사고를 하지 못하게 만들었다. 그래도 본능적으로 자리에서 일어나, 침착한 척 빨래 바구니를 고쳐 든 도담은 반쯤 멍한 정신으로 말했다.

“아니요, 그게 아니라 이게 집 앞에 덜렁 놓여 있어서….”

“….”

“혹시 이 빨래, 그쪽 건가요?”

임기응변을 한다고 했는데…, 정말 얼토당토않은 변명이 튀어나와 버렸다. 이쯤 되면 수습을 해보겠다는 건지, 상황을 더 악화시켜 보겠다는 건지 스스로도 모를 일이다. 민망함과 자괴감에 불긋불긋 얼굴이 달아올랐다. 그런 그녀를 가만히 내려다보던 재이는 붙잡고 있던 현관문을 더욱 활짝 열고는 커다랗고 흰 손을 뻗었다. 제 앞에서 잔뜩 움츠러든 도담이 아닌 그녀의 빨래 바구니 쪽으로.

"응, 내 거 맞아."

"…응?"

"챙겨줘서 고마워."

"예, 예?"

"그럼 안녕."

현관문이 닫히고, 재이는 은은한 향기만 남겨놓은 채 집 안으로 모습을 감추었다. 전혀 예상치도 못한 전개에 당황한 도담은 흔들리는 눈빛으로 텅 빈 품 안만 바라보았다.

운성 중공업 산업스파이 물증 확보 작전 이틀째. 갑작스럽게 닥친 거대한 위기. 서재이한테 주원의 옷을 빼앗겼다. 그것도 속옷까지 몽땅.

"아… 망했다…."

이 사실을 도저히 받아들일 수 없던 도담의 낯빛이 하얗게 질려버렸다.

내쫓겨도
할 말이 없어

모던하고 고급스러운 인테리어를 자랑하는 서태환의 집무실.

잘못한 게 없어도 중압감에 짓눌리는 그곳에서, 주원은 산업보안 2팀의 보고서를 테이블 위에 두고 앉아 있었다. 지난 계획이 어쩌다 실패했는지 상세히 적힌 보고서는 어디까지나 배 팀장이 들고 왔어야 했다. 하지만 태환의 눈앞에서 과오를 털어놓을 용기가 없었던 배 팀장은 기수를 무기로 삼아 주원을 홀로 보냈다. 물론 주원은 규정에 어긋난다며, 본인의 일은 본인이 마무리 짓는 게 도리라고 항의했다.

'니가 서태환 실물을 못 봐서 그래. 기가 얼마나 센지, 꼭 백년 묵은 호랑이 같다니까?'

그땐 말 같지도 않은 변명이라 생각했었다. 하지만 서태환과 직접 조우한 주원은 '백년 묵은 호랑이'라는 표현에 깊이 동감하는 중이다.

정장을 갖춰 입고 있어도 위협적으로 느낄 만큼 단단한 체구. 한 번도 웃어본 적 없는 사람처럼 딱딱하게 굳은 입꼬리. 속을 전혀 알 수 없는 새까만 삼백안. 확실히 배 팀장이 상대하기 두려워하는 타입이긴 했다. 그러나 사사로운 감정에 휘둘리지 않는 주원에게는 그저 상대하기 까다로운 의뢰인일 뿐이었다.

"처음 뵙겠습니다. 운성 중공업 산업기밀 유출 사건을 맡은 산업보안1팀 기주원이라고 합니다."

주원은 가장 먼저 담담한 어조로 첫인사를 건넸다. 들어오면서 명함은 교환했고 간단한 인사도 나누었지만 제대로 된 자기소개는 이제야 꺼내놓는 것이었다.

"운성 중공업 대표이사 서태환입니다. 기 팀장님 말씀은 배 팀장님으로부터 많이 들어 익히 알고 있습니다."

태환은 낮지만 차분한 어조로 제 소개를 했다. 입가에 어려있는 옅은 웃음기는 최소한의 예의임이 분명했다. 주원은 그런 그의 앞에서 보고서를 펼치며 배 팀장이 부탁한 그간의 일을 보고하려 했다.

"서 대표님도 아시겠지만 지금까지의 성과는…."

"들어봤자 심기만 불편해질 얘기는 꺼내지 말죠."

주원이 말문을 열자마자 태환이 딱 잘라 말했다. 그러고는 거만한 눈빛으로 주원을 응시하며 대화의 주도권을 가져가 버렸다.

"저희 쪽에서 오랜 시간을 기다려줬건만 별다른 성과는 없었던 거로 압니다. 그러면 이제라도 정신을 차리실 줄 알았는데, 일을 최연소 팀장과 일 년이 갓 넘은 신입에게 맡기다니…."

"…."

"NSO가 그 정도밖에 안 되는 겁니까. 아니면 절 그 정도로밖에 보지 않는 겁니까."

드러내놓고 노하지만 않았지 분명한 책망이었다. 그 안엔 주원과 도담에 대한 불신도 짙게 깔려있었다.

주원의 표정엔 조금도 불쾌한 기색이 없었다. 제 일에 대한 신념이 강철보다도 단단한 사람이니 타격을 입을 만도 하건만, 태환을 바라보는 눈빛은 그저 침착하기만 하다.

주원은 태환의 눈을 직시한 채 손을 뻗어 테이블 위에 놓여있던 보고서를 덮었다. 그러고는 차분하지만 또렷한 어조로 자신에 대한 확신을 드러냈다.

"NSO가 이번 사건을 중대하게 다루고 있기 때문에 저에게 넘긴 겁니다."

지금껏 수많은 계약을 체결해 온 태환은 이런 자들을 많이 만나왔다. 하지만 눈앞에 있는 주원에게는 그들의 공통점이 보이질 않았다. 웃음기 없이 건조한 표정에는 '자만'이 없다. 그럼에도 불구하고 저리도 확언할 수 있는 이유에 대해선 태환도 호기심이 일었다. 물론 주원을 신뢰하는 건 아니었지만.

"지금까지의 임무 성공률이 100%라고 들었습니다. 그 명성이 오점 없이 계속되었으면 좋겠군요."

태환은 한쪽 입꼬리만 비틀어 올리며 대꾸했다. 그에 대한 주원의 대답은 짧고 간결했다.

"세상에 완벽한 건 없지만, 적어도 이번은 그럴 겁니다."

* ✦ *

말도 안 되는 일이 일어났다. 어떤 말로도 해명할 수 없고 용서도 안 될, 그런 일이 일어났다.

"아아… 난 이제 어쩌면 좋지? 내쫓겨도 할 말이 없어."

도담은 손톱을 물어뜯으며 전전긍긍했으나 마땅한 해결책은 떠오르지 않았다. 오늘 도담은 제발 좀 자신한테 신경을 꺼달라는 주원의 부탁을 무시한 채 그의 속옷까지 담긴 빨래 바구니에 손을 댔고, 그걸 고스란히 서재이에게 빼앗겼다. 그것만으로도 주원에게 미움받을 이유는 차고 넘쳤다.

"자, 일단 마음을 진정시키자. 하늘이 무너져도 솟아날 구멍은 있다고 했어."

도담은 깊게 심호흡을 하고 이 상황을 어떻게 극복할지 생각했다.

'기 팀장님! 제가 기 팀장님 바쁘실 것 같아서 빨래를 해놓으려고 했는데, 옆집 남자한테 그만 바구니 채 빼앗겨 버렸지 뭐예요!'

이건 너무 사실이라 용서받을 수 없을 테고.

'기 팀장님! 큰일 났어요! 우리 집에 강도가 들었어요! 제 물건은 다 있는데 기 팀장님 빨래 바구니가 없어졌더라고요!'

이건 개도 안 믿을 만큼 허술한 거짓말이고.

'기 팀장님 빨래 바구니요? 저 못 봤는데요? 왜 애먼 사람 붙잡고 그러세요.'

이건 뻔뻔함이 도가 지나쳐서 못 하겠다.

정리해 보자면, 그 어떤 변명도 지금의 위기를 극복하는 데 도움이 될 것 같지 않다. 그렇다면 지금 할 수 있는 일은 단 한 가지.

"역시… 되찾으러 가야겠지?"

백번 생각해 봐도 기주원을 상대하는 것보다 서재이를 상대하는 편이 더 쉬울 것 같았다. 죽이 되든 밥이 되든 기주원이 돌아오기 전에 상황을 수습해 놓아야겠다며 단단히 각오를 다진 도담은 시계를 확인했다. 옷을 빼앗긴 지 두 시간이나 지났지만, 딱히 옆집 현관문이 열리는 소린 안 들렸으니 서재이는 여전히 집에 있을 터였다.

"나다니는 타입은 아닌가 보네. 성격도 온순하면 좋을 텐데."

도담은 빠른 걸음으로 현관을 나섰다. 복도는 여전히 조용했고, 옆집 현관문엔 아까 그 여자의 구두 발자국이 흉하게 찍혀 있었다.

'어휴, 저 꼴이 난 걸 보면 사람 속 박박 긁어놓는 타입인 것 같기도 하고….'

왠지 모를 불안감이 그녀를 엄습해 왔으나, 도담은 애써 담담한 표정으로 908호 초인종 위에 손가락을 올려두었다. 카운트다운을 세며 손끝에 힘을 넣으려던 그때였다.

"하나, 둘…."

"뭐 해?"

아직 초인종도 누르지 않은 908호 현관문이 벌컥 열렸다.

"엄마야!"

띵동!

"아, 깜짝이야! 심장 터질 뻔했잖아요!"

놀란 도담은 소리를 지르며 뒤늦게 초인종을 눌렀다. 최대한 아무렇지 않은 표정으로 용건을 말하고 싶었는데 제대로 휘말려버렸다.

도담은 격하게 뛰다 못해 아프기까지 한 심장 언저리를 부여잡고 버럭 성질을 냈다. 친하지도 않은 누군가에게 언성을 높여본 건 이번이 처음이었다. 하지만 서재이는 그녀의 성질에도 눈 하나 깜짝 않고 재밌다는 듯 크게 웃어댔다.

"하하하하, 너 표정 진짜 웃겼어. 방금."

"뭐예요?"

"미안 미안, 많이 놀랐어?"

지금 그걸 말이라고 하나! 도담은 홧김에 내지르려던 고함을 가까스로 억눌렀다. 그를 찾아온 그녀의 입장이 떳떳하진 않아서였다.

"그나저나 우리 집 되게 좋아하나 봐. 자꾸 문 앞에서 보네."

묘하게 비꼬는 어투였지만 경계심은 없어 보였다. 도담은 그런 그의 눈치를 살피다가 스리슬쩍 본론을 꺼내놓았다.

"제 바구니 돌려주세요."

"무슨 바구니?"

"그쪽이 가져간 우리 남편 빨래 바구니요."

"그거 내 건데?"

아무래도 이 남자는 빨래 바구니를 꿀꺽하려는 모양이다. 어쩜 눈 하나 깜짝 않고 자기 거라 우기는지, 정말 그의 집에 똑같이 생긴 바구니라도 있나 싶다.

도담은 뾰족한 시선으로 서재이를 노려보며 말했다.

"거짓말. 자기 바구니 아닌 거 다 알면서."

순간, 서재이의 입꼬리가 둥글게 휘어 올라갔다. 그의 눈가에 어린 살가운 눈웃음은 너무 무해해서 당혹스러울 지경이었다.

"너도 거짓말."

"네, 네?"

"아까 내 물건 돌려주려고 우리 집 앞에 있었던 거 아니면서."

"아, 그건…."

나른한 서재이의 목소리에 추궁하는 기색은 없었다. 그러나 도담의 입장에선 그런 반응이 더 혼란스러울 뿐이었다.

'혹시 뭔가를 알고 있나? 눈치챘나? 아니면 의심하고 있나?'

속으로만 온갖 생각을 펼쳐놓고 있는데, 서재이가 반쯤 열려있던 현관문을 더욱 활짝 열어젖혔다. 그러고서 꺼내놓는 질문은 참 난데없었다.

"밥 먹었어?"

"밥이요?"

"나 초밥 되게 많이 시켰는데…."

"…."

"같이 먹을래?"

타깃의 방에 들어왔다. 의도한 바는 아니었지만, 임무 수행 이틀째에 이뤄낸 어마어마한 쾌거였다.

908호에 들어선 도담은 서둘러 집 안 구석구석을 스캔했다. 전체적으로 무채색 톤 가구에 언뜻 콘크리트를 닮은 벽, 현대적인 까만 격자 창문에 세련된 조명. 도담과 주원의 신혼집이 따듯한 북유럽식 인테리어라면 그의 공간은 요즘 유행하는 인더스트리얼식 인테리어였다. 곳곳에는 그가 벗어둔 옷가지들과 마시다 만 맥주 캔이 놓여있었지만, 이상하게도 잠시 머무르다 갈 호텔처럼 생활감이 느껴지지 않았다.

그 와중에 시선을 강탈하는 여자 옷가지들은 한 벌이 아니라 언뜻 보이는 것만 세 벌이었다. 그것도 한 사람의 옷이라고는 생각할 수 없을 만큼 각양각색의 사이즈와 스타일로. 오늘 아침 역정을 내고 간 여자도 이 광경을 보고 분개했던 걸까. 잠시 고민하고 있는데 서재이가 말을 걸었다.

"오늘은 순옥 씨가 안 와서 지저분해."

"네? 순옥 씨요?"

"이 집 청소해 주시는 분."

"아아, 친하신가 보구나."

"아니, 아직 만나본 적도 없는데?"

만나본 적도 없는 사이치고는 살가운 호칭이었다. 인제 보니 저 넉살과 가벼움은 그의 특성 같은 것인가 보다.

도담은 민망한 옷가지들에서 애써 눈을 떼어내고 서재이를 따라 부엌으로 향했다.

"맥주 마실래?" 서재이가 냉장고를 열며 물었다.

술을 별로 좋아하지 않을 뿐더러 한 모금만 마셔도 만취해 버리는 도담은 단호히 고갤 저었다.

"아니요, 물이면 될 것 같네요."

"그래? 그럼 너희 집 가서 한 잔 들고 와."

"네?"

"우리 집엔 맥주밖에 없거든."

그걸 증명하듯 서재이는 냉장고에서 맥주 한 캔을 꺼냈다. 딸칵! 하고 능숙하게 캔 따개를 젖힌 그는 맥주를 물처럼 꿀꺽꿀꺽 들이켰다.

"냉장고에 물 한 병이 없어요?"

도담은 그런 그를 보며 핀잔했다. 그러자 서재이는 앞뒤가 이어지지 않는 대답을 내뱉었다.

"이번 주 내내 친구들이랑 싸워서 그래."

"싸운 거랑 물이랑 무슨 상관인데요."

"사이가 좋았을 때는 하루에도 몇 명씩 장을 봐서 오거든. 그중에 힘이 센 애가 있었는데 걔가 물 당번이었어. 그런데 오늘 낮에 대판 싸웠지."

"오늘 낮…?"

오늘 낮에 대판 싸운 친구라면 도담도 알고 있었다. 복도에서 고래고래 소릴 지르며 욕설을 퍼부어대던 그 여자.

'야! 이 개새끼야! 니가 감히 날 갖고 놀아?'

'그래! 너한테 기대한 나만 미친년이지! 떡 줄 사람 생각도 안 하고 있었는데 혼자 김칫국부터 처마셔서 미안하다!'

'지옥 불에나 떨어져라! 천벌 받을 새끼!'

내용상 심상찮은 사이인 것 같긴 했는데, 그렇다면 그 친구들이라는 게 전부 여자….

"도담, 식탁에 편히 앉아있어."

확신에 가까운 의심을 하던 도담에게 서재이가 말했다. 그녀 입으로는 알려준 적 없던 이름이 들려오자, 도담의 심장이 철렁 내려앉았다.

"제 이름을 어떻게 알았어요?"

도담은 휘둥그레진 눈으로 물었다. 역시 나에 대해 알고 있는 걸까, 라고 의심해 보는 것도 잠시였다.

"캐리어 네임 태그에 쓰여 있었어. 온도담. 그게 니 이름 맞지?"

서재이는 굉장히 뿌듯해하는 표정이다. 물론 저 순진무구한 얼굴조차 거짓말일 수도 있겠지만, 이번에도 역시 경계심은 없어 보인다.

"맞긴 맞는데, 그걸 그렇게 성 떼고 부르시는 건 좀…."

도담은 안도감을 숨기려고 일부러 난색을 보였다. 그걸 곧이곧대로 받아들인 서재이는 싱긋 눈웃음을 지으며 대답했다.

"그럼 너도 재이라고 불러."

이미 익히 알고 있는 이름이었다. 심지어는 그의 이름인 '재이'가 한글 이름이라는 것까지도. 하지만 도담은 아무것도 몰랐던 척 되물었다.

"재이? 그게 이름이에요?"

"응, 서재이."

"알파벳 같고 특이하네요."

"그런 얘기 많이 들어."

서재이는 그리 말하며 식탁 의자를 빼주었다. 도담은 그에게 살짝 고갯짓으로 인사하고는 순순히 자리에 앉았다. 그때까지만 해도 마음은 굉장히 불편했다. 하지만 서재이가 식탁 위에 놓여있던 초밥의 포장을 연 순간, 그녀의 눈은 다이아몬드라도 발견한 듯 반짝반짝 빛난다. 눈앞에 놓인 초밥들은 지금껏 먹어왔던 초밥은 초밥이라고 할 수도 없을 정도로 때깔이 곱다.

"와… 이게 다 뭐야?"

"초밥."

"그건 아는데 엄청 비싸 보여서요! 진짜 내가 먹어도 돼요?"

"응, 나도 배고프니까 혼자 다 먹지는 말고."

서재이는 생글생글 웃으며 도담에게 일회용 젓가락을 내밀었다. 도담은 곧장 젓가락을 나누며 시선을 초밥 위로 고정했다. 가장 반짝반짝 빛나는 참치 대뱃살부터 잡아보려는데 시선을 빼앗는 것이 있었다.

'어…?'

초밥 상자 밑에 깔린 빨간 봉투가 눈에 들어왔다. 살짝 튀어나온 귀퉁이에 적힌 글자는 영어임에도 불구하고 한눈에 들어왔다.

Dear J

From ZTZ

수상한 그 편지를 발견한 도담의 눈빛이 미세하게 흔들렸다.

사랑하는 재이에게

도담은 수상쩍은 글자를 보며 생각했다.

'J'가 서재이를 지칭하는 것이라면 'ZTZ'도 사람의 이니셜일 텐데. 하지만 그런 알파벳을 쓸 한국 이름은 어디에도 없잖아. 그렇다면 교묘하게 변형했다고밖에….

사고가 거기까지 흘러감과 동시에 본능이 말했다. 이 편지를 반드시 손에 넣으라고. 도담의 머리는 몹시 복잡해졌다. 서재이와 단둘이 마주 보며 식탁에 앉아있는 이 상황. 그녀는 NSO의 명예를 걸고, 초밥 상자 아래 깔린 편지를 본진까지 무사히 들고 가야만 한다.

"거기 뭐 있어?"

그때, 서재이가 물었다. 젓가락을 든 채 공중에 멈춰버린 도담의 손이 신경 쓰인 모양이었다. 번뜩 정신을 차린 도담은 고개를 도리도리 저었다.

"아니, 아니요! 그, 그런 건 아니고…!"

"갑자기 굳어있길래 초밥에 벌레라도 나왔나 해서."

"아니에요, 아니에요! 아무것도 없어요! 그냥 초밥이…."

"초밥?"

"그, 그러니까 이 초밥이…."

부자연스럽게 놀라버린 이 상황을 어떻게든 자연스럽게 넘기고 싶은데, 빨간 봉투에 꽂혀버린 머리에선 아무 생각도 나지 않았다. 그사이 서재이의 눈동자에 가득 찬 호기심이 머지않아 의심으로 변할 것 같았다.

'그 전에 어떻게든 상황을 정리해야 해. 그리고 이 편지를 무사히 본진까지 전달해야 해.'

이렇게 급박한 순간일수록 머리를 비우는 것이 중요했다. 사실 도담에겐 NSO에서도 인정한 능력이 하나 있는데, 그건 바로 본능적으로 우러나오는 임기응변 기술이었다.

"도담…?"

그 속을 전혀 모르는 재이는 걱정스러운 눈빛으로 그녀를 불렀다. 도담은 들고 있던 젓가락을 식탁 위에 그대로 내려놓으며 고개를 푹 숙였다.

"으흑… 으흐흑…."

그리고 흐느끼기 시작했다. 여자의 눈물은 오늘 낮에도 봤던 재이였지만, 이렇게 맥락 없는 눈물은 처음이었다.

"울어?"

놀란 재이는 그녀의 어깨로 손을 뻗었지만 그 손이 닿기도 전에 도담은 목을 놓아 오열하기 시작했다. 그러고서 쏟아놓는 이야기는 가관이었다.

"우리 여보도 초밥을 좋아하는데…. 흐으으윽."

"여보?"

"이젠 초밥도 못 먹어서 어떡해! 흐으으엉!"

모든 건 일단 던져본 말들이었다. 시나리오는 지금부터 써나가야만 했다.

"남편이 어디 아파?"

재이가 걱정스럽게 물었다. 도담은 그럴싸한 대답거리를 찾았다. 그러다 문득 떠올렸다. 그녀의 동생 온도영이 한때 장염에 걸려서, 한동안 회를 못 먹게 되었다며 오열했던 기억을. 도담은 울음기가 그렁그렁 맺힌 목소리로 말했다.

"우리 그이가 장염에 걸렸거든요. 화장실을 하루에도 수백 번씩 왔다 갔다 해요. 생각해 보세요. 화장실 갈 때마다 얼마나 힘들고 고되겠어요?"

"아, 그랬구나…."

"이럴 줄 알았으면 물티슈라도 많이 사다 놓을걸…."

"물티슈가… 없어?"

끄덕끄덕. 도담은 고개를 끄덕이며 더 큰 울음을 터트렸다. 연기자였다면 올해의 연기대상을 노려볼 수도 있을 법한 어마어마한 눈물 연기였다. 당황한 재이는 어찌할 바를 모르다가 자리에서 일어났다.

"일단 진정해. 손수건 가져올게."

재이의 걸음이 제 방 쪽으로 향했다. 이건 빨간 봉투를 빼돌릴 만한 절호의 찬스였다. 도담은 억지로 쏟아낸 눈물을 소매 끝으로 닦고, 멀어지는 재이의 뒷모습을 유심히 지켜보았다. 그러다 재이가 머리카락까지 사라져 버리고 나서야, 초밥 상자 밑에 깔려있던 빨간 편지봉투를 들고 냅다 현관 쪽으로 달려나갔다.

"저, 저는 아무래도 남편 생각이 나서 안 되겠어요! 식사는 다음에 같이 해요!"

그녀의 다리는 체력시험 때보다도 민첩했다. 재이의 집을 빠져나가는 도담은 정작 자신이 챙겨야 하는 중요한 것을 잊고 있었지만, 그딴 건 이미 중요치 않았다. 이 편지가 예상하는 그 내용이 맞는다면, 팀장님도 속옷 잃어버린 것쯤이야 문제 삼지 않을 테니.

저녁이라 부르기엔 조금 이른 시간. 고급 오피스텔 9층의 엘리베이터 문이 열렸다. 그 안에서 천천히 걸어 나오는 사람은 다소 지친 표정의 주원이었다. 철저한 을의 위치에서 진행된 서태환과의 대화는 썩 유쾌하지 않았다.

산업보안2팀이 벌써 두 차례나 허탕을 친 탓도 있지만, 서태환이라는 인물 자체가 호락호락한 사람은 아니었다. 태환은 새로운 계획에 대해서 취조하듯 물었고, 주원은 대답이 가능한 선에서 성실히 답했다. 그는 주원의 설명을 잠자코 들어주는 듯했으나, 짧은 미팅을 마치고 마지막 인사를 나눌 때 '이번에도 결과가 좋지 못하다면, 강하게 책임을 물을 겁니다.'라는 말을 덧붙임으로써 주원과 NSO에 대한 불신을 대놓고 드러냈다.

하지만 주원은 신뢰를 얻지 못하는 편이 나았다. 억지로 떠맡게 된 사건인 데다 귀찮은 사람과 함께 해야 하다 보니 도통 정이 붙질 않았는데, 태환이 자극해 준 덕분에 신입 시절의 열정이 불타오르는 느낌이다.

주원은 머릿속으로 집에 도착하자마자 해야 할 일들을 정리했다. 우선 서태환과의 대화 내용을 간단한 보고서 형식으로 작성하고, 미팅 결과를 애타게 기다리고 있을 배 팀장에게 연락을 취하고, 어제는 짐 정리 때문에 미처 하지 못했던 빨래를 해야겠다.

그리고 온도담과 서재이를 자연스럽게 접촉시킬 만한 방안을 마련해 봐야겠지. 아무리 여자에게 오픈 마인드인 서재이라 해도 이번만큼은 경계가 심할 것이 분명했다. 그도 그럴 것이, 얼마 전에 그를 담당했던 요원이 제 신분을 노출하고 잠적해 버렸으니까. 물론 주자창에서 처음 마주했던 그는 도담에게 도움의 손길을 건넬 만큼 여전히 무방비했다. 하지만 순진한 얼굴 안에 어떤 악이 숨어있을지 모르는 일이었다. 그러니 초반에는 최대한 거리를 둔 채 멀리서 지켜보기만….

딱 거기까지 생각했을 때 가까운 거리의 현관문이 벌컥 열렸다.

"저, 저는 아무래도 남편 생각이 나서 안 되겠어요! 식사는 다음에 같이 해요!"

요란스레 등장하는 사람은 익숙한 얼굴이었다.

"온도담…?" 놀란 주원은 작게 그녀를 불렀다.

도담이 나온 현관문의 호수는 놀랍게도 908호로, 이번 임무의 타깃인 서재이의 집이었다.

"너 왜 거기서…."

그녀가 왜 거기에서 나오는지 짐작도 안 됐던 주원은 혼란스러운 눈빛으로 물어보려 했다.

"쉿!"

도담은 그런 그를 발견하자마자 검지를 제 입술 위로 가져갔고, 다른 손에 들고 있던 빨간 봉투를 흔들어 보였다. 그러고는 손짓 발짓까지 동원해 가며 주원에게 상황을 전달하려 애썼다. 굉장히 비효율적인 방식이 아닐 수 없었지만, 노련한 기 팀장님이라면 개떡같이 전달해도 찰떡같이 알아듣겠지.

"뭐."

그녀를 바라보던 주원이 해괴한 그녀의 몸짓을 도저히 이해 못 하겠다는 표정으로 물었다. 답답해진 도담은 푸욱 한숨을 내쉬었고, 주원에게 성큼성큼 걸어왔다. 그러고선 그의 허리에 허락도 없이 팔을 둘렀다.

도담이 서재이의 집에서 나온 이유보다, 도담의 손에 들려있는 빨간 편지봉투보다, 갑작스럽게 다가온 그녀의 체온이 더욱 신경 쓰였던 주원은 저도 모르게 인상을 구겼다. 도담은 그 얼굴을 똑똑히 보면서도 아랑곳하지 않고 그를 집으로 이끌었다.

"일단 빨리 들어가요. 빨리."

마음 같아선 손을 뿌리치고 싶었다. 하지만 그녀의 손아귀는 의외로 끈질겨서, 몇 번 힘을 줘보던 주원은 결국 오만상을 쓴 채 집 안으로 끌려 들어갈 수밖에 없었다.

"뭐? 내 옷을 뭐 어떻게 했다고?"

주원의 살벌한 눈빛에는 이제까지의 짜증과는 비교도 되지 않는 어마어마한 분노가 담겨 있었다. 도담은 그 기세에 살짝 겁을 먹었지만, 애써 침착한 목소리로 대답했다.

"팀장님, 그게 중요한 게 아니에요. 서재이네 집에 팀장님 옷 찾으러 갔다가 엄청난 걸 발견했다니까요!"

"그래서?"

"네? 그래서라니요?"

"그래서 서재이한테 줘버린 내 옷은 어떻게 할 생각이냐고."

"아, 그건 뭐…."

"내 물건에 손대지 말라고 얘기했을 텐데, 그게 그렇게 어려운 부탁이었나?"

업무를 중시하는 남자니까 성과 하나 올렸다고 말하면 빼앗긴 빨래 바구니쯤은 용서해 줄 거라 기대했거늘, 역시 그는 지독한 FM이었다. 이 상황에도 질책은 꼭 하고 넘어가야 직성이 풀리는 모양이다.

"그래요! 그건 내가 정말 잘못했습니다! 하지만 이걸 보세요! 편지예요!"

도담은 화난 그의 눈앞에 다시 한번 빨간 봉투를 내밀었다. 굳이 입 밖으로 꺼내진 않았지만, 주원은 마치 '그게 내 옷보다 중요해?'라고 묻는 듯한 표정이었다. 그가 다시 화를 낼세라, 도담은 서둘러 설명을 덧붙였다.

"이 편지봉투 아래쪽에 적혀있는 글자가 보이나요? Dear J 그리고 From ZTZ!"

"그게 뭐."

"J는 당연히 서재이겠죠. 그런데 From 뒤에 붙은 이니셜은 조금 이상해요. 영어 이름이라고 하기엔 너무 대문자 알파벳 세 개고, 이니셜이라고 하기엔 ZTZ라고 쓸 만한 한국 이름이 없고."

"…."

"그래서 고민했죠. ZTZ가 뭘까. 대체 누구의 이름일까. 그러다 문득 이런 생각이 들었어요."

"…."

"혹시 이거… 살짝 변형한 거 아닐까?"

그리 말하는 도담은 마치 탐정이라도 된 듯 비장했지만 그녀를 바라보는 주원의 표정은 그리 좋지 못했다. 지금 그는 도담이 하는 말보다 그녀가 빼앗긴 자신의 옷가지들에 신상이 적힌 명함이라도 있진 않을까 심각하게 고민하는 중이다.

"YSY!"

도담이 소리 높여 외친 영어 알파벳 세 개가 주원의 머릿속을 날카롭게 파고들었다.

"뭐?"

"Z로 시작되는 성은 없잖아요! 그래서 ZTZ를 그 앞에 알파벳으로 바꿔봤더니 YSY가 됐어요!"

"YSY…?"

"그렇죠. 유수영의 이니셜이죠. 이게 전부 빨간 봉투를 발견한 지 일 분 만에 파악해 낸 거라니까요? 저 진짜 대단하지 않아요?"

이번만큼은 칭찬을 해주려 했건만, 자화자찬하는 도담 때문에 그럴 맛이 사라졌다. 주원은 딱딱하기 그지없는 눈빛으로 손을 뻗어 그녀가 들고 있던 빨간 편지봉투를 가져갔다. 봉투를 뜯은 흔적도 없는 걸 보니, 서재이는 아직 이 편지를 읽지 않은 모양이었다. 주원은 내심 안도하며 안에 든 편지를 꺼내 펼쳤다. 겨우 풀어졌던 얼굴이 다시 굳었다. 정갈한 글씨로 적어놓은 유수영의 편지는 그야말로 가관이었다.

사랑하는 재이.

요즘은 어떻게 지내?

끼니 거르는 게 습관인 너라서 밥은 제대로 챙겨 먹는지, 어디 아픈 데는 없는지 너무 걱정돼.

그래서 몇 번이나 너희 집 문 앞까지 찾아갔었는데....

차마 벨을 못 누르겠더라. 미안하고 면목이 없어서.

연락을 받지 않는 걸 보면 너도 나한테 화가 많이 난 거겠지?

어떤 사과로도 너의 마음을 되돌려놓을 수 없다는 걸 알아.

그래도 나는 항상 너를 기다리고 있어.

예전으로 돌아갈 수 없다고 해도, 모든 일이 잘 끝나서 너의 곁에 머무를 수 있었으면 좋겠어.

NSO에서 내가 너한테 모든 사실을 폭로했다는 걸 알아.

아마 또 다른 요원을 너의 근처에 심어놓을 거야.

이유 없이 다가오는 모든 사람을 의심해.

나도 힘이 닿는 한 최선을 다해 널 도울게.

그럼, 우리 언젠가는 웃으면서 보자.

행복했던 예전처럼.

"하아…."

편지를 다 읽은 주원이 긴 한숨을 내쉬었다. NSO를 배반하고 잠적한 그녀는 아직 서재이의 곁을 맴돌고 있는 모양이다. 게다가 다가오는 모든 사람을 의심하라니. 유수영은 지금 완전히 서재이의 편에 서서, 아직까지도 그를 지키려 하고 있다.

"이 편지, 어디서 났다고?"

무책임한 그녀에게 분노한 주원은 낮게 가라앉은 목소리로 물었다. 아직 내용을 모르는 도담은 으쓱하며 대답했다.

"서재이네 집에서 나왔다니까요."

"그러니까 이걸 어떻게 가지고 나왔냐고."

"어… 그냥 집어서 냅다 달려 나왔…."

"훔쳤어?"

그런 방식만은 아니길 바랐으나 도담은 입을 꽉 다물고 그의 시선을 피했다. 아무래도 그녀는 이 편지의 발신인이 유수영이라는 걸 깨닫자마자 무턱대고 들고 나온 모양이다.

"넌 진짜 대책이…!"

업무에서 가장 중요한 건 '완벽한 계획'이라 믿는 남자, 기주원은 순간적으로 솟구치는 짜증을 참지 못하고 폭발시키려 했다. 하지만 그의 입이 떨어지자마자 도담은 주원의 어깨를 붙잡았고, 비장한 결의에 젖은 표정으로 말했다.

"팀장님, 아인슈타인은 말했습니다. 나는 미래를 생각해 본 적이 없다. 너무 빠르게 다가오기 때문이다."

"…."

"그러니 부질없는 미래 걱정은 잠시 접어두고 저와 함께 아름다운 현실을 살아보도록 합시다."

"넌 진짜 답이 없구나."

그녀에게는 성질을 내기도 지쳤다. 어차피 무슨 말을 해도 제 식대로 해석해 버릴 게 뻔했다. 더 이상 쓸데없는 데 힘을 빼고 싶지 않았던 주원은 어깨에 닿은 그녀의 손을 매정하게 치워냈다. 그러고는 편지를 곱게 접어 다시 봉투에 넣으며 말했다.

"이 편지는 내가 처리할게. 너는 서재이한테 아무런 기색도 내지 말고 대처해."

"저는 아직 내용도 못 봤는데요?"

"때로는 모르는 편이 더 도움 될 때도 있는 법이야."

"치, 심술하고는."

도담은 주원의 행동을 심술 취급했지만, 그건 어디까지나 그녀를 위한 배려였다. 아직 임무를 수행하기에 서툰 부분이 많은 도담은 의식해야 할 게 많을수록 실수가 잦아질 것이다. 특히 유수영이 서재이의 근처를 맴돌며 이번 임무까지 훼방 놓으려 한다는 얘기는 괜히 겁만 주겠지.

"잃어버린 내 옷이나 찾아와."

주원은 이미 상관없어진 옷 얘기를 의도적으로 꺼내며 분위기를 환기해 보려 했다.

띵동!

그때, 벨이 울렸다. 서로를 바라보고 있던 두 사람의 시선이 동시에 인터폰으로 향했다. 그리고 약속이라도 한 듯 자리에 얼어붙어버렸다.

"저, 저 사람이 왜…?"

쓸데없이 화질이 좋은 인터폰 화면 위에 떠오른 얼굴은 웃음기를 잃어버린 서재이였다. 인터폰을 확인한 도담의 얼굴이 하얗게 질렸다. 여기 찾아올 이유가 너무 명확해서 겁이 났다. 도담은 흔들리는 눈빛으로 주원을 바라보았다.

"티, 팀장님. 어쩌죠?"

그렇게 물어봤자 주원이 할 수 있는 일은 없었다. 사실 도담이 무턱대고 서재이의 편지를 훔쳐 나왔다 했을 때부터, 일이 이렇게 전개될 줄 짐작했었다.

"여기 있어. 내가 상대할게."

직접 나서서 상황을 수습해야겠다고 생각한 주원은 현관 쪽으로 몸을 돌렸다. 생각이 지나치게 짧은 도담은 일을 해결하기는커녕, 더 망쳐 놓을지도 모르는 일이었다. 하지만 한 걸음을 미처 떼어내기도 전에, 도담이 주원의 손목을 꼭 붙들었다.

"잠깐! 잠깐만요! 팀장님!"

"또 뭐."

"제가 나가볼게요. 아무래도 날 보러 온 것 같아요."

그건 너무나도 당연한 사실이었으나 주원은 그녀를 내보내는 것이 탐탁지 않았다. 본인이 나가서 뭘 어떻게 하겠다는 건지. 그녀의 단순한 머릿속엔 제대로 된 계획도 없을 거다.

"온도담, 더 이상 나서지 말고…."

다시 한번 그녀를 저지해 보려는데 도담이 아주 비장한 말투로 말했다.

"팀장님, 이건 서재이와 제 문제입니다. 팀장님에게까지 폐를 끼칠 순 없어요. 제가 책임지고 해결할게요."

폐는 이미 다 끼쳐놓고 있으면서. 해결하겠다고 나서기 전에 문제나 일으키질 말지.

"하."

주원이 미간을 찌푸리며 헛웃음을 터트리는 사이, 도담은 씩씩한 발걸음을 떼어냈다. 그러면서 슬쩍 확인한 서재이의 표정은 역시나 딱딱하게 굳어있었다. 웃고 있을 땐 순한 여우 같은 인상인 줄 알았는데, 웃음기가 사라진 그의 얼굴은 약간 서늘하게 느껴졌다. 하지만 호랑이 굴에 들어가도 정신만 바짝 차리면 살아남는 법. 도담은 깊이 심호흡을 한 뒤 현관문 앞에 섰다.

자, 이제 하늘 우러러 한 점 부끄러움 없다는 듯이 당당하고 떳떳하게….

"누, 누, 누구세요…?"

다짐이 무색할 정도로 목소리가 떨렸다. 의외로 양심이 있는 도담은 절도의 압박감을 버리지 못했나 보다. 혹시 모를 상황에 대비해, 거실을 지키고 서있던 주원은 고개를 절래절래 저었다.

"재이."

머지않아 서재이의 목소리가 들려왔다. 표정만큼이나 가라앉아 있는 톤이었다.

"아, 네! 그건 알아요. 그런데 여긴 무슨 일로?"

도담은 성대 밑 부분을 두 손가락으로 꾸욱 눌러 진정시키고는 애써 침착하게 물었다.

"내가 찾아온 용건이야 뻔하잖아, 도담."

곧바로 돌아온 재이의 대답은 도담의 등골을 서늘하게 만들기 충분했다. 제발 멋대로 훔쳐 나온 유수영의 편지 때문이 아니길 바랐거늘, 역시 간절히 바라는 건 이뤄지지 않는가 보다. 궁지에 몰린 그녀가 할 수 있는 일은 정면 승부뿐이었다.

꿀꺽.

도담은 마른침을 삼키고 떨리는 손끝으로 현관문 잠금장치를 해제했다. 그리고 아주 천천히 문고리를 돌려 열자 바로 문앞에 서 있던 서재이가 곧장 한 걸음 가까이 다가와 물었다.

"괜찮아?"

마주한 두 눈에선 인터폰으로는 전해지지 않았던 걱정이 묻어있었다.

"네? 뭐가요?"

"아까 너무 울길래. 그러다 실신이라도 하면 어쩌나 걱정했어."

"아아…."

하긴, 그때의 눈물 연기는 너무 과한 오열이었지.

"그런데 지금은 뚝 그쳤네."

서재이가 그녀의 마른 얼굴을 빤히 들여다보며 말했다. 도담은 제 연기가 들켰나 싶어 긴장했지만, 그의 입꼬리는 별안간 미소를 되찾았다.

"좀 진정된 것 같아서 다행이다."

그리 말하는 서재이에게선 어떠한 의심이나 경계가 느껴지지 않왔다. 아까 전의 굳은 얼굴은 걱정 때문이었던 건지, 그의 눈꼬리는 다시 무방비한 웃음기를 띠고 있다. 도담은 얼떨떨한 표정으로 그의 얼굴을 바라보았다. 그러자 서재이는 옆에 내려놨던 무언가를 집어 들어, 도담의 앞에 내밀었다.

"자, 바구니 돌려줄게."

뻔뻔하게 가져갔었던 빨래 바구니였다. 하지만 그 안에는 옷 말고 다른 것도 수북이 들어있었다.

"이건…."

"물티슈야. 남편한테 전해줘."

"…."

"화장실을 그렇게 자주 들락날락거리는데, 매번 휴지로만 뒤처리하면 쓰라릴 거 아니야. 그거 때문에 고생했던 친구가 물티슈는 필수라더라고."

"어머… 친절도 하셔라."

도담은 얼떨결에 빨래 바구니를 받아 들었고, 재이의 얼굴을 가만히 올려다보았다. 그녀가 멋대로 들고 나온 편지봉투에 대해선 아직 모르는 건지, 그에게 이외의 용건은 없어 보였다. 이건 도담에게 기적과도 같은 일이었다.

이 분위기에서 대화를 마치고 싶었던 도담은 서둘러 마무리 인사를 건넸다.

"잘 전해줄게요. 식사는 나중에 같이해요."

"나중에 언제?"

"뭐, 시간 맞으면 아무 때나."

그녀의 의례적인 말에 서재이는 부드러운 눈웃음을 지었다.

"그래, 또 놀러 올게."

인사를 끝으로 재이는 몸을 돌렸다. 도담은 그가 제집으로 들어갈 때까지 현관문을 붙잡고 서있다가, 서재이가 완전히 사라지고 나서야 문을 닫았다.

"휴우, 간 떨어질 뻔했네. 아직 아무것도 모르는 것 같죠?"

"서재이가 왜 내 화장실 뒤처리까지 신경 쓰는 거지?"

안도의 한숨을 내쉬며 주원이 기다리는 거실로 들어서자 저승사자처럼 살벌한 얼굴을 하고서 주원이 물었다. 아차, 싶어진 도담은 어색하게 웃으며 대답했다.

"아, 그냥 뭐… 팀장님한테 조그마한 장 트러블이 있어서 화장실 갈 때마다 힘겨워하신다고…."

"날 가지고 그딴 거짓말을 한 이유는?"

"믿기 어려우시겠지만 유수영 요원의 편지를 빼돌리기 위한 밑밥 작전 중 하나였습니다, 팀장님."

"그게 최선이었나."

"예, 제 딴에는요."

말도 더듬지 않았고 목소리는 뒤로 갈수록 정돈되었으며 눈도 피하지 않았다. 그래서 나름대로 잘 해명했다고 생각했는데 어쩐지 주원의 표정은 조금도 온화해지지 않았다.

"시말서 제출해. 상사 명예훼손 건으로."

자타공인 지독한 완벽주의자 기주원. 그는 누가 자신의 완벽한 모습에 흠집 내는 걸 못 견디는 남자였으니.

"하하, 농담은…."

"진담이야. 양식 보내줄 테니까 두 시간 내에 제출하도록."

굉장한 쾌거를 이룬 하루였다. 오늘 그녀는 서재이와 자연스러운 만남을 가졌고, 그의 집까지 진출했으며 유수영 요원의 편지를 무사히 빼돌렸다. 이 사건을 맡았던 그 어떤 요원도 이렇게 단시간에 성과를 내진 못했을 거라 장담한다. 하지만 꾹 닫힌 서재 문과 그녀의 노트북 위에 두둥실 떠올라 있는 시말서 양식. 이 두 가지는 도담을 우울하게 만들기에 충분했다.

"하아, 진짜 난 뭐가 문제일까…."

성과는 좋았으나 주원의 심기를 건드린 일이 더 많았다. 주원의 물건에 손을 댔고, 주원의 옷을 서재이에게 빼앗겼고, 거기서 더 나아가 주원을 장 트러블러로 만들어버렸으니. 종합적으로 그에게 딴 점수를 계산해 보면 심각한 마이너스였다. 한집에 살면 다채로운 모습으로 매력 어필을 할 수 있을 줄 알았는데, 날이 갈수록 비호감만 사는 것 같다.

"이게 다 온도영 때문이야. 걘 왜 장염에 걸려서는 생각나는 변명이 그것밖에 없게 만드냐고…. 이슬만 먹고 사는 팀장님이랑 장 트러블은 너무 이미지가 안 맞잖아."

도담은 괜히 동생을 원망하며 노트북에 시선을 고정시켰다. 그러고는 시말서에 제 이름부터 적어놓으려던 찰나, 서재 문이 열리며 편한 옷으로 갈아입은 주원이 등장했다.

"다 썼어?"

까만 카디건을 걸친 그는 정장 차림 때와는 다른 이미지를 풍기고 있었다. 어깨가 워낙 넓고 곧아서일까. 어쩌면 정장보다도 더 잘 어울리는 것 같다.

"팀장님은 사복 차림도 멋있네요."

도담은 솔직한 감상을 재채기하듯 터트렸다. 이건 그가 딱 싫어하는 행동이었으나, 어차피 주원에게 호감도가 바닥인 그녀는 더 잃을 점수도 없었다.

"시끄러워."

아니나 다를까. 주원은 한마디로 도담의 칭찬을 밀어냈다. 그러고는 도담에게로 다가와 그녀의 노트북을 홱 덮어버렸다.

"앗, 아직 다 못 썼는데."

"시말서는 필요 없어."

"예?"

"그냥 농담이었다고."

아니, 무슨 농담을 시말서 양식까지 보내주면서 해?

도담은 황당하다는 표정으로 주원을 올려다보았다. 주원은 그런 그녀의 곁에서 걸음을 떼어냈고, 싱크대 상부장에서 컵을 하나 꺼내 들었다.

"오늘… 마음에 들었어."

무심한 뒷모습을 하고 꺼내놓은 첫마디는 뜻밖이었다.

"네?"

"그 짧은 사이에 유수영의 편지를 알아보다니, 순간적인 상황 파악 능력이 제법이네."

그에게서는 처음 들어보는 칭찬이었다. 도담은 휘둥그레진 눈을 그에게로 옮겼다. 주원은 여전히 도담에게서 등을 돌린 채, 컵에 물을 따르며 말을 이었다.

"물론 잘했다는 건 아니야. 계획 없는 행동만큼 위험한 건 없으니까."

"…."

"앞으로 한 번만 더 생각 없이 굴었다가는 이번 일에서 제외될 줄 알아."

뒤따르는 건 부족했던 부분에 대한 따끔한 질책이었으나, 도담은 아무 대답도 하지 않고 주원만 빤히 바라보았다. 그사이 컵에 물을 가득 따른 주원은 다시 서재 쪽으로 몸을 돌렸고, 멍하니 앉아있는 도담에게 마지막 멘트를 남겼다.

"오늘 서재이하고 있었던 일, 보고서로 제출해. 최대한 상세하게."

칭찬과 질책 뒤에 떨어진 새 업무. 그러고는 곧장 서재로 들어가 버리는 그는 칭찬에 놀란 게 무색할 정도로 쌀쌀맞고 정이 없었다. 하지만 도담은 그 뒷모습조차도 설렐 뿐이었다.

"내가 마음에 들었대…. 내가 기 팀장님 마음에 쏙 들어버린 거야…."

어차피 그녀의 머릿속에는 그의 가슴 떨리는 첫마디만 남아버렸으니까.

"온도담."

"네, 팀장님 마음을 사로잡은 온도담 여기 있습니다!"

"너 자꾸 그렇게 이상한 수식어 붙일 거야?"

다음 날 오전, 도담은 무척이나 들떠있었다. 어제 들었던 칭찬의 여파가 아직 가시지 않았기 때문이다.

주원이 도담을 부를 때마다 돌아오는 대답은 가관이었다.

'네! 팀장님 마음에 쏙 든 온도담 찾으셨습니까?'

'팀장님의 마음 사냥꾼 온도담 왔습니다!'

그래서 잠깐은 도담을 찾지도 않을 생각이었으나, 이따금 그녀를 꼭 호출해야만 할 일이 생긴다.

"어제 서재이하고 나눈 대화 내용은 이게 다야?"

주원이 보고서를 훑으며 묻자 도담은 고개를 끄덕거렸다.

"네, 집에 들어가자마자 거의 바로 나와서 자세한 얘기를 나누진 못했어요."

"집에 여자의 흔적이 있었다며. 혹시 유수영의 물건은 없었나?"

"널브러진 옷가지들이 있긴 했는데, 그게 유수영 요원의 옷인지는 알 수가 없죠. 그런데 다른 여자 옷일 가능성이 클 거예요. 서재이 여자관계가 심상치 않더라고요."

도담은 비밀이라도 얘기하듯 조용히 일러주었지만, 그 부분에 대해선 주원도 익히 알고 있었다. 이미 한 번 서재이 공략에 실패했던 배 팀장은 서재이를 두고 '모든 여자를 홀려버리는 남자 클레오파트라'라고 칭할 정도였으니. 그래서 유수영도 완전히 그의 편으로 돌아서 버린 걸까.

"유수영은 서재이의 근처를 맴돌고 있을 확률이 높아. 가장 먼저 그 여자를 검거해야 해."

주원은 가라앉은 목소리로 말했다. 도담은 그에 동의한다는 듯 고개를 끄덕거렸다.

"하긴, 그분이 팀장님 얼굴을 알아보고 서재이한테 폭로해 버리기라도 한다면 큰일이니까요."

"넌 괜찮고?"

"저는 그분이랑 직접적으로 마주친 적 없어요. 배치받은 지 몇 개월 되지도 않았잖아요."

그 말을 들은 주원의 눈빛이 반짝 빛났다. 유수영에게 얼굴이 노출된 주원은 활동이 조심스러울 수밖에 없는데, 도담이라면 적극적인 수색이 가능했다. 문제는 그 방법이었다. 유수영이 바보가 아닌 이상, 서재이의 근처를 대놓고 맴돌지는 않을 터였다.

어떻게 하면 온도담의 눈앞에 나타나게 할 수 있지. 어떻게 하면…. 그때, 극단적이지만 괜찮은 방법 하나가 떠올랐다.

"온도담."

"네, 팀장님의 하트 캡터 체리, 온도담입니다."

주원이 희망을 안고 도담을 부르자, 여전히 들떠있는 그녀는 이번에도 역시 과한 대답을 했다. 하지만 이번만큼은 짜증을 내지 않고, 주원은 진지하게 입을 열었다.

"유수영은 서재이에 대한 감정을 정리하지 못했어. 즉, 유수영을 검거하기 위해선 그 부분을 자극해야 한다는 얘기지."

"그건 그렇죠."

"넌 그 역할을 하면 되는 거야."

"그 역할이라니요?"

"수단과 방법을 가리지 말고 서재이의 마음을 사로잡으라고."

"네…?"

논리적으로는 그럴싸한 계획이었다. 심상찮은 이성이 서재이의 곁에 붙어있다면 유수영은 극도로 신경을 쓸 테고, 계속해서 자극하다 보면 도담의 눈앞에 직접 나타날지도 모를 일이었다. 특히 사랑에 취해 제 정체를 불어버릴 정도로 감정적인 여자라면 도담의 존재에 더욱 예민하게 반응하겠지.

"서재이의 약점이라면 내가 알고 있어. 그러니까 그 부분을 공략하면 마음을 얻는 건 시간문제야."

"잠깐, 잠깐만요. 팀장님."

"왜?"

"지금 서재이를 꼬시라는 말씀이세요?"

주원은 일말의 망설임도 없이 고개를 끄덕였다.

"어. 문제 있어?"

문제밖에 없었다. 팀장님이기 이전에 오랫동안 좋아했던 사람인데. 그런 사람에게 다른 남자를 꾀라는 명령을 받는 건 결코 달가운 일이 아니었다. 도담은 손사래를 치며 극구 거절했다.

"에이, 저는 그렇게 못 해요. 사람 마음이 꼬신다고 꼬셔지는 것도 아니고."

"…."

"게다가 이제 남편도 있잖아요. 그런데 바람을 피우라니, 저는 양심에 찔려서…."

"착각하나 본데, 너랑 나는 진짜 부부가 아니야."

"네?"

"그러니까 쓸데없는 거 신경 쓰지 말고, 너의 역할을 제대로 했으면 좋겠는데."

쓸데없는 거. 팀장님의 부인 역할을 배정 받은 뒤, 나름대로 각고의 노력을 했는데…. 그게 이 남자에게는 '쓸데없는 거'에 불과했다니.

문득 서러워진 도담은 주원의 얼굴을 바라보았다. 이 매정한 남자는 그 못된 말을 내뱉고도 태연한 표정이었다. 그걸 보고 있자니, 도담의 가슴에서 뜨거운 무언가가 울컥 치솟았다. 주원을 보는 도담의 눈동자에 처음으로 불이 일었다.

"팀장님."

도담의 낮은 목소리는 주원이 듣기에도 낯설었다. 그래서 굳이 대답하지 않고 가만히 그녀의 얼굴을 바라보자, 도담은 용암처럼 끓어오르는 원망을 그에게 토로했다.

"어떻게 그런 말을 그렇게 쉽게 하세요? 내가 팀장님을 얼마나 좋아하는지 알면서…."

그 말을 하면서도 도담은 제 감정보다 그의 감정이 더 신경 쓰였다. 그는 공과 사를 구분하지 못하는 사람을 제일 싫어하니, 이걸로 프로답지 못하다고 또 욕을 먹겠네. 하지만 그 걱정을 하고 나니 자신의 처지가 하염없이 서러워졌다. 그녀의 감정은 아무리 소중하다 해도 결국엔 짝사랑이라, 깊은 상처가 나도 아프다는 내색을 할 수가 없다.

"온도담."

아니나 다를까. 도담의 이름을 부르는 주원은 무언가 불편한 듯 미간을 찌푸리고 있었다. 그 뒤에 이어질 말은 굳이 듣지 않아도 뻔했다. 환영받지 못하는 이 짝사랑을 어서 지워버리라는, 잔인한 책망이겠지.

"아무 말도 하지 마세요! 어차피 또 못된 소리만 할 거잖아요!"

울분에 찬 도담은 언성을 높이며 그의 말을 잘라냈다. 그러고는 이왕 터트린 김에, 그동안의 서러움을 와르르 쏟아내기 시작했다.

"그렇게 쓸데없는 거라서 남편 역할 한 번 제대로 안 하나? 방에 들어가면 처박혀서 나오지도 않고!"

"처박혀…?"

"그럴 거면 앞으로는 상사가 아니라 남편이란 얘기는 왜 했어요? 이게 어딜 봐서 남편이야! 그냥 생판 남도 이것보다는 덜 무심하겠다!"

생각지도 못했던 격한 반응에 놀란 주원은 눈을 둥그렇게 떴다. 도담은 그런 그를 씩씩거리며 노려보더니, 모든 분노를 담아 마지막 고함을 내질렀다.

"씨이… 잘생기지나 말든가!"

얼마나 소리가 컸던지, 주원의 귀에 잠시 이명이 맴돌았다. 그렇게 세상의 중심에서 주원의 잘생김을 외친 도담은 누가 봐도 화난 사람처럼 홱 등을 돌렸고, 거친 걸음을 현관 쪽으로 옮겼다.

쾅!

"저건 또 뭔…."

그녀의 화만큼이나 거세게 닫힌 현관문을 바라보며 텅 빈 집에 홀로 남은 주원의 눈빛에 어이없다는 기색이 맺혔다.

* ✦ *

예전에 결혼했던 친한 언니가 그랬다. 결혼하고 나서 가장 서러운 건 남편이랑 싸웠을 때 갈 데가 없는 거라고. 주원 말대로 이 결혼이 진짜는 아니지만, 도담은 지금 그 말에 절절히 동감하는 중이다. 그렇게 성질을 내며 집을 뛰쳐나왔건만, 갈 수 있는 곳이 아무 데도 없다. 결국 그녀가 선택한 피난처는 9층 비상구. 의외로 사람 다닐 일이 없는 이곳은 눈물 콧물 쏟아내기 딱 좋은 장소다.

"흐으… 내가 그동안 잘 해보려고 얼마나 아등바등했는데. 어쩜 그걸 쓸데없다고 할 수 있어?"

다른 남자를 꾀라는 말보다, 우린 진짜 부부가 아닌데 뭐 어떠냐는 말보다 이 신혼부부 생활이 '쓸데없는 거'라는 말이 도담의 가슴에 콱 박혀버렸다.

그도 그럴 것이 그녀는 주원이 말한 '쓸데없는 거'를 위해 오랜 시간 마음의 준비를 했고, 어떻게 하면 더 완벽한 부인이 될 수 있을지 연구했고, 혼자나마 엄청난 노력을 기울였기 때문이다. 비록 그는 그녀의 노력을 한 번도 받아주지 않았다. 손바닥도 둘이 맞부딪혀야 소리가 나는 법이거늘, 그는 언제나 남보다 못한 거리감을 유지하려 했다. 그 때문에 도담은 주원과 마주 앉아 밥을 먹어본 적도, 굿나잇이나 굿모닝 인사를 나눠본 적도, 함께 장을 보러 가본 적도 없지만….

"그래도 마음만큼은 진짜 부부처럼 임하고 있었는데. 그렇게 하라고 할 땐 언제고…."

혼자 훌쩍이며 툴툴거려 봐도 답답한 심정은 나아지지 않았다. 이럴 땐 술이 딱인데, 연고 없는 동네여서 한 잔 기울일 친구조차 없다. 그래서 더욱 더 서러워지려던 참에 삼십 분 동안 꼼짝않던 비상구 문이 열렸다. 깜짝 놀라 고갤 들자, 열린 문으로 들어서는 사람은 다름 아닌 서재이였다. 도담은 눈물도 닦지 않은 채 멍하니 그의 얼굴을 바라보았다.

"서재이…?"

"도담, 여기서 뭐 해?"

예상치 못한 도담의 등장에 놀란 건 재이도 마찬가지인 듯 보였다. 도담은 그제야 축축히 젖은 눈가를 쓱쓱 문질렀다.

"그냥 뭐, 계단 오르내리기 운동하다가 쉬는 중이었어요."

"또 우네."

"예? 아니, 이건 우는 게 아니라 땀인데…."

"남편이 화장실에서 또 힘들어해?"

어제 그녀의 눈물을 봤던 재이로서는 충분히 물어볼 수 있는 질문이었다. 하지만 그놈의 '남편' 때문에 기분이 엉망진창이 되어버린 도담은 자연스럽게 받아치질 못했다.

"참나, 그 인간이 힘들어하든 말든! 그래서 우는 거 아니거든요?"

"우는 게 맞긴 맞는 거네, 그럼."

"아… 그거야 뭐…."

"한 대 피울래?"

재이가 들고 있던 담뱃갑에서 담배 한 개비를 내밀었다. 그는 오피스텔에서 절대적으로 금하는 실내 흡연을 하러 이곳에 찾아온 모양이었다.

"여기 금연 구역이에요."

도담은 훌쩍이는 와중에도 아닌 건 아니라고 확실히 말했다. 그러자 재이는 싱긋 웃는가 싶더니, 한 개비를 입술 사이에 물며 대답한다.

"알아."

알긴 개뿔을 알아. 지금 주머니에서 라이터까지 꺼내려고 하는구만.

앉아있던 계단에서 벌떡 일어난 도담은 청개구리처럼 말 안 듣는 재이에게로 성큼성큼 걸어갔다. 그러고는 그가 물고 있던 담배를 빠르게 뺏어 들었다.

"알면 아는 대로 하라고, 좀."

재이의 마지막 한 개비가 도담의 손 안에서 구겨져 버렸다. 재이는 아쉽다는 듯 눈썹을 내려트렸다.

"아무도 없는데 뭐 어때."

"아무도 없다니! 그럼 나는 뭐 허수아비인가? 그쪽도 나 같은 건 쥐뿔 신경 안 쓰나 봐요? 왜, 쓸데없는 거라서?"

흡연 문제만 간단명료하게 지적하려고 했는데, 어쩌다 보니 사적인 감정도 끼어버렸다. 필요 이상으로 분개한 도담을 내려다보던 재이는 고개를 갸웃거리며 물었다.

"남편이 쓸데없는 거라 그랬어?"

"뭐, 뭐요?"

"말이 심했네. 속상했겠다."

서재이는 눈치가 빨랐다. 그리고 쓸데없이 공감 지수가 높았다.

전혀 예상치도 못했던 사람에게 받은 뜻밖의 위로에, 도담의 눈빛이 살짝 흔들렸다.

"그거 때문에 여기서 울고 있었던 거야?"

"아뇨, 뭐… 겸사겸사 스트레스 받는 일이 있어서."

"남편은 집에 있나 봐. 굳이 비상구에 나와있는 걸 보면."

재이가 빈 담뱃갑을 다시 주머니에 넣으며 말했다. 도담은 아무 말도 하지 않았지만, 재이는 대답을 들을 양 씨익 웃었다. 그리고 꺼내놓는 말이 생뚱맞았다.

"우리 집으로 가자."

"네? 제가 왜요?"

"하소연 들어줄게. 어차피 우는 얼굴로 집에 들어가는 것도 자존심 상할 거 아니야."

그건 맞는 소리였으나 냉큼 따라가기에는 그림이 좀 이상했다. 그래서 거절하려는 찰나 기주원이 내렸던 매정한 명령이 떠올랐다.

'수단과 방법을 가리지 말고 서재이의 마음을 얻어.'

'너랑 나는 진짜 부부가 아니야.'

'그러니까 쓸데없는 거 신경 쓰지 말고, 너의 역할을 제대로 했으면 좋겠는데.'

그래, 기주원이 그랬지. 쓸데없는 아내 역할에 집착하지 말고 외간남자한테 충실하라고. 천하의 둘도 없는 잔인한 인간. 그 명령 그대로 따라주마.

도담은 내키지 않는 마음을 고이 숨겨두고, 결의가 선 눈빛으로 재이를 마주했다. 그녀의 대답을 기다리는 재이는 주원의 쌀쌀맞은 표정과 대비되는 살가운 눈빛을 띠고 있었다. 덕분에 뻔뻔하게 신세 지는 건 쉬웠다.

"좋아요. 어차피 우리 집 아저씨는 내가 뭘 하든 말든 신경도 안 쓸 텐데, 가서 수다나 실컷 떱시다!"

도담의 필요 이상으로 씩씩한 목소리에, 재이의 눈가가 둥글게 휘어졌다.

오기 부리듯 서재이의 집에 왔지만 그래도 상대가 상대인지라 거리감이 있을 줄 알았다.

"사람이 어찌나 매정한지, 마주칠 때마다 찬바람이 쌩쌩 불어요. 동장군이 따로 없다니까요? 철천지원수도 그렇게는 안 쳐다볼 거예요."

"아아, 그렇구나."

"같이 밥 먹자 그래도 싫다, 빨래해 주겠다 해도 싫다, 일 도와주겠다고 해도 싫다. 안 그래도 각방 쓰는데 나랑 마주치려고도 안 하니까, 한집에 있어도 얼굴을 못 봐요!"

"정말 무심한 남편이네."

도담은 앉은 지 삼십 분 만에 주원에 대한 험담을 속사포처럼 뱉어내는 중이다. 아마 서재이가 자연스럽게 꺼내놓은 맥주 탓도 있을 거다. 목을 축이기 위해 물처럼 홀짝거린 맥주가 벌써 두 캔째였으니.

"아, 저번엔 이런 일도 있었다! 저는 신혼이니까 정말 잘 지내보려고 했거든요? 그런데 이 집에 이사 오자마자 그 인간이 뭘 설치했는지 알아요?"

"뭘 설치했는데?"

“개 펜스요! 그것도 대형견용으로! 내가 망가트릴 걸 대비해서 여러 개!”

“와, 그건 좀 심했어.”

“그렇지? 심했지? 내가 별거 아닌 거로 유난 떠는 거 아니지!”

도담의 격해지는 목소리에도 재이는 편안한 얼굴로 고개만 끄덕였다. 적절한 타이밍에 적절한 맞장구를 쳐주는 모습이 마치 하소연 들어주는 게 직업인 사람 같았다. 도담은 그런 그가 은근히 마음에 들었다. 비록 대기업의 브로커라고 의심을 받는 자일지라도, 이 순간만큼은 십년지기 친구보다도 나았다.

“사랑해서 결혼한 거 아니었어?” 재이가 물었다.

그 말에 도담은 깊은 한숨을 내쉬더니 우울한 표정으로 대답했다.

“사랑이었죠. 적어도 나는.”

“남편은?”

“그냥 뭐… 의무?”

“연애결혼이 아니야?”

지금까지는 사실만 얘기했지만 그 질문에는 거짓말을 꺼내놓을 수밖에 없었다. 도담은 짧은 시간 동안 그럴싸한 시나리오를 찾아냈고, 얼마 전 봤던 로맨스 소설 내용을 떠올리며 말했다.

“정략결혼 때문에요.”

“정략결혼?”

“네, 그거 때문에 어쩔 수 없이….”

하지만 막상 설명을 하려다 보니 너무 허무맹랑한 소릴 하고 있는 건 아닌가 싶어졌다.

정략결혼이라니. 지어낸 티가 너무 많이 나잖아.

"아아… 그렇게들 많이 하지."

서재이가 조금의 의심도 없이 고개를 끄덕였다. 그가 정략결혼을 당연하게 받아들이는 재벌 3세라는 게 다행으로 느껴지는 순간이었다. 도담이 남몰래 가슴을 쓸어내리는 사이 재이는 커피 테이블 위에 맥주 캔을 다시 집어 들며 말했다.

"넌 정략결혼이 체질에 맞나 봐. 진짜 사랑도 하고."

"왜요? 이상해요?"

"집안에서 정해준 상대잖아. 내 주변엔 그 사실 하나만으로도 배우자한테 치를 떠는 사람들 많아."

재이의 주변 세계를 아는 건 아니었지만 어느 정도 이해되는 얘기였다. 하다못해 로맨스 소설에서도 정략결혼 상대와 시작부터 사랑을 속삭이진 않았으니까. 하지만 도담은 어느새 거짓말에서 벗어나, 자신의 기억 하나를 되짚어 본다.

"좋아할 수밖에 없는 사람이었어요."

"…."

"인상 쓰는 게 너무 멋있었거든."

그리 말하며 도담은 그에게 처음으로 마음을 빼앗겼던 순간을 떠올렸다.

도담은 유달리 실수가 많았던 탓에 사수에게 꾸준히 욕을 들어먹었다. 그래도 책임감은 투철했던지라 부족한 만큼 노력하고, 힘든 훈련의 시간을 악착같이 버텨냈다. 그렇게 갖은 애를 써서 당시 훈련생들에게 가장 인기가 많았던 1지망 산업보안팀에 배정되었는데,

오리엔테이션 날 회의실 문 앞에서 동기들의 가시 돋친 뒷말을 듣고 말았다.

'그거 들었어? 온도담도 산업보안팀 붙었대.'

'개처럼 덜 떨어진 애가? 이야, 이거 자존심 너무 상한다. 백으로 들어온 거 아니야?'

'에이, 하고 다니는 거 보면 몰라? 있는 집 애는 아니야.'

'그럼 운이 좋았다는 소린데…. 난 그것만큼 기분 잡치는 게 없더라. 정정당당하게 노력해서 온 사람들은 뭐가 되냐고.'

백으로 들어온 것도 아니었고 운으로 들어온 것도 아니었다. 남들보다 부족했기 때문에 남들보다 몇 배로 더 노력했을 뿐이었다. 그러니까 나도 정정당당하게 산업보안팀이 된 건데….

문을 박차고 들어가서 그런 얘기를 하기엔, 도담의 배짱이 좋지 못했다. 가장 부족했던 시절부터 지켜봐 왔던 그들이 제대로 보고 있는 것은 아닐까, 하는 의문이 들어서였다. 그래서 이미 잡은 문고리를 돌리지도, 놓지도 못하고 있던 그때였다.

'일 분 지각.'

딱딱하기 그지없는 목소리가 바로 뒤에서 들려왔다. 깜짝 놀라 고갤 돌리자 그곳에는 신입 오리엔테이션 교육을 맡은 기주원 팀장이 서 있었다.

'아, 아… 도착은 아까 했는데….'

'자리에 앉는 것까지가 출석입니다. 시간 개념이 많이 부족하네.'

그때도 지금처럼 지독한 FM이었던 주원은 상처 입은 그녀를 자비 없이 지적했다. 덕분에 도담의 자신감은 더욱 낮아졌고, 어깨는 초라하게 움츠러들었다. 주원은 그런 그녀를 뒤로 밀어내고는 회의실 문을 열었다. 떠들고 있던 동기들은 아무 일도 없었다는 듯, 재빨리 자세를 고쳐 앉았다.

도담은 그들의 눈치를 살피며 앉을 자리를 찾았다. 하지만 그들 옆자리 말고는 빈자리가 없었다. 표정 관리에 자신이 없는 도담으로선 난처하기 짝이 없는 순간이었다.

'산업보안팀 오리엔테이션을 시작하겠습니다. 관계자 외엔 전부 나가주세요.'

'….'

'네 번째 줄 세 명. 나가라는 말 못 들었습니까?'

주원의 싸늘한 명령이 들려왔다. 그가 지적한 이들은 정확히 도담을 험담한 동기들이었다.

'저희 산업보안팀에 배정된 신입 맞습니다, 팀장님.'

그중 한 명이 상황을 파악하지 못하고 대답했다. 그러자 주원의 미간이 노골적으로 구겨지는가 싶더니, 조금의 자비도 없는 싸늘한 음성이 들려왔다.

'나는 동료에 대한 신뢰도 없는 놈들은 내 밑에 안 둡니다. 입 함부로 놀려서 팀 사기 떨어트리는 놈들도 마찬가지고요.'

'네, 네…?'

'알아들었으면 되묻지 말고 퇴장하세요. 험한 말 나오기 전에.'

분위기는 순식간에 살얼음판이 되어버렸다. 주원에게서 느껴지는 위압감은 잘못을 빈다고 해서 누그러질 것이 아니었기에, 문제의 동기들은 쭈뼛대며 회의실을 나갔다.

아직 어디에도 앉지 못한 도담은 놀란 눈만 휘둥그레 뜬 채 서있었다. 그런 그녀를 본 주원은 그들이 앉아있던 책상 쪽으로 턱을 까딱였다.

바로 그때였다. 도담이 그에게 반해버린 건. 신경질적으로 구겨진 미간, 얼음장처럼 차가운 말투. 하지만 그 모든 걸 상쇄시켜 버리는….

'뭐 합니까. 자리 찾아줬으면 가서 앉으세요.'

그의 나직한 목소리. 순간 쿵 내려앉았던 도담의 심장은 그 후로도 계속 멈출 기미를 보이지 않았다. 기 팀장은 일 외에 관심도 없으니 꿈도 꾸지 말라는 얘길 듣고 몇 번이나 마음을 달래보려 했지만, 진정은커녕 그의 존재감만 점점 더 커질 뿐이었다. 그러다 보니 시간만 계속 흘러 짝사랑만 몇 개월째였다.

"사랑받는 건 바라지도 않으니까, 날 미워하지만 않았으면 좋겠는데…."

머릿속에 가득 찬 주원에 대한 생각은 도담을 솔직해지게 만들었다. 상대가 서재이라는 것도 잊은 채, 그녀는 짝사랑에 마음껏 취했다. 그런 그녀를 가만히 지켜보던 재이는 입꼬리를 들어 올렸다.

"사랑받는 걸 왜 벌써 포기해. 그게 뭐가 어렵다고."

이윽고 흘러나온 부드러운 목소리에, 도담의 눈동자가 그에게로 향했다.

"가서 사랑해 달라고 해. 당장 사랑해 주지 않으면 시들어버릴 것처럼 굴어."

"…."

"그러다 보면 그 사람 스스로가 깨닫게 될 거야. 너는 사랑해 줘야 하는 사람이구나, 하고."

"사랑해 줘야 하는 사람…."

"단 한 명만을 위한 꽃이 되는 거야. 적어도 그 사람은 널 그렇다고 믿게 해야 해."

재이에게선 이전의 가벼움이 느껴지지 않았다. 마치 그런 식으로 사랑받는 것에 통달한 사람처럼 흔들림 없는 눈빛으로 도담을 마주 본다. 재이의 묘한 분위기에 홀린 도담은 심각하게 물었다.

"그렇게 하면… 그 사람이 날 바라봐 줄까요?"

재이의 고개가 천천히 끄덕여졌다.

"당연하지. 지금까지 실패한 적 없어."

서재이는 이런 식으로 여자를 사로잡는구나. 매번 한 사람만을 위해 피어난 꽃처럼 굴어서, 그 많은 사랑을 당연하다는 듯 받은 거구나. 그렇다면 효과는 확실하다는 얘긴데… 그 쌀쌀맞은 기주원 앞에서 맨 정신에 사랑을 구걸할 수 있을까?

잠시 고민하던 도담은 결심이 선 표정으로 맥주 캔을 잡았다. 그러고는 꽤 많이 남은 맥주를 한 번에 원 샷 해버렸다.

"캬아…!"

재이는 그런 그녀를 신기하다는 눈빛으로 바라보았다. 하지만 구경거리 삼든가 말든가, 도담은 진지하기만 한 목소리로 묻는다.

"더 독한 술 없어요?"

"독한 술은 왜?"

"왜긴! 이성의 끈을 놓아야 기주원이랑 한 판 붙을 거 아니야!"

이 여자 남편 되는 사람입니다

"정글 숲을 지나서 가자! 엉금엉금 기어서 가자!"

알코올의 힘 덕분에 지나치리만큼 기분이 좋아진 도담이 노래를 불렀다. 내일이 되면 목이 쉬고도 남겠다, 싶을 정도로 어마어마한 성량이었다. 맞은편에 앉은 재이는 거의 다 비워낸 위스키의 마지막 잔을 따르며 노래에 맞춰 고개를 까딱였다.

"늪지대가 나타나면은 악어 떼가 나온다!"

그러다 그녀의 노래가 클라이맥스를 향해 갈 때쯤 그녀의 빈 잔도 채워주고.

"악어 떼!"

"악어 떼."

하이라이트에선 함께 위스키 잔을 들어 올린다. 짠 하고 잔을 맞부딪힌 그녀는 위스키를 곧장 입안으로 털어 넣는다. 비록 절반은 줄줄 흘렸지만.

"천천히 마셔. 다 흐르잖아."

재이는 기다렸다는 듯 티슈를 뽑아 도담에게 건넸다. 아까까진 흘린 술 정도는 스스로 닦을 수 있었는데, 거기서 더 취해버렸는지 조준이 영 시원치 않았다. 재이는 그런 도담을 가만히 바라보다가 그녀의 턱 아래쪽을 슬쩍 가리켰다.

"거기 말고 이쪽."

"여기?"

"아니, 조금 더 밑에."

"여기?"

밑으로 가라니까 점점 더 위로 가서 미간에 도착한 티슈. 그 모습이 우스웠는지, 재이의 입술 새로 웃음이 흘러나왔다.

"거긴 위쪽이잖아, 바보야."

그러면서 새로운 티슈를 뽑아, 그녀의 턱 언저리를 닦아주는 그의 손길은 몹시 부드러웠다.

서재이와 술자리를 가진 지 벌써 세 시간째였다. 둘의 사이는 굉장히 가까워졌고 주원이 원하는 만큼 친밀감도 쌓였다. 여기서 조금만 분위기에 변화를 줘본다면 주원이 원하는 방향으로 노선을 틀어볼 수도 있을 테지만, 안타깝게도 도담은 그 사실을 인지하기엔 너무 취해 있었다. 애초부터 재이에게 이성적인 호감을 살 생각이 없었던 도담은 자꾸 머릿속을 맴도는 그 이름만 부르짖었다.

"하아… 바보 하니까 기주원 생각난다."

"기주원?"

"우리 신랑. 그 인간이야말로 내 마음 하나 몰라주는 바보인데."

"그 멘트 너무 올드하다."

재이는 장난스레 받아쳤지만 도담은 진심이었다. 도담의 마음을 몰라줘도 너무 몰라주는 주원이 오늘 이 세상에서 제일 야속하게 느껴진다.

"그런 성질머리로 연애는 해봤을까? 아마 누굴 사랑해 본 적도 없겠지?"

도담은 서러운 목소리로 중얼거렸다. 굳이 대답이 필요하진 않았지만 재이는 남은 술을 털어내며 담담하게 말했다.

"그렇게 철벽 치는 타입이라도 사랑하는 사람한테는 잘해줬겠지."

"뭐?"

"전 여자 친구한테는 하염없이 자상했을걸?"

"저, 전 여자 친구라니…."

주원의 전 여자 친구. 전에는 한 번도 의식해 본 적 없던 존재였다. 하지만 지금 생각해 보니 그렇게 인물 좋은 사람에게 여자가 없었던 것도 말이 되지 않는다.

"데이트도… 해봤을까요?"

"그 나이 먹도록 안 해봤을 리가. 남편 인물도 좋잖아."

"좋기야 좋지. 그럼 다정하게 사진 찍는 것도?"

"그거야 뭐 기본 코스니까."

"자기 전에 전화 통화로 사랑해, 내 꿈 꿔, 하는 건? 그런 것도 했을까?"

"굳이 전화로 해야 돼? 바로 옆에 누워서 속삭였겠지."

"세상에나…."

잔인한 상상의 나래를 펼치던 도담은 마지막에서 KO 패 당했다. 주원과 그런 달달한 짓을 한 게 어떤 여자인지는 모르겠지만, 도담의 머릿속에서 대충 만들어낸 실루엣 상으로는, 그녀가 따라갈 수 없을 만큼 압도적인 외모를 갖고 있었다. 거기까지 생각하니 가슴속이 본격적으로 부글부글 끓기 시작했다.

"이씨…."

도담은 타오르는 질투를 드러내며 위스키 병을 붙잡았다. 가슴이 타들어갈 땐 역시 술이 약이었다. 사실 술은 주원에게 찾아가 사랑을 구걸할 용기를 얻기 위해 선택한 준비 단계였지만 누군지도 모를 전 여자 친구에게는 이렇게 매정하게 굴지 않았을 거라 생각하니, 집에 가고 싶지 않아졌다. 어차피 기주원의 얼굴을 다시 보면 또 설레고 말 테니, 이대로 영영 가출해 버리는 것도 나쁘지 않을 것 같다.

"결심했어. 나 집에 안 갈래."

도담은 결의에 찬 눈빛으로 말했다. 그런 그녀를 바라보는 재이의 얼굴에 장난기 어린 미소가 맺혔다.

"그 말, 유부녀가 외간 남자 집에서 할 말은 아니지 않나?"

"유부녀는 개뿔. 그 인간은 날 아내로 인정해 주지도 않는데? 아마 내가 이대로 쭈욱 안 들어가도 모를걸?"

"그럼 쭈욱 여기서 살아. 그러면 되겠네."

취해서 이성도 날아갔겠다, 자존심도 상했겠다. 여러 가지로 오기가 생긴 도담은 잠깐 동안 이 집에 눌러앉는 상상을 했다. 어차피 목표는 '서재이 관찰'이니 기주원에게 천대받는 것보다는 여기서 뿌리

내리는 게 나을 것 같기도 했다.

그래서 진지하게 이사를 고민해 보고 있던 그때 야심한 시각, 누군가 초인종을 눌렀다.

띵동! 띵동!

갑작스러운 인기척에, 재이는 물론 도담까지 현관 쪽으로 시선을 돌렸다.

"누구 올 사람 있어요?"

"아니."

재이는 도담에게 짧게 대답하며 앉아있던 자리에서 일어났다. 그러고는 인터폰도 확인해 보지 않고 현관문으로 곧장 다가갔다.

"누구세요."

머지않아 재이의 손에 의해 현관문이 열리고 한 여자의 울음기 섞인 목소리가 울려 퍼졌다.

"재이! 어젠 내가 미안했어!"

"비앙카…?"

"너의 말을 들어보지도 않고 일방적으로 화만 냈지! 내가 미쳤었나 봐!"

"잠깐 이것 좀…."

"나 너 없이는 못 살아! 알지, 재이? 아까 내가 욕했던 건 전부 다 잊어줘!"

"숨 막혀. 놔봐…."

재이에게 일방적으로 매달리는 여자의 목소리가 왠지 익숙했다.

'누구지? 이 목소리를 어디서 들어봤더라?'

곰곰이 생각하던 도담은 호기심을 참지 못하고 몸을 일으켰다. 현관으로 향하는 그녀의 걸음은 비틀비틀, 누가 봐도 만취 상태였다. 하지만 용케 넘어지지 않고, 벽을 지지대 삼아 간신히 재이의 곁에 도착했다.

"재이 씨… 도대체 이 시간에 누가…."

정체를 다 묻기도 전에 야밤의 불청객과 제대로 눈이 마주쳤다.

"뭐, 뭐야. 저 여자."

"네? 저요?"

"서재이, 또 집에 여자를 끌어들인 거야?"

도담을 보자마자 곧바로 붉으락푸르락해지는 얼굴은 취한 와중에도 확실히 낯이 익었다.

"이 개 같은 새끼! 심지어 어제랑 또 다른 년이야!"

아, 저 신랄한 욕설을 듣고 나니 번뜩 생각이 났다. 몇 시간 전 집 앞에서 서재이의 현관문을 발로 뻥뻥 차며 울분을 쏟아내던 그 여자. 초면인 사이에도 본인 꼴리는 대로 욕을 퍼붓던, 성미가 불같은 그 여자.

"어, 어… 그럼 얘기 나누고 오세요."

본능적으로 위험성을 깨달은 도담이 뒷걸음질을 쳤다. 맘 같아서는 이 집을 벗어나고 싶지만, 현관문이 가로막혀 있어서 그건 불가능했다. 어디 화장실에라도 들어가 있을까 고민하는데, 치타보다도 더 빠르게 다가온 그 여자의 손이 도담의 머리채를 붙들었다.

"네 이년! 감히 어느 안전이라고 안으로 기어들어 가! 이리 안 와!"

"까약! 살려주세요!"

도담의 겁에 질린 비명이 복도까지 울렸다.

＊ ♦ ＊

똑딱똑딱.

시계 초침이 또 한 바퀴를 돌았다. 이로써 분침은 한 칸 앞으로 향했다. 미동 없던 시침도 이번엔 미묘하게 전진한 듯하다. 시간이 흐르는 걸 눈으로 똑똑히 확인하고 있는 지금, 주원은 아직까지 돌아오지 않고 있는 한 여자가 몹시 신경 쓰인다.

"온도담… 이걸 그냥…."

주원은 미간을 잔뜩 구긴 채 중얼거렸다. 그에게 빈정이 상한 나머지 소리를 빽 지르고 집을 나가버린 도담은 벌써 다섯 시간째 행방불명 상태다. 휴대폰은 보란 듯이 제 방에 두고 갔고, 지갑도 가져가지 않았다. 그렇다면 갈 데도 없을 텐데, 대체 어디에서 화풀이하는 건지.

소파에 앉아 벽시계만 노려보고 있던 주원이 자리에서 일어섰다. 그러고는 거실 전면 유리창으로 성난 걸음을 옮겼다. 커튼을 살짝 거두니, 이국적으로 잘 꾸며진 단지 조경이 한눈에 보였다. 하지만 정작 그의 시선을 끌어당기는 건, 어느새 휘영청 떠오른 하얀 달이다.

"엄연한 근무일인데, 이 시간까지 자리를 비워…?"

생각할수록 기가 막힌 여자였다. 그녀에게 했던 말이 틀린 말은 아니었지만, 백번 양보해서 섭섭할 만했다고 치자. 하지만 그렇다고 해서 소리를 빽 지르고 근무지를 이탈하는 건, 위계질서가 분명한

NSO에서는 있을 수 없는 일이었다. 신혼부부 역할을 맡은 지 고작 며칠 만에 본인이 최말단 신입이라는 사실을 잊어버린 모양이다.

"하…."

깊은 한숨을 내쉰 주원은 신경질적으로 커튼을 닫았다. 찾으러 나가야 하나, 고민을 안 해본 건 아니었다. 하지만 그녀가 휴대폰조차 들고 나가지 않은 지금 상황에선 찾을 확률보다 엇갈릴 확률이 더 높았다. 정말 하나부터 열까지 마음에 드는 구석이 하나도 없는 파트너. 돌아오면 상사로서 호되게 질책을 할 생각이었다. 그때였다.

"네 이년! 감히 어느 안전이라고 안으로 기어들어 가! 이리 안 와!"

심상치 않은 고함이 현관 밖에서 들려왔다.

"꺄악! 살려주세요!"

뒤따르는 비명은 본능적으로 누군가를 떠올리게 했다.

"온도담…?"

거기까지 생각한 순간, 주원의 발걸음은 곧장 현관으로 향했다. 이성적으로 사태를 파악하기도 전에, 본능적으로 움직인 걸음이었다.

"너 어제 옆집에서 나 꼬나봤던 년이지!"

"아니요! 아닌데요!"

"아니긴 뭐가 아니야! 면상 보니까 딱 알겠는데!"

"저는 그냥 옆집에 사는 유부녀예요!"

그사이 진행된 두 여자의 대화는 그중 한 명이 주원의 아내라는 걸 명확히 드러내 주고 있었다. 대체 집을 나간 사이에 무슨 일이 있었기에, 오피스텔 복도에서 저 난리를 피우고 있는 건지. 주원은 급한 만큼 빠르게 현관문을 열었다.

마침 복도에는 소란스러운 비명을 들은 주민들 몇몇이 나와 상황을 지켜보고 있었다.

"어머어머, 무슨 일이래?"

"저 집은 맨날 여자들이 와서 울고불고 난리잖아."

"이번엔 아주 개판 났네. 개판 났어."

주원은 그 개판의 중심으로 시선을 돌렸다.

"너 내가 누군지 몰라서 재이 뒤에 숨어있는 거지? 나 태권도 국대야!"

"그만하라고…!"

화려한 레드 원피스를 입고 광분한 여자가 가장 먼저 눈에 띄었고, 필사적으로 그녀를 막고 있는 재이가 두 번째로 시야에 들어왔다. 주원은 그들에게로 한 걸음 더 가까이 다가갔다. 그제야 보이는 서재이의 집 현관문 너머에는 신발장에 주저앉아 엉엉 우는 도담이 있었다.

"으흐으엉… 머리를 그렇게 잡으면 어떡해요! 아프잖아요!"

잘 익은 딸기처럼 새빨개진 얼굴을 보니, 척 봐도 만취 상태다.

"온도담…?"

그녀의 상태를 보고도 믿기 어려웠던 주원은 혼란스러운 표정으로 물었다. 난리통에도 주원의 목소리만은 놓치지 않고 들은 도담이 곧장 고개를 들었다.

"여, 여보!"

이 와중에 여보란 말은 잘도 나온다. 어떤 상황에서도 본인의 역할에 충실하다는 점은 가히 칭찬해 줄 만했다.

"넌 거기서 뭐 하고 있는 거야."

"그, 그게… 술을 먹다가 누가 벨을 눌러서 나가보니까, 갑자기 머리채를…."

"됐어. 알아듣지도 못할 설명 하지 마."

"으흐으어엉…."

"쓸데없이 울지도 말고."

주원은 차디찬 목소리로 도담을 다그치면서도, 그녀에게 가까이 걸음을 옮겼다. 여자의 손목을 붙든 재이는 그런 그를 유심히 바라보았다.

"흐으으…."

"일어나."

아내를 대하는 것치고는 건조한 말투.

"손 잡아서 일으켜 주면 안 돼요?"

"안 돼."

남남끼리도 이렇게까지는 안 할 것 같은 매정한 태도. 누가 봐도 부부 사이와는 거리가 멀어 보였다. 비록 사랑 없이 맺어진 결혼이라 할지라도, 이건 수준이 과한 처사였다.

주원의 이목구비를 꼼꼼히 살펴보느라 재이의 힘이 잠시 풀린 사이, 여자가 온 힘을 다해 들고 있던 핸드백을 휘둘렀다.

"가긴 어딜 가겠다고! 순순히 보내줄 것 같냐!"

투포환처럼 던져진 핸드백의 목표물은 두말할 것도 없이 도담이었다. 휘이이익. 도담은 핸드백이 날아오는 소리를 들으며 두 눈을 질끈 감았다. 이젠 죽었구나, 싶은 마음으로 고통을 기다리고 있는데 둔탁한 소리와 함께 핸드백이 바닥에 툭 떨어지는 소리가 났다. 주변은 조용해졌지만 아픈 곳은 없었다. 술김에도 그게 몹시 이상했던 도담은 스리슬쩍 눈을 떴다. 그리고 숨을 멈추었다.

"괜찮아?"

어느새 제 앞을 막아선 채, 커다란 그림자를 드리우고 있는 주원 때문이었다.

"기 팀…."

도담은 너무 놀란 나머지, 평소 부르던 호칭을 꺼내려 했다.

"읍…!"

황급히 그녀의 입술을 가로막는 주원의 손은 쓸데없이 따듯했다. 그리고 참 좋은 향기가 났다. 고운 피부 어딘가에 아카시아 꽃이라도 숨겨놓고 있는 것 같아.

"너, 넌 또 뭐야!"

도담이 감상에 젖어있는 사이, 공격에 실패한 여자가 언성을 높여 물었다. 그제야 도담의 입술 위에서 손을 떼어낸 주원이 허리를 펴고 똑바로 섰다. 꺼내놓은 목소리는 낮고 차가웠다.

"이 여자 남편 되는 사람입니다."

"뭐? 나, 남편?"

"제 아내한테 무슨 용건 있습니까?"

아내. 침착하게 나온 그 단어에 도담의 두 뺨이 눈치 없이 붉어졌다. 지금은 그럴 상황이 아니라는 걸 알면서도 자꾸만 심장이 두근거린다. 하지만 그런 달콤한 감정을 광분한 여자가 알아줄 리 없었다. 그녀는 분이 안 풀린 듯 도담에게 삿대질했고, 씩씩대며 소리쳤다.

"그래, 잘 만났다! 당신 와이프가 외간 남자 집에서 뭘 하고 있었는지 알아?"

"…."

"남편 바로 옆집에다 모셔두고 저년이 뭔 짓을 했는지 아냐고!"

어머, 저렇게 말하면 내가 무슨 부도덕한 짓이라도 한 것 같잖아.

억울함이 북받친 도담은 뾰족해진 눈빛으로 여자를 노려보았다. 하지만 화를 낼 필요는 없었다.

"…말."

"뭐, 뭐?"

"말 좀 가려서 하라고. 내 아내라는 소리 들었으면."

이성을 잃은 여자와는 확연히 대비되는 낮은 목소리. 여기서 더 난동을 부리면 얄짤없을 거라는 태도로 그녀를 막아내는 주원 덕분이었다.

"하, 뭐 이딴 것들이…."

그에게서 풍겨 나오는 위압감을 제대로 느꼈는지, 폭발하던 여자의 분노가 조금은 누그러들었다. 개판을 끝낼 타이밍은 바로 이때였다. 주원은 다시 도담에게로 고개를 돌렸고, 한집에 사는 남편이기에 할 수 있는 박력 있는 멘트를 건넸다.

"일어나. 집에 가게."

날 쫓아냈던 사람이 커다란 손을 내밀었다. 방금 입을 막을 때 살짝 느껴보았던 바로는 눈물 나게 따뜻할 것이 분명했다.

아까 나에게 했던 얘기만 생각하면 앙칼지게 거절해야 하는데….

"안 잡을 거야?"

하필 그리 묻는 남자의 미간이 보기 좋게 찌푸려져 있었고, 그걸 보니 처음 반했던 날의 기억이 문득 떠올라 버려서.

"잡을, 잡을 거예요…."

도담은 개판의 현장에서 그의 손을 붙잡고 말았다. 짝사랑하는 처지에 가장 소용없는 건 자존심이라는 걸 절절히 깨닫게 되는 순간이었다.

남편의 호의를 받는다는 것

달빛마저 어슴푸레 기우는 새벽. 아까보다 더 많은 술병이 어지러이 늘어져 있는 식탁에서 재이는 가만히 앉아 술잔만 쳐다보고 있었다. 딱히 무슨 생각을 하는 건 아니었다. 큰 고민거리가 있는 것도 아니었다. 그저 해가 저물고 밤이 깊어져도 잠이 오지 않으면, 자연스럽게 술을 꺼내 들고 날이 새기만을 기다리는 것이 그의 오랜 스케줄이었다.

그래도 오늘은 운이 좋은 편이었다. 새로 생긴 술친구가 벌써 위스키 반병이나 같이 마셔줬으니. 재이는 시선을 들어 올려, 그 누군가가 머물렀던 자리를 바라보았다.

'좋아요. 어차피 우리 집 아저씨는 내가 뭘 하든 말든 신경도 안 쓸 텐데, 가서 수다나 실컷 떱시다!'

너무 쉽게 따라 들어와 제 한탄만 잔뜩 늘어놓고 간 여자. 사랑받고 싶어서 안달이던 그 여자는 이내 그딴 거 다 필요 없다며 오기를 부리더니, 결국엔 매정하기 짝이 없는 남편과 한순간에 사라졌다. 술 마시는 내내 심술 나 있던 눈동자가 그 남자의 손을 잡을 때는 사르르 녹아들었던 걸 보면, 한동안은 또 제 사랑에 푹 빠져서 군말 없이 잘 지낼 것 같다.

"또 놀러 왔으면 좋겠다. 오늘 재미있었는데…."

재이는 아쉬움 섞인 혼잣말을 중얼거리며 또다시 술잔을 들었다. 사실 딱히 그녀가 아니더라도 상관없었다. 함께 있어주기만 한다면 어떤 누구라도 괜찮았다. 어제는 운이 좋아서 옆집 여자를 집 안으로 끌어들였지만, 오늘은 또 누구와 어떻게 보내야 할지 모르겠네. 어찌 됐든 혼자 있는 건 싫은데….

끼이이익.

그때, 재이의 방문이 열렸다. 그 안에서 머리를 감싸 쥐고 걸어 나오는 건 늦은 밤 난동을 피웠던 여자였다.

"재이… 어제 내가 얼마나 취해있었던 거지?"

그녀는 이제야 술기운이 많이 가셨는지, 훨씬 차분해진 목소리로 물었다. 재이는 말없이 술잔을 들어 올렸고, 그녀는 대답도 하지 않는 그를 보며 민망한 듯 말을 이었다.

"미안해. 바에서 한 잔만 한다는 게 너무 과해져 버렸어. 오피스텔 입구 비밀번호 누를 때까지만 해도 기억이 있었는데, 그 뒤로는 전부 날아가 버렸네."

"…."

"저… 혹시 어제 내가 실수했던 건 아니지?"

실수라…. 재이는 술잔을 입술로 가져가며 어제 있었던 일을 떠올렸다.

원래부터 제 감정을 잘 추스르지 못했던 그녀는 지난밤 옆집 여자를 보자마자 일방적인 분노를 터트렸고, 그 뒤로는 그야말로 난장판이었다. 옆집 여자의 남편 되는 사람이 오지 않았더라면 아마 경찰서까지 진출했겠지.

그 뻔한 얘기를 굳이 꺼내고 싶진 않았다. 어차피 가진 거라고는 자존심밖에 없는 여자. 어제의 과오를 들춰봤자 인정하지도 않을 테니까. 이런 상태에서 할 수 있는 건 최대한 빨리 이 대화를 끝내는 것뿐이었다.

“아직 해도 안 떴는데 더 자지 그랬어.”

재이는 입꼬리를 들어 올린 채 나직한 목소리를 흘려보냈다. 그녀가 가장 좋아하는 차분한 미소와 함께였다.

“치, 말 돌리기는… 나 재이가 없으면 잠이 안 와.”

아니나 다를까. 여자는 살짝 얼굴을 붉히며 곧장 재이에게 다가왔다. 한 걸음, 두 걸음, 세 걸음. 천천히 재이의 앞까지 다가온 그녀는 그의 매끄러운 뺨을 부드럽게 쓰다듬는다.

“술에 만취가 돼서도 생각나는 건 너뿐이었나 봐. 필름이 끊긴 와중에도 너희 집으로 찾아오다니….”

“….”

“여기까지 무사히 들어온 걸 보면 비밀번호는 안 바꿨나 보네. 혹시, 나 기다린 거야?”

아니, 전혀. 이렇게 솔직하게 대답하면 당신은 뒤도 안 돌아보고 사라지겠지. 어차피 필요한 건 오늘도 곁에 있어줄 '누군가'였고 그건 아무나 상관없었다.

"어땠을 것 같아?"

그래서 의미심장하게 되묻자, 그 의미를 멋대로 해석한 여자는 설렘 가득한 미소를 지어 보인다.

"재이… 난 역시 널 사랑할 수밖에 없나 봐. 앞으로는 너를 두고 허튼 오해 같은 거 안 할게."

그리 말하는 여자는 재이가 봐도 참 미련스러웠다. 그녀는 내게 조금도 특별하지 않고, 나는 그녀가 아니라 어떤 여자라도 괜찮은 사람이고, 개새끼라는 욕설도 모자랄 만큼 헤프고, 그러니까 아무것도 기대해선 안 되는 사람인데…. 그 모든 걸 다 맞춰주었던 그녀는 광분하며 떠나갔다가, 금세 미련스레 돌아왔다. 재이에게서 받았던 상처는 전부 깔끔하게 잊은 것처럼.

'뭐… 그래 주면 나야 고맙지만.'

"재이…."

재이의 뺨을 쓸어내린 여자의 손이 그의 턱을 들어 올렸다. 그녀가 함께 있어주는 대가로 원하는 걸 받아 갈 때가 왔다. 그녀의 눈동자에 어린 달콤한 감정을 외면하고 싶었던 재이는 차라리 두 눈을 내리감았다.

문득 의식하지도 않았던 기억 하나가 떠올랐다.

'일어나. 집에 가게.'

당연하게 돌아가자 말하는 사람과 그 손을 당연하게 붙잡아주는 사람. 제삼자가 보기에도 참 상성 안 맞는 부부였지만, 적어도 그때는 조금 부러웠다.

나도 누군가가 당연하다는 듯 나를 데려가 줬으면 좋겠어. 그곳이 어디라도, 함께 있을 수 있는 곳으로.

* ✦ *

"아아…."

이른 아침. 침대에서 반짝 눈을 뜸과 동시에 날카로운 두통이 찾아왔다. 차라리 머리를 떼버리고 싶을 정도로 강렬한 통증이었다. 관자놀이를 붙잡은 도담은 쉽사리 몸을 일으키지 못하고 그대로 신음만 뱉어냈다. 그러고 있자니 불쑥 어제의 기억이 떠오른다.

'좋아요. 어차피 우리 집 아저씨는 내가 뭘 하든 말든 신경도 안 쓸 텐데, 가서 수다나 실컷 떱시다!'

나는 서재이를 따라 집으로 들어갔고, 그와 함께 진탕 술을 마셨다.

'사람이 어찌나 매정한지, 마주칠 때마다 찬 바람이 쌩쌩 불어요. 동장군이 따로 없다니까요? 철천지원수도 그렇게는 안 쳐다볼 거예요.'

또, 기주원의 욕을 있는 대로 실컷 퍼부었다.

'네 이년! 감히 어느 안전으로 기어들어 가! 이리 안 와!'

'꺄악! 살려주세요!'

그리고 갑작스럽게 나타난 여자에게 머리채를 붙잡힌 다음,

'안 잡을 거야?'

'잡을, 잡을 거예요….'

기주원의 손을 붙잡고 집으로 귀가했다. 한마디로 엄청난 주정을 부린 거다. 그것도 감히 기주원 팀장에게.

"아… 나 미쳤나 봐. 드디어 돌아버린 거야."

모든 기억을 용케 떠올린 도담은 이불을 뻥뻥 차며 고통스러워했다. 안 그래도 비호감인 상태였는데, 이제는 오만 정이 다 떨어지고도 남았다.

"그냥 이번 임무를 맡지 말았어야 했어. 그랬으면 이 지경까진 안 왔을 텐데…."

도담은 근본으로 돌아가 후회했지만 이미 다 늦어버린 일이었다. 그래도 이 와중에 다행인 일이 있다면, 주원은 늘 그렇듯 아침 일찍부터 출근해서 이 집에 없을 거라는 것. 상황을 만회할 방법은 완벽한 잔업 처리와 말끔한 집 청소, 그리고 시키기도 전에 만들어놓은 최고의 보고서뿐이었다. 물론 그 보고서라는 게 서재이와의 대화 내용을 전부 다 적어놓는 것이고, 그 대부분이 주원에 대한 험담이라는 게 문제였지만….

"아, 쓸데없는 건 나중에 고민하자. 지금은 이럴 때가 아니야."

도담은 잡생각을 그만두고 벌떡 몸을 일으켰다. 책상에 놓인 시계를 보니 시간은 벌써 낮 열두 시. 주원은 확실히 집에 없을 테니, 굳이 거울을 확인하진 않았다. 일단 타는 듯한 갈증부터 해결하고, 진통제 좀 먹고, 샤워부터 해야겠다.

그렇게 잘 돌아가지도 않는 머리로 스케줄을 정리하며, 오만상을 쓴 채 방문을 열었는데 주방 쪽에서 물소리가 들려왔다. 덜그럭거리는 소리도 함께 들리는 걸 보니 누군가 설거지라도 하는 모양이었다.

"설마…."

그 누군가는 너무나도 분명했다. 평소에는 자신이 세워놓은 계획을 철저히 지키는 사람인데, 어째서 오늘은 집에 있는 거지?

뚝.

머지않아 물소리가 멈췄다. 도저히 그를 마주칠 자신이 없었던 도담은 이대로 문을 닫고 숨을 생각이었다. 하지만 한 걸음 뒤로 물러나기도 전에 모든 걸 다 파악한 그가 도담의 이름을 불렀다.

"온도담."

깜짝 놀란 도담은 두 눈을 휘둥그레 뜬 채, 더듬더듬 대답했다.

"네, 네? 저, 저요?"

"이리 와서 국자 어디 있는지 찾아봐."

"국자…?"

"자꾸 되묻지만 말고 얼른."

도담은 재촉하는 주원에게로 소심한 걸음을 옮겼다. 주방으로 가서 본 그는 마침 막 씻은 그릇을 조리대 위에 올려놓고 있었다.

"아니, 아침부터 뭐 하시는 건지…."

"국자는?"

"아, 조리도구는 식기세척기 안에 있어요. 싹 소독했거든요."

찔리는 구석이 너무 많은 도담은 주원과 눈을 마주치지 않으려 애쓰며, 식기세척기 앞으로 다가갔다. 그 안에서 주원이 애타게 찾는 국자를 꺼내 건네주니, 그는 무심한 손길로 국자를 받아 들고는 가스레인지로 향한다.

"팀장님, 오늘은 출근 안 하세요?"

"여기가 직장인 거 잊었어?"

"그게 아니라, 원래는 여덟 시 반이면 나가시잖아요."

"유수영 요원 검거하기 전까진 몸을 사릴 생각이야. 그러니까 두 번 다신 어제처럼 난동 피우지 않으면 좋겠는데."

뜨끔! 피하고 싶은 어제 일이 꺼내지자, 도담의 가슴이 철렁 내려앉았다. 아무렇게나 쏟아부은 술이 무색할 정도로 생생한 취중 기억은 도담을 더욱 면목 없게 만든다. 이럴 때 필요한 건 빠른 사과와 해명이었다. 도담은 말이 나온 김에 어제 일을 수습해 버리기 위해, 그의 앞에서 공손히 두 손을 모으고 반성의 자세를 취했다.

"팀장님, 어제 일은…."

"음식은 싱겁게 먹는 편인가?"

하지만 도담이 뭐라 말하기도 전에 의도를 알 수 없는 질문이 돌아왔다.

"네?"

상황을 전혀 이해하지 못한 도담이 얼떨떨한 표정으로 되묻자, 그는 가스레인지 위에 올려두었던 냄비에서 무언가를 덜며 믿기 힘든 얘기를 했다.

"북엇국을 끓였는데 입에 맞을지는 모르겠네. 간을 안 봐서."

지금 내가 잘못 들은 게 아니라면… 나를 위해 해장국을 끓여줬다는 소리인가?

들은 내용을 그대로 차마 믿을 수 없었던 도담은 두 눈만 꿈뻑이며 주원을 바라보았다. 때마침 그릇에 북엇국을 정갈하게 담은 그가 도담에게로 몸을 돌렸다.

"밥 다 됐어. 세수부터 하고 와."

기주원의 입에서 나온 거라고는 믿을 수 없는 말이었다. 불호령이 떨어져도 모자랄 판국에 나온 황송한 대접에 도담의 머릿속에 커다란 물음표가 무수히 들어찼다.

믿을 수 없는 일이 일어났다. 나와 한집에 살면서 마주치려 하지도 않던 인간이 술 먹고 깽판을 친 내게 해장국을 끓여주는, 정말이지 상상도 못 할 일이 지금 벌어졌다. 욕실에서 세수하면서도 어찌나 정신이 멍하던지 도담은 제 볼을 꼬집으며 이 상황이 꿈인지 생시인지 몇 번이나 확인했다.

"볼이 왜 그래? 멍든 것처럼 빨간데."

그 흔적을 어렵지 않게 발견한 주원이 물었다.

"맞았어?"

'네, 방금 팀장님한테 심장을 맞았어요.'라고 대답할 수는 없었다. 기주원의 컨디션이 좋은 지금은 호들갑도 정도껏 떨어야 했다.

"아, 아니요. 세수하면서 너무 박박 문질렀나 봐요. 하하."

도담은 하도 꼬집어서 붉어진 뺨을 매만지며 식탁에 앉았다.

"북엇국은 진짜 팀장님이 끓이신 거예요?"

그러고는 정갈하게 차려진 북엇국 상을 내려다보며 묻자, 주원은 시니컬한 표정으로 대답한다.

"어제 일에 대한 포상이야."

"포상?"

"수고했으니까 그만한 대접은 해줘야지."

어제 나는 분명 진상 중에서도 가장 급이 높다는 개진상을 부린 것 같은데… 대체 이게 다 무슨 일이람.

돌아가는 상황을 전혀 이해할 수 없었던 도담이 두 눈을 끔뻑였다. 주원은 그런 그녀 쪽으로 수저를 내밀어주며 그녀에게 하고 싶었던 말을 차분히 이어나갔다.

"어제 무작정 뛰쳐나가는 걸 보면서 업무에 대한 이해도도, 책임감도 없다고 생각했어."

"…."

"하지만 개인적인 감정과 달리, 맡은 임무를 성실히 수행해 준 것에 대해서는 높이 사지."

"맡은 임무요?"

"서재이와의 이성적인 관계."

"…."

"순조롭게 잘 되어가는 것 같던데."

그의 말에 도담의 눈빛이 잠시 흔들렸다. 어제는 홧김에 서재이와 술을 마셨고, 늦은 밤까지 집을 비워두었고, 그러다 서재이의 여자와 시비까지 붙었는데. 그는 그 후회스러운 일들이 만족스러운 모양이다. 어찌 됐든 서재이와 지독하게 엮이는 데에는 성공했으니까.

"아아… 그거…."

설명하지 못할 마음 때문에 도담은 섭섭해졌다. 하지만 굳이 티를 내지는 않기로 했다. 식탁 위에 차려진 그의 호의는 그래야만 받을 수 있는 것이었다.

"다행이네요. 팀장님한테 도움이 돼서."

도담은 애써 씩씩하게 대답하고는 숟가락을 들었다. 주원이 차려준 북엇국에 밥 한술을 마는 그녀에게는 씁쓸한 감정 따위 드러나지도 않았다. 주원은 그런 그녀를 바라보며 말했다.

"커피나 한잔할까 하는데, 너는 아메리카노? 아니면 카페라테?"

외간 남자랑 놀아났더니, 너무 잘했다며 커피까지 끓여준다는 내 남편. 왠지 밉지만 그래야 함께할 수 있다면야, 뭐.

"아메리카노로 부탁합니다! 정신 바짝 차리게!"

씩씩하게 대답한 도담은 그가 차려준 북엇국을 크게 떴다. 그러고는 짝사랑하는 남자가 처음으로 차려준 음식을 복스럽게 입에 넣었다. 국물이 따끈해서인지, 아니면 그가 날 위해 만들어주었다는 생각 때문인지 단번에 달아오르는 가슴. 하지만 그 감격스러운 순간, 입안에 들어갔던 음식이 고대로 나오고 말았다. 표정은 절로 일그러지고 호흡은 잠시 멈춰버린다.

"풉…!"

세상에 어쩜….

'어쩜 이렇게 최악일 수가 있지? 진짜 맛없어!'

"왜 그래. 별로야?" 주원이 물었다.

그에게 솔직하게 고갤 끄덕일 수 없었던 도담의 눈빛이 미친 듯이 흔들렸다. 이 남자는 날 엿 먹이고 싶은 걸까? 혼란스러운 눈으로 그를 바라보았더니, 주원은 특유의 시니컬한 표정으로 말했다.

"싱거울 순 있어. 내가 싱겁게 먹는 편이라."

저기요, 총각. 싱겁고 말고에 문제가 아닌데요? 북엇국에서 납득할 수 없는 단맛이 나는데요?

도담은 충격적인 맛에 떨어트릴 뻔했던 숟가락을 고쳐 쥐었다. 그러고는 최대한 표정 관리에 애쓰며 주원에게 넌지시 물었다.

"저… 평소에 요리는 자주 하시는지."

"딱히…."

"역시 잘 안 하시는…."

"딱히 외식하는 걸 안 좋아해서, 집에선 주로 해 먹어."

"아아… 정말요?"

"왜?"

"아니, 믿기지가 않아서… 어쩜 이렇게 만드실 수가 있는지…."

입안에 남아있는 괴상한 맛을 곱씹어보고 있자니, 그의 혀가 슬슬 걱정되기 시작했다. 이 정도로 괴식을 즐기는 건 문제가 있는 게 아닐까? 혹시 맛을 아예 못 느끼는 타입인가? 뭐가 됐든 병원에 데려가서 치료를 받아야 할 것 같다.

"맛없어?"

그때, 주원이 숟가락을 든 채 깊은 생각에 잠겨있는 도담에게 다시 물었다. 감히 그의 앞에서 솔직한 평을 내릴 수 없어서 서둘러 고개를 저었다.

"아, 아니요! 전혀요! 너무 맛있어요! 맛있는데…."

"있는데?"

"보편적인 맛은 아니네요. 팀장님의 개성이 정말 잘 살아있어요."

한 번에 알아듣지 못할 난해한 평가였다. 도담을 바라보는 주원의 미간에 살짝 내 천 자가 생겼다. 도담은 그런 그의 눈치를 살피며 또 한술을 떴다. 숟가락을 입에 넣기 전, 마른침을 꿀꺽.

"자, 그럼 계속 먹어볼까."

그리고 깊은 한숨을 땅이 꺼질 정도로 푸우욱.

"하아…."

오케이, 이것으로 속마음은 전부 파악됐다. 지금 그녀는 온몸으로 그의 요리를 거부하는 거다.

"온도담."

그녀를 바라보던 주원은 낮은 목소리로 그녀의 이름을 불렀다. 비장하게 두 번째 순갈을 뜨던 도담은 동그란 눈동자를 그에게로 고정시켰다.

"잘하지도 못하는 빈말은 넣어둬."

"예?"

"길 건너에 해장국집 있던데, 어차피 근무 시간상으로는 점심시간이니까 다녀오든가."

그리 말하는 주원의 목소리는 칭찬할 때와 달리 잔뜩 가라앉아 있었다. 당황한 도담은 어떻게든 이 상황을 수습해 보려 했다.

"아, 빈말 아니에요! 그냥 뭐랄까, 차려주신 건 너무 고마운데…."

"…."

"제가 느끼기엔 좀…."

"좀?"

주원이 되물었을 때쯤 깨달았다. 잘못 말해도 너무 잘못 말했다는 것을.

"좀… 그러니까 좀 뭐랄까…."

"듣고 있어. 계속 말해봐."

하지만 수습하기엔 이미 늦었다. 안타깝지만 이을 수 있는 뒷말 중에 긍정적인 표현은 하나도 없었다.

"솔직히 맛은 없지만 먹어보겠습니다. 먹을 수 있을 것 같습니다, 팀장님."

궁지에 몰린 도담은 솔직해지기로 했다. 그 대신 조금 더 노력하기로 했다.

모름지기 사랑이란 한 사람의 인생을 바꾼다고 하잖아. 인생도 바꾸는데, 미각이라고 못 바꿀 게 뭐야.

"자, 그럼 도전!"

씩씩하게 외친 도담이 다시 숟가락을 들고 크게 뜬 두 번째 술을 입가로 가져갔다. 마치 일생일대의 위험한 도전이라도 하는 것처럼 비장한 표정이었다.

"됐어, 관둬."

농락당하는 기분을 참을 수 없었던 주원은 결국 자리에서 벌떡 일어섰다.

"앗! 팀장님! 어디 가세요! 저 이거 다 먹을 거라니까요?"

도담은 빈정 상한 그를 붙잡으려 했지만, 그의 발걸음은 매정하게 서재로 향했다.

"저, 저기! 팀장님!"

"오후 여섯 시까지 어제 일 보고서로 제출하도록."

"잠깐만요! 그렇게 들어가 버리시면 커피는…!"

쾅!

쌀쌀맞은 그의 뒷모습은 서재 문이 굳게 닫히는 소리와 함께 사라졌다. 어제 일도 뜻밖의 방향으로 잘 풀렸겠다, 조금은 신뢰 관계를 쌓을 수 있을 줄 알았는데. 고작 이 북엇국 때문에 다 망쳐버렸다.

"아아… 그냥 끝까지 맛있다고 우길걸."

시무룩해진 도담은 애꿎은 숟가락만 매만지며 혼잣말을 중얼거렸다.

"…다 들린다."

혼잣말이 끝나기 무섭게 방 안에서 새어 나온 주원의 목소리는 싸늘하기 그지없었다.

여러모로 점수 따기 힘든 남자. 아무래도 오늘은 나가서 일해야겠다. 여기서 그의 심기를 더 건드렸다가는 집에서 아예 쫓겨나 버릴 거야.

＊ ✦ ＊

저녁때가 가까워진 늦은 오후. 굳게 닫혀있던 서재의 문이 열렸다. 그 안에서 나온 건 모든 업무를 완벽하게 끝내버린 주원이었다. 원래라면 온종일 붙잡고 있었을 업무량이었지만, 이번엔 폭풍이 몰아치듯 빠르게 처리했다. 아마 화가 났을 때 집중력과 열정이 폭발하는 이상한 성격 탓인 것 같다. 주원은 오늘 낮, 기껏 차려놓은 밥상을 보고 최악의 반응을 보였던 도담 때문에 심기가 매우 불편하다.

요리에 소질이 있는 편은 아니지만 그래도 그런 반응을 보일 정도로 못하는 건 아닌데.

'솔직히 맛은 없지만 먹어보겠습니다. 먹을 수 있을 것 같습니다,

팀장님.'

'맛없다'는 건 둘째 치고, '먹을 수 있을 것 같다'니.

'자, 그럼 도전!'

하, 어이가 없어서.

그녀가 이렇게 기고만장해진 건 오늘의 칭찬 때문인 것 같다. 그녀가 잘한 건 서재이와의 관계를 진전시킨 것 하나지만, 그녀가 잘못한 건 셀 수도 없을 정도로 많았다.

고래고래 소리 지르고 나갔지. 비상연락망인 휴대폰도 놔두고 잠적해 버렸지. 감시대상 앞에서 무방비할 정도로 술을 마셨지. 게다가 큰 소란을 피워서 주변의 이목을 집중시켰지. 그에 대한 책임을 매섭게 물었다면, 아마 편의점 삼각 김밥을 사다 줬어도 불평불만 없이 먹었겠지.

아무래도 위계질서를 바로잡아야겠다. 안 그래도 요즘 슬슬 도를 넘는다 싶더니, 이젠 아예 고삐 풀린 망아지가 따로 없다. 주원은 불편한 심기를 미간으로 표현하며, 주방으로 걸음을 옮겼다. 물컵을 꺼내기 위해 싱크대 앞에 서니, 음식이 싹 비워진 빈 그릇과 수도꼭지에 붙어있는 포스트잇이 눈에 띄었다.

기 팀장님! 덕분에 해장 잘했습니다! 오늘은 특별히 나가서 일하고 올게요! 설거지는 다녀와서 할 테니까 내버려 두세요! —도담

내용을 보아하니, 그녀는 주원이 차려준 밥상을 다 먹긴 먹은 모양이다.

"하…."

주원은 가소롭다는 듯 헛웃음을 치며 포스트잇을 떼어내 버렸다. 이미 뒤틀린 심사는 이 정도 인사치레로 풀리지 않는다.

주원은 떼어낸 포스트잇을 쓰레기통에 버리기 위해 몸을 틀었다. 그러다 문득, 자신이 아침에 성심성의껏 끓여놓은 북엇국과 마주쳤다. 잠시 고민하다가 슬쩍 뚜껑을 열어보니, 차갑게 식긴 했지만, 비주얼은 꽤 먹음직스러워 보였다.

"그렇게 이상한가…."

도담의 박한 평가가 내심 신경 쓰였던 주원은 그녀가 없는 틈을 타 자신의 북엇국을 맛보기로 했다. 숟가락 하나를 꺼내 들고, 북엇국을 한 번 휘휘 저어준 뒤 한 숟갈 뜨니 냄새만큼은 그럴싸했다.

"멀쩡하잖아, 역시."

도담이 괜한 까탈을 부렸다는 것이 확실시되는 순간이었다. 거기까지 생각한 주원은 망설임 없는 손짓으로 숟가락을 입에 넣었다.

"쿨럭…!"

그토록 자신만만했건만 혀에 북엇국이 닿자마자 주원의 입에선 상상치도 못한 맛에 기침이 터져 나왔다. 괴상망측한 맛이 나는 국물을 도저히 목구멍으로 삼킬 수 없었던 주원은 싱크대로 달려가 뱉어버렸다.

"이거 뭐야…."

먹음직스러운 북어의 향과 MSG의 감칠맛, 그러나 모든 걸 덮어버릴 만큼 진한 단맛. 이건 멀쩡한 음식이 상해서 나는 맛이 아니었다. 처음부터 무언가가 잘못되었고, 결국에 도저히 먹을 수 없는 음식이 탄생한 거다. 원인을 생각하던 주원은 오만상을 쓴 채 찬장을 열었다. 가지런히 정리된 조미료 중 '소금'이라 적힌 통이 단연 눈에 띄었다.

"설마…."

혹시나 싶었던 주원은 소금 통을 열어 하얀 가루를 콕 찍어 맛보았다. 분명 짜야 하는데 달다. 이런 식으로 일이 꼬였다는 걸 믿고 싶지는 않지만, 아무래도 소금통과 설탕통의 뚜껑이 바뀐 것 같다. 아마 이 북엇국은 이놈의 설탕을 솔솔 뿌린 순간부터 돌이킬 수 없는 음식물 쓰레기가 된 거겠지.

"하."

주원은 끔찍한 경험을 선사해 준 북엇국을 매섭게 노려보았다. 불현듯 그녀의 반응이 떠올랐다.

'보편적인 맛은 아니네요. 팀장님의 개성이 정말 잘 살아있어요.'

'먹을 수 있을 것 같습니다, 팀장님.'

당시엔 굉장히 심기가 언짢았지만…, 사태를 제대로 파악하고 난 지금은 어떻게든 추켜세워 보려 했던 게 용하다. 그녀가 먹었을 땐 쓸데없이 뜨끈해서 더 최악이었을 텐데, 그릇을 엎어버리긴커녕 용감하게 두 번째 술을 들었다. 그리고 다 먹고 나갔지. 해장 잘 했다는 메시지까지 남겨두고.

"하… 미치겠네."

주원은 머리를 흩트리며 싱크대의 빈 그릇을 바라보았다. 다시 봐도 밥 한 톨 남기지 않고 싹 비운 북엇국 그릇은 그의 마음을 다른 의미로 불편하게 만들었다.

분명 오늘부터는 상관으로서 칼 같이 대하려 했는데. 저 하고 싶은 대로 설치도록 느슨하게 풀어주는 것도 이젠 안 하려고 했는데.

"실수는… 바로잡아야겠지."

주원은 오늘 일을 모른 척 덮어두고, 그녀 앞에서 당당하게 상관 노릇을 할 수 없다. 지옥의 FM은 이럴 땐 본인에게도 독이 된다.

"하아…."

깊은 한숨을 내쉰 주원은 제 방으로 발길을 돌렸다. 그런 뒤 책상 위에 올려두었던 휴대폰을 집어 들었다. 파트너가 된 이후 연락처 목록에서 '즐겨찾기'까지 등록해 놨지만, 실제로 전화를 건 적은 몇 번 없었다. 그 번호에 전화를 거는 주원의 눈빛이 미세하게 흔들렸다.

* ✦ *

고급 오피스텔 단지 안 카페.

지나다니는 사람들이 잘 보이는 창가 쪽에 자리를 잡은 도담은 노트북을 붙잡고 끙끙대는 중이었다. 오늘 오후 여섯 시까지 제출해야 하는 보고서 때문이었다.

"다 쓰긴 썼는데…."

표면적으로는 진작 완성해 놓은 보고서였다. 다행히 어제 필름이 끊기지 않아서, 대화록도 제법 정확하게 기록해 두었다. 하지만 문제는 내용이었다. 서재이와 나누었던 대화의 팔 할은 기주원 욕이라서, 도저히 이걸 곧이곧대로 낼 수가 없다.

"욕을 지워보자. 그럼 좀 나을지도 몰라."

도담은 소매를 걷어붙이고 다시 보고서를 들여다보았다.

정이 없는 사람이라 마주칠 때마다 한기가 느껴진다. 철천지원수를 쳐다보는 것 같아 기분이 나쁘다.

'여기서 욕을 지워보면….'

기주원과는 마주칠 때마다 한기가 느껴진다. 쳐다보는 게 기분 나쁘다.

'더 최악이구나.'

"아… 그냥 낼까? 여섯 시 다 되어가는데."

진퇴양난의 상황에 빠진 도담은 머리를 부여잡았다. 그녀가 아는 기주원은 내용이 험한 것보다 보고서 제출이 늦은 것에 더 분개할 테니, 일단은 그냥 보내놓는 게 나을지도 모르겠다.

"그래, 기 팀장님은 프로페셔널한 사람이니까 험담 같은 건 신경 안 쓸 거야. 중요한 건 사실 적시지, 사실 적시."

결심이 선 도담은 메일함을 열었다. 그리고 기주원의 이메일 주소가 쓰인 메일 폼에 문제의 보고서를 첨부했다. 하지만 전송 버튼을 누르는 데에는 용기가 필요했다. 그래서 심호흡을 하고 있던 그때, 테이블 위에 올려놓았던 도담의 휴대폰이 울렸다. 슬쩍 확인한 발신자는 주원이었다.

"응? 팀장님이네? 보고서 독촉하려고 전화하셨나?"

도담은 어리둥절한 표정으로 휴대폰을 들어 전화를 받았다. 낮의 일도 있겠다, 살짝 위축된 목소리였다.

"여보세요…."

—어디야.

주원이 갑작스러운 질문을 꺼냈다.

"네?"

—어디냐고. 나가서 일한다며.

"예, 저, 오피스텔 안에 있는 카페인데…."

—지금 갈게. 거기서 기다려.

이어지는 말은 굉장히 뜬금없었다. 전화해서 위치를 묻는 것도 처음인데 따라서 나오겠다니. 오늘 사건으로 미루어 봤을 땐 딱히 좋은 용건일 것 같진 않았다.

"무슨 일 때문이신지…."

그래서 긴장한 목소리로 조심스럽게 묻자, 주원은 듣고도 믿기 힘든 대답을 이었다.

—저녁 식사 같이해.

"…."

—뭐… 그럴 마음이 있다면.

저녁 식사라면… 혹시 데이트 신청? 상황을 파악한 도담은 몰래 제 허벅지를 꼬집어보았다. 새빨간 손자국과 함께 선명한 아픔이 찾아왔다. 그런 뒤엔 카페 창밖으로 고갤 돌려 해를 바라보았다. 오늘도 어김없이 동쪽에서 떠올랐던 해는 서쪽으로 지고 있다. 그렇다면 이게 꿈이라거나 천지가 개벽한 상황은 아닌 것 같은데….

—혹시 싫나?

감히 어떤 대답도 하지 못하는 도담에게 주원이 물었다. 어떻게 돌아가는 일인지는 하나도 파악되지 않지만, 해야 할 대답은 확실히 정해져 있었다. 흥분한 마음을 숨기지 못한 도담은 앉은 자리에서 벌떡 일어났다.

"아니요! 너무 좋아요! 뭐 드시고 싶으세요? 한식? 양식? 아니면 일식? 저는 중식도 좋은데…!"

사람들의 이목이 소란스러운 그녀에게로 집중되었다. 하지만 뭐 어때.

"팀장님이 원하는 건 제가 다 사드릴게요!"

난 오늘 기주원이랑 데이트하는걸!

여보,
우리 때가 된 것 같아요

말도 안 되는 일이 일어났다. 남편이긴 하지만 나와 상종을 안 하려고 했던 기주원과 단둘이 저녁 식사를 하는, 정말이지 상상도 못할 이벤트가 벌어졌다.

도담은 꺼진 노트북 화면에 비치는 제 모습을 유심히 들여다보았다. 오늘 아침 도망치듯 나와버린 탓에 옷차림이 영 별로다. 이브닝드레스를 차려입고 나와도 모자랄 판에 평범한 티셔츠라니. 마음 같아서는 당장 아웃렛부터 가고 싶다.

"흐음, 립이라도 다시 발라볼까."

도담은 어깨에 걸치고 있던 가방 안주머니를 뒤적였다. 분명 손거울도 같이 넣어뒀던 것 같은데, 막상 꺼내려니 보이질 않는다.

"아이참, 팀장님 올 때가 다 됐는데…."

복잡한 가방 속만 뒤적이고 있던 그때, 가까운 거리에서 그녀의 이름이 들려왔다.

"온도담."

목소리의 주인을 단번에 알아본 도담은 살짝 고개를 들어 올렸다. 시야에 꽉 차게 다가온 사람은 평소보다 캐주얼한 차림에 모자를 푹 눌러쓴 주원이었다.

와이셔츠나 카디건처럼 단정한 옷만 잘 어울리는 줄 알았는데…. 우리 팀장님은 캐주얼까지 잘 어울리는 완벽한 사람이구나.

"온도담."

"…."

"온도담, 정신 차리라고."

"네, 네?"

멍하니 주원의 얼굴만 감상하고 있던 도담은 뒤늦게 정신줄을 붙잡았다. 도담을 내려다보는 그의 표정은 결코 좋지 못했다. 그래도 도담은 활짝 웃으며 말을 걸어본다.

"화는 풀리셨나요? 낮에는 정말 팀장님이 해주신 게 맛이 없었던 게 아니고…."

"그만."

본론을 제대로 꺼내보기도 전에 주원이 그녀의 말문을 가로막았다. 아직까지 기분이 안 좋은 건가 싶은데 주원이 뜻밖의 말을 꺼냈다.

"팀장님이 아니라 여보."

"예?"

"결혼한 사이에 딱딱한 호칭은 듣고 싶지 않아서."

딱딱하게 굳은 표정과 달리 부드러운 목소리였다. 분명 의심을 살

수도 있으니 호칭에 주의하자는 건데, 그걸 다 알면서도 괜히 가슴이 설렌다.

맞아, 우린 결혼한 사이지. 이게 진짜 결혼이든 아니든, 사람들의 눈에는 부부로 보여야 해. 잠깐, 그러면….

'밖에서 외식하는 동안엔 마음껏 달라붙어도 된다는 소리잖아!'

오늘 낮에 그녀는 주원의 미움을 샀고 그래서 몸을 사리고 있어야 할 테지만, 그런 사사로운 문제 때문에 천금 같은 기회를 놓칠 수는 없었다. 어차피 집에 가면 또 딱딱해져 버릴 사람이니, 이 순간을 마음껏 누려야 한다. 결심이 선 도담은 주원을 올려다보았다.

"그렇죠, 팀장님은 지금 제 상사가 아니라 사랑하는 여보죠."

그러고는 주원의 앞에 손을 내밀며 말했다.

"그럼 손잡아주세요. 난 우리 여보 손 꼭 잡고 걷고 싶어요!"

언제 움츠러들었었냐는 듯, 심하게 반짝이는 그녀의 눈동자. 원래의 주원 같았으면 그러든 말든 깔끔하게 무시해 줬을 테지만.

"어머, 저 부부 좀 봐. 신혼인가 봐."

"한창 좋을 때지. 부럽다."

주변인의 시선도 있고, 오늘 낮에 있었던 일에 대한 미안함도 조금은 있어서 자연스럽게 그녀의 손을 맞잡아 주었다.

"…나야 좋지."

부드럽게 닿아오는 그의 온기에, 도담의 얼굴이 딸기우유 빛으로 붉어졌다.

"여보, 먹고 싶은 거 다 시켜요. 여기서 가장 비싼 것도 괜찮아요."

집 근처 레스토랑에서 야경이 잘 보이는 창가 테이블에 자리를 잡은 도담이 말했다. 어째서 자꾸 본인이 산다고 하는 건지는 모르겠지만, 주원은 딱히 대꾸하지 않고 종업원에게 주문했다.

"저는 쉬림프 로제로 하겠습니다."

"겨우? 스테이크 같은 거 드시지!"

"고기가 별로 안 끌려서."

주원은 짧게 대답하며 도담에게로 메뉴판을 넘겼다. 메뉴판을 받은 도담은 아주 잠깐 고민하는가 싶더니, 티본스테이크를 콕 집어 주문했다.

"이걸로 주세요. 이거 크니까 같이 나눠 먹어요, 여보."

"됐다니까."

"에이, 부부 사이는 콩 한 쪽도 나누는 거라고 하잖아요."

그리 말하며 도담은 옆에 서 있던 종업원에게 살짝 윙크한다.

"우리 신혼부부거든요."

"아, 예…."

"제 남편 너무 멋있지 않아요?"

"하하, 그러네요."

도담의 주접에 당황한 종업원은 서비스용 미소만 지어 보였다. 졸지에 원치 않는 주목을 받게 된 주원은 애써 풀고 있던 표정을 다시 구겼다.

"온도담, 그만."

"어찌나 옷발이 잘 받는지 정장도 멋있고, 카디건도 멋있고, 캐주얼도…."

"그만하라고."

주원은 민망한 자랑을 멈추지 않는 도담을 낮은 목소리로 멈추게 했다. 도담은 아직 남편에 대해 자랑할 게 산더미였지만, 혹시나 주원이 자리를 박차고 나가버릴까 싶어 이쯤에서 그만두기로 했다.

"여보도 참… 부끄러움이 많아서 탈이라니까."

"그럼 주문하신 메뉴 금방 가져다드리겠습니다."

"네! 쉬림프 로제는 엄청 맛있게 부탁드려요!"

"하하, 네. 전달해 둘게요."

주원은 끝까지 넉살을 부리는 도담을 어이없다는 눈빛으로 바라보았다. 보통 사람이 장단을 맞춰주지 않으면 제풀에 지쳐 포기하기 망정인데, 저 여자는 어떻게 된 게 날이 갈수록 신나 하는 것 같다.

주원은 그런 도담에게 넌지시 물었다.

"원래 그렇게 텐션이 좋은 편인가?"

"네?"

"결혼 생활이 체질에 맞나 봐."

칭찬은 아니었다. 하지만 도담은 방긋 웃는 얼굴로 주원에게 대답했다.

"여보랑 있어서 그렇죠. 저녁 식사 같이하는 거 처음이잖아요."

"지난달 회식에 참석했었잖아."

"에이, 이렇게 데이트 단둘이 먹는 거 말이에요."

데이트. 한 번도 생각해 본 적 없었지만, 지금은 상황상 그렇게 되는 건가.

그렇다고 해서 의미를 부여할 것까진 없었으나, 주원은 헛물켜는 그녀를 막아서지 않기로 했다. 그도 그럴 것이, 오늘의 저녁 식사는 자신의 실수를 바로잡는 자리이기 때문이었다.

오늘 낮, 주원은 소금과 설탕을 착각하는 바람에 도저히 먹을 수 없는 음식을 만들어냈고, 그걸 맛있게 먹어주지 못하는 도담을 염치없는 사람 취급해 버렸다. 이번 임무를 시작하면서 점점 감정이 앞선다 싶더니만. 오늘의 과오도 이성보다는 감정이 앞섰기 때문에 벌어진 일이었다. 이런 중요한 이야기는 음식이 나오기 전 서둘러 끝내버려야 한다고 생각했던 주원은 낮은 목소리로 말문을 열었다.

"오늘 일 말이야."

"오늘 일?"

"낮에 내가 끓였던 북엇국…."

"아아, 그 북엇국!"

아직 서두도 꺼내지 않았는데 도담이 말을 가로챘다.

"안 그래도 다시 사과드리고 싶었어요. 여보가 정성 들여 끓여준 건데, 감히 싫다 좋다 맛을 평가했잖아요."

"…."

"너무 무례했고 재수 없었죠?"

그건 주원이 하려던 사과였다. 이로써 더욱 말문을 떼기 힘들어진 주원은 애써 당황을 숨기며 대꾸했다.

"아니, 그런 건 아니고…."

"저는 여보가 화나서 집을 나가버릴 줄 알았어요. 그래서 화 좀 가라앉히시라고 잠깐 나와있었던 건데…."

"…."

"먼저 화 풀고 저녁까지 같이 먹어줘서 너무 고마워요."

도담의 말에 양심이 찔리는 것도 잠시, 그녀의 얘기를 듣고 있던 주원의 얼굴에 의구심이 어린다.

그래, 북엇국 맛이 정상이었다고 치자. 입맛이 까다로웠던 온도담이 그걸 가지고 빈정댔다고 가정해 보잔 말이다. 하지만 그렇다고 해서 임무를 함께하는 팀원을 두고 집을 나가버린다거나, 몇 날 며칠씩 화를 낼 리가 없잖아. 도대체 나를 어떤 사람으로 인식하고 있길래, 그 정도로 극단적인 걱정을 한 거지?

"내가 평소에… 그렇게 성격파탄자처럼 구나?"

주원은 혼란스러운 눈빛으로 물었다. 이럴 땐 쓸데없이 솔직한 도담이 짧은 고민도 없이 고개를 끄덕였다.

"네, 온유한 성품은 아니시죠."

"하…."

"저도 뭐, 팀장님의 성격이 마음에 들어서 좋아하는 건 아니고요."

그녀의 대답은 너무 군더더기가 없어서 뭐라 책잡기도 힘들었다. 하긴, 이 자리에 오기 전 그녀가 제출한 보고서에도 인성에 대한 험담이 한가득이었지.

"그래서 서재이랑 내 험담 그렇게 했구나?"

"네? 그걸 어떻게 아셨어요?"

"오늘 올린 보고서에 상세히 적혀있었어."

"아아… 그게 갔어요? 실수로 눌렀나 보다. 좀 다듬어서 보내려 그랬는데."

도담은 자신이 쓴 문장을 떠올리며 몹시 난처해했다. 하지만 주원은 그에 대해서 딱히 화낼 생각이 없는지 건조한 목소리로 말을 이었다.

"그런데도 날 좋아한다고…."

"네, 그럼에도 불구하고 좋아합니다."

질문이 다 끝나기도 전에 씩씩하게 대답하는 그녀는 확신에 차 있었다.

"왜?"

그 이유가 진심으로 궁금해진 주원이 묻자, 순간 도담의 눈동자가 반짝 빛난다.

"지금… 제 마음에 관심 보이시는 거예요?"

"관심까진 아니고 호기심 정도."

"어쨌든 똑바로 봐주시기로 작정하셨나 보네요!"

멈칫한 것도 잠깐이었다. 애초부터 애정을 묵혀두는 성격이 아니었던 도담은 주원이 멍석을 깔아주자마자, 신이 나서 제 감정을 모두 꺼내놓았다.

"전에도 말씀드렸다시피 기본적으로는 팀장님의 얼굴을 좋아해요!"

"…."

"그리고 인상 쓰는 것도 좋아해요. 이런 말씀 드리긴 외람되지만, 팀장님이 인상 쓸 때마다 눈썹 위에 있는 점이 씰룩 움직이는데… 그게 진짜 섹시하거든요! 제 취향이에요!"

일 절은 장황한 외모 칭찬이었다. 이 부분에는 대꾸할 가치도 느끼지 못했던 주원은 그저 무심한 표정으로 도담을 바라보았다. 하지만 도담은 그 기세에도 굴하지 않고 이 절을 시작했다.

"그런데 아마 얼굴이 안 멋있었어도 반했을 것 같아요."

"왜, 목소리 때문에?"

"아, 아니요. 목소리는 제 취향이 아니라서…."

"…뭐?"

"제가 원래 낮고 중후한 저음보다는 서재이처럼 부드러운 미성을 더 좋아하거든요! 그래도 팀장님 화난 목소리는 취향이에요! 표정이랑 잘 어우러져서!"

"…."

"TMI 죄송합니다."

이 와중에 아닌 건 또 아니라니. 정말 특이한 캐릭터야.

"다른 데로 빠지지 말고 하던 얘기나 계속해."

주원은 살짝 벗어날 뻔했던 주제를 바로 잡아주었다. 그러자 도담은 무언가를 회상하는지 살짝 얼굴을 붉혔고, 이내 아까보다는 훨씬 수줍음이 배어든 목소리로 말했다.

"저는… 기 팀장님의 강한 심지가 부러워요."

"…."

"주변 사람들 말에 휘둘리지 않고, 눈치 보지 않고, 자신이 옳다고 생각하는 방향대로 움직이는 거. 그거 정말 어렵고 대단한 일이잖아요."

그녀는 분명 주원에 대해 말하고 있는데 주원의 머릿속에는 다른 얼굴 하나가 떠올랐다. 주변 사람들 말에 휘둘리지 않고, 눈치 보지 않고, 자신이 옳다고 생각하는 방향대로 움직이는 사람. 주원은 한때 그 사람을 동경했었고, 진심으로 좋아했었다.

"팀장님을 처음 만났을 때 바로 느꼈어요. 전 오만 거 다 신경 쓰느라 하고 싶은 말도 제대로 못 하고 있었는데, 팀장님은 그 짧은 순간에 모든 걸 판단하고 상황을 깔끔하게 정리해 주셨으니까요."

"…."

"제 눈에는 그런 모습이 어떤 히어로보다도 강해 보였어요. 그래서 팀장님을 존경하고, 또 그래서 팀장님을 좋아해요."

그녀는 나에게서 그 사람의 모습을 보고 있는 걸까. 주원은 잠시 생각했지만, 뒤따르는 건 고통이라 여겨질 만큼 씁쓸한 감정뿐이었다.

"팀장님이라고 부르지 말라니까…."

그래서 괜히 물 잔만 들어 올리며 그녀에게 말하자, 도담은 언제 진지했냐는 듯 배시시 미소를 지어 보인다.

"아, 맞다. 그렇지만 우리 여보한테 반했던 시절 얘기인데, 뭐. 그때 잘생긴 여보는 팀장, 나는 신입이었잖아요!"

먼저 묻긴 했지만 칭찬을 대놓고 듣는 건 역시 낯부끄러운 일이었다. 이런 상황에서 원래 하려던 사과를 꺼내놓기란 여간 어려운 일이 아니었기에, 주원은 들고 있던 물만 들이켰다. 차가운 물이 식도를 타고 가슴까지 흘러내려 갔다. 낯 뜨거운 감정이 그제야 조금 식는 듯했다.

길진 않았지만 그렇다고 해서 짧지도 않은 식사를 마쳤다. 하지만 시간은 어쩜 이렇게 빨리 가는지, 체감상 십 분 만에 모든 데이트를 끝내버린 기분이다.

"오늘 식사 맛있었어요. 원래는 제가 사려고 했었는데…."

임페리얼 파크 단지 내로 들어서며 도담이 말했다. 주원은 그런 그녀를 내려보다가, 특유의 무심한 목소리로 말하고 싶었던 본론을 꺼내놓았다.

"처음부터 내가 사려고 했어."

"왜요?"

"오늘 못 먹을 음식 먹느라 고생했으니까."

도담은 빤히 주원의 얼굴을 바라보았다. 혹시 비꼬는 건가 싶었지만, 미간이 풀어져 있는 걸 보니 그런 건 아닌 듯했다. 어리둥절한 표정만 짓고 있는 그녀에게, 주원은 나직하게 뒷말을 이었다.

"간을 안 봐서 내가 넣은 게 소금인지, 설탕인지도 몰랐어."

"아아, 헷갈리셨구나…."

"아까 먹어보니까 난 도저히 못 삼키겠던데, 그냥 버리지 그걸 왜 먹었어?"

주원의 질문은 호기심보다 질책에 가까웠다. 그녀가 망친 북엇국 한 그릇을 싹싹 비워낸 걸 쓸데없는 오기 취급하는 모양이었다. 도담은 그런 그를 물끄러미 마주 보았다. 여전히 동그란 눈동자는 반짝반짝 빛나고 있었지만 조금도 흔들리지 않았다.

단단한 눈빛을 띤 채 그녀는 입을 열었다.

"여보가 처음으로 만들어준 거잖아요. 제가 그걸 어떻게 버리겠어요."

주원은 어떻게 생각할지 모르겠지만, 이건 임무에 충실하기 위해 내뱉은 작위적인 멘트가 아니었다. 그녀의 진심이었고, 그와의 관계가 부부가 아닌 팀장과 팀원이었더라도 했을 말이었다. 그 진심을 들은 주원은 한동안 도담의 얼굴만 내려다보았다. 그러다 다시 정면으로 시선을 돌리며 무심히 대답했다.

"앞으로는 버려. 탈 나면 업무에 차질 생기니까."

이번에도 역시 거대한 철벽이었다. 집과의 거리가 가까워질수록 그는 남편에서 팀장의 위치로 되돌아가려는 모양이다.

'치, 고맙다고 해주면 좀 좋아?'

도담은 섭섭한 마음을 속으로만 꿍얼거렸다. 이 상황에서 아쉬움을 드러내 봤자, 프로페셔널 하지 못하다며 핀잔만 들을 게 분명했다. 그러니 일단은 한 보 물러나서, 주원의 빠른 걸음이나 따라가 보려던 도담의 눈이 누군가를 보고 굳어버렸다.

"어…?"

주원과 도담이 사는 단지의 좁은 진입로, 그 끝에서부터 걸어오고 있는 한 여자 때문이었다.

내 기억이 맞는다면 저 여자는 분명….

"팀장님, 유수영 요원…."

"쉿. 아무 말 하지 마."

주원은 진작 그녀를 알아본 모양이었다. 다시 올려다본 그의 눈빛엔 예리한 날이 서 있다.

"부, 붙잡아야 할까요?" 불안했던 도담은 떨리는 목소리로 물었다.

"여기선 안 돼." 주원의 대답은 낮고 단호했다.

하긴, 여기는 서재이의 집 앞이니까. 저 여자를 잡겠다고 소란 피우다가 서재이의 눈에 띄면 큰일이지.

"그, 그럼 지금이라도 뒤돌아요." 도담이 다시 속삭였다.

주원은 대답 대신 그녀의 손을 꽉 붙잡고, 같은 보폭을 유지한 채 앞으로 걸어갔다. 이 상황에서 갑자기 뒤를 도는 것만큼 수상한 행동이 없다고 여기는 듯했다.

하지만 이렇게 가까워지면 안 될 것 같은데. 아무리 NSO를 배반했다고 해도 최고의 엘리트 요원이었잖아. 스쳐 지나가는 사람의 얼굴도 알아볼 거야. 게다가 팀장님처럼 눈에 띄게 잘생긴 얼굴이라면 더더욱 알아보지 않을까?

여러 가지 고민을 하던 도담은 유수영 요원을 뚫어져라 바라보았다. 고개를 푹 숙인 채 괜히 휴대폰을 보는 척하며 그녀는 아까보다 느리게 걷고 있다. 게다가 걷는 방향도 미세하게 기울어졌다. 아무리 휴대폰을 보고 걷더라도 맞은편에서 사람이 걸어오는 건 인지할 수 있을 텐데, 이렇게 기울어져서 온다는 거는 우리와 실수인 척 맞닥뜨릴 상황을 만들어보겠다는 거겠지.

'저 여자, 우리 얼굴을 확인하려 하고 있어!'

거기까지 생각한 도담은 돌연 걸음을 멈추었다. 돌발 행동에 놀란 주원은 당황 섞인 시선을 그녀에게로 돌렸다. 이런 식의 돌발 행동은 절대 해선 안 될 금기 중의 금기였다. 아무리 기본 교육 과정 성적이 좋지 않았다고 해도 그건 뇌리에 박힐 만큼 수없이 들었을 텐데…. '뭐 하자는 거야.'라고 생각하기도 잠시, 도담이 주원을 불렀다.

"여보."

그러고는 두 손으로 그의 뺨을 꼭 붙잡았다. 상황을 하나도 이해하지 못한 주원은 떨리는 눈빛으로 그녀의 얼굴만 내려다보았다.

"아무리 생각해 봐도 어쩔 수 없어요."

"…."

"우리, 할 때가 된 것 같아요."

"뭘…?" 주원이 되물었다.

그는 진심으로 설명을 듣고 싶었지만, 그녀가 곧바로 건네준 건 대답 따위가 아니었다.

"읍…!"

온 힘을 다해 주원의 얼굴을 끌어당긴 도담이 제 입술을 그의 입술 위에 갖다 박았다. 전혀 예상치도 못했고, 계획에도 없었고, 계획하지도 않았을 전개에 주원의 머릿속이 새하얗게 비어버렸다.

외마디 비명을 지르기도 전에 말캉한 무언가가 닿았다. 휘둥그레 뜬 눈 앞에 두 눈을 꼭 감은 도담의 얼굴이 당황스러울 정도로 가까이 있다.

당황한 주원은 저도 모르게 도담의 어깨를 붙잡고, 그녀를 떼어내려 했다. 하지만 그럴수록 점점 더 억세게 매달리는 그녀는 마치 늪 같아서 발버둥을 치면 칠수록 더욱 깊숙이 파묻히는 기분이다.

그때, 유수영의 발걸음이 잠시 멈칫했다. 갑작스럽게 펼쳐진 키스신에 당황한 건 그녀도 마찬가지인 모양이었다. 도담은 그녀가 서있는 곳에서 주원의 얼굴이 보이지 않도록 그를 살짝 돌려놓았다. 이쯤 되니 이게 뭐 하자는 것인지는 알겠다. 이렇게 된 이상, 그녀의 장단에 맞춰줄 수밖에 없어진 주원은 결국 빳빳하게 굳었던 몸에 힘을 풀었다.

그녀의 키스는 참 서툴렀다. 호기롭게 입술을 갖다 붙이긴 했지만, 그대로 대고만 있을 뿐. 자연스럽게 진행시키지를 못한다. 그 부자연스러움을 유수영도 느꼈던 걸까. 멈추었던 그녀의 발걸음이 다시 움직이기 시작했다. 다시 들려온 그녀의 기척은 부자연스러울 만큼 빨랐고 의심스러웠다.

'혹시 너무 어색한가? 이쯤에서 잠깐 떼어야 하나?'

불안해진 도담은 슬쩍 입술을 떼어냈다. 그리고 다가오는 유수영을 힐끔 살펴보려 하는데, 주원이 그녀의 어깨를 붙잡았다. 심상치 않은 분위기에 살짝 겁을 먹은 도담은 주원을 바라보았다. 그러자 주원은 아까까지만 해도 그녀를 못 밀어내 안달이던 손을 도담의 뺨으로 가져갔다.

"여기서 그만두게?"

"예?"

"니가 먼저 시작한 거야."

전혀 뜻밖의 멘트와 함께 그대로 그녀의 입술을 머금었다. 조금 전의 도담보다 더욱 깊고 진하게.

'어어…?'

내가 먼저 입술을 갖다 박았을 땐 급박한 상황만 신경 쓰느라 아무 생각이 없었는데, 그가 먼저 시작한 키스는 지금이 급박한 상황이라는 것도 잊어버리게 만들었다. 주원은 키스에 집중하라고 했지만, 그러기엔 그의 모든 것이 도담의 신경을 앗아가 버린다.

맞닿은 입술이 어찌나 부드러운지, 온몸이 이대로 녹아버려도 놀라지 않을 것 같다. 새어 나오는 숨소리는 평소 그가 내는 차가운 목소리와 비교도 안 될 정도로 따듯해서 괜스레 왼쪽 가슴이 간지러워진다. 게다가 코끝을 스치는 이 향기는 또 어떻고. 딱딱하기 그지없는 겉모습만 봐서는 무색무취의 단조로운 남자일 것 같았는데, 가까이 밀착한 그에게서는 상상하지도 못했던 포근한 향기가 난다. 향수로는 절대 만들어낼 수 없는 기주원 특유의 체향이 분명하다.

도담은 잔잔한 그 향을 조금 더 맡아보려는 듯이, 주원의 옷깃을 힘주어 제 쪽으로 끌어당겼다. 주원의 체중이 더욱더 도담에게로 실렸다. 뒤로 휘어지는 그녀의 허리는 그의 단단한 팔에 안긴 채, 행복한 긴장감에 몸서리치고 있다.

또각 또각 또각. 수영의 발소리가 가까워질수록 주원의 입술도 더욱 과감해졌다. 덕분에 호흡이 힘겨워진 도담은 억지로라도 숨을 쉬기 위해 입술을 벌렸다. 하지만 그는 다른 신호로 받아들였는지 고개를 살짝 비틀었고, 이내 벌어진 틈새로 달콤하고 말캉한 무언가를 밀어 넣었다. 지금 도담과 키스하고 있는 사람이 천하의 기주원이라는 걸 믿을 수가 없을 정도로, 능숙하고 부드럽고 야릇하게.

도담은 그에게 화답하듯 열심히 호흡을 나누었다. 그 와중에도 멈추지 않던 유수영의 기척이 드디어 두 사람의 코앞까지 다가왔다.

"흠흠…."

헛기침으로 사람이 있음을 알린 그녀는 최대한 가로수 쪽으로 제 걸음을 붙였고, 목표로 삼았던 두 사람에게서 멀찍이 떨어진 채 서둘러 곁을 스쳐 지나갔다. 도담이 시작한 임기응변이 주원의 응용으로 효력을 발휘한 순간이었다.

드디어 작아지기 시작하는 유수영의 발소리를 들으며, 주원은 계획에도 없었던 깊은 키스를 이쯤에서 끝마치기로 했다. 하지만 그건 마음처럼 쉬운 일이 아니었다.

"하아…."

참았던 숨을 내쉬며 그녀에게서 입술을 떨어트리자마자 이 기회를 몇 초라도 더 이어가고 싶었던 도담이 다시 그에게 달라붙으려 했으니까.

"아직은 안 돼!"

아까는 상황이 상황인지라 가만히 붙잡혀 있었지만, 유수영이 멀어지다 못해 사라져 버린 지금은 그럴 필요가 없었다.

"그만…! 이제 그만해, 온도담…!"

"아직 보고 있는 것 같은데!"

"다 끝났으니까 그만하라고…!"

주원은 있는 힘을 다해 도담의 몸을 떨어트렸다. 억센 힘에 하는 수 없이 밀려나게 된 도담은 잠시 휘청거리더니 그대로 자리에 풀썩 주저앉아 버렸다. 순전히 본인의 의지였다.

"우와… 정말 대단해."

"뭐 하는 거야. 일어나."

주원은 도로 매정해진 목소리로 그녀를 재촉했다. 하지만 도담은 몸을 일으켜 세우기는커녕, 그대로 고갤 들어 주원을 바라본다. 그러고서 묻는 말은 가관이었다.

"여보, 키스를 왜 이렇게 잘해요?"

"뭐?"

"다리에 힘이 쫙 풀려버렸어요. 난 이제 어쩌면 좋아."

마주한 그녀의 얼굴은 달구어진 쇳덩이보다도 더 붉어져 있다. 그걸 보면 부끄러워하는 것 같기는 한데, 이어지는 건 지나치게 적나라한 키스 후기다.

“여보 입술은 진짜 부드럽네요! 되게 달콤한 맛이 나요!”

“….”

“혀도 어찌나 능수능란한지! 아주 깜짝 놀랐잖아요! 어디 가서 이런 걸 배워온 거예요?”

“….”

“실전은 아니었으면 좋겠다. 실전에서 우러나온 거라고 하면 살짝 슬퍼질 것 같아….”

“제발 입을 다물어줘.”

주원은 더 이상 그녀의 주책을 봐줄 수 없다는 듯 단호하게 말했다. 그러고선 그녀의 어깨를 붙잡아 억지로 일으켜 세웠다.

“안아주게요?” 그녀가 물었다.

“안아주겠어?”

돌아오는 그의 되물음은 굉장히 차가웠다. 하지만 전혀 상관없었다. 어쨌든 오늘은 기주원과 처음으로 키스한 역사적인 날이니까!

“오늘 일에 의미 부여하지 마.”

그 속내를 꿰뚫었는지, 주원이 입술을 엄지손가락으로 스윽 문지르며 말했다. 그렇게 말하는 모습까지도 그녀의 눈엔 참 멋있기만 했다.

“의미부여 안 해요! 하하!”

그가 원하는 대답을 해주면서도 웃음을 못 감추니, 주원의 미간이 언제나처럼 찡그려졌다. 그런 뒤 꺼내놓는 말은 질책이었다.

"독단적으로 행동한 것에 대해선 시말서 받을 거야."

"시말서요?"

"한 번만 더 계획에도 없던 일 벌이면 팀에서 아웃이니까 잘 처신해."

평소 같으면 이 정도에 기가 팍 꺾였을 그녀였다. 하지만 도담은 무언가를 곰곰이 생각하는가 싶더니, 이내 진지한 표정으로 묻는다.

"시말서에다가 키스는 얼마나 자세하게 표현하면 좋을까요?"

"…."

"아무래도 자세하면 자세할수록 부장님도 이해가 빠르시겠죠?"

그녀의 눈동자에서 반짝이는 것은 혹시 광기일까.

지금의 도담과는 정상적인 대화를 할 수 없다는 걸 깨달은 주원이 짧은 한숨을 내쉬었다. 그러고는 조금 전의 말을 미련 없이 번복했다.

"마음 바뀌었어. 시말서 안 받아."

"예? 그래도 제가 독단적으로…."

"안 받는다고."

천재지변이 일어나도 회사 룰은 지키는 지옥의 FM 기주원. 그가 누군가에게 처음으로 자비를 베푼 순간이었다.

* ✦ *

[너희 집 앞이야. 지금 잠깐 얼굴 볼 수 있을까?]

[내 편지는 받았어? 읽어본 거야?]

[연락이 없어서 불안해. 잘 있으면 잘 있다고 대답해 줘.]

[재이야....]

"후우…."

휴대폰에 도착한 문자들을 쭈욱 내리며 보던 재이가 한숨과 비슷한 담배 연기를 뿜어냈다. 몇 시간 전부터 이렇게 절절한 문자를 보내는 사람은 다름 아닌 수영이었다. 한동안 재이의 옆집에 살면서 재이를 살뜰히 챙기다가, 사실 모든 게 계획적이었다는 걸 밝히고 사라졌던 그 여자.

그녀가 놓고 갔다는 편지는 읽어보지 않았다. 집 어딘가에 놔뒀던 것 같은데, 어느 순간부터는 보이지도 않는다. 아마 쓰레기랑 같이 놔뒀을 테니까 순옥 씨가 치웠겠지. 하지만 미련은 없었다. 떠난 인연이 남기고 간 흔적 따위, 처음부터 살펴볼 생각도 없었으니까.

재이는 수영이 보낸 메시지들을 한 번 더 쭉 훑어보다가, 이내 무표정한 얼굴로 깔끔하게 지워버렸다. 이래 봤자 그녀는 머지않아 또 연락을 해대겠지만 그때도 지금처럼 삭제해 버릴 생각이다. 한때 입을 맞추고, 사랑을 속삭이고, 열렬히 탐했던 상대치고는 지나치게 무정한 태도였다. 누군가는 이런 재이를 보며 개새끼라 손가락질할지도 모르지만….

"믿어주는 건 딱 한 번뿐이라고 했잖아."

그래, 믿어주는 건 딱 한 번뿐이다.

"끝을 받아들이면 편해질 텐데…."

그 믿음이 저버리는 순간, 영원을 약속했던 인연도 돌이킬 수 없는 끝을 맞이한다. 적어도 재이의 세계에서는.

"…미련한 사람."

재이는 텅 비어버린 메시지 창을 바라보다가 휴대폰을 껐다. 그리고 담배 필터를 빨아들이며 수영이 한참이나 머물렀던 단지 입구를 지그시 응시한다. 그녀는 저곳에서 재이가 오기를 기다렸고, 재이는 이곳에서 그녀가 떠나가기를 기다렸다.

'앞으로 이런 숨바꼭질을 얼마나 더 해야 할까.'

역시 인연은 시작하는 것보다 잘라내는 게 더 어려운 법이다. 그때, 수영이 서 있던 자리에 익숙한 얼굴들이 나타났다.

"같이 가요, 여보!"

"목소리 낮춰."

"에이, 이럴 때 실컷 불러봐야지! 평소에는 한집에 살아도 얼굴도 안 비춰주면서."

"…."

몇 번이나 얼굴을 마주했던 옆집 남자. 그리고 그의 빠른 걸음을 부지런히 따르고 있는 온도담. 단지로 돌아오는 두 사람은 여느 때처럼 극과 극의 온도 차를 보였다. 한 사람은 매달리고 한 사람은 외면하는 저 관계가 과연 부부일까 싶을 정도다. 하지만 본격적으로 의심할 여지는 없었다.

"여보! 같이 가자니까요!"

주원을 강아지처럼 졸졸 따르는 도담의 눈엔 진심 어린 애정이 뚝뚝 묻어났으니까.

"후우…."

재이는 담배 연기를 내뱉으며 그녀를 가만히 바라보았다. 오늘도 어김없이 환한 미소를 띠고 있는 그녀를 보니 저도 모르게 입꼬리가 올라갔다. 지켜보는 것만으로도 참 재미있는 여자. 그런 그녀를 제쳐두고 앞서 걷고 있는 저 남자는 남남이라고 해도 과언이 아닐 정도로 차가운 얼굴을 하고 있다.

"사랑해 주는 척이라도 하지. 나는 그런 거 잘 해줄 텐데…."

재이는 단지 안으로 사라지는 주원을 바라보며 작게 중얼거렸다. 만성적인 고독이 서려있는, 씁쓸한 혼잣말이었다.

* ✦ *

진하게 나눈 첫 키스가 무색할 만큼, 주원의 표정은 딱딱하기 그지없었다. 하지만 그와는 상관없이 도담의 얼굴은 싱글벙글했다. 키스는 진작 끝났지만 도담의 마음은 아직 구름 위를 둥둥 떠다니는 듯하다.

"유수영 건은 상부에 내가 보고할게. 너는 오늘 일에 대해 아무 말도 하지 마."

"세상에나, 오늘 저질러버릴 줄이야…."

"내 말 들었어?"

"이게 꿈은 아니겠지?"

"온도담!"

주원은 그런 그녀를 불렀다. 그제야 정신을 차린 도담이 동그란 눈동자로 주원을 바라보았다.

"네, 네! 팀장님!"

"정신 어디 두고 다녀? 위기 한 번 넘겼다고 끝이야?"

다시 팀장 모드가 된 주원은 까칠하게 도담을 나무랐다. 하지만 무슨 말이든 달콤하게 들리는 도담은 배시시 웃으며 대답했다.

“제가 어떻게 정신을 차릴 수 있겠어요. 여보랑 그렇고 그런 걸 했는데….”

“입술 접촉이야. 뭉뚱그리지 말고 똑바로 말해.”

“똑바로 말하면 키스죠. 그것도 엄청 진했던 딥키스!”

“조용히 안 해?”

원래는 몇 번 질책하면 적어도 입은 닫고 있었던 것 같은데, 지금의 도담은 도무지 진정을 못했다. 이 상태로라면 앞으로의 임무만 더욱 힘들어지게 생겼다.

“온도담.”

일단 둘 사이의 흐릿해진 선부터 다시 그어야겠다고 생각한 주원은 낮은 목소리로 도담의 이름을 불렀다.

“네, 말씀하세요. 여보.”

아직도 끝나지 않은 ‘여보’ 타령은 미간을 찡그리게 만들었지만, 주원은 공과 사를 제대로 분리하기 위해 최대한 딱딱한 표정으로 말을 잇는다.

“임무는 임무일 뿐이야. 임무 도중 일어나는 일에 대해서는 수선 떨 필요도, 의미 둘 필요도 없어.”

“….”

“오늘 저녁은 낮의 일에 대한 사과의 의미로 제안한 식사였고, 앞으로는 이유 없이 사적인 만남 요청하는 일 없을 거야.”

“….”

"내일부터 다시 원래대로 돌아가면 돼."

그건 다시 말해, 오늘의 키스나 데이트 같던 식사가 두 사람의 관계에 어떠한 변화도 가져오지 않을 거라는 확언이었다. 도담도 그 정도는 알고 있었다. 하지만 자꾸만 들떠버리는 마음이 머리를 따라주질 않을 뿐이다.

"에이, 그 정도는 저도 알아요. 오늘까지만 신나할 거예요."

도담은 애써 웃는 얼굴로 주원이 원하는 대답을 해주었다. 그는 그래야 팀원으로라도 그녀를 곁에 둘 테고, 그래야 얼굴이라도 실컷 볼 수 있을 테니까.

주원은 그런 도담을 가만히 내려보다가 무심히 말했다.

"알면 됐어."

그가 뒤돌아 서재로 걸음을 옮겼다. 도담은 주원의 뒷모습을 물끄러미 바라보다가, 그가 닫힌 문 너머로 완전히 사라지고 나서야 한숨을 푹 내쉰다.

"다른 사람도 아니고 팀장님이랑 키스했는데, 어떻게 수선을 안 떨어…."

요즘의 도담은 마치 엄청나게 길고 무서운 롤러코스터를 타는 기분이다. 오늘 하루만 해도 기주원 때문에 올라갔다, 내려갔다를 몇 번이나 했는지. 이러다 멀미하게 생겼다. 그래도 이 마음을 내려놓지 못하는 건, 좋아하는 사람이 도저히 반하지 않고서는 못 견디는 사람이기 때문이었다.

"팀장님 냄새, 참 좋았는데…."

서운해하는 것도 잠시, 주원의 향기를 떠올리는 도담의 볼이 다시금 붉어졌다. 향기까지 참 멋있는 남자. 도담은 그 사람과의 키스를 죽을 때까지 간직해 볼 생각이다. 아무리 기주원이라고 해도, 행복한 머릿속까지는 어쩌지 못할 테니.

내 남편의
스태미나를 위하여

NSO 산업보안부 회의실.

계진상 부장이 서재이를 잡기 위해 투입된 산업보안1팀의 보고서를 훑어보았다. 도담이 작성했지만 주원이 한 번 더 깔끔하게 정리해서 전송한 보고서에는 짧은 시간 동안 이룬 쾌거들이 고스란히 적혀 있었다.

"입주 첫날 주차장에서 바로 서재이 맞닥뜨리고, 다음 날 바로 서재이 집 안까지 입성하고, 얼마 전에는 단둘이 술까지 마셨다? 이게 말이 돼?"

하지만 계 부장의 표정은 그리 좋지 못했다. 이 많은 일들이 짧은 기간에 이뤄질 수 없다는 생각에서였다.

게다가 상대는 서재이잖아. 우리 쪽 요원들이 몇 명이나 나가떨어졌던 그 악명 높은 옴므파탈. 말도 안 되지, 암.

"다른 사람도 아니고 기주원 팀장이잖아요. 거짓말은 안 했겠죠."

불신 가득한 계 부장의 말투를 알아챈 산업보안2팀 배 팀장이 말했다. 기 팀장에게 모든 일을 떠넘긴 그는 요즘 기주원 추켜세우기에 열화였다. 그 말을 들은 산업보안3팀 양은화 팀장 역시 설명을 더했다.

"기 팀장이랑 같이 투입된 온도담 요원의 활약이 컸을 겁니다."

"그 신입사원?"

"네, 무해한 이미지잖아요. 서재이 자체가 여자한테는 무장해제인데다가, 도담 씨가 위험해 보이는 인물은 아니니까 바로 경계를 풀었을 거라 생각합니다."

그건 배 팀장의 응원에 힘을 싣기 위한 설명이었다. 하지만 계 부장의 표정은 그녀의 말에 더욱더 심각해진다.

"온도담 보고서 못 봤어? 서재이랑 술자리를 가진 것까지는 좋은데, 기주원에 대한 불만만 잔뜩 써놨잖아. 난 이게 서재이의 경계를 푸는 게 아니라, 서재이한테 홀려가고 있는 것처럼 보이는데?"

"에이, 장단 맞추려고 한 얘기겠죠. 서재이가 여자를 좋아하는데 거기서 남편 칭찬만 늘어놓으면 무슨 진전이 있겠어요."

"유수영 사건 기억 안 나? 걔도 서재이한테 별거 다 불다가 연애시작했지. 그때 니가 뭐라 그랬어."

"유, 유수영 얘기는 또 왜…."

"유수영이 장단 맞춰주는 거라고 했었잖아! 그러다 어떻게 됐냐! 서재이한테 제대로 홀려서 정체 다 불고 잠적했지?"

"그건…."

유수영의 이야기가 나오자 배 팀장의 고개가 절로 숙여졌다. 그래도 한때는 자기 밑에 있던 팀원인지라, 그녀의 실책은 아직까진 배 팀장의 책임이었다.

계 부장은 그런 배 팀장을 향해 눈을 흘기며 말을 이었다.

"내 말은, 이 보고서가 거짓부렁이라는 게 아니라 유수영 꼴 날까 봐 걱정된다는 거야. 아무리 기주원이 옆에 달라붙어 있다고 한들, 불나방처럼 홀려 날아가는 애를 잡을 수 있겠어?"

"에이, 설마요. 기주원이 그걸 가만둘 리가…."

배 팀장은 실패한 전적이 없는 기주원을 믿는 눈치였지만, 양 팀장은 신뢰하는 상대가 달랐다. 다른 사람이라면 모를까. 이번 사건에 투입된 여자 요원은 열렬한 기주원바라기 온도담이다. 그녀가 그토록 사랑하는 남자가 한집에 있는데, 아무리 옴므파탈 서재이라도 눈에 들어올 리가 없다.

하지만 계 부장을 설득하기 위해 도담의 사적인 감정까지 거론할 수는 없는 노릇이기에, 양 팀장은 부드러운 미소를 띤 채 계 부장에게 제안했다.

"정 걱정되시면 중간 점검이라도 하는 게 어때요?"

"중간 점검?"

"돌아가는 상황이 어떤지, 문제 되는 건 없는지, 직접 확인해 보고 오자는 거죠. 마침 산업보안2팀의 혜인 씨가 도담 씨랑 친한 것 같던데."

"오! 그 친구! 친하지, 친해! 걔 보내면 되겠네!"

양 팀장의 말에 배 팀장이 손뼉을 치며 동조했다. 그는 지금 계 부장이 또 지난 과오를 들먹거리기 전에 얼른 이 회의를 끝마치고만 싶다.

심각하게 고민하던 계 부장은 다시 한번 보고서를 들여다보고, 역시 탐탁찮은 구석이 있는지 깊은 한숨을 내쉬었다.

"진짜 잘 되고 있는지 까봐야 할 것 같긴 한데…."

그러고는 날카로운 눈빛으로 배 팀장을 쏘아보며 묻는다.

"최대한 빨리 가능해? 싹이 안 보인다 싶으면 빨리 갈아 치워버리게."

계 부장의 특성상, 한 번 꽂힌 건 계속 물고 늘어질 게 뻔했다. 혜인도 혜인 나름대로 스케줄이 있겠지만, 배 팀장은 모든 걸 다 제쳐두고 점검부터 보내야겠다고 다짐했다.

"이번 주 안으로 당장 보내겠습니다! 적어도 다음 주 월요일에는 제대로 된 진행 상황을 들으실 수 있을 겁니다!"

그래서 과하게 씩씩한 목소리로 대답하자, 계 부장은 혀를 끌끌 차며 말했다.

"한 번만 더 실패하면 너도, 나도, 기주원도 끝장이야. 정신 똑바로 차리고 일 처리해. 알았어?"

그 엄포가 과장은 아니라는 걸, 배 팀장도 충분히 알고 있었다.

"네! 걱정하지 마십쇼, 부장님!"

힘주어 대답은 해보지만, 사실 배 팀장도 불안한 마음을 감출 길이 없다. 아무리 생각해 봐도 서재이는 너무 강한 상대였고, 그에 비해 신입사원 온도담은 최약체 중의 최약체였다. 그런 그녀가 단기간에 이런 성과를 이뤄내다니. 너무 순조로운 것도 걱정이라면 걱정이다. 꼭 폭풍우가 몰아치기 전의 잠잠한 바다 같아서.

* ✦ *

오늘 아침, 정장을 제대로 갖춰 입은 주원이 집을 나서며 말했다.

'외근이 있어. 오래 걸리진 않으니까 어지간하면 집에 있도록.'

그건 다시 말해 사고 치지 말라는 신신당부였다. 그때 도담은 분명 격하게 고개를 끄덕이며 '네! 걱정 마세요, 팀장님!'라고 답했지만, 냉장고 안을 들여다보니 말이 달라졌다.

아무리 그동안 배달 음식 위주로 먹었다고 해도 말이지, 텅 비어도 너무 텅텅 비었잖아.

어쩌면 당연한 결과였다. 이 집에 살면서 단 한 번도 장을 보러 간 적이 없었으니까. 그동안 도담은 몇 번이나 주원에게 장을 보러 가자고 말해봤다. 하지만 그때마다 돌아오는 주원의 대답은 매정하기 짝이 없었다.

'한가하게 쇼핑할 시간 없어. 필요한 건 주문 넣어줄 테니까 나한테 말해.'

그 쌀쌀맞은 목소리와 표정을 떠올리니 입술이 삐죽 나왔다. 아마도 기주원은 도담이 말하는 '장보기'가 쇼핑을 빙자한 데이트 신청이라는 걸 알고 그러는 것 같다.

"치, 더럽고 치사해서 같이 안 간다. 나 혼자 다녀오면 되지, 뭐!"

도담은 주원이 없는 자리에서나 할 수 있는 핀잔을 중얼거리며 냉장고 문을 닫았다. 평소에 엄마를 따라 자주 장을 보러 다녀서인지, 그녀는 온라인 쇼핑보다는 오프라인 쇼핑을 더 선호했다. 게다가 식재료 같은 건 직접 눈으로 봐야 좋은 걸 고를 수 있기 때문에, 오늘은 주원이 아무리 잔소리를 한다 해도 꼭 장을 보러 나갈 참이다.

"장바구니를 챙겨 왔던 것 같은데…."

결심이 선 도담은 콧노래까지 흥얼거리며 제 방으로 향했다. 그녀가 챙겨 온 장바구니는 아직 쓸 일이 없어서 풀어놓지 않은 짐에 섞여 있었다.

"좀 작은가?"

장바구니를 보고 나니 이걸로는 안 되겠다 싶었다. 생각해 보면 엄마와 장을 보러 갈 때 가장 먼저 챙겼던 건, 장바구니가 아니라 엄마의 차 키였다.

"역시 차가 필요해. 그런데 나는 운전을 못하고 팀장님은 없고…. 서재이랑 같이 가?"

고민하던 도담의 머릿속에 떠오른 건 서재이였다. 편히 부탁을 주고받을 사이는 아니지만, 냉장고에 물 대신 술만 들어차 있는 그는 분명 마트에 갈 필요성이 있었다. 게다가 그에 대해서 뭐라도 건져 내려면 일단은 만나서 함께 시간을 보내야 하니….

"그래, 서재이랑 가야겠다."

어떤 고민이든 오래 하지 않는 도담은 결정을 내림과 동시에 화장대 위에 있던 지갑을 챙겼다. 그리고 곧장 현관을 나섰다. 물론 평범한 직장인이라면 평일 낮에 집에 있을 확률이 낮겠지만, 서재이는 평범한 직장인이 아니니 그가 집에 있을 거라는 것엔 한 치의 의심도 없었다.

띵동.

908호 현관문 앞에 선 도담은 일말의 망설임도 없이 초인종을 눌렸다. 지난 번 만취 사건 때 별의 별꼴을 다 보여줬던 도담은 서재이와의 내적 친밀감이 한층 상승한 상태였다. 조사 대상한테 이렇게 친근감을 느껴도 되나 싶긴 하지만… 뭐, 어쨌든.

머지않아 인터폰에서 서재이 특유의 장난스러운 목소리가 나왔다.

—암호를 대세요.

올해로 나이가 서른이라고 들었는데, 굉장히 실없고 유치한 장난이다. 도담은 작은 주먹으로 현관문을 쿵! 두드리며 재이를 재촉한다.

"아, 얼른 문 열어요. 할 말 있어요."

—암호를 대야 문을 열지.

"내가 이 집 암호를 어떻게 알아요."

—그럼 못 들어오는데….

"아휴, 잔소리 말고 빨리 열어요. 빨리!"

—아무거나 말해봐.

"정말 말 안 듣지?"

—오케이, 이제부터 그게 우리 암호야.

재이는 웃으면서 인터폰을 끊었다. 안에서 작은 발소리가 들려오는가 싶더니, 이내 현관문이 벌컥 열렸다.

"도담, 오늘은 무슨 일로 벨을 눌렀어? 항상 훔쳐보기만 하더니."

며칠 만에 본 재이는 오늘도 어김없이 해맑은 미소를 띠고 있었다. 도담은 약간 찔리는 재이의 말에 반박하려 했지만, 머릿속이 하얘져 버려서 그럴 수가 없었다.

"오, 오…."

"오?"

"옷을 왜…."

넓은 어깨와 일자로 날이 선 쇄골, 딱 보기 좋게 예쁜 모양으로 잡힌 잔근육. 거기다 남자의 피부라고는 보기 힘든 부드러운 복숭앗빛 속살. 그녀의 시선을 본의 아니게 사로잡아 버리는 서재이의 맨가슴 때문에.

"옷을 왜 벗고 있어요!"

겨우 정신을 차린 도담이 버럭 소리를 질렀다. 재이는 그런 도담을 내려다보며 배시시 웃었고, 아직 잠겨있는 목소리로 대답했다.

"방금 일어났어."

사르르 휘어지는 눈꼬리와 보기 좋게 올라가는 입꼬리. 마치 아무것도 모른다는 듯, 순백의 분위기로 마음을 홀리는 그는 꼬리가 아흔 개쯤은 달린 백여우 같았다.

"그렇다고 홀딱 벗고 나와요?"

"홀딱 아니야. 바지는 입고 있잖아."

"아, 그래도 이건 너무 경우 없지! 동네 사람들이 보기 전에 얼른 들어가요! 얼른!"

도담은 재이의 어깨를 찰싹찰싹 때리며 그를 집 안으로 들여보냈다. 안 그래도 하얀 피부에 불긋불긋한 손자국까지 남으니, 서재이의 모습은 한층 더 야릇해진다.

"아파…."

재이는 그런 제 꼴을 자각하는 건지 아닌지, 흐린 신음을 내뱉었다. 졸지에 백여우 굴에 들어오게 된 도담은 그에게서 후딱 등을 돌렸다. 그러고는 통보나 다름없는 말을 내뱉었다.

"나랑 마트 좀 같이 가요."

"마트는 왜?"

"장을 보러 가야 하는데 살 게 많아서요. 재이 씨 차 있죠? 그때 주차장에서 처음 만났었잖아요. 우리."

"아아…."

"그리고 또 뭐냐, 그… 아, 물! 재이 씨 냉장고에 물도 채워 넣을 거예요! 이제 물 대신 술 그만 마시라고."

도담이 꺼내놓은 용건에, 재이의 시선에 가만히 그녀의 뒤통수에 머물렀다. 여전히 뒤돌아있는 도담은 재이의 표정을 보지 못했지만, 그의 눈동자는 눈에 띄게 일렁이고 있다.

"나… 챙겨주러 온 거야?"

재이가 물었다. 그의 텅 빈 냉장고와 쌓여있는 배달 음식들이 내심 마음에 걸렸던 도담은 별 고민 없이 대답했다.

"당연하죠. 이웃이잖아."

그녀의 등 뒤에서는 작은 웃음소리가 들려왔다. 그 반응이 몹시 신경 쓰여서 뒤를 돌아보니, 재이는 미소가 가득히 밴 얼굴로 말한다.

"챙겨줘서 고마워."

평소에 보았던 실없는 미소와는 다른, 그저 순수하게 기분 좋아 보이는 미소였다. NSO가 쫓는 위험인물이라고는 상상도 할 수 없는 그 얼굴에 도담의 마음이 살짝 혼란스러워졌다.

"와, 생전 듣도 보도 못한 게 왜 이렇게 많아…?"

가장 가까운 마트라고 해서 찾아오긴 했는데, 도담은 지금까지 갔던 마트와는 질적으로 다른 분위기에 살짝 압도당해 버렸다. 주부들이 장을 보는 마트가 어찌나 고급스럽고 드넓은지. 눈앞에 식재료들이 널려 있는 게 아니었다면 백화점 명품관인 줄 알았을 거다.

"이렇게 거대하면 쇼핑하기 너무 진 빠지지 않아요?"

도담은 초롱초롱한 눈으로 여기저기 둘러보며 말했다. 그녀의 곁에서 카트를 끌고 가는 재이는 가볍게 대답했다.

"나도 여기 처음인데? 돌아다니면서 쇼핑하는 거 싫어해서."

"재이 씨도 우리 남편처럼 온라인 쇼핑파구나?"

"아니, 보통 여자 친구들이 필요한 걸 사다 주지."

"어머, 그놈의 여자들! 저번에 그 사달이 났으면서 아직도 정리를 안 했나 보네."

도담은 잔소리하는 엄마처럼 재이를 흘겼다. 재이는 그런 그녀도 재미있는지, 눈꼬리를 더욱 둥글게 휘어 보였다.

그때 저 멀리, 도담의 시선을 사로잡는 광고판이 있었다.

'스태미나의 제왕 장어, 마지막 열 팩 파격 세일!'

"장어…?"

물론 도담은 주원의 스태미나를 채워줄 의무가 전혀 없었다. 그럴 필요도 없었고, 주원도 그걸 원하지 않을 터였다. 하지만 너도 나도 달려가는 다른 주부들을 보니 괜한 오기가 생기는 건 어쩔 수 없었다.

"우리 저기 좀 가요. 빨리!"

마음이 급해진 도담은 재이의 팔을 붙잡고, 장어 앞으로 마구 끌고 갔다. 파격적인 세일이라서 그런지, 장어 앞에는 이미 사람들이 쭈욱

줄을 서 있다.

"하나, 둘, 셋, 넷… 와, 우리 여섯 번째네요! 다행이다!"

사람들을 세어본 도담은 안도한 표정으로 가슴을 쓸어내렸다.

"사이도 안 좋다면서, 굳이 장어가 필요해?"

서재이가 웃는 낯으로 꽤나 날카로운 지적을 했다. 도담은 금세 뾰족해진 눈빛으로 재이를 쏘아보았다.

"스태미나를 꼭 그런 데만 쓰나? 나한테 안 쓰면 일할 때 쓰겠지."

"슬프다."

"동정하지 말아줄래요?"

새침하게 대답한 도담은 장어 매대 쪽으로 고개를 돌렸다. 줄은 순조롭게 빠지고 있었다. 직원의 포장 속도를 보니 시간도 오래 잡아먹지 않을 것 같다.

"장어 세 팩이요."

"네, 장어 세 팩 여기 있습니다. 다음?"

"두 팩 주세요."

"네, 두 팩이요."

하지만 앞에 선 사람들이 한 번에 여러 팩을 주문하자, 도담은 슬슬 불안해지기 시작했다.

"어, 벌써 네 팩밖에 안 남았네."

"마지막 하나만 남아있으면 그거 너 줄게."

불안해하는 도담에게 재이가 말했지만, 앞에 사람이 한 번에 네 팩을 살 리는 없다고 생각한 도담은 여유를 부렸다.

"에이, 우리 이분 다음 차례잖아요. 하나씩은 챙겨갈 수 있어."

"저는 네 팩 구매할게요. 식구가 많아서."

도담이 말하기가 무섭게, 바로 앞에 서있던 사람이 어마어마한 양을 주문했다. 단 네 차례 만에 동이 나 버린 장어. 기주원의 스태미나를 잃어버리게 생긴 도담의 얼굴이 새파랗게 질렸다.

"아, 안 돼…!"

도담은 순간의 절망감을 참지 못하고 탄식을 내뱉었다. 그녀 앞에 서있던 아주머니는 그런 도담을 흘끗 바라보았지만, 이내 다시 고개를 돌리며 남은 장어가 몽땅 포장되기를 기다렸다.

"다 팔렸어요?"

"네, 다 팔렸다네요."

"그럼 고기나 좀 사야겠다."

빈 매대를 확인한 사람들은 서있던 줄에서 벗어나 뿔뿔이 흩어지기 시작했다. 하지만 바로 다음 차례였던 도담은 쉽사리 두 발을 떼어내지 못했다.

"나도 사고 싶었는데… 장어."

하지만 딱히 할 수 있는 건 없어서 아쉬운 혼잣말만 중얼거리던 그때, 재이가 대답했다.

"사면 되지."

그게 무슨 소리냐는 표정으로 그를 올려다보니, 재이는 대답 대신 도담의 허리에 손을 두른다.

"뭐, 뭐 하는 거예요."

"쉿. 나만 믿어."

도담을 조용히 시킨 재이는 부드러운 손끝으로 앞에 선 아주머니의 어깨를 톡톡 건드렸다.

"응?"

그녀가 뒤를 돌아보자 재이는 특유의 예쁘고 살가운 미소를 온 얼굴이 띄운 채, 아주머니에게 묻는다.

"안녕하세요. 임페리얼 사시죠?"

"네? 아, 네. 절 아세요?"

"알죠. 공원 산책할 때 몇 번 봤어요. 강아지가 너무 귀여워서 자꾸 눈이 가더라구요."

재이의 살가운 말에 아주머니는 반가운 기색을 띠며 대답했다.

"아아, 그랬구나. 반가워요, 총각! 여긴 장 보러 온 거예요?"

"네, 와이프랑요."

그리 말하며 재이는 도담을 제 쪽으로 밀착시켰다. 당황한 도담은 휘둥그레진 눈으로 재이를 바라보았다.

"젊어 보이는데 벌써 결혼했구나?"

"에이, 올해로 서른이에요."

"그래? 너무 동안이라 우리 막내 또래겠거니 했어요. 막내가 올해 대학 갔거든."

"축하드려요. 이제 다 키우셨네요. 부러워요. 우리는 이제 시작인데…."

"어머, 애도 있어요?"

아주머니가 놀란 듯 물었다. 재이는 싱긋 웃으며 망설임 없이 대답한다.

"네, 아직 임신 초기예요."

"응?"

그의 대답에 기겁하리만큼 놀란 건 도담이었다. 멋대로 와이프라고 소개한 것도 모자라, 애까지 들먹이다니. 이 남자는 대체 왜 이런 거짓말을 하나 싶었다. 그런 사정을 전혀 모르는 아주머니는 손뼉을 치며 기뻐했다.

"오, 축하해요! 임신 몇 주째?"

"삼 주요."

"어우, 조심해야 할 때네. 이제부터가 정말 중요해."

그녀가 도담의 배를 바라보며 말했다. 어떻게 반응해야 할지 몰랐던 도담은 어색하게 웃기만 할 뿐이었다. 그때, 재이가 돌연 한숨을 내쉬었다.

"하아…."

갑작스럽게 돌변한 그의 분위기에, 아주머니와 도담의 시선이 동시에 그에게로 향했다. 두 여자의 이목을 사로잡은 그가 처연히 꺼내놓는 말은 정말 가관이었다.

"임신 소식을 오늘 들었어요. 그래서 와이프가 제일 좋아하는 거 사주려고 여기 왔는데… 아쉽게 놓쳐버렸네요."

"응? 그게 뭔데?"

"장어요. 제가 직접 구워주는 장어."

그 말을 들은 도담은 이제야 서재이가 왜 이렇게 미친 짓을 하는 건지 겨우 이해했다.

"아아, 장어… 내가 제일 좋아하는 게, 우리 여보가 구워준 장어지…."

그래서 뒤늦게나마 천천히 고개를 끄덕이며 재이의 말에 동조해 주자, 아주머니는 아차 싶어졌는지 조금 전에 산 장어 팩 중 하나를 꺼내 든다.

"어우, 오늘 같은 날 먹고 싶은 거 먹어야지! 자, 내가 하나 양보할게!"

"아니에요, 이거 받으려고 말씀드린 건 아니었어요. 가족들이랑 맛있게 드세요."

"아휴, 막내 놈은 안 먹어도 돼. 어차피 대학 간 뒤로는 밤낮 술만 처먹고 다녀서 집에 붙어있지도 않아."

"그래도 죄송해서…."

말은 죄송하다고 하지만, 서재이는 이미 두 손으로 그녀의 장어 팩을 건네받은 후였다. 도담은 그의 연기력에 몹시 감탄하며, 장어 한 팩을 순순히 양보해 준 아주머니에게 꾸벅 고개를 숙인다.

"감사합니다! 잘 먹고 순산할게요!"

그녀의 씩씩한 대답을 들은 재이가 피식 웃었다. 상황을 깨닫자마자 천연덕스럽게 합세한 도담이 우스워서였지만, 그런 상황을 모르는 아주머니는 몹시 흐뭇해하며 덕담을 건넸다.

"웃는 얼굴이 꼭 닮았네! 둘이 잘 살겠어, 아주!"

＊ ◆ ＊

종로의 구석진 골목. 손님이 없는 낡은 식당에서 주원은 배 팀장 밑에서 일하는 김한수 요원과 점심을 함께 하는 중이었다.

"일이 힘들지는 않으십니까?"

"안 힘든 일이 있겠습니까."

"너무 무리하지 마세요. 아무리 팀장님이 워커홀릭이라고 해도, 몸은 다 스트레스 받고 있어요."

언뜻 듣기로는 평범한 직장인의 대화였지만, 좌식 테이블 밑에서는 은밀한 서류가 넘어가고 있었다. 그건 주원이 2팀에 부탁해 놓은 유수영에 관한 자료였다. 주원은 본격적인 유수영 검거에 앞서, 그녀에 관한 모든 정보를 넘겨달라 배 팀장에게 요청했고 오늘이 바로 그 결과물을 넘겨받는 날이었다.

"신경 써주셔서 감사합니다."

주원은 김한수 요원이 건넨 서류를 자연스럽게 제 가방 위로 올려놓으며 대답했다. 그걸 확인한 김한수 요원은 빙긋 웃었고, 자연스럽게 두 번째 주제로 화제를 돌렸다.

"아, 요즘 신혼이라고 하셨죠? 저희 팀장님한테 들었습니다."

"…."

"저희 팀장님이 와이프분 안부를 되게 궁금해하시던데… 잘 지내고 계시죠?"

배 팀장 쪽 사람과 미팅이 결정됐을 때부터 충분히 각오했던 질문이었다. 그녀와 잘 지내는지는 모르겠지만, 그렇다고 해서 딱히 못 지내는 것도 아니었던 주원은 딱딱하게 대답했다.

"뭐, 보시는 대로."

"보이는 것대로면 최고의 신혼인데 말입니다."

"그럼 그런가 보죠."

"에이, 정말 아무 일 없어요? 정말 합이 잘 맞는 거예요?"

말을 곧이곧대로 받아들이지 못하는 것이 바라는 대답이라도 있는 듯했다. 그걸 느낀 주원은 젓가락질을 멈추고, 건조한 눈빛으로 그를 바라보았다.

"못 믿겠습니까."

날카롭게 되물으니, 김한수 요원은 살짝 겁먹은 표정으로 대답한다.

"아, 아니요. 저야 팀장님을 전적으로 믿지만, 와이프에 대해서는 전혀 모르니까…."

"…."

"아시잖습니까. 우리 팀에 그런 쪽으로 데인 사람이 많은 거. 그래서인지 잘 지내는 것 같다고 해도, 믿지를 못하더라고요."

그제야 그의 요점이 파악된다. 지금까지 제출한 보고서에는 온도담이 이뤄낸 성과가 고스란히 들어있지만, NSO에서는 회의적인 시선으로 바라보는 모양이다. 그건 모두 유수영의 탓이었다. 그녀도 초반에는 엄청난 성과를 이뤄냈었고, 서재이의 가족관계나 약점에 대해서도 낱낱이 파헤쳤지만, 어느 날부터 보고가 뜸하더니 하루아침에 대형 사고를 쳐버렸었다.

이렇게 불신이 계속되는 상황이라면, NSO가 할 일을 단 한 가지.

"곧 중간 점검이라도 나올 기세군요."

주원의 말에 김한수 요원은 몹시 뜨끔했다. 배 팀장은 중간 점검에 대해선 내색하지 말고, 일이 정말 잘 되어가고 있는지만 확인해 오라고 했는데. 역시 매의 눈 기주원은 속일 수가 없다. 이럴 때 필요한 건 묵비권뿐.

"흠흠, 노코멘트 하겠습니다…."

김한수 요원은 한발 물러났지만, 주원은 상황 파악이 전부 끝난 후였다. 그는 김한수 요원을 보다 차가운 눈빛으로 직시했고, 한기가 감도는 싸늘한 목소리로 말했다.

"제 와이프는 배 팀장님 뒤통수 치고 간 그분이랑 격이 다릅니다."

"네, 네?"

"감정적인 상태에서도 맡은 바 최선을 다하고, 본인의 안위보다 가정의 평화를 위해 몸을 내던지는 사람입니다."

"아…."

"아마 저와 살면서 이만큼 따라와 주는 사람은 없을 겁니다. 그러니까 배 팀장님께 전하세요."

"…."

"내 와이프를 그쪽 전처랑 비교하지 말라고."

말을 마치고 나니 살짝 숨이 가빠졌다. 저도 모르게 격앙되었던 모양이다. 평소 온도담 앞에서는 칭찬 한마디 건네는 게 그렇게나 어렵더니, 왜 이 자리에서는 이리도 막힘없이 술술 흘러나오는지.

"와… 기 팀장님이 누구 이렇게 칭찬한 거 처음이에요."

주원의 얘기를 다 들은 김한수 요원이 감탄사를 내뱉었다. 그 반응을 보니 낯이 급속도로 뜨거워졌다. 주원은 서둘러 고개를 숙이고 숟가락을 들었다.

"…밥이나 먹죠."

감정적으로 동요해서 흐트러지는 건 죽기보다 싫은데, 오늘은 그 싫은 일을 저질러버렸다. 그것도 늘 완벽한 모습만 보여줬던 직장

후배의 앞에서. 이 일이 그녀의 귀에만 들어가지 않았으면 좋겠다. 진심으로.

＊ ✦ ＊

재이의 활약으로 장어까지 손에 넣은 후, 잠시 카페에 들렀다.

"자, 오늘 장 보는 거 따라다니느라 수고했다는 의미에서 주는 상!"

도담이 연유가 듬뿍 뿌려진 빙수 하나를 들고 오며 말했다. 햇볕 잘 드는 창가에 자리를 잡고 앉아있던 재이는 장난스럽게 대꾸했다.

"차에 실은 짐이 어마어마한데, 상치고는 너무 싼 거 아니야?"

"어머? 가정주부한테 뭘 얼마나 빼드시게?"

"아무리 그래도 일 인 일 빙수는 되어야지."

"그렇게까지 먹지도 않으면서…."

재이를 흘기며 자리에 앉은 도담은 쟁반 위에 놓인 숟가락 중 하나를 그에게 건네주었다.

"여기, 들어요!"

"땡큐."

"그나저나 아깐 정말 다행이었어요. 마침 앞에 있던 사람이 재이 씨 지인이라서."

"모르는 사람이었는데?"

재이는 아주머니한테 그렇게나 싹싹하게 굴 땐 언제고, 인제 와서 천연덕스러운 얼굴이다.

"모르는 사람이었다고요? 진짜?"

"응."

"강아지 키우는 것도 알고 있었잖아요!"

"카트에 개 사료가 들어있길래."

"사는 곳은 어떻게 맞췄어, 그럼?"

"찍었지. 그쪽 마트에 오는 사람들은 임페리얼 아니면 타워거든."

"와아아… 순발력 봐. 들키면 어쩌려고."

"들키면 그때부터 친해지면 되고."

서재이는 아무것도 문제 될 게 없다는 듯 자신만만하게 말했다. 도담은 그의 뻔뻔함과 연기력에 감탄하며 박수를 짝짝 쳤다.

"정말 보면 볼수록 대단한 사람이네요, 재이 씨."

"나도 알아."

"연기자 해도 되겠어. 이참에 그쪽으로 나가보는 건 어때요?"

"글쎄, 지금 인기도 감당하기 버거워서…."

재이는 능청을 떨었지만, 도담은 그놈의 인기에 대해 할 말이 있었다. 얼마 전에는 도담에게까지 불똥이 튀었던 서재이의 여자 문제. 대충 봐도 복잡한 그의 이성 관계는 도담이 한 번쯤 충고해 주고 싶었던 것이었다. 아무리 그가 수사 대상이라 할지라도.

"서재이 씨, 얘기가 나와서 말인데요…."

"응."

"여자관계 좀 단정하게 정리하면 안 돼요? 연애를 한 사람이랑 해야지, 그렇게 동시다발적으로 여러 사람이랑 하면 쓰나."

그녀의 걱정을 들은 재이는 빙수를 먹으며 얼토당토않은 대답을 한다.

"나 연애 안 해."
"뭐? 그럼 그때 본 여자는 뭔데."
"여자 친구."
"연애하는 거잖아, 그럼!"
"그냥 여자 친구라고. 사랑하는 사람 말고."
여자 친구와 사랑하는 사람. 그건 대부분의 사람들에겐 같은 의미겠지만, 재이에게만큼은 다른 듯했다. 어리둥절한 눈으로 바라보고만 있자, 재이는 부드러운 목소리로 계속해서 말을 이어나갔다.
"연애라는 건 사전적 의미로 남녀가 서로 그리워하고 사랑한다는 거잖아."
"그렇죠."
"나한테는 그런 사람이 없었어. 그러니까 연애 경험은 없는 거지."
'한마디로, 그 누구에게도 마음을 준 적은 없다는 건가…. 아주 나쁜 남자네, 이거.'
그 사실을 새삼 인지한 순간, 도담의 머릿속에 유수영이 떠올랐다. 얼마 전에도 재이의 집 앞에 찾아왔던 그녀. 재이를 위해 커리어까지 내팽개친 유수영은 이런 속마음까지 알고 있나 싶다.
"그럼 여자 친구는 왜 만드는 거예요? 마음이 없으면 거절하면 되잖아."
도담은 궁금한 것을 물었다. 서재이 성격상 장난스럽게 대답할 거라 생각했는데, 돌아오는 답변은 의외로 진지했다.
"당연하게 같이 있어주는 관계가 그거밖에 없으니까."
"같이 있어줄 사람이 필요해서 애인을 만든다고?"

"굳이 애인을 원한 적은 없어. 나는 같이 있어줄 사람만 내 옆에 남겨두고, 그 사람이 원하는 관계로 보답해 주는 거야."

"…."

"나한테는 그게 애인이든, 친구든, 가족이든 상관없었는데… 남는 건 애인 역할뿐이더라고. 이상하게."

그리 말하는 재이는 왠지 모를 쓸쓸함을 풍기고 있었다. 곱게 휜 눈가가 무색할 만큼, 그의 눈빛은 차기만 하다. 그 온도를 모른 척할 수 없었던 도담이 말했다.

"재이 씨는 꼭 터미널 같네요."

"터미널?"

"오는 차 안 막고, 가는 차 안 잡고… 그게 딱 터미널이지, 뭐야."

"터미널… 그거 괜찮네. 어쨌든 북적북적하니까."

한 번도 연관시켜 본 적 없던 단어였지만, 재이는 수긍할 수밖에 없었다. 그래서 기분 좋게 웃으며 말하자, 도담은 미간을 살짝 찡그리며 그를 다그친다.

"괜찮긴 뭐가 괜찮아요. 막차 시간 지나면 텅 비어버릴 텐데."

"…."

"같이 있을 사람이 필요하다면서. 그건 외롭다는 뜻 아니에요? 그런데 터미널을 자처하면 어떡해요. 정작 외로워 죽을 것 같을 땐 어차피 혼자일 거 아니야."

도담에게 향한 재이의 눈동자가 살짝 흔들렸다. 그건 아무에게나 보이지 않는 서재이의 틈이었지만, 그 사실을 눈치채지 못한 도담은 뒷말을 이어나갔다.

"난 재이 씨보다 삼 년이나 덜 살았지만, 그래도 이거 하나는 자신할 수 있어요."

"…."

"수많은 사람의 터미널이 되는 것보단, 한 사람을 위한 집이 되는 게 더 행복할 거야. 외로움은 숫자의 문제가 아니라 깊이의 문제거든."

그리 말하는 도담의 눈은 반짝반짝 빛나고 있었다. 대체 그 빛이 어디에서 나오는지 알고 싶었던 재이는 가만히 그녀의 눈만 바라보았다. 도담은 그 시선을 피하지 않았고, 이내 싱그러운 미소로 앳된 얼굴을 물들였다.

"걱정하지 마요. 재이 씨한테도 텅 빈 마음을 채워줄 특별한 사람이 나타날 거예요."

그녀가 웃음기 섞인 목소리로 말했다.

"…응. 그럴 것 같아."

텅 빈 나를 채워줄 특별한 사람. 그런 건 애초부터 기대하지도 않으면서 왜 그렇게 대답했는지 모르겠다. 머릿속을 가득 채운 회의감보다, 대답이 먼저 나왔다. 이유는 본인조차도 알 수 없었지만.

내 아내의 키스 신

서재이는 보기와 다르게 굉장히 힘이 센 남자였다. 생수 2L 열두 병짜리를 한 손에 들고, 무거운 장바구니 두 개를 다른 한 손에 들고, 주차장에서부터 현관 앞까지 힘들어하는 기색 없이 올라왔다.

"아휴, 오늘 나 따라다닌다고 고생이 많네. 이 은혜를 어떻게 갚으면 좋을까."

도담은 제집 현관문을 열며 고마움을 표했다. 자신의 생수를 908호 현관문 앞에 놓아둔 재이는 도담의 장바구니를 가지고 오며 대답한다.

"커피 줘."

"커, 커피?"

"응. 오늘 마트도 태워다 주고, 장어도 구해주고, 짐도 들어줬는데 커피 정도는 얻어 마셔도 되잖아."

그건 양심상이라도 거절해선 안 되는 문제였다. 왠지 머지않아 주원이 올 것 같은 기분이긴 하지만, 도담은 신세 진 것부터 갚기 위해 흔쾌히 고개를 끄덕였다.

"그래요. 나 장본 것만 정리하고 카페로 가요. 우리 단지 카페 엄청 크고 좋더라."

하지만 그 말을 들은 재이는 그녀의 집 현관문 쪽으로 더욱 가까이 다가서며 묻는다.

"너희 집에서 마시면 안 돼?"

"우, 우리 집?"

"응. 다시 나가긴 귀찮은데."

순간 도담의 머릿속은 몹시 복잡해졌다. 우리의 신혼집은 서재이를 밀착 감시하기 위한 아지트인데… 이런 곳에 그를 초대해도 되는 걸까. 우리가 NSO 소속이라는 걸 들키지는 않을까.

"우, 우리 집이 너무 지저분해서 지금은 좀 그런데…."

도담은 일단 재이를 막아보려 했다. 비록 NSO와 관련된 것들은 전부 주원의 서재에 보관하고 있지만, 미처 숨겨놓지 못한 서류 한 장이라도 나올까 싶어서였다.

하지만 재이는 그녀의 탐탁찮은 반응에, 싱긋 미소를 지어 보이는가 싶더니, 조금 더 집요하게 도담을 보챈다.

"우리가 그런 거 신경 쓰는 사이인가. 돼지우리 같아도 어디 가서 흉 안 볼게."

"아…."

"부탁이야. 지금 집에 혼자 있기 싫어서 그래."

도담은 꼭 이 집에 못 들어가서 죽은 귀신이라도 붙어있는 것 같은 재이의 눈을 바라보았다. 옅은 색으로 빛나고 있는 재이의 눈동자는 무슨 생각을 하고 있는 건지 당최 알 수가 없었다. 그래서 어려운 사람이었다. 그가 어떤 사람인지, 그녀를 어떻게 보고 있는지, 믿고 있는지 아니면 불신하고 있는지 훤히 들여다보이면 좋을 텐데. 항상 가볍게 웃기만 하는 그는 그 미소 말고는 아무것도 파악할 수 없는 포커페이스다.

"꿀단지 숨겨놓은 거 아니면 커피 한잔하자."

재이가 쐐기를 박았다. 그 말을 꺼내는 게 단순한 농담인지, 아니면 의심인지는 모르겠지만 여기서 잘못 했다간 없는 의심도 심어줄 참이었다.

열심히 고민하던 도담은 큰 결심을 한 듯 재이의 얼굴을 바라보았다. 어차피 신뢰를 얻어야 하는 상대. 관계를 해치지 않기 위해서는 최대한 서재이가 원하는 대로 따라줄 필요성이 있었다.

"그럼 여기서 잠깐만 기다려요. 집 좀 치우고 나올게요."

도담은 쓸데없이 비장한 얼굴로 재이에게 말했다. 그제야 재이의 얼굴에 예쁜 미소가 얹혔다.

재이를 밖에 세워둔 삼 분여 동안, 온 집 안을 점검하고 방문이 제대로 잠겼는지를 확인했다. 그래도 신혼집이라고 열심히 쓸고 닦은 덕에 깨끗했는데, 아까 했던 거짓말의 신빙성을 더하려고 일부러 조금 어질렀다.

그렇게 만반의 준비를 하고, 최종 확인까지 끝내고 나서야 도담은 주원에게 문자 한 통을 보냈다.

'서재이가 본부에 왔습니다'

처음엔 곧이곧대로 보내려 했지만, 혹시나 재이가 이 연락을 보게 될 걸 대비해야 했다.

[우리 집에서 무슨 일이 일어나고 있을까~요?]

고친 메시지를 전송한 도담이 재이가 기다리고 있을 현관문을 열었다.

"들어와요!"

"실례하겠습니다."

아직도 도담의 장바구니를 들고 있던 재이가 기다렸다는 듯 안으로 들어섰다. 뭐가 그리 좋은지 얼굴은 생글생글하다.

"식탁에 앉아있어요. 먹을 거랑 커피 가져다줄게요."

"집 구경해도 돼?"

"음… 거실만요. 여기 있던 물건을 방에 다 때려 박아놔서…."

"어차피 방은 들어가 볼 생각도 안 했어. 신혼집이잖아."

재이는 그리 말하며 장바구니를 냉장고 근처로 가져다주었다. 그러고는 호기심 가득한 눈으로 인테리어를 살핀다.

"우리 옆집인데 분위기가 되게 다르네."

"그래요?"

"응, 뭔가 따듯해 보여. 둘이 살아서 그런가?"

"벽지 때문일걸요. 재이 씨 집은 시멘트색이고, 우리 집은 아이보리색이잖아요."

"뭐가 됐든 마음에 들어. 인테리어 시공 업체 어디야? 나도 다시 하고 싶은데."

"네?"

생각지도 못한 질문을 들었다. 이 집은 NSO에서 마련해 준 것이고, 세부적인 사항에 대해서는 아무것도 모르는데. 뭐라고 대답해야 하지?

이때 써먹을 수 있는 건 어차피 이 자리에 없는 남편이었다. 도담은 일부러 크게 한숨을 푹 내쉬고, 불평하듯 말했다.

"저도 몰라요. 이 집은 다 남편 마음대로 해놓아서."

"그런 것도 둘이 상의 안 해?"

"아우, 그 아저씨가 뭘 상의해 주겠어요! 나랑! 맨날 독단적으로 혼자 다 해먹지!"

연기가 자연스러웠던 걸까. 재이가 동정심 어린 표정을 지었다.

"안됐다."

"불쌍하죠?"

"응, 왜 그런 사람이랑 결혼했는지 모르겠어."

"정략결혼이었다니까."

상황을 적절하게 모면한 도담은 장바구니 안에 있는 식재료들부터 정리하기로 했다. 최대한 빨리 정리를 끝내야 조금이라도 빨리 커피를 대접할 테고, 그래야 서재이는 빨리 제집으로 돌아가겠지. 그런 생각을 하니 도담의 손길이 몹시 바빠진다.

그 무렵, 재이는 소파에 걸터앉고 있었다. 푹신한 소파는 도담이 이 집에서 제일 좋아하는 가구였다. 재이도 그렇게 생각하는지, 쿠션을 연신 꾹꾹 눌러보며 감탄한다.

"소파가 침대만큼 푹신하네."

"소파 좋죠! 거기서 낮잠 자면 시간 가는 줄도 몰라요."

"외국제 같은데…. 이것도 남편이 직접 고른 거야?"

"네, 마음에 들어요?"

"남편 안목이 좋네. 전문 업자가 이 집에 있는 거 다 짜 맞춰줬다고 해도 믿겠어."

뜨끔!

마침 사 온 김치를 김치 통에 담고 있던 도담이 깜짝 놀라 통을 놓칠 뻔했다.

"짜, 짜 맞춰요…?"

가까스로 김치 통을 사수한 그녀는 불안한 눈빛으로 재이를 살폈지만, 재이는 여전히 생글생글한 얼굴로 그녀에게 말한다.

"이 정도로 인테리어 완성하려면 적어도 두 달은 발품 팔아야 하거든."

"아아…."

"남편이 다른 건 다 못 해도 집은 잘 꾸며놨네. 우리 집이랑 바꾸고 싶을 정도로 마음에 들어, 하하하."

저리 웃는 걸 보면 아까의 '짜 맞췄다'라는 말은 그냥 장난기 섞인 칭찬이었던 것 같다. 겨우 가슴을 쓸어내린 도담은 재이에게 과하게 반응하며 대꾸했다.

"원래 잘생긴 사람들이 미적 감각도 좋잖아요!"

"그래?"

"네, 그럼요! 매일 거울로 예술 작품을 보고 살아서 그런지, 그런 쪽으로 감각이 엄청 뛰어나대요. 저기 어디냐… 아프리카 쪽 어느

대학에서 연구한 논문이 있다더라고요."

도담도 알고 있다. 지금 자기가 얼마나 헛소리를 하고 있는지. 그래서 살짝 망했나, 싶었지만 그 말을 들은 재이의 눈은 반짝반짝 빛을 낸다.

"그럼 나도 그림이나 배워볼까?"

"네?"

"나도 거울 볼 때마다 내 얼굴 보면서 감탄하는데, 혹시 숨겨진 미적 감각이 있을지도 모르잖아."

"아아…."

"배워볼까, 진짜?"

이쯤 되니 슬슬 궁금해지는 것이 있었다. 저 남자가 자신을 놀리는 걸까, 아니면 진짜 내가 하는 말을 다 믿는 걸까.

긴장이 풀린 도담은 다시 김치를 김치 통에 담는 데 열중하기로 했다. 이제 서재이의 거실 투어도 어지간히 다 끝났으니, 더 이상 심장 철렁할 일은 없을 터였다.

아니나 다를까. 재이는 더는 구경하고 싶은 게 없는지, 소파에 편히 등을 기댔다. 그러고는 도담을 기다리며 기분 좋은 콧노래를 흥얼거린다. 갑작스레 초대한 것 치고는 평화로운 분위기였다.

이대로라면 성공적으로 미션을 완수하겠다 싶었던 그때, 재이가 입을 열었다.

"그런데, 도담."

"네?"

"나 이상한 거 하나 있어."

이번에도 별거 아닐 거라 생각한 도담은 재이 쪽을 바라보지도 않고 대답했다.

"뭔데요?"

그러자 재이는 아까보다는 다소 가라앉은 목소리로 물었다.

"신혼집인데 왜 웨딩 사진 하나가 없어…?"

순간 등줄기에 소름이 쫙 끼쳤다. 신혼부부 행세를 하면서 가장 간과하고 있었던 사실 하나. 주원과 도담이 각자 벽을 치고 사는 이 집에는 신혼집처럼 보일 만한 흔적 하나가 없다.

당황해서 머릿속이 새하얘져 버렸지만, 그녀는 이번에도 어떻게든 상황을 모면하기 위해 아무 소리나 지껄였다.

"그, 그게…! 아직 안 나와서…!"

"보통 이렇게까지 오래 걸리나?"

"네, 네?"

"스튜디오에서 찍은 결혼사진은 예식 전에 나오는 거로 알고 있는데."

"…."

"…아니야?"

그걸 알 턱이 있나. 결혼해 본 적이 없는데!

갑작스럽게 찾아온 진퇴양난의 상황. 이도 저도 못하게 된 도담은 너무 당황한 나머지 들고 있던 김치 통을 놓쳐버렸다.

와당탕! 김치 통은 요란한 소리를 내며 싱크대 안으로 쏟아졌고, 매운 김칫국물이 그녀의 눈으로 튀었다.

"아아악!"

도담의 비명이 온 집 안에 울려 퍼졌다.

＊ ✦ ＊

김한수 요원에게서 유수영에 대한 자료를 받아 돌아오는 차 안.

주원은 꽉 막힌 고속도로에 갇혀있었다. 퇴근 시간이 아닌데도 차들이 움직이질 않는 걸 보면, 앞에서 무슨 사고라도 난 모양이었다. 평소 같았으면 일과에 지장이 있을까 봐 초조했을 테지만, 오늘의 주원은 대체적으로 한가한 편이었다. 사실 운성 중공업 브로커 사건을 맡은 이후로 쭉 그랬다. 가장 중요한 일은 도담이 맡아주고 있는 터라, 주원이 할 일은 평소 업무보다도 적은 편이었다.

그걸 실감하고 있어서였을까.

'제 와이프는 배 팀장님 뒤통수 치고 간 그분이랑 격이 다릅니다.'

'감정적인 상태에서도 맡은 바 최선을 다하고, 본인의 안위보다 가정의 평화를 위해 몸을 내던지는 사람입니다.'

'아마 저와 살면서 이만큼 따라와 주는 사람은 없을 겁니다.'

아마 이런 주원의 모습은 김한수 요원도 처음이었을 거다. 지금껏 주원은 NSO 생활을 하는 동안, 누군가에게 칭찬은커녕 격려 한마디도 제대로 해준 적이 없었다. 그건 주원의 딱딱한 성격 탓도 있었지만, 팀장 직급을 달기엔 너무 이른 나이라는 걸 자각하고 있기 때문이기도 했다.

NSO에서 가장 규모가 큰 산업보안1팀에는 주원보다 나이가 많고 연차가 오래된 요원들이 수두룩했다. 그런 이들을 이끄는 팀장

노릇을 한다는 건, 주원에게도 무척이나 부담스러운 일이었다. 그래도 어떻게든 왕관의 무게를 견뎌내며, 나름대로 무시할 수 없는 완벽주의자 이미지를 구축해 놨었는데….

'배 팀장님께 전하세요.'

'내 와이프를 그쪽 전처랑 비교하지 말라고.'

오늘 김한수 요원에게 꺼냈던 멘트는 누가 봐도 팔불출이었다. 아무래도 정신 나간 온도담 때문에 나까지 제정신을 잃어가고 있나 보다.

"후우…."

낮의 일을 회상하자, 심기가 몹시 불편해진 주원은 깊게 심호흡을 했다. 이건 평정심을 찾기 위한 주원의 노력이었다. 요즘 들어 도담 때문에 이성을 놓칠 때가 많은 주원은 심호흡하는 일이 잦다. 그녀를 떠올리자 문득 아까 도담에게서 도착했던 메시지가 떠올랐다. 그땐 김한수 요원과 작별인사를 나눌 때라서 도착한 것만 보고 확인하지 못했는데, 어차피 차도 움직이지 않는 김에 지금 봐야겠다.

주원은 거치대에 놓여있던 휴대폰의 메시지 함을 확인했다.

[우리 집에서 무슨 일이 일어나고 있을까~요?]

"뭐야, 이건."

주원은 도담의 가벼운 메시지에 미간을 구긴다. 또 쓸데없이 장난을 친다고 생각한 그는 그녀의 메시지를 무시하려 했지만, 이상하게도 메시지를 지워버릴 수가 없다.

NSO 요원 경력 팔 년. 이 정도로 마음에 걸리는 건 무슨 일이 일어나고 있다는 사인이었다. 아무리 상대가 온도담이라 하더라도, 이

육감을 무시할 수 없었던 주원은 휴대폰으로 집 안 CCTV를 확인해 보기로 했다.

신혼집을 가장하고 있지만 현실적으로는 본부에 가까운 그 집엔 총 다섯 대의 CCTV가 감쪽같이 숨겨져 있었다. 일단 가장 먼저 확인해 본 건 현관문 앞. 쥐죽은 듯 조용한 복도에는 서재이의 집 앞에 있는 물병들 말고는 별다른 게 없고, 두 번째로 확인해 본 주원의 서재도 나올 때 그대로의 모습을 하고 있고….

'역시 별일 없는 건가.' 싶을 때쯤, 주원의 손가락이 다음 화면을 클릭한다. 세 번째로 재생되는 건 거실 시계 쪽에 감쪽같이 숨겨져 있는 CCTV 화면. 주방과 거실을 한꺼번에 비추고 있는 화면을 확인하자마자 주원의 눈빛이 흔들리기 시작했다.

"서재이…?"

그도 그럴 것이, CCTV가 비추고 있는 주방 싱크대 앞에선 모든 여자를 홀려버린다는 서재이가 도담의 얼굴을 잡고, 진한 키스를 건네고 있었으니.

오늘
잊지 못할 거야

"아아…."

도담의 신음이 흘러나왔다.

"도담, 나 봐봐."

그녀의 뺨을 감싸쥔 재이는 조금 더 얼굴을 가까이 가져간다.

"재이 씨…."

도담은 겨우 눈을 뜨고 재이와 눈을 마주했다. 살짝 빨개진 그녀의 눈가. 재이는 엄지손가락으로 조심스레 그녀의 눈 밑을 만져본다.

"아… 김칫국물 들어가면 아픈데."

"으으, 눈을 못 뜨겠네."

"도담, 억지로 뜨지 마. 내가 닦아줄게."

재이는 손가락 끝에 물을 조금 묻혀, 도담의 눈가를 부드럽게 쓸어주었다.

"눈 깜빡이지 마."

"으으…."

"잠깐만… 아, 됐다. 묻어있던 건 닦았어. 가서 세수하고 와."

"으으으!"

급한 상황을 수습하자마자 도담은 싱크대 수도꼭지를 틀었다. 재이는 거기서 눈가를 열심히 닦아내는 그녀를 신기한 눈으로 바라보았다.

"세수를 여기서 해?"

"뭐 어때요! 지금 급해 죽겠는데!"

"수건 가져다줄까?"

"응! 빨리빨리!"

재이는 그녀를 위해 화장실로 향했다. 그사이 매운 눈을 수습한 도담은 물이 뚝뚝 떨어지는 채로 재이를 기다렸다.

"도담, 여기."

"이리 줘요!"

"아니야, 내가 닦아줄게."

재이의 부드러운 목소리와 함께 보송한 수건이 조심스럽게 그녀의 얼굴에 닿았다. 도담은 그때까지도 두 눈을 꾹 감고 있다가 재이의 손길이 멈추자 천천히 눈을 떴다. 꽤나 가까운 거리에 있는 재이의 얼굴이 가장 먼저 시야를 가득 채웠다. 다시 반짝반짝해진 그녀의 눈동자를 확인한 재이는 선이 고운 입술을 부드럽게 휘며 나직이 말한다.

"아이구, 예쁜 눈이 빨개져서 어떡해."

그 순간, 왜 그 많은 여자들이 그에게 홀리는지 살짝 이해해 버렸다면… 내가 너무 부도덕한 아내인 걸까.

"뭐, 뭐예요! 그 멘트!"

도담은 황급히 뒤로 물러나며 당황한 기색을 내비쳤다. 그러자 재이는 다시 장난스럽게 웃으며 되묻는다.

"진짜 큰일 날 뻔했다. 그치?"

"예? 뭐, 뭐가 큰일 나요."

"눈 크게 다쳤으면 어쩔 뻔했어."

"아아… 그거… 네, 큰일이죠. 큰일이 날 뻔했죠."

도담은 재이에게 크게 동요할 뻔했던 가슴을 애써 진정시켰다. 재이는 그런 그녀를 아는지 모르는지 피식 웃어 보이고는, 소매를 걷어붙였다.

"앉아있어, 도담."

"뭐 하려고요?"

"여긴 내가 수습할게."

"아니에요! 내가 엎은 거니까 내가 치울게요!"

"그러다 다른 쪽 눈도 다치면 어떡해. 하나는 살려야지."

"네? 하나요?"

"아줌마, 얼른 식탁에 앉으세요. 안 그러면 커피 못 드려요."

재이는 그리 말하며 도담의 몸을 식탁 쪽으로 돌려놓았다. 그의 성화에 못 이긴 도담은 하는 수 없이 식탁 의자에 자리를 잡았다. 재이는 그제야 다시 싱크대 앞으로 향했고, 도담이 엎어놓은 김치를 수습하기 시작했다.

"옷 안 버리게 조심해요."

도담이 재이의 넓은 등을 바라보며 말했다. 재이는 그 말에 능청스럽게 대답한다.

"아줌마가 사주시겠죠."

"그거 얼마짜린데요."

"얼마 안 해. 냉장고 한 대값 정도?"

"에이, 그럼 못 사줘요. 알아서 관리 잘하세요."

"하하하."

재이는 도담의 정색이 재미있는지 한참 동안 웃었다. 그러다가 쓱 뒤를 돌아보며 하는 말은 뜬금없는 고백이었다.

"나는 너랑 노는 게 제일 재미있어."

꼭 신이 난 어린아이 같았다. 그 순수한 미소를 지켜보는 도담은 저도 모르게 따라 웃을 뻔했지만, 이내 그의 정체를 자각하고는 표정을 굳혔다. 아무리 편하고 친근하고 순수해 보여도 그는 결국 내가 쫓아야 할 브로커. 저게 연기라면 정말 소름 돋는 일이겠지만, 어지간하면 저 미소만큼은 진짜 그의 모습이었으면 좋겠다. 저렇게 예쁘게 웃는 사람은 흔치 않으니까.

* ✦ *

운성 중공업 본사 내 서태환의 집무실.

"러시아 쪽에선 별다른 움직임을 보이지 않고 있습니다. 서재이에게서도 그쪽과 접촉하려는 낌새를 찾을 수 없었고요."

운성 중공업 연구실의 헤드쿼터 최우석 상무가 짧은 소식을 전했다. 핵심기술이 아직까지 그쪽 손에 넘어가지 않았다는 건 다행인 일이었지만, 태환이 바라는 소식은 겨우 그 정도가 아니었다.

"서재이가 핵심기술에 손을 댔다는 실증은 찾았나?"

태환은 최 상무에게 서늘한 음성으로 물었다. 그에 대한 최 상무의 대답은 너무나도 뻔했다.

"아니요. NSO로부터 그런 보고는 듣지 못했습니다."

"…."

"하지만 새로 배치된 여자 요원이 서재이에게 무사히 접근한 모양입니다. 지난번 유수영 사건이 있었음에도 불구하고, 그 여자한테는 별다른 경계심을 보이지 않는다 하더군요."

최 상무는 그것이 희소식인 양 말했지만, 태환의 눈빛은 잘 갈린 칼날처럼 날카로워졌다. 그도 그럴 것이, 서재이가 새로운 여자 요원에게도 쉽게 마음을 연 것은 그 여자가 잘 해서가 아니라 그냥 서재이가 헤픈 것이었으니.

"그 여자가 서재이한테 무사히 접근한 게 아니라, 서재이가 그 여자를 제대로 끌어들이고 있는 거야. 그렇게 당해놓고도 아직 모르겠나?"

"하지만 대표님…."

"러시아도 마찬가지야. 지금은 서재이가 이쪽 돌아가는 상황을 뻔히 내다보고 얌전히 구는 중이지만, 놈이 움직이기 시작하면 끝장이겠지."

"…."

"너도, 나도… 이 회사도."

그건 의심이 아닌 확신이었다.

태환에게 '서재이'라는 인물은 숙주의 몸에 착 달라붙어 목숨까지도 앗아 가는 기생충, 딱 그 정도의 끔찍한 의미였다.

"그 애는 내 모든 걸 빼앗아 갈 거야."

말 그대로….

"…내 모든 걸."

어느새 태환의 평정심이 무너지고 있다. 서재이와 엮일 때마다 불쑥 떠올라, 그의 이성을 파먹어대는 과거의 기억 때문이었다.

재이가 처음으로 본가에 들어오던 날. 그해 태환이 열네 살이었고, 재이가 겨우 일곱 살이었다. 재이는 당시 서 회장의 수행 비서였던 남자의 손에 이끌려 대저택으로 들어섰는데, 그 아이의 얼굴을 본 태환의 친모는 자지러질 듯 비명을 질러댔다.

'저 애는 이 집에 왜 데려온 거야? 나 죽는 꼴 보고 싶어!'

'아이의 엄마가 일주일 전, 변사체로 발견되었습니다. 자살인 것 같다고….'

'그 여자가 어디 가서 뒈지든 말든! 그년의 애를 왜 내가 키워야 하는데!'

일을 이렇게 만든 장본인인 서태웅 회장은 그녀를 무시한 채, 건조하게 말했다.

'손님 방에 넣어둬. 애 앞으로 보모 한 명 고용하고.'

'정말 저 애를 이 집안 식구로 받아들일 생각이세요? 그게 저한테

얼마나 잔인한 일인지 아시면서도?'

'어쩔 수 없잖아. 이미 벌어진 일을.'

'회장님! 아… 아아….'

'사, 사모님!'

결국 제 분을 이기지 못한 태환의 친모는 그 자리에서 쓰러지고, 집안은 그야말로 아수라장이 되어버렸다. 그 날 그 공간에서, 서재이를 반기는 사람은 제 친아버지를 포함하여 아무도 없었다. 태환은 어린 나이었음에도 일곱 살 앳된 소년을 보며 생각했다.

'저 애는 얼마 가지 못해 이 집안에서 피가 말라 죽을 거야.'

그때 이 모든 소란을 가만히 지켜보던 재이와 눈이 마주쳤다. 그 애의 눈동자는 투명하게 빛나고 있었지만, 그 안에 무슨 감정이 담겨 있는지는 쉽게 짐작할 수 없었다.

'안녕, 형아.'

가만히 마주 보던 태환에게 재이가 인사를 건넸다. 본인의 상황과는 전혀 어울리지 않는 순수한 미소를 띤 채. 그때 그 얼굴이 지금까지도 소름 끼치도록 싫어서, 태환은 아예 머릿속에서 그날 일을 도려내 버리고 싶다. 아니, 서재이라는 존재 자체가 그의 인생에서 흔적 없이 지워지길 바란다.

"후우…."

태환이 깊은 한숨과 함께 지끈거리는 머리를 붙잡았다. 최근 들어 통 잠을 자지 못해서 정신이 점점 쇠약해져 갔다. 하지만 그는 이 악물고 마음을 다잡았다.

아버지는 그를 거부하지 못해 호적에 올렸고, 어머니는 그를 견디지 못해 이른 나이에 생을 마감했지만…. 나까지 서재이 때문에 무너질 수는 없다. 내가 서재이를 찢어발겼으면 찢어발겼지.

* ✦ *

도담의 집에서 서재이가 탄 커피를 마시며 한 시간쯤 떠들었을까.

"도담, 나 이제 가봐야겠어. 오늘 저녁에 약속이 있어서 준비해야 해."

재이가 빈 커피잔을 들고 일어서며 말했다. 항상 이 시간대에는 집에 혼자 있다가, 오랜만에 즐거운 수다 타임을 가졌던 도담은 살짝 아쉬운 기색을 내비쳤다.

"벌써요?"

"왜, 아쉬워?"

"아쉽지. 한창 재미있는 얘기 중이었는데."

사실 그렇게 엄청난 대화를 했던 건 아니었다. 그냥 무엇을 좋아하는지, 어떤 음식을 잘 먹는지, 살면서 가장 좋았던 여행지는 어디인지, 인생 영화는 무엇인지, 정말 평범한 친구처럼 평범한 수다를 떨었을 뿐이었다. 그런 대화들은 서재이의 비밀을 파악하는 데 하나도 도움이 되지 않았지만, 도담은 어쩐지 이야기를 멈출 수가 없었다.

그리고 알게 된 사실이 하나 있었다. 서재이는 멀리서 지켜볼 때보다 가까이에 두고 볼 때 더 매력적인 사람이다. 그래서 그동안 그에게 다가간 모든 여자 요원들이 홀렸던 거겠지만.

"나중에 또 놀러 올게. 그때까지 건강해야 해."

재이는 커피잔을 싱크대에 담가놓으며 장난기 가득한 인사를 건넸다. 그런 재이의 화법에 익숙해진 도담은 넉살 좋게 받아친다.

"응응, 종종 편지하고."

"비둘기로 보낼까?"

"그래요, 창문 열어둘게요."

어느새 쿵짝이 잘 맞아진 두 사람은 농담을 이어가며 현관문으로 향했다. 그러다 도담이 현관문을 열어줄 때쯤, 재이가 뭔가 생각났다는 듯 말했다.

"아, 결혼사진 말이야."

"네, 네?"

아까 김치를 뒤엎게 했던 바로 그 단어였다. 아직 의심하는 건가 싶은 마음에 불안한 눈으로 그를 바라보았더니, 재이는 걱정스러운 표정으로 그녀에게 조언한다.

"스튜디오에 전화해 봐. 아직까지 안 오는 건 아무래도 이상해서."

"아아…."

"혹시 사기당한 건 아닐까 걱정돼."

서재이는 신혼집에 결혼사진이 없는 이유를 자기 멋대로 납득한 모양이다. 그건 도담에게 무척 다행인 일이었기에, 그녀는 환히 웃으며 재이에게 대답했다.

"그러게요! 전화해 봐야겠네요! 결혼이 처음이라 뭐가 언제 오는지 알 수가 있어야지!"

"전화 안 받으면 바로 경찰에 신고. 알지?"

"아휴, 만약 정말 사기당한 거면 굳이 내가 안 나서도 우리 남편이

처리할 거예요."

"하긴… 그 사람이라면 그러고도 남겠다."

서재이를 불시에 집 안으로 들였는데 아무 일도 생기지 않은 건 거의 기적에 가까운 일이었다. 게다가 오늘을 계기로 서재이와의 관계도 한층 더 친밀해졌으니, 이만하면 보고서에 올려도 될 대단한 성과였다. 새삼 신이 난 도담은 현관문을 열어주며 재이에게 한 번 더 밝게 인사했다.

"오늘 잘 놀고! 술 너무 많이 마시지 말고! 여자 집으로 끌어들이지 말고!"

"잘 놀 거고, 술 너무 많이 안 마실 건데 여자는 약속 못 해."

"그럼 나한테 피해 안 오게 조심해요. 한 번만 더 머리채 잡힐 일 만들면 나도 가만 안 있을 거예요!"

"미안 미안. 만약 그럴 일이 생기면 그땐 내가 꼭 가발 예쁜 걸로 사줄게."

거기까지만 해도 분위기가 참 좋았다. 이제 서재이는 제집으로 들어갈 테고, 이로써 도담의 미션도 클리어였다. 그때, 9층 엘리베이터 쪽에서 띵 하는 도착음이 울렸다. 복도에 서있던 도담과 재이의 시선이 별 의미 없이 소리 나는 쪽으로 향했다. 그 시선 끝에서 모습을 드러내는 건, 두 사람에게 모두 익숙한 얼굴이었다.

"어? 여보…?"

"너희 남편 걸음 진짜 빠르다…."

저 먼 복도 끝에서부터 포스 있게 걸어오는 기주원. 핏 좋은 정장도, 깔끔하게 올린 머리도, 곧게 편 어깨도 도담이 알고 있는 주원 그대로였지만 걸음이 평소보다 훨씬 더 다급하고 빨랐다. 그를 바라보던 재이가 감탄사를 토해낼 만큼.

도담은 점점 다가오는 주원의 얼굴을 유심히 들여다보았다. 평소라고 해서 표정이 좋은 편은 아니었으나, 어쩐지 오늘은 유달리 미간이 구겨져 있다. 게다가 눈빛은 또 어떻고. 활화산처럼 이글이글 타오르는 것이, 꼭 이대로 달려와 사람을 한 대 칠 기세다. '무슨 일 있나?'라고 생각할 때쯤 주원은 도담과 재이의 바로 앞까지 다가왔다.

"…."

주원의 살벌한 눈빛이 재이에게 꽂혔다. 재이는 그 시선을 딱히 피하지 않고 가만히 마주한다. 그런 두 남자 사이에 엄청난 불꽃이 튀는 것 같다면 기분 탓일까.

"여, 여보. 왔어요?"

왠지 모를 긴장감을 느낀 도담이 주원에게 인사를 건넸다. 주원은 그런 그녀 쪽을 쳐다보지도 않고, 매서운 목소리로 물었다.

"둘이 뭐 했어?"

"네?"

"집에서 뭐 하고 있었냐고."

어리둥절해하던 도담은 이내 그 말뜻을 이해했다. 서재이를 초대하기에 앞서 무슨 사고라도 생길까 봐 주원에게 SOS를 보내놨는데, 그는 그걸 찰떡같이 알아듣고 황급히 달려온 모양이다. 하지만 그가 CCTV를 확인해 봤다면 아무 일도 없었다는 걸 알 수 있을 터. 도담은 그를 안심시키기 위해 해맑은 미소를 얼굴에 띠운 채, 대수롭지 않다는 듯 대답했다.

"그냥 커피 마시고 수다 좀 떨었어요. 오늘 재이 씨가 장 보는 거 도와줬거든요."

"재이 씨?"

"네?"

"호칭 한 번 살갑네."

이 남자가 왜 이래. 재이 씨를 재이 씨라고 부르지, 그럼 뭐라고 불러.

갑작스러운 시비는 도담을 당황스럽게 만들었다. 하지만 그건 원래의 기주원보다 조금 더 신경질적인 정도였기에, 도담은 평소처럼 능글맞게 그를 진정시켜 보기로 했다.

"오늘 회사에서 안 좋은 일이라도 있었어요?"

"…."

"넥타이도 다 삐뚤어졌네. 이리 와요, 다시 매줄게요."

도담은 재이를 죽일 듯이 바라보고 있는 주원의 몸을 제 쪽으로 돌려놓았다. 그러고는 살짝 까치발을 들어, 흐트러진 주원의 넥타이를 잘 정리해 주었다.

"아휴, 여보도 참…."

친절한 손길을 받으면서도 그 남자는 인상을 풀지 않는다.

"저녁은 먹었어요?"

"지금 저녁이 중요해?"

건조하게 대꾸하는 목소리에는 조금의 애정도 없다. 재이는 그런 그를 가만히, 그리고 유심히 바라본다. 그 시선이 어찌나 노골적이었던지, 겨우 도담에게로 향했던 주원의 눈동자가 다시금 그에게로 틀어진다.

"할 말 있습니까."

보다 못한 주원이 물었다. 그러자 재이는 두 눈을 곱게 휘며 미소 짓고, 제 입술을 슬쩍 매만졌다. 그런 뒤 꺼내놓는 말은 그 야릇한 손끝과 맞물려, 더욱더 의미심장해진다.

"…오늘 잊지 못할 거야, 도담."

순간, 주원의 머릿속에 CCTV 화면 속 키스 신이 번개처럼 내리쳤다. 이유는 모르겠지만 온몸의 피가 거꾸로 도는 기분이다. 지금 막 제 현관문 쪽으로 등을 돌리는 서재이를 다시 붙잡아다 놓고 싶은데, 그 역시 왜 그러는지는 모르겠다. 요즘 따라 감정 컨트롤이 잘되지 않는 주원은 재이의 목덜미로 손을 뻗으려 했다.

"하하, 나도요!"

그때 맥이 탁 풀리게 만드는 도담의 밝은 인사말이 들려왔다. 재이에게로 쏠렸던 신경이 전부 해맑은 그녀에게로 향했다.

"뭐? 나도요…?"

서재이를 보내고 먼저 집에 들어온 주원이 거실 한복판에 멈춰 섰다. 뒤따라온 도담은 고슴도치보다도 더 가시 돋쳐 보이는 주원의 뒷모습에 살짝 긴장했다.

"저… 오늘 안 좋은 일 있으셨나요?"

도담이 조심스러운 목소리로 물었다. 그러자 홱 뒤를 돌아 도담을 쏘아보는 주원의 눈빛은 레이저가 따로 없다.

"안 좋은 일? 있었지."

"역시 외근은 힘들…."

"지금, 너 때문에."

"…네? 저요?"

주원의 대답에 도담의 눈빛이 어리둥절해졌다. 주원은 그런 그녀에게로 몇 발자국 가까이 다가오며 평소보다 격양된 목소리로 몰아붙이기 시작한다.

"서재이를 왜 이 집에 끌어들여. 여기가 어떤 곳인지 잊었어?"

"아아, 재이 씨요? 어쩔 수 없는 상황이었어요. 오늘 재이 씨랑 쇼핑을 갔는데, 이것저것 많이 도와줘서…."

"쇼핑이랑 집 안으로 끌어들이는 거랑 무슨 상관인데."

"문 앞까지 왔는데 재이 씨가 커피 한 잔만 달라고 하는 거예요. 처음 몇 번은 집 꼴이 말이 아니라서 안 된다고 거절했죠."

"…."

"그랬더니 갑자기 절 의심하는 듯한 분위기를 풍기잖아요. 그래서 일단 밖에 세워두고, 집부터 싹 치우고, 방문도 다 잠가뒀어요. 재이 씨는 그다음에 들여보냈고요."

"…."

"팀장님이 뭘 걱정하시는지는 아는데, NSO 흔적은 하나도 안 남겨뒀어요!"

그 상황은 다시 회상해 봐도 어쩔 수가 없었다. 아마 주원이었더라도 그렇게 했을 거다. 서재이에게 신뢰를 쌓는 단계에서는 의심을 사지 않는 것이 가장 최우선이었으니. 그가 이번 일을 잘 이해해 줄 거라 확신한 도담은 완벽하게 수습해 낸 뒷이야기에 대해서도 자세히 설명했다.

"나중에 제 보고서 보면 아시겠지만, 재이 씨랑은 평범하게 수다만 떨었어요. 인테리어가 어떻고, 가구가 어떻고…."

"…."

"그러고서 재이 씨가 커피 끓여줘서 그거 마시고, 농담 주고받으면서 실컷 떠들다가 기분 좋게 바이바이."

하지만 그 말을 듣고 있는 주원의 표정은 점점 더 굳어가는가 싶더니, 이내 알 수 없는 되물음을 꺼내놓는다.

"그게 다야?"

"네."

"정말?"

"아, 뭐…."

사실 중간에 서재이가 결혼사진이 없다는 걸 수상스럽게 여긴 일도 있었고, 거기에 뜨끈한 나머지 김치통을 엎은 일도 있었지만, 그런 건 굳이 지금 얘기하지 않기로 했다. 주원의 기분이 극악에 다다른 지금은 좋은 얘기만 해도 모자랐다.

"네, 팀장님께 드릴 만한 이야기는 이게 다인 것 같습니다!"

그래서 주원의 눈을 똑바로 마주한 채 씩씩하게 대답하자, 주원의 표정이 눈에 띄게 불쾌해졌다. 예상했던 것과는 정반대의 다른 반응이었다.

"뭐… 마음에 안 드시는 부분이라도…."

그 얼굴을 무시하지 못한 도담이 조심히 물었다. 그러자 어금니를 꽉 깨물고 있던 주원은 기다렸다는 듯 입을 연다.

"마음에 안 드는 부분…."

"…."

"많지. 아니, 정확히 말하면 넌 마음에 드는 구석이 하나도 없어."

생각보다 박한 평가에 도담의 눈빛이 살짝 흔들렸다. 하지만 주원은 이제부터가 시작이라는 듯 매정한 뒷말을 계속해서 이어나갔다.

"여기 친구 만들러 왔어?"

"네?"

"아니면 서재이가 브로커라는 사실을 잊은 건가?"

"안 잊었죠, 당연히…."

"그걸 알고 있는 사람이 서재이랑 같이 쇼핑 다니고, 몇 번 조른다고 덜컥 집 안에 들이고, 온갖 비위 다 맞춰주다가, 입까지…!"

그 부분에서 주원은 억지로 말을 멈추었다. 자신이 무엇에 화를 내고 있는 건지 스스로도 혼란스러워서였다. 부하에게 책임을 물을 땐 이성적이고 객관적이어야 하는데, 그녀에게는 이상하리만큼 감정이 섞인다. 이 순간 혈압을 솟구치게 만드는 것도 그녀가 아닌, 제 가슴 안에서 격렬하게 휘몰아치는 불쾌한 감정이었다.

"하아…."

그 사실을 인지한 주원은 깊은 한숨을 내쉬었다. 일이 감당하기에 너무 버거워졌을 때마다 그랬듯, 그는 지금 억지로라도 평정심을 찾아보려는 중이었다. 다시 차가워진 눈빛이 도담에게로 향했다. 도담은 그 눈을 가만히 바라보았다.

"그만두자. 더는 상대하고 싶지도 않아."

그가 꺼낸 한마디에 도담은 잠시 숨을 멈추었다. 아무것도 못 하고 있는 도담을 두고 다시 등을 돌리려는 이 남자는 정말 매정하기 짝이 없었다. 주원의 걸음이 한 번 들어가면 좀처럼 나오지 않는 서재로 향했다.

그렇게 들어가 버리면, 난 밖에 홀로 남아서 얼마나 당신을 기다리는지. 얼마나 당신 눈치를 보고, 보이지도 않는 당신의 작은 기척을 얼마나 신경 쓰는지. 매번 먼저 떠나버리는 사람은 모르겠지.

'하나도 모르니까 저러지! 저 화상이!'

지금껏 모든 사람에게 '사랑스럽다', '귀엽다', '소녀 같다', '착하다'라는 소리만 듣고 살아온 스물일곱 살 온도담. 그녀에게 첫 분노가 찾아왔다. 발끝에서부터 머리끝까지, 화산처럼 터져 나오는 뜨거운 감정은 그녀의 이성을 새하얗게 태워버리기에 충분했다. 감정에 취할 것 같아서 더 말하기를 그만둔 주원과 달리, 이 감정을 있는 대로 분출시키기로 한 도담은 모든 호흡을 끌어모았다. 그리고 어마어마한 고함을 내질렀다.

"야! 기주원!"

사납게 들려온 제 이름 석 자에 놀란 주원이 걸음을 멈추고, 도담에게로 고개를 돌렸다.

"뭐? 기주원?"

"그래! 기주원! 이렇게 안 부르면 날 쳐다보기라도 해?"

"하…."

주원은 어이없다는 듯 비소를 흘렸지만 도담은 조금도 굴하지 않고 그에게로 다가갔다. 거칠게 나오는 콧김은 마치 성난 암소와 흡사했다. 잔뜩 열 받은 얼굴을 하고, 도담은 패기 넘치는 반박을 쏟아낸다.

"니가 그랬잖아! 가서 서재이 꼬시라고! 그게 도저히 안 될 것 같아서 친구 사이라도 되려고 했더니, 뭐? 내가 서재이 비위를 맞춰?"

"…."

"서재이를 집으로 초대한 것도 그래! 거기서 더 막아서면 지금까지 쌓아온 관계도 다 깨져버릴 것 같았는데! 그럼 그 상황에서 끝까지 수상하게 현관문 가로막고 있을까?"

"…."

"난 너한테 잠입 수사에서 가장 중요한 건 타깃의 의심에서 최대한 멀리 벗어나는 거라고 배웠어! 그래서 혼자 아등바등 얼마나 고생하는데, 격려는 못 해줄망정…!"

도담의 말도 그쯤에서 멈추었다. 주원처럼 뒤늦게 정신을 차려서가 아니었다. 도담은 아직 할 말이 산더미처럼 쌓여있었지만, 그걸 다 쏟아내기엔 호흡이 너무 부족하다.

"하아, 하아…."

씩씩거리던 도담은 별안간 입을 꾹 닫고 주원을 노려보았다. 주원은 갑작스러운 팀원의 객기에 놀란 건지, 아니면 정이 떨어진 건지, 인상을 쓴 채 도담만 내려다보고 있다. 하지만 둘 중 뭐가 됐건 도담의 결말은 뻔했다.

이제 난 잘리겠지. 저번에도 기주원 상대로 버럭 소리를 질렀던 것 같은데, 오늘은 말까지 턱 놓아버렸으니까 임무에서 완전히 나가리 될 거야.

잘못한 게 없는 도담은 이렇게 끝나는 게 억울했다. 끝을 내는 건 기주원 마음이니까 뭐 어떻게 할 수가 없다만, 적어도 쫓겨나는 모양

새로 이 집을 나가고 싶지는 않았다. 큰 결단을 내린 도담은 단전에 기를 모았다. 그런 뒤 마지막으로 커다란 고함을 내뱉었다.

"앞으로는 나 상대할 일 없을 겁니다! 내가 내 발로 나갈 거니까!"

"뭐…?"

"아주 혼자서 평생 안녕히 계세요! 성탄일 팀장님!"

＊ ♦ ＊

9층 엘리베이터의 문이 열렸다. 그 안에서 도담의 직장 선배이자 절친한 친구 혜인이 주전부리를 잔뜩 싸 들고 걸어 나왔다.

"어머, 여기구나. 이 앙큼한 기지배가 살림 차린 곳이."

불타는 금요일에 회사에서 중간 점검차 보낸 외근이었지만, 그녀의 표정은 몹시 밝았다. 온도담이 그렇게 죽자 사자 쫓아다니던 기주원 팀장과 한집에 살다니. 얼마나 재미있는 에피소드들이 준비되어 있을까, 벌써부터 기대 만발이다.

'중간 점검 다 끝나면 같이 맥주 마시러 나가자고 해야지. 그래야 실컷 수다 떨 수 있을 테니까.'

혜인은 콧노래를 흥얼거리며 907호 문 앞에 멈춰 섰다. 두 사람의 타깃이 산다는 908호로는 의식적으로 시선을 두지 않았다.

띵동 띵동.

최대한 자연스럽게 벨을 누르고, 친구의 집에 찾아온 방문객처럼 느긋이 대기하는데 철컥! 하고 현관문이 열렸다. 이 시간이면 당연히 도담만 있을 거라 생각한 혜인은 함박웃음을 지으며 그녀를 끌어안을 준비를 했다. 하지만 현관문 사이로 나오는 얼굴을 보자마자 포옹은커녕, 감히 손끝 하나 뻗지 못했다. 신이 난 그녀의 눈앞에 나타난 사람은 성격 파탄 난 일벌레, 기주원이었으니.

"어, 어머…."

"…."

"오, 오, 오랜만입니다."

혜인은 잔뜩 경직된 와중에도 인사를 건넸다. 기주원에게 책잡힐 거리를 만들면 안 된다는 본능이었다. 기주원은 그런 그녀를 칼바람보다 더 매서운 시선으로 바라보더니, 싸늘하게 가라앉은 목소리로 말했다.

"…무슨 일입니까."

맹수의 으르렁거림을 실제로 듣는 게 바로 이런 느낌일까. 순간 혜인은 온몸에 오소소 소름이 돋았지만, 애써 멘탈을 단단히 붙잡았다.

"그, 그걸 복도에서 말씀드려야 하나요?"

그러고선 타깃이 산다는 908호 쪽을 흘끔흘끔 곁눈질하며 그에게 되묻자 깊은 한숨을 내쉰 주원이 현관문을 열었다.

"하아아…."

분명히 안으로 들어오라는 표시였지만, 혜인이 걸음을 떼기까지는 꽤 시간이 걸렸다. 컨디션 난조에 시달리는 기주원의 집은 그녀에게 굶주린 사자 우리나 다름없었으니까.

꿀꺽.

큰 용기를 내어 들어온 도담과 주원의 합동 기숙사. 엄연히 말하면 작전본부지만 그래도 신혼집 콘셉트라고 들었는데, 막상 들어온 이 집은 신혼부부의 보금자리 치고는 무언가 허전했다. 따듯한 색감의 벽지와 아기자기한 인테리어, 게다가 채광 좋은 발코니까지 갖추고 있는데, 어딘지 모르게 허전하고 왠지 한기가 돈다.

이유를 찾는 건 어렵지 않았다. 가장 먼저 완벽하게 정리되어 있긴 하지만 사용감은 없는 세간살이가 집 안을 허전하게 만들었고, 혜인이 집에 들어온 지 이십 분이나 지났는데도 말 한마디 건네지 않는 주원이 극지방 같은 한기를 내뿜고 있다.

"…."

그런 그의 앞에 가만히 앉아서, 눈치만 살피고 있는 혜인은 한마디로 죽을 맛이었다.

"저… 도담이는 어디 있는지…."

계속되는 침묵을 감당하지 못한 혜인이 먼저 입을 열었다. 그러자 주원은 잠시 한숨을 쉬는가 싶더니, 군더더기 없는 대답을 꺼내놓았다.

"없습니다."

심상찮은 대답이었다. 그런 그를 의아하게 여긴 혜인은 계속해서 그녀의 행적을 캐묻기로 했다.

"오늘 외근 나갔나요?"

"…."

"아니면 잔심부름?"

"…."

"그것도 아니면 그 옆집에 산다는 브로커한테…."

"하아아아…."

딱 거기까지 얘기했을 때 주원의 입술 새로 또 한 번의 한숨이 새어 나왔다. 아까보다 조금 더 길어진 걸 보니, 혜인이 정곡을 찌른 듯했다. 아무래도 그의 저기압과 사라진 도담 사이에는 브로커가 끼어 있는 모양이다. NSO 요원 중에서도 눈치 빠른 편인 혜인은 그의 표정으로 상황을 짐작해 보기로 했다. 회사에서도 표정 안 좋은 걸로 소문난 기주원이지만, 오늘은 왠지 평소와 느낌이 달랐다. 그동안의 기주원이 까칠하고 예민한 느낌이었다면 지금의 기주원은 힘없고 착잡하고 혼란스러워 보인다.

그렇다면 혹시….

"도담이랑… 싸우셨나요?"

혜인이 조심스레 물었다. 초점 없이 허공을 향해 있던 주원의 눈동자가 그녀에게로 꽂혔다. 그건 혜인을 살짝 겁먹게 했지만, 여기서 대화를 멈추는 것도 이상했다. 혜인은 이 상황을 어떻게든 수습해 보고자, 도담이 무슨 실수를 했는지 알지도 못하면서 열심히 주원의 노기를 달랬다.

"팀에 트러블이 생기셨구나…. 하긴, NSO 내에서도 운성 중공업 브로커 사건이 워낙 큰 골칫거리라 신입이랑 단둘이 맡기에 쉬운 임무가 아니긴 하죠."

"…."

"그래도 도담이는 끈기도 있고 근성도 있는 친구니까, 금방 성장할 거예요. 그러니까 앞으로 조금만 너그럽게 지켜봐 주시면…."

"없다는 말 못 들었습니까?"

"네?"

"지켜보고 자시고 할 것도 없이, 이제 여기 안 옵니다. 그 여자."

주원이 냉담한 목소리로 말했다. 눈치만으로는 이 상황을 도저히 이해할 수 없었던 혜인은 두 눈을 깜빡이며 되물었다.

"안 온다니, 그게 무슨 뜻…."

그러자 주원은 힘든 얘기라도 꺼내려는 듯 크게 숨을 들이마시고, 이내 기 팀장답지 않은 작은 목소리를 내뱉었다.

"…니다."

"네?"

"…습니다."

"저기, 팀장님. 제 귀가 이상한 건지, 팀장님 목소리가 잘 안 들리는데 조금만 더 크게…."

"가출했다고. 온도담."

몇 번의 되물음 끝에 겨우 제대로 들려온 주원의 대답.

그 엄청난 소식을 한 번에 받아들일 수 없었던 혜인은 한동안 동그랗게 뜬 눈만 끔뻑거렸다. 그러다 겨우 정신을 차리고, 집이 흔들리도록 크게 소리를 질렀다.

"네에? 마누라가 가출을 했다고요?"

집 나간 마누라 모시러 갑니다

몇 달 동안 지방 출장을 간다고 했다가 얼마 되지 않아서 돌아온 도담은 제 방에 콕 처박혀 있었다. 어느 누구와도 말하고 싶지 않다는 듯 문까지 꼭꼭 걸어 잠근 채였다. 그런 그녀가 걱정스러웠던 그녀의 엄마, 홍 여사는 도담의 방을 연신 노크했다.

"온도담, 너 정말 밥 안 먹을 거야? 너 어제저녁부터 계속 굶었잖아."

"…."

"대체 무슨 일이 있었길래 그래? 엄마한테 말을 해야 알지."

"…."

"요즘 회사에서 괴롭힘당하는 사람들이 그렇게 많다던데. 너도 혹시…."

걱정하는 엄마의 마음은 이해하지만, 도담은 지금 아무 말도 하고 싶지 않았다. 억울하고 분한 감정을 애써 꾹꾹 누르고 집까지 왔는데, 여기서 하소연을 시작하면 하루 온종일 울기만 할 것 같다. 그게 더 가족을 걱정시키는 일이겠지….

"온도담! 너 정말 엄마가 문까지 따고 들어가야겠어?"

집요한 홍 여사는 계속해서 도담을 보챘다. 하지만 도담은 고집을 부리듯 이불만 머리끝까지 뒤집어썼다. 마침 집에 있던 도담의 동생 온도영이 걱정하는 홍 여사에게 말했다.

"에이, 엄마도 참. 온도담이 무슨 괴롭힘을 당해. 걔 성깔이 얼마나 더러운데."

"야, 너 누나한테 별 얘기 들은 거 없어?"

"나 누나랑 얘기 같은 거 안 하는데?"

"이상한 낌새라도 느낀 거 없냐고! 인스타구렁인가 뭔가 그거 친구라며!"

"나 누나 예쁜 척하는 거 싫어서 차단한 지 오랜데."

"하여간 저놈 새끼는 집안에 도움이 안 돼! 도움이!"

홍 여사는 혼자서만 느긋하게 구는 도영을 원망스러운 눈길로 쳐다보았다. 도영은 그때까지만 해도 텔레비전만 낄낄거리면서 보다가, 문득 무언가 생각났는지 그녀를 부른다.

"아, 엄마."

"왜 이 화상아."

"온도담, 남자한테 뻥 차인 거 아니야?"

그 말은 방에 틀어박힌 도담의 귀에도 똑똑히 들렸다. 하지만 도담은 하등 쓸모없는 남동생 따위 그냥 무시하려 했다.

"도담이 만나는 사람 있어?"

"만나는 사람이야 당연히 없겠지. 누가 누날 만나."

"그런데 뭘 남자한테 차여?"

"에이, 고백했다가 차였겠지. 그건 일어날 법하잖아. 누나라면."

발끈!

이불 끄트머리를 쥔 도담의 손에 힘이 들어갔다. 도담의 동요를 모르는 도영은 말을 멈추지 않는다.

"생각해 보면 한동안 누나 회사 갈 때마다 엄청 신나 했잖아. 같잖은 콧노래도 흥얼거리고."

"그랬었지?"

"그래서 내가 지금 시나리오 하나를 생각해냈는데. 들어봐, 한번. 회사에 엄청 잘생긴데다 능력까지 좋은 완벽한 남자가 있었어."

"응."

"쓸데없이 눈만 높은 누나가 그 남자한테 완전 폴 인 러브한 거지. 그 남자 보려고 회사 다닌다고 해도 과언이 아닐 만큼!"

"오호, 계속해 봐."

"그런데 이게 무슨 일! 누나한테 지방 출장 명령이 떨어진 거야. 그것도 몇 개월씩이나. 그 정도면 완벽남한테 애인이 생길 수도 있고, 이직을 할 수도 있고, 별의별 일이 다 일어날 수 있잖아!"

"흐음…."

"그래서 마음이 급해진 누나가 대놓고 들이댄 거지. 혼자 설레발치고, 좋다고 야단법석 떨면서."

'야단법석'쯤에서 도담은 홱 이불을 거두었다. 제 방문을 노려보는 그녀의 눈은 '어디 거기서 한 마디만 더 해봐라!'라고 외치는 중이다. 하지만 이 상황을 알 리 없는 도영은 제 시나리오에 흠뻑 취한 나머지, 도담이 가장 듣고 싶지 않은 말을 기어이 꺼내놓았다.

"그러다가 남자 쪽에서 질색하고, 뻥! 까버린 게 분명해!"

"뭐어?"

"진짜라니까? 척 보면 각이 딱 나오지!"

도영의 확신에 찬 목소리는 도담의 인내심을 제대로 무너트렸다. 저놈의 입을 제대로 조져놓기로 결심한 도담은 베개를 꽉 쥐어 들고 제 방문을 벌컥 열어젖혔다.

"야! 온도영!"

"아이고! 깜짝이야!"

화들짝 놀란 홍 여사가 소리를 빽 질렀다. 그러나 도담의 맹수 같은 시선은 도영에게서 조금도 어긋나질 않았다.

"뭐야, 뭐야, 뭐야, 뭔데!"

살벌한 기운으로 다가오는 그녀를 본 도영이 본능적으로 방어 자세를 취했다. 하지만 그건 아무런 도움도 되지 못했다. 예전부터 명성이 자자했던 도담의 팔뚝 힘은 도영의 가드쯤 아무렇지 않게 뚫어버릴 수 있었으니.

"그래! 나 완벽남한테 야단법석 떨었다가 뻥 까였다!"

"악! 아악! 엄마! 얘 좀 봐!"

"척 봤을 때 딱 알겠으면 알아서 조심해야지! 그걸 굳이 입 밖으로 꺼내서 사람을 열받게 만들어?"

"아악! 엄마! 엄마! 도와줘! 아아악!"

도담은 도영의 비명에도 아랑곳하지 않고, 베개로 그를 마구 두들겨 팼다. 홍 여사는 만났다 하면 시끄러워지는 두 남매에게 호통을 내질렀다.

"아후, 너네는 또 왜 그래!"

하지만 흥분한 도담은 베개를 멈추지 않았고, 있는 대로 분통을 터트렸다.

"기주원한테 차이는 데 보태준 것도 없으면서!"

"뭐? 누구? 너 차인 건 맞구나!"

"기주원 이 나쁜 놈! 망할 놈! 피도 눈물도 없는 인간!"

"아, 기주원이 누군데! 악! 나 도영이야! 누나 동생 도영이! 악!"

어느 순간부터 분통의 상대가 살짝 달라지긴 했지만, 도담은 그 사실을 눈치채지 못했다.

"기주원! 진짜 이 원수덩어리!"

그녀의 원망 섞인 고함이 집 안을 쩌렁쩌렁 메웠다. 그래 봤자 원망의 상대에게는 닿지도 못할 메아리였지만.

* ◆ *

"자… 사연은 잘 들었습니다, 기 팀장님."

중간 점검을 위해 찾은 도담과 주원의 신혼집에서 중간 점검은커녕 졸지에 부부 상담이나 해주게 생긴 혜인이 비장하게 말문을 열었다. 식탁 맞은편에 앉은 주원은 여전히 심기 불편한 표정으로 앞에 놓인 커피잔만 노려보고 있었다.

"들은 대로 정리해 보자면 어제 도담이한테 개인적인 감정을 섞어서 좀 심하게 말했고."

"…."

"듣다 못한 도담이가 팀장님한테 '기주원!' 하면서 버럭 소리를 질렀고."

"…."

"욕만 안 섞였지 막말을 있는 대로 쏟아놓고는, 잡을 새도 없이 집을 나갔다…. 여기까지 제가 제대로 이해한 거 맞습니까?"

"하아…."

주원이 긴 한숨을 내쉬었다. 그게 무슨 대답인지 명확하게 알아챈 혜인은 머리를 흩트리며 탄식을 내뱉었다.

"아니, 어쩌다가 그런 짓을…."

"온도담은 제정신이 아니니까요."

그런 반응이 당연하다고 생각한 주원은 혜인에게 단호히 말했다. 하지만 주원을 향한 혜인의 눈빛이 순간 뾰족해지나 싶더니, 이내 전혀 예상치도 못한 책망을 늘어놓는다.

"온도담 말고 팀장님이요, 팀장님! 도담이가 팀장님을 얼마나 좋아하는데. 걘 팀장님이 살인을 저지르고 집에 찾아왔다고 해도 어떻게든 감춰줄 앤데…."

"…."

"어떻게 그런 애가 쌍욕을 하고 집을 나가게 만들어요? 대체 그 불쌍한 것한테 무슨 짓을 했길래."

"아무 짓도 안 했…."

“아무 짓도 안 하긴! 이미 애가 집을 나갔다면서!”

혜인의 그런 반응은 너무 당연한 것이었다. 도담의 가장 친한 회사 동료이자 사회 절친으로서 그녀의 짝사랑을 전부 지켜봐 왔던 혜인은, 도담이 오죽하면 주원을 버리고 떠났을까 싶다. 그런 의미에서 혜인은 그동안 주원의 만행을 낱낱이 파헤쳐 보기로 했다.

“기 팀장님, 도담이랑 한집에 살면서 대화는 해요?”

“합니다.”

“업무적인 대화나 다그치는 거 말고, 인간 대 인간으로서 알아가는 대화요.”

“그런 건 안 합니다.”

“아침저녁으로 인사는요? 잘 자라, 잘 잤냐, 오늘 하루 수고했다 같은 따듯한 인사!”

“안 합니다.”

“그럼 파트너로서 최소한의 응원이나 격려는요? 그 정도는 하시죠?”

“저는 원래 그런 불필요한 감정 교류 안 합니다. 임무 중엔 긴장감을 놓치 않도록 최대한 이성적이고 형식적으로 행동합니다.”

주원은 일말의 죄책감도 없이 대답했다. 이 직업군에선 잔정만큼 독이 되는 게 없다고 생각하는 주원은 이번 일 역시 같은 맥락이라 생각하는 중이다. 하지만 그런 그를 여전히 탐탁잖은 눈빛으로 바라보던 혜인은 예상치 못한 질문을 던졌다.

“그럼 도담이도 안 하나요?”

“뭐?”

똑똑하기로 소문 난 주원의 머리로는 한 번도 생각해 본 적 없던 질문이었다.

"팀장님은 원래 그런 거 안 하시는 분이라고 하니까, 더 말할 필요도 없고…."

"…."

"도담이는 팀장님한테 인간적으로 대화하려고 하나요?"

대화…. 늘 못 해서 안달이었다. 어찌나 쓸데없는 얘기들을 구구절절 늘어놓던지, 주원은 그녀의 목소리를 항상 귀찮아했다. 아직 대답을 하지도 않았는데 혜인이 다음 질문을 이었다.

"인사는 어때요? 아침저녁으로 만날 때마다 도담이가 인사는 하나요?"

하고말고. 아침저녁은 물론이고, 잠깐 나와서 눈만 마주쳐도 집안이 떠나가라 인사하지.

"응원이나 격려는요?"

응원이나 격려. 그것도 당연히….

"팀장님은 그런 거 하나도 안 하는데, 지금껏 도담이만 앞에서 북치고 장구 쳤던 거 아니죠?"

정말 당연하다는 듯 온도담만 해왔는데….

무언가가 주원의 가슴 한구석을 쿡 하고 찔렀다. 그게 무엇인지 파악하기도 전에 주원을 예리한 눈빛으로 바라보던 혜인은 촌철살인의 뒷말을 잇는다.

"에이, 설마 완벽하신 기 팀장님이 그렇게 개차반처럼 굴었으려고!"

“개차반…?”

“이번 임무에서 팀장님이 맡은 역할이 남편이라면서요. 그럼 남편의 기본 도리는 하셨겠죠. 팀장님 완벽주의자신 거 하늘이 알고 땅이 아는데, 설마 남편 역할만 개차반으로 했을 리가!”

“….”

완벽주의자라는 칭찬은 주원이 당연하게 받아오던 것이었지만, 이상하게 이번만큼은 곧이곧대로 받아들일 수가 없었다. 혜인의 신이 난 목소리 안에 숨어있는 가시가 느껴졌다. 주원은 불편한 감정이 그대로 드러나는 표정으로 혜인을 바라보았다.

“…그랬다면?”

낮게 가라앉은 음성으로 되물으니, 혜인의 미소가 한 번에 싹 지워진다.

“내가 그럴 줄 알았어! 그러니까 마누라가 집을 나가지!”

욱하는 성격의 혜인이 별안간 목소리를 높였다. 갑작스러운 호통에 당황한 주원은 무슨 반응도 보이지 못하고 그녀의 얼굴만 가만히 바라보았다. 혜인은 그런 그에게 삿대질까지 해가며 타박을 이어갔다.

“아니, 하다못해 집에서 키우는 개랑도 대화는 하고, 인사도 하고, 마음도 주는데! 어쩜 한 지붕 아래 같이 사는 사람한테 그렇게 매정하게 굴 수가 있나!”

“….”

“도담이가 정말 팬심으로 이만큼 붙어있었지! 다른 사람이었으면 숨 막혀서 한 시간도 못 버텼을걸!”

말이 짧았다. 하지만 그걸 지적하기에는 혜인의 말 한마디 한마디가 주원의 양심을 제대로 건드렸다.

“솔직히 말해보세요, 팀장님. 도담이를 상종도 안 했던 게 정말 팀의 효율을 위해서였어요?”

“적어도 저는… 그랬다고 생각합니다.”

“그럼 도담이가 팀장님이랑 똑같이 굴었다면요? 사람을 봐도 본체만체하고, 말 걸 때마다 개무시하고, 그런데 좋은 소린 안 하면서 싫은 소리는 또 엄청 퍼부어대요.”

“….”

“그럼 이 팀이 지금까지 유지될 수 있었을까요? 팀장님은 이 집에 도담이만큼이나 붙어있을 수 있었을 것 같아요?”

맥락상, 소신상, 그리고 자존심상 난 할 수 있다고 대답해야 하는데 이상하게도 입이 천근만근 무거워졌다.

“….”

지옥의 FM 기주원은 혜인의 의도적인 질문에 도저히 ‘버틸 수 있다’라고 대답 못 하겠다.

‘저는… 기 팀장님의 강한 심지가 부러워요.’

‘주변 사람들 말에 휘둘리지 않고, 눈치 보지 않고, 자신이 옳다고 생각하는 방향대로 움직이는 거. 그거 정말 어렵고 대단한 일이잖아요.’

‘제 눈에는 그런 모습이 어떤 히어로보다도 강해 보였어요. 그래서 팀장님을 존경하고, 또 그래서 팀장님을 좋아해요.’

그럼에도 불구하고 온도담처럼 따르는 건 더더욱. 흔들리던 주원의 시선이 일순 굳었다. 차가운 그의 눈동자가 혜인을 응시했다. 그 모습은 힘이 쭉 빠져있는 오늘의 기주원이 아니라, 회사에서 다다가기 힘든 아우라를 풍기던 기 팀장에 더 가까웠다. 그제야 정신이 든 혜인은 방금 전 자신이 한 짓들을 되새기며 곧바로 움츠러들었다.

"저, 저, 저도 도담이 상황이 안타까워서 그만…."

그래서 되지도 않는 변명을 하려던 그때, 주원이 입을 열었다.

"온도담 본가가 어딘지 알고 있습니까?"

"네?"

"몰라도 상관없습니다. 본부에 요청하면 되니까."

그리 말한 주원이 앉아있던 자리에서 일어섰다. 난데없는 상황에 놀란 혜인의 눈동자가 휘둥그레졌다.

"저… 팀장님? 어디 가시는지…."

어리둥절한 혜인의 질문에, 주원은 한 치의 망설임 없이 대답했다.

"집 나간 마누라 모시러 갑니다. 문제 있습니까?"

그 말을 듣는 순간 혜인은 생각했다. 지금 이 말을 하는 얼굴, 도담이가 봤으면 좋아서 기절을 했겠다.

* ✦ *

도담이 사는 아파트의 좁은 옥외 주차장에 까만 세단 한 대가 멈춰섰다. 그 안에서 비장한 표정으로 나오는 사람은 핏 좋은 정장을 완벽하게 차려입은, 1508동 1302호의 첫째 사위였다.

"티, 팀장님. 그 진취적인 태도는 좋지만… 도담이네 집 식구들은 걔가 영세한 중소기업 영업직인 줄 아는데요."

그의 뒤를 따라 내린 혜인은 앞으로의 전개가 걱정되는지, 불안한 목소리로 말했다. 그러자 온씨네 첫째 사위가 고개를 끄덕이며 대꾸했다.

"오케이, 접수 완료."

"네, 네? 무슨 완료요?"

"지금부터 그쪽은 영업팀 선배, 저는 영업팀 팀장입니다. 우리는 영업팀 에이스 온도담의 퇴사를 막으러 왔고, 적어도 이번 주 안에는 업무 복귀시키는 게 목표입니다. 이해됐습니까?"

"네, 뭐… 이해는 됐는데…."

주원이 제 트렁크로 향했다. 그 안에서 꺼내는 건 어디서 받았는지 모를 드링크제 한 박스였다.

"이걸 여기서 쓸 줄은 몰랐는데…."

혜인은 굉장히 진지한 그를 여전히 얼떨떨한 표정으로 구경했다. 아무리 기주원 팬 온도담이라도 자존심이 있을 텐데. 저 비타민 나부랭이로 그녀를 다시 집으로 데려갈 수 있을까.

하지만 이 미덥잖은 심정을 알 리 없는 기주원은 그저 당당한 걸음을 단지 입구로 옮긴다.

"갑시다. 시간도 없는데 서두르죠."

그가 웃었다

도담은 우울하다. 동생 도영을 두드려 패며 스트레스를 푼다고 풀었는데, 여전히 우울하고 서글프다.

"흐어어어. 흐어어어어…."

홍 여사는 그런 딸을 난처한 표정으로 바라보고 있다. 삼십 분 전까지 그녀의 얼굴엔 걱정만 가득이었는데, 다 큰 딸이 이젠 삼십 분이 넘도록 남자 때문에 울고 있으니 슬슬 짜증이 몰려든 표정이다.

"온도담, 너 그만 안 해?"

"흐어어어…."

"난 또 무슨 엄청난 일인가 했네! 세상에 남자가 하나야? 한 번 차였다고 뭘 그렇게 야단이야!"

"씨이… 차여서 우는 거 아니거든? 아직 고백도 안 했거든? 엄마는 알지도 못 하면서!"

"그럼 더더욱 그쳐야지! 너 앞으로 일 분 안에 울음 안 그치면 등짝에 불날 줄 알아!"

"흐어어어… 내가 진짜 서러워서… 흐어어어어…."

도담의 울음소리가 더 커졌다. 제 마음을 몰라주는 엄마에 대한 반항이었다. 하지만 홍 여사가 쓰윽 소매를 걷어붙이고, 도담의 아버지보다도 더 단단한 팔뚝을 내보이자 도담의 울음소리는 급격히 작아지기 시작한다. 천하의 안하무인 온도담도 그녀의 매운 손길을 감당할 자신은 없다.

"누나, 누나."

그때, 옆에 앉아서 도담을 구경하던 도영이 그녀를 불렀다. 도담은 눈물이 그렁그렁 맺힌 눈으로 도영을 바라보았다. 그러자 도영은 겨우 눈물을 참고 있는 도담을 나약해지게 만드는 이름을 꺼내놓는다.

"기주원이라고 했지? 그 형 어디가 좋았어?"

"그딴 건 또 왜 묻는데!"

"궁금해서 그러지. 누나가 이렇게 환장하는 거 처음 봤어, 나."

"됐어. 이제 와서 그런 얘기 해서 뭐 해…."

"에이, 그러지 말고 이 하나뿐인 동생한테 털어놔 봐. 원래 마음의 응어리는 꺼내놓을수록 풀리는 거잖아."

누나 못 놀려서 죽은 귀신이 붙은 놈인 건 아는데…. 그리 말하는 도영의 눈이 너무나도 다정하게 반짝거려서 도담의 마음이 조금 약해졌다. 안 그래도 주원과의 일은 털어놓을 상대가 없어서 너무 답답했는데, 아무것도 모르는 천둥벌거숭이 온도영에게는 괜찮지 않을까. 훌쩍이던 도담은 눈가를 닦으며 얘기를 시작했다.

"그 사람이 어떤 사람이었냐면…."

"응응."

"일도 너무 잘하고, 얼굴도 회사에서 제일 잘생겼고, 은근히 챙겨주면서 사람 설레게 하는 그런 사람이었는데…."

"어휴, 여기까지만 들어도 우리 누나가 푹 빠질 만했네."

"그중에서도 화내는 게 특히 내 스타일이어서… 팀장님이 나한테 화낼 때마다 엄청 두근두근거리고…."

"그리고 또 뭐? 또 어땠는데? 얼마나 좋아했는데?"

"으으…."

"누나 또 울어? 지금 우는 거 맞지, 응?"

"흐어어어…!"

애써 울음기를 정리했는데, 억지로 시작한 기주원 생각에 다시금 설움이 북받쳐 올랐다. 그 모습을 본 도영은 신이 난 표정으로 벌떡 일어났고, 뚝 안 그치면 등짝 스매싱을 하겠다고 예고한 홍 여사에게 쪼르르 달려갔다.

"엄마! 재 또 운다! 가서 등짝 때려줘!"

"너 또 누나 놀려먹었니?"

"아까 나 얼마나 처맞는지 봤잖아! 온도담을 응징할 수 있는 사람은 엄마뿐이야!"

"알았어, 알았으니까 잠깐만 뒤돌아봐."

"응? 뒤는 왜?"

"이놈 새끼가! 까딱하면! 누나한테! 대들고 말이야!"

느낌표 하나 당 한 대씩, 도담이 아닌 도영의 등짝에 불이 일었다.

"악! 아악! 악! 악! 엄마!"

두들겨 맞으며 소리를 지르는 도영의 모습은 꽤나 통쾌했지만 그걸 바라보는 도담의 눈물은 멈추지 않았다.

그렇게 못된 말만 하는 남자인데, 왜 떠올리는 것만으로도 가슴이 뭉클해지는지. 지금 도담을 가장 서럽게 만드는 건 주원도, 도영도 아닌 아직도 정신을 못 차린 그녀 자신이다. 얼마나 더 당해야 그에게 정이 떨어질는지, 그녀도 궁금해질 지경이다.

그때, 벨이 울렸다. 한창 전쟁 중인 도영과 홍 여사는 도저히 문을 열어줄 상황이 아니었기에, 도담은 하는 수 없이 자리에서 일어나 현관문 앞으로 다가갔다.

"흐어어어… 누구세요오오오…."

오열을 멈추지도 않고 문을 열어주니 지금 이 순간만큼은 절대 마주하고 싶지 않은 얼굴이 나타났다.

"온도담…."

깔끔하게 올린 머리, 핏 좋은 정장, 게다가 도담의 얼굴을 보자마자 살짝 꿈틀거리는 눈썹까지 너무나도 완벽한 기주원.

"흐으…으허어엉!"

그와 재회한 도담의 울음소리가 맥시멈으로 커졌다.

도담의 집에 놀라운 광경이 펼쳐졌다. 천하의 기주원이 도담의 집 거실 커피 테이블에 앉아있는, 보고 있어도 믿기지 않을 만큼 기막힌 장면이었다.

"여긴 어쩐 일이야…?"

어제 일 때문에 차마 그에게 말을 걸 용기가 없었던 도담은 그와 함께 온 혜인에게 물었다.

"지켜보면 알아. 그러니까 뚝."

혜인이 도담의 등을 쓸어주며 대답했다. 도담의 울음은 모두가 한자리에 모여 앉은 때부터 겨우 그쳤지만, 닭똥 같은 눈물은 아직 눈가에 그렁그렁 맺혀있는 상태였다. 혜인의 말에 도담은 소매 끝으로 눈가를 문질렀다. 주원은 그런 그녀를 가만히 바라보았고, 이내 결심한 듯 가지고 온 비타민 음료를 커피 테이블 위에 올려놓았다.

"빈손으로 오기 뭐해서 가져왔습니다. 처음 뵙겠습니다. 온도담씨와 같은 영업부에서 일하는 기주원 팀장이라고 합니다."

"기주원…?"

그의 이름을 들은 도영의 눈동자가 번쩍 빛났다. 홍 여사는 그런 도영이 행여나 헛소리를 지껄일까 싶어, 서둘러 아들의 입을 손으로 막았다.

"읍…!"

"네, 반가워요. 도담이 엄마 되는 사람입니다."

그러면서 제 소개를 하니 주원은 고개를 살짝 숙여 인사를 건넨다. 반듯하고 정갈하게 생긴 것이, 까다로운 도담의 눈에 충분히 들어찰 만한 외모다.

"그런데 팀장님이 무슨 일로 저희 집까지 찾아오셨는지…."

홍 여사는 주원에게 바로 본론부터 꺼내 물었다. 주원으로선 당연히 준비되어 있던 질문이다. 하지만 대답에 앞서, 이 가족이 어디까지 아는지부터 파악해야 했던 주원은 모호한 되물음으로 답했다.

"이번에 벌어진 사건에 대해서 전해 듣지 못하셨습니까?"

"사건이요?"

"온도담 씨의 회사 생활에 큰 회의감을 줄 만큼 커다란 사건이라 당연히 들으셨을 줄 알았는데요."

"아아, 그거요?"

홍 여사가 무언가 알고 있는 반응을 보였다. 집으로 다시 들어오면서, 도담이 뭐라 둘러대긴 한 모양이었다. 도담과 말을 맞춘 적이 없던 주원은 그녀가 짜놓은 시나리오 안에서 상황을 해결하기 위해 홍 여사의 말에 온 신경을 기울였다.

만약 회사에서 일 못한다고 타박을 받았다고 했다면, 업무에 착오가 있어서 사과하러 왔다고 할 것이다. 만약 회사에서 상사에게 괴롭힘을 당했다고 했다면, 뒤늦게 온도담이 팀에 얼마나 도움이 되는 사원인지 깨달아서 왔다고 할 것이다.

주원은 홍 여사가 말을 꺼내기 직전까지도, 여러 가지 시나리오를 생각했고 그 안에서 수습할 방법을 찾았다.

"팀장님이 저희 딸을 뻥 차셨다고…."

"…예?"

하지만 저렇게 솔직하게 말했을 줄은 몰랐다. 너무나도 적나라한 사실 적시에 당황한 주원이 도담 쪽을 스윽 쳐다보았다.

"아아… 알고 계셨군요."

"…."

뜨끔해진 도담이 고개를 숙였다. 옆에 있던 혜인은 조용히 이마를 짚으며 작게 탄식했다.

"하아… 아니, 넌 왜 그런 얘길 쓸데없이 솔직하게…."

"미안. 어쩌다 보니…."

주원의 머리가 복잡해졌다. 이 집 식구들의 입장에서 상황을 정리해보자면, 딸을 뻥 차버린 남자가 별안간 집에 찾아온 꼴인데….

'여길… 왜 왔다고 해야 하지?'

NSO 근무 팔 년 동안, 이렇게 눈앞이 깜깜한 적은 처음이었다. 하지만 가까스로 이성을 붙잡은 주원은 식구들이 미심쩍은 부분을 발견하기 전에 일단 무슨 말이든 꺼내놓기로 했다.

"…제가 찾아온 이유는 온도담 씨를 붙잡기 위해서입니다."

"도담이를 붙잡아요?"

"네, 이런 일로 회사를 그만두게 하기엔 온도담 씨가 워낙 전도유망한 직원이라…."

주원의 말을 듣는 도담은 여전히 고개를 숙이고 있었다. 어차피 빈말일 텐데 굳이 반응하고 싶지 않아서였다. 그런 그녀를 가만히 바라보던 주원은 아무도 모를 작은 한숨을 내쉬었고, 다시 홍 여사에게로 고개를 돌려 차분한 목소리를 말을 이었다.

"저 같은 사람 때문에 일을 그만두기엔 아까운 사람입니다."

"…."

"온도담 씨를 상처 입힌 건 순전히 제 잘못이니까, 그만둬도 제가 그만두겠다는 얘길 전하러 왔습니다."

그의 충격 발언에 깜짝 놀란 도담이 주원에게로 시선을 옮겼다. 곁에 있던 혜인 역시 예상하지 못한 주원의 말에 당황한 표정이었다. 하지만 주원의 눈빛은 흔들림 없이 의연했다. 분위기만 보면 이

대로 본부에 사직서라도 내러 갈 기세다.

'그것만큼은 절대 안 돼!'

주원의 퇴사를 이대로 지켜볼 수만은 없었던 도담은 벌떡 자리에서 일어났다.

"어유, 깜짝이야. 잰 또 왜 저래?"

홍 여사를 비롯한 모두의 시선이 도담에게로 향했다. 도담은 자신에게 향한 시선들 중 주원만 똑바로 내려다보며 패기 넘치는 한마디를 내뱉었다.

"이 치사한 인간…. 당장 따라 나오세요!"

주원의 눈동자가 그제야 또렷이 그녀에게로 향했다.

요즘은 아이들도 찾지 않아서 한적한 아파트 단지의 놀이터 벤치에서 도담이 심각한 표정으로 주원에게 물었다.

"팀장님, 대체 무슨 생각이세요?"

"뭘?"

"회사를 그만두시겠다니요! 일밖에 모르는 일벌레가!"

그리 따져 묻는 도담의 표정은 제법 심각했다. 주원은 그 얼굴을 가만히 내려다보는가 싶더니, 이내 태연한 목소리로 되묻는다.

"왜, 문제 있나?"

"문제 있냐고요? 문제가 있고말고요! 갑자기 우리 집으로 찾아온 것도 기겁할 노릇인데, 퇴사 얘기까지 꺼내고!"

"…."

"이게 사람 피 말려 죽이겠다는 거지, 뭐예요! 정말!"

화가 난 도담의 목소리는 굉장히 컸다. 이 작은 체구에서 어쩜 이렇게 카랑카랑한 목소리가 나는지. 주원은 살짝 귀가 아파질 지경이었다. 그래서 살짝 인상을 썼더니, 그 표정을 오해한 도담이 헛웃음을 쳤다.

"하, 인상 쓴 얼굴 보여주긴! 내가 그거 좋아하는 거 알면서!"

딱히 그녀를 위해서 지은 표정은 아니었다. 하지만 도담은 이 상황에서도 그의 미간이 신경 쓰이는 모양이다. 주원은 그런 그녀를 보며 진지하게 물었다.

"아직까지 나한테 마음이 있나 보네."

"네, 네?"

"그러면서 집은 왜 나갔어?"

집을 왜 나갔냐니. 기억상실증에 걸리지 않은 이상, 어제 무슨 일이 있었는지 본인도 똑똑히 기억하고 있을 것이다. 이참에 하고 싶은 말을 다 쏟아내기로 작정한 도담은 깊은 심호흡과 함께 단호하게 대답했다.

"팀장님이 먼저 그러셨잖아요. 절 상종하기도 싫다고."

"…."

"그래서 팀장님 눈앞에서 사라져 준 건데, 이제 와서 그게 불만이세요?"

불만이라…. 주원은 잠시 도담이 집을 나가서 불만스러운 건가 생각해 보았다. 하지만 그건 아니었다. 무언가 불편하고 부정적인 감정이 들기는 하나, 그건 확실히 못마땅한 상황에 대한 불만은 아니었다. 주원은 도담을 향해 고개를 가로저었다.

"아니, 불만스럽진 않아."

"그럼 뭐, 자존심이라도 상하신 건가요?"

"그런 문제도 아닌 것 같은데."

"자존심도 아니라면, 어제 제가 팀장님한테 반말한 거로 화나서 이러시는 거예요?"

"화나지 않았어. 적어도 여기 오기로 결정한 순간부터는."

스무고개처럼 캐고는 있지만 도저히 짐작이 가지 않는 주원의 마음에 왠지 오기가 생긴 도담은 주원의 눈을 유심히 마주 보았다. 새까만 그의 눈동자는 무슨 생각을 하는 건지 쉽사리 파악하기 어려웠다. 그래서 곰곰이 고민해 보다가, 차근차근 넘겨짚어 보다가, 갑자기 든 말도 안 되는 생각에 헛웃음을 쳤다. 평소에는 무슨 말이든 곧잘 던지곤 했던 도담이었지만, 이번 건 정말 가당치도 않아서 얘기도 못 꺼내겠다.

"하이고, 나도 참 못 말린다니까. 별 쓸데없는 생각을…."

"다음은 뭔데?"

"아니네요, 천하의 기주원이 참나… 그럴 리가 없지."

"왜. 더 해보지 않고."

"아이구, 됐어요. 됐어."

도담은 손사래를 치며 머릿속의 생각을 지우려 노력했다. 주원은 그런 그녀에게서 시선을 떼어내지 않았다. 노골적인 그의 눈동자는 도담도 의식될 정도였다.

아까 무슨 생각을 했는지 그가 캐물어보기 전에, 도담은 서둘러 말머리를 돌려보기로 했다.

"어쨌든 팀장님 퇴사는…."

"왜, 내가 너 아쉬워서 이러는 것 같아?"

다시 퇴사 이야기를 시작해 보려는 순간, 기주원의 입에서 묻어두려 했던 의혹이 그대로 튀어나왔다. 눈치 빠른 그는 그녀의 머릿속을 훤히 들여다본 모양이었다. 직접 귀로 들으니 더 민망해지는 헛된 기대였다. 이 뒤에 이어지는 건 그의 비웃음이겠지. 도담은 불안한 눈빛으로 그를 마주했다. 주원은 마른침을 삼키고 입을 열었다.

"…정답."

예상치도 못한 대답이었다. 소스라치게 놀란 도담의 눈동자가 크게 흔들렸다. 비웃음이나 조롱이나 같잖다는 눈빛 정도를 예상하고 있었는데, 아쉬워하는 게 정답이라니. 천하의 기주원이 나를 아쉬워하고 있다니.

"지금… 뭐라고 하셨어요?"

도담이 흔들리는 눈빛으로 되물었다. 그러자 주원은 그녀에게로 한 걸음 더 가까이 다가가 낮은 목소리로 뒷말을 이었다.

"널 아쉬워한다고 했어."

"나를요?"

"그동안 내가 널 어떻게 대했는지, 이번 일을 계기로 다시 돌아보게 됐어. 넌 맡은 임무에 최선을 다했고, 나는 그런 너를 지금껏 소홀히 대해왔던 것 같아."

정확히 말하자면 소홀히 대하는 정도가 아니었다. 도담이 부부 역할에 몰입하는 걸 방해라도 하듯, 매사에 비협조적이었고 완전히 내버려 뒀었다. 도담은 이 기회를 틈타 그동안의 불만 사항을 다 쏟아내 버릴까, 잠시 생각했다. 하지만 그녀가 그간의 억울한 점들을 다 정리하기도 전에, 주원의 진심 어린 목소리가 마저 들려왔다.

"그래서 후회하고 아쉬워하는 중이야. 지금 나는 소 잃고 외양간 고치는 꼴이라는 거 알지만…."

"…."

"외양간이라도 고쳐놓지 않으면, 넌 아예 집으로 돌아올 생각도 안 할 거잖아."

담백한 말투로 진지하게 새어 나온 고해성사. 이건 팀장이 팀원에게 업무적으로 잘 해보자는 의미에서 건네는 격려가 틀림없었다. 그걸 알면서도 도담의 심장은 극성스럽게 반응한다. 자꾸만 가슴이 뛰고, 얼굴이 열으로 달아오르고, 마음이 간질거리는 것 같다. 마치 진짜 남편에게 애정 어린 고백이라도 들은 것처럼.

'정신 차려! 내가 일을 잘해서 아쉽다는 소리잖아! 이렇게 설렐 일이 아니라고!'

또다시 그에게 휘둘리고 싶지 않았던 도담은 어떻게든 마음을 다잡아보려 했다.

"온도담."

바로 그때, 그가 낮은 목소리로 도담의 이름을 불렀다. 분명 취향이 아니라고 생각했는데, 그녀의 이름을 부르는 음성은 쓸데없이 듣기 좋았다.

"…네?"

도담은 떨리는 눈빛을 수습하지도 못한 채 그를 바라보았다. 천천히 벌어진 주원의 입술 새로 나온 한마디는 도담의 호흡까지 멎게 하기에 충분했다.

“다시 내 아내로 돌아와 줄 생각 없어?”

“아내…요?”

“그 자리를 다른 사람한테 넘겨주고 싶은 마음은 없어서….”

기주원의 아내. 온도담의 남편. 그 역할을 실감하기엔 너무 짧고 변변찮았던 신혼생활. 하지만 도담은 그 역할로 살 수 있다는 것 자체만으로도 꿈속을 날아다니듯 행복했었다. 비록 위장이었다고 해도, 도담의 마음속에서만큼은 주원이 남편이었고 본부가 신혼집이었다.

‘그러니까 나도 이렇게 끝내버리고 싶지는 않아. 그래도 이런 식으로 넙죽 돌아가기는 싫어.’

도담의 가슴 안에서 짝사랑과 자존심이 팽팽한 기 싸움을 펼쳤다. 그러나 누가 이길지는 그녀 본인이 가장 잘 알고 있었다. 부질없는 침묵을 유지하던 도담이 입술을 떼어냈다.

“대신 조건이 하나 있어요.”

“조건?”

주원이 흥미를 보였다. 도담은 그런 주원을 보며 비장하게 숨을 들이마셨고, 어차피 하긴 해야 했지만 어떻게 얘기를 시작해야 할지 몰라 망설였던 제안을 꺼냈다.

“저랑 결혼사진 찍어요.”

“….”

“그냥 대충 둘이 서서 찍는 결혼사진 말고, 전 웨딩드레스 입고 팀장님은 턱시도 입고! 진짜 신혼부부처럼 제대로 찍어요!”

그리 말하는 도담의 눈빛이 반짝 빛났다. 어디서 어떻게 찍을지 머릿속으로 다 구상해 놓은 듯 의욕적인 자세였다. 그런 그녀를 보니 주원은 다시 슬슬 부담스러워지기 시작했다.

"…결혼사진이 여기서 왜 나와?"

주원이 혼란스러운 표정으로 물었다.

도담은 또다시 회피하려 하는 그를 빤히 쳐다보며 또박또박한 목소리로 되물었다.

"싫으세요?"

"…."

"싫으면 저는 집으로 안 돌아갈 건데?"

이제 보니 그녀의 조건은 반쯤 협박인 모양이다. 그렇다면 별수 있나. 아쉬운 사람이 지고 들어가는 수밖에.

"싫다는 말은 한 적 없어."

주원이 드디어 원하는 대답을 꺼내놓았다. 그가 순순히 말을 들어주는 이 순간을 얼마나 기다려왔던가.

"좋았어! 그럼 빨리 집으로 가서 스튜디오부터 예약해요! 난 한옥에서도 찍고 싶고, 유럽 분위기에서도 찍고 싶은데 여보 생각은 어때요?"

"집으로 돌아오겠다는 거야?"

"어휴, 당연하지! 우리 여보가 나 없으면 단 하루도 살 수가 없다고 하는데!"

"그런 얘기는 조용히…."

"수습하게 얼른 인사드리고, 짐 챙겨서 나와요! 아 참, 우리 집 식구들은 저 지방 출장으로 아는 거, 알죠? 말 맞춰줘야 해요!"

단순한 건지, 성격이 좋은 건지. 그녀는 작은 일에도 저리 기뻐하며, 기꺼이 협조해 준다. 지금껏 주원에게 가볍게만 보였던 모습이지만, 오늘은 느껴지는 바가 달랐다. 아마도 이런 사람이라서 내 곁으로 돌아와 주는 거겠지. 아무것도 묻지도, 따지지도 않고 당연하다는 듯이. 그렇게 생각하니, 금방 생기를 되찾아준 그녀가 조금은 고마워졌다. 그러니까 서재이랑 키스한 것쯤은 용서….

거기까지 생각한 그 순간, 갑자기 주원의 등골에 서늘한 오한이 들었다. 온도담이 집을 나갔을 땐 미처 제정신이 아니라서 신경 쓰지 못하고 있었던 의문.

'잠깐, 내가 저 여자랑 서재이가 키스한 걸 왜 신경 쓰고 있지? 임무라면 칭찬해 줘야 하는 거잖아.'

진심으로 고민하던 그때, 어느새 제 아파트 동 입구까지 간 도담이 주원을 불렀다.

"얼른 오세요! 차 막힐 시간 되기 전에 출발해야죠!"

도담의 손이 요란하게 공중에서 흔들거리고, 부담스러운 눈동자가 또렷하게 주원을 좇고 있는데…, 이상하리만큼 그녀의 입술이 가장 도드라지게 보였다.

"아…."

그 사실을 깨닫자마자 주원은 질끈 눈을 감았다. 애써 지워버렸던 서재이와 온도담의 키스 신이 다시금 선명해졌다. 명백한 기주원의 위기였다.

다시 신혼집으로 돌아가는 차 안.

집에 도착한 이후 아직 짐을 풀지도 않았던 터라, 다시 챙겨 나오는 건 참 쉬운 일이었다.

'엄마! 그리고 동생아! 나는 이만 돌아가 볼게!'

'뭐야, 퇴사한다며.'

'퇴사라니! 딸내미가 얼마나 힘들게 취직한 일자리인데!'

'아깐 다 때려치운다고 울고불고 난리를 쳤잖아.'

'엄마, 원래 사회생활이라는 게 고될 때도 있는 거고 지칠 때도 있는 거지. 이번 일도 그런 거로 생각해 줘.'

'온 가족 다 걱정시켜 놓고 무슨….'

'그럼 안녕! 다음에 월차 내고 놀러 올게!'

문제는 왜 다시 지방으로 돌아가겠다는 건지, 가족들을 전혀 이해시키지 못했다는 것이었지만.

"도담아, 너희 집 식구들은 이 상황을 하나도 이해 못 한 것 같은데 괜찮을까?"

뒷자리에 탄 혜인이 넌지시 물었다. 그러자 도담은 별 쓸데없는 걸 걱정한다는 표정으로 혜인에게 대답했다.

"걱정하지 마. 어쨌든 잘 해결됐구나, 생각하실 거야."

"특히 너 남동생이 엄청 이상하게 여기는 것 같던데. 무슨 회사를 저렇게 지 마음대로 다니느냐고."

"온도영? 걔가 이상하게 여겨봤자지. 하하."

모든 일이 잘 풀려서 태평한 도담과 달리 주원의 표정은 굳어있었다. 분명 도담을 데리고 돌아가는 것이 그의 목표였을 텐데, 운전대를 잡은 그의 마음은 착잡함 그 자체다.

"기 팀장님은 컨디션이 더 안 좋아지신 것 같네요."

룸미러를 통해 그 얼굴을 확인한 혜인이 말했다. 주원은 다 들었으면서도 대답 없이 좌회전 깜빡이만 켰다. 혹시 그게 망쳐버린 중간 점검 때문인가 싶어진 혜인은 그를 안심시켜 보기로 했다.

"중간 점검은 신경 쓰지 마세요! 도담이 가출했던 사건은 알아서 잘 숨길게요!"

"…."

"본부에서 저를 보냈던 이유는 팀장님이랑 도담이랑 정말 사이가 좋은지, 도담이가 브로커한테 빠지진 않았는지 확인하기 위해서였고, 가출 사건이 있긴 했지만 어쨌든 잘 끝났으니까…."

"…."

"본부에는 팀워크가 좋다고 올리겠습니다! 저만 믿으세요!"

혜인의 의리를 알고 있는 도담이 그녀를 향해 엄지손가락을 치켜세웠다. 그러고는 다 잘됐다는 눈빛으로 주원의 얼굴을 바라보았다.

"…."

하지만 주원의 표정은 아직도 풀어지질 않았다. 대체 뭐가 그렇게나 불만인 건지, 이쯤 되면 무슨 대꾸라도 해줄 법한데 입술이 아주 꽉 닫혀있다.

'혹시 거짓말로 작성하는 게 마음에 안 들어서 그러시나?'

그런 그가 무척이나 신경 쓰였던 도담이 주원에게로 살짝 고개를 기울이며 물었다.

"그냥 솔직하게 작성하는 게 나을까요?"

"…."

"가출했던 건 불려가서 꾸지람을 듣겠지만, 제가 혼나는 게 하루 이틀 일은 아니니까…."

"이 안에서 감출 수 있는 일을 뭐 하러 키워."

지옥의 FM 기주원의 입에서 나온 예상 밖의 대답에 혜인은 그의 말에 동의하듯 고개를 끄덕거렸다.

"그래, 도담아! 뭐 하러 그렇게 솔직해지냐! 어차피 윗사람들은 과정 같은 거 신경 안 쓰고 결과만 볼 텐데!"

"어? 아, 그렇지만…."

"신경 쓰지 마. 신경 쓰지 마. 내가 알아서 잘 처리할게. 오케이?"

"부탁합니다. 김혜인 씨."

"어휴, 맡겨만 주십쇼. 기주원 팀장님."

주원은 혜인의 선에서 잘 정리해 주기를 부탁했지만, 도담은 그래도 탐탁지 않은 마음을 정리할 수가 없었다. 원래 표정이 밝은 사람은 아니었지만, 오늘은 어쩨 다른 방향으로 기분이 좋지 않아 보인다.

'뭔가 이상한데….'

놀이터에서 주원은 분명 도담과 잘 풀어보고 싶다고 말했다. 하지만 도담이 짐을 싸서 도로 나오는 그 짧은 시간 동안 무슨 안 좋은 일이 있었던 건지, 주원의 표정은 심각하기만 하다.

하지만 여기서 더 캐물어봤자, 혜인이 있는 이상 제대로 대답도 안 해주겠지. 그럼 집에 가서 자세히 얘기해 봐야 하나.

혼자 이런저런 고민을 하고 있던 그때, 혜인이 도담에게 물었다.

"아, 맞다. 도담아, 그 브로커한테는 얼마나 접근했어?"

그러면서 가방에서 수첩 하나를 꺼내 드는 혜인은 어느새 업무 모드다. 주원이 그녀를 집까지 데려다주는 짧은 시간 동안, 오늘 물어봤어야 할 질문을 전부 물어보려는 모양이다. 그녀의 보고서 작성을 위해서 최대한 자세히 대답해야겠다고 생각한 도담은 재이와의 관계를 순순히 털어놓기 시작했다.

"엄청 가까워졌어. 이제 사적으로 만나도 이상하지 않을 사이?"

핸들을 잡은 주원의 손아귀에 힘이 들어갔다. 도담은 전혀 눈치채지 못했지만.

"사적인 만남이라면 어디까지?"

"음… 서로 급한 일 있으면 불러내고, 집에 초대해서 식사도 같이 하고. 요즘 가장 친하게 지내는 사람인 것 같아."

주원의 미간에 주름이 잡혔다. 그것 역시 도담은 보지 못했다.

"그럼 브로커랑은 꽤 진전이 있네. 니가 제출한 보고서대로."

"응, 요즘에는 제일 가까운 사이라고 해도 과언이 아니야."

"본부에서는 그러다 니가 브로커한테 홀려버릴까 봐 걱정하더라."

"그래? 본부도 참, 무슨 그런 걱정을."

"브로커라는 놈, 여자란 여자는 다 꼬시는 걸로 유명하다며."

이유는 모르겠지만, 혜인의 말은 은근히 주원의 신경을 건드렸다. 그런 자신을 모르는 척하고 싶었던 주원은 괜히 백미러를 확인하며 집중력을 분산시켰다. 하지만 이어지는 도담의 말까지 무시할 수는 없었다.

"음, 그런데 왜 홀리는지는 알 것 같아."

그 순간, 관자놀이가 찌릿할 정도로 짜증이 화악 솟구쳤다면….

그건 지금 내 앞차가 너무 느려터지게 가고 있어서일까. 그래, 그런 거겠지.

"왜 홀리는 것 같은데?"

"일단 무슨 말을 하든 리액션이 너무 좋고, 모든 대화를 상대한테 다 맞춰줘."

"언변이 뛰어나다는 뜻?"

"응, 그뿐만이 아니야. 가끔 사람 속을 훤히 꿰뚫어 보고 행동할 때가 있는데, 그게 기분 나쁘지가 않고 엄청 센스 있어 보여."

"눈치 빠르게 행동하는 남자, 되게 매력 있지. 그런 애들이 자기 애인도 엄청 잘 챙겨준다니까."

"맞아! 그 사람이 딱 그래! 내가 그 사람 여자 친구였으면 천년의 사랑을 약속했을걸?"

앞차 때문이야. 앞차. 앞차….

'저 빌어먹을 놈의 앞차가…!'

빠앙! 별안간 주원이 자동차 클랙슨을 힘껏 눌렀다. 얘기를 하던 혜인과 도담의 시선이 곧장 주원에게로 향했다.

"기, 기 팀장님?"

도담이 깜짝 놀란 얼굴로 주원의 이름을 불렀다. 당황한 혜인까지 말을 멈추니, 차 안에선 이상한 정적이 흐른다. 신경이 몹시 날카로워졌는데 그걸 티내고 싶진 않다. 후임이 두 명이나 있는 이곳에서 감정적인 모습을 드러내고 싶지도 않다. 주원이 할 수 있는 거라곤 아무 일도 아닌 척, 시치미를 떼는 것뿐.

"아니, 앞차가 운전을 이상하게 해서…."

"…."

"…말씀 계속 나누세요."

주원은 일부러 딱딱하게 굳은 얼굴을 유지한 채 차를 몰았다. 도담이 그런 그를 보면서 어리둥절해하던 와중에, 혜인이 별안간 웃음을 터트리며 농담을 건넸다.

"아이고, 깜짝이야! 난 또 도담이가 다른 남자 칭찬한다고 질투 나서 심술부리시는 줄 알았네!"

"어우, 언니! 팀장님 그런 농담 싫어해!"

"하하하, 그건 알지만! 남편 역할에 너무 몰입하셨을 수도 있잖아!"

아무래도 김혜인 요원을 집까지 바래다주는 건 무리일 것 같다. 실시간으로 내 이성을 바스러트리고 있으니, 그냥 가까운 지하철역에 내려다 줄 수밖에.

혹시 질투라도
하나?

팀장님이 이상하다. 원래부터 부드러운 사람은 아니었지만, 요즘 들어 표정이 더 딱딱하게 굳어서는 마치 로봇처럼 군다. 게다가….

“온도담 씨.”

“네?”

“이번에 제출한 보고서에 오탈자가 있네요. 확인 제대로 안 합니까?”

예전처럼 반말 대신 존댓말을 쓰고, 도담을 대하는 방식도 급격하게 사무적으로 변해버렸다.

“에이, 또 존댓말 쓰신다. 그러면 사람들이 부부 사이로 안 본다니까요?”

그게 마음에 걸려서 몇 번이나 반말으로 되돌려 놓으려 했지만, 그때마다 주원에게서 돌아오는 대답은 똑같았다.

"안에서까지 부부 행세 하고 싶지는 않습니다. 이곳은 업무적인 공간으로 남겨두고 싶군요."

저 봐, 오늘도 또 똑같은 말이지.

"흐음…."

도담은 그런 주원을 몹시 신경 쓰이는 눈빛으로 바라보았다. 가출 사건은 그다음 날 놀이터에서 다 풀었던 것 같은데, 놀이터에서 빠져나온 이후로 급격하게 달라져 버린 기주원의 속은 아무리 들여다봐도 모르겠다.

물어본다고 해서 똑바로 말을 해줄 사람도 아니고. 이걸 어떻게 해야 하지….

"팀장님, 커피 드실래요?"

도담이 주원의 눈치를 살피며 물었다. 주원은 여전히 노트북에 시선을 고정한 채 건조하게 대답했다.

"필요할 때 직접 타 마시겠습니다."

"그래도 저 타 마실 때 같이…."

"괜찮습니다."

두 번의 거절. 그 안에 빈틈은 없었다. 도담은 이상해도 너무 이상해진 그를 유심히 지켜보다가, 하는 수 없이 주방으로 향했다.

"알았어요. 그럼 제 커피만 탈게요. 나중에 딴 말하기 없기예요."

도담은 커피 믹스를 꺼내기 위해 찬장을 열었다. 찬장 안에는 여러 가지 차와 더 좋은 커피들도 많았지만, 도담의 저렴한 입맛에는 믹스가 딱이었다.

"어, 뭐야. 커피 다 떨어졌네?"

하지만 때마침 커피 믹스는 동이 나 있었다.

나 원 참, 살림살이는 이렇게 며칠 신경 안 쓰면 금세 티가 난다니까.

"나가서 커피 믹스 좀 사 와야겠어요."

도담이 찬장 문을 닫으며 말했다. 주원은 그때까지도 아무 대답도 하지 않고 키보드만 두드렸다. 딱히 반응을 기대하지 않았던 도담은 곧장 현관 쪽으로 걸음을 옮기며 혼잣말을 했다.

"여기 편의점에는 종류가 너무 없던데… 아, 전에 갔던 마트 가면 되겠다."

"…."

"저, 그럼 다녀오겠습니다."

그때, 탁탁탁 들려오던 타자 소리가 멈추었다. 이윽고 들려오는 건 낮게 가라앉은 주원의 목소리였다.

"누구랑."

"예?"

"누구랑 가는 겁니까?"

"누구랑 가냐니…."

도담은 어리둥절한 표정을 지어 보였다. 그러고서 꺼내놓는 질문은 제법 예리했다.

"여기서 팀장님이 저랑 같이 가주는 거 아니면 누구랑 가겠어요. 저 혼자밖에 더 있어요?"

"…."

"왜요, 같이 가주시게요?"

혹시나 싶었던 도담이 주원의 눈을 빤히 쳐다보았다. 그녀는 살짝 기대하는 눈치였으나 주원의 눈빛은 여전히 냉랭했다.

사실 요즘 주원에게는 커다란 고민이 하나 있다. 원래는 도담의 얼굴을 보면 신경질이 나거나 짜증이 나거나 둘 중 하나였는데, 최근 들어서는 주원조차 헷갈리는 감정 하나가 불쑥 솟아오른다. 좋은 감정은 아니었다. 질척질척한 빗길이라도 걷는 것처럼 찝찝하고 불편한 느낌이 강했으니까.

"같이 가주실 거냐고요, 기주원 팀장님."

특히 그녀의 아무것도 모른다는 듯한 얼굴을 볼 때 그 감정은 더욱 심하게 요동쳤다. 필요 이상으로 그녀에게 신경이 쓰이고, 입술에 립스틱을 발라서 그런지 이목구비 중에서도 유독 저놈의 입술이 거슬리고. 그게 거슬리기 시작하면 불현듯 서재이의 때깔 좋은 면상이 떠오르고…. 그 모든 게 CCTV 화면과 오버랩 되며 다시 불쾌해진다. 그래, 아직 그날의 키스를 해명 받지 못한 주원은 요즘 그 상태의 반복이다.

"뭐야, 같이 가주지도 않을 거면서… 그럼 다녀오겠습니다!"

주원의 대답을 기다리다 지친 도담은 현관으로 걸음을 옮겼다. 조금의 미련도 없는 가벼운 뒷모습에 주원의 미간이 찌푸려졌다.

쾅!

머지않아 현관문 닫히는 소리까지 들려오면, 주원의 표정은 조금 더 노골적으로 불쾌해진다.

어쩌다 이렇게 정신이 흐트러져 버렸는지. 마음 같아서는 이성을 자꾸 동요시키는 그녀의 얼굴을 한동안 피하고 싶지만, 그러다 또 집을 나간다고 난리를 피울까 봐 그렇게는 못 하겠다. 그 때문에 스트레스가 자꾸 쌓여서 그러는지, 온도담이 제출하는 보고서도 검토하기 싫을 때가 많다.

'이렇게 업무에 집중을 못 한 적이 있었던가.'

주원은 잠시 생각해 보았지만 단 한 번도 그런 적이 없었다. 제 직업에 책임감이 강한 그는 그 어떤 상황에서든 최고의 집중력을 발휘해 임무를 수행해 왔다. 하지만 모든 걸 때려치우고 싶을 만큼 마음이 불편한 요즘, 주원은 정말 고민이 많다. 아무래도 온도담이 제 이름을 불러대며 버럭 소리를 질렀을 때, 충격으로 머리가 어떻게 되어 버린 것 같은데, 이런 식의 슬럼프는 처음이라 관자놀이 부근이 몹시 뻐근해진다.

* ◆ *

도담은 예전에 재이와 함께 가봤던 마트로 분주히 걸음을 재촉했다. 차로 십 분 정도 걸리는 거리였으니, 걸어서는 삼사십 분이면 될 터였다. 뚜벅이 생활이 익숙한 도담에게 그 정도 거리는 큰 문제가 아니었다.

"가는 김에 팀장님 간식도 사 올까? 뭘 좋아하실지는 모르겠지만…."

미운 놈 떡 하나 더 준다고 했던가. 요즘 들어 계속 신경 쓰이게 만드는 주원이지만 어쨌든 자꾸 챙겨주고 싶은 사람이기는 했다. 물론 기주원 팀장이야 자기 일 자기가 똑 부러지게 처리하는 것으로 유명했으나, 일과 평소 생활은 또 다른 거니까. 밥도 먹는 둥 마는 둥. 잠도 자는 둥 마는 둥. 그렇게 일만 하다가 요절하는 거 아닌가 걱정스럽기도 하다.

"일하는 만큼 자기 몸도 잘 챙기면 얼마나 좋아…."

도담은 정말 부인이나 할 법한 멘트를 중얼거리며 단지 입구를 빠져나갔다. 그때 바로 옆에서 국내에서는 보기도 힘든 고급 스포츠카가 멈추었다. 어쩐지 낯이 익다 싶어서 걸음을 멈추고 쳐다보았더니, 조수석 창문이 스으윽 내려가며 익숙한 목소리가 들려왔다.

"도담! 어디 가?"

"재이 씨?"

"혹시 나 마중 나온 거야?"

그럴 리가.

재이를 알아본 도담은 그의 스포츠카로 다가갔다. 평소보다 화려하게 꾸민 그는 어디 중요한 곳이라도 다녀온 모양이었다.

"정장 입었네. 회사 다녀와요?"

도담은 허리를 낮춰 차 안의 그와 마주한 채 물었다. 그러자 재이는 배시시 웃고는 부끄럼도 없이 대답했다.

"아니, 외박하고 지금 들어가는 길."

"뭐? 누구랑? 또 여자죠?"

"하하, 질투라도 하는 것 같네."

"질투하는 게 아니라 잔소리하는 거거든요? 여자관계 정리 안 하면 어느 날 갑자기 애 아빠 된다!"

"하하하하."

도담의 진심 어린 충고에도 재이는 기분 좋게 웃었다. 이 사람도

만만찮게 불통의 아이콘이라는 걸 아는 도담은 이쯤에서 대화를 마무리 짓고 제 갈 길 가기로 했다.

"그럼 나중에 봐요. 저는 바빠서 이만…."

하지만 인사를 막 건네기가 무섭게, 재이가 도담의 말을 끊고 불쑥 물었다.

"도담! 혹시 삼십 분 정도 시간 있어?"

"네? 삼십 분은 왜요?"

"나 오늘 아침부터 쫄쫄 굶었는데, 혼자서는 밥 못 먹어서. 같이 먹자!"

도담은 점심 식사를 대충 끝낸 뒤였고, 집에서는 주원이 기다리고 있었다. 그래서 당연히 거절해야 했지만…. 요즘 갑자기 이상해진 주원 때문에 가슴이 답답했던 도담에게는 누구라도 이 고민을 털어놓을 사람이 필요했다. 그 상대가 NSO가 쫓고 있는 브로커라는 게 문제라면 문제지만, 표면적 남편의 변화에 대해 털어놓는 것 정도는 괜찮겠지.

"뭐, 삼십 분 정도면… 대신 내 고민 좀 들어줘요."

그리 대답한 도담은 자연스럽게 재이의 스포츠카 조수석에 올랐다. 그녀가 차에 타자 재이는 당연한 매너처럼 그녀의 안전벨트를 매주었다. 가까이 다가온 재이에게서는 비누 냄새가 났다. 생긴 건 꽃향기라도 뿌릴 것처럼 생겨서는.

"이, 이런 건 내가 할게요!"

갑작스럽게 다가온 재이의 얼굴에 당황한 도담이 말했다. 여전히 가까운 거리에서 재이가 싱긋 웃었다.

"아줌마도 참, 총각 상대로 부끄러워하기는."

서재이의 차를 타고 도착한 호텔 라운지 레스토랑은 들어가자마자 눈을 사로잡은 휘황찬란한 인테리어로 도담을 굉장히 부담스럽게 만들었다. 대학 때부터 혼자 밥 먹는 데는 도가 튼 도담이지만, 이렇게 으리으리한 레스토랑이라면 절대 혼자 들어가진 못할 것이다.

전망 좋은 창가에 자릴 잡은 도담이 재이에게 넌지시 물었다.

"매 끼니를 이런 데서 먹어요?"

재이가 빙긋 웃으며 대답했다.

"가끔 브런치 먹고 싶을 때마다 오는 곳이야. 이 인 코스로 예약해 놨으니까 너도 먹어 봐."

"이 인 코스로 예약을 해놨다고요? 언제?"

"며칠 됐지, 아마."

"아아, 이제 알겠다. 원래 여기서 데이트하려고 했었다가 파투 난 거구나?"

"빙고."

재이가 장난기 어린 미소를 띠며 대답했다. 매번 여자 문제로 같은 잔소리를 하기도 질린 도담은 재이를 흘겨보며 목을 축였다.

"아 참, 결혼사진은 어떻게 됐어? 스튜디오에 연락은 해봤어?"

재이가 물었다.

도담을 곤란하게 만드는 그놈의 결혼사진 얘기가 또 나왔다. 그녀는 빠르게 머리를 굴려 변명거리를 생각해 냈다.

"아아, 파일이 날아갔다지 뭐예요. 그래서 환불도 받고, 다시 찍기로 했어요."

"역시 무슨 문제가 생겼던 게 맞았구나. 나 아니었으면 영영 잃어버릴 뻔했지?"

"안 그래도 고맙다는 말 전하려고 했었어요."

다행히 재이는 그녀의 말을 의심 없이 믿는 눈치였다. 변명이 너무 그럴싸했던 건지, 아니면 재이가 원래 사람을 쉽게 신뢰하는 타입인 건지는 몰라도 그건 도담에게 무척 잘된 일이었다.

"그럼 오늘 밥 니가 사면 되겠다. 그치?"

재이가 장난기 섞인 미소를 띠며 말했다. 이전 호텔의 브런치 코스라면 십만 원은 족히 넘을 텐데, 정말 어림없는 소리였다.

"아니요. 오늘 말고 다음 기회에요."

"그럼 너 시간 되는 날 여기 예약해 놓으면 되겠어?"

"미안하지만 제 보답에는 한도가 있거든요? 인당 만 원대까지만이에요."

"치사해. 내 입 고급인 거 알면서."

"흥, 싫으면 보답 받은 거로 치시든가."

도담의 새침한 대답에 재이는 하하 웃음을 터트렸다. 놀리면 놀리는 대로 반응하는 그녀가 퍽 재미있는 모양이었다.

"아 참, 그때 어렵게 사 간 장어는? 맛 괜찮았어?"

재이는 다음 질문으로 화제를 돌렸다. 딱히 반가운 주제는 아니지만, 도담에게 필요한 주제였다. 장어 이야기를 시작하면, 그날의 갑작스러운 부부싸움을 설명해야 하고, 고작 하루지만 가출까지 감행했었던 것도 알려줘야 하고, 그 사건 뒤로 달라져 버린 기주원에 대해서도 털어놔야 했으니까. 어차피 중요한 건 맨 마지막이었다. 앞의 긴 과정은 재이도 궁금해하지 않을 것 같았기에, 도담은 진짜 고민에 해당하는 뒷부분부터 꺼내놓기로 했다.

"장어 얘기가 나와서 말인데요. 그 뒤로 남편이 엄청 이상해졌거든요?"

"이상해지다니?"

"갑자기 성질을 내질 않나, 못된 소리를 퍼부어대질 않나, 막상 내가 같이 화를 내면 달래주긴 하는데 그렇다고 계속 잘해주지도 않아요."

"흐음…."

"오늘은 사람이 엄청 딱딱하게 굴더라니까요! 꼭 로봇처럼!"

점점 격해지는 도담의 설명을 듣던 재이가 한마디로 정리했다.

"감정이 널뛰나 보네."

"맞아요! 혼자서 아주 널뛰기를 해요! 언제는 화냈다가, 언제는 또 웃었다가, 언제는 또 정색했다가!"

"장어 이후로?"

"응! 장어 이후로!"

도담은 정말 모르겠다는 얼굴이었지만 재이는 주원의 감정을 단번에 알아차릴 수 있었다. 그건 질투였다. 그날 주원은 재이와 도담에 관하여 어떤 오해를 했고, 차마 재이에게 직접 표현할 수는 없어서 괜한 도담을 붙잡고 성질을 냈던 모양이다.

'역시 그걸 본 건가….'

사실 도담의 신혼집을 처음 방문했던 날, 재이는 거실 커튼 뒤편에서 CCTV 하나를 발견했었다. 요즘에는 집에 CCTV를 달아놓는 가정이 하도 많아서 별 감흥은 없었으나, 정 없다는 남편이 이걸 달아 놓고 보기나 할까 문득 궁금해지긴 했었다.

'아악! 눈에 김칫국물 들어갔어!'

때마침 작은 사고가 일어났다.

'도담, 나 봐봐.'

'재이 씨….'

'아… 김칫국물 들어가면 아픈데.'

'으으, 눈을 못 뜨겠네.'

'억지로 뜨지 마. 내가 닦아줄게.'

상황을 수습할 땐 아무 생각이 없었지만, 머지않아 잔뜩 화난 얼굴로 집까지 달려온 그녀의 남편은 조금 이상했다. 그의 살벌한 시선은 도담의 입술을 집요하게 확인하고 있었다. 혹시 CCTV 장면을 보고 무슨 오해를 했나, 싶던 그때 주원과 눈이 마주쳤다. 마치 불륜 상대라도 보듯 살벌한 눈빛이 재이를 정확히 조준하고 있었다. 그저 눈을 닦아준 장면을 키스로 오해한 것이 확실해지는 순간이었는데, 재이 자신도 왜 그랬는지는 모르겠다.

'…오늘 잊지 못할 거야, 도담.'

괜히 의미심장하게 입술을 문지르며, 그 남자의 오해를 더욱 부추겼다. 그때의 심정은 잘 기억나지 않지만, 차가운 그 남자에게 닿은 그녀의 따듯한 손길이 조금 거슬렸던 건 사실인 것 같다.

"재이 씨는 남자니까 남자 마음 같은 거 잘 설명해 줄 수 있죠?"

"응?"

"대체 우리 남편은 뭐가 문제인 걸까요? 왜 이러는지 도저히 모르겠어요."

재이가 개입하면 의외로 쉽게 해결될 문제였지만, 재이는 굳이 그러고 싶지 않았다. 감정이 서툰 남자의 삽질은 도와주는 것보다 가만히 구경하는 편이 더 즐거운 법이니.

"요즘 이 사람 때문에 다른 의미로 신경 쓰여서 미치겠다니까, 정말."

하지만 그런 남자 때문에 스트레스 받는 그녀까지 두고 볼 수는 없는 노릇이었다.

요즘 가장 날 재밌게 해주는 사람이니까, 쓸데없는 데 신경 쓰지 않도록 조금만 도와줘 볼까.

"흐음… 글쎄, 날 질투라도 하나?"

"네? 질투요?"

"응, 그날 내가 너희 집에서 나오는 걸 봤으니까. 그거 때문에 요즘 컨디션이 오락가락하는 거 아니야?"

"에이, 그 사람 나한테 그런 거 안 해요."

도담이 웃으며 재이의 말을 농담처럼 치부했다. 하지만 재이는 느긋하게 물잔을 들며 그녀에게 말했다.

"그럼 그 사람한테 얘기해 봐. 오늘 나랑 만났었다고."

"으응?"

"반응 보면 너도 감이 올걸? 그 사람이 왜 그러는지."

재이의 미소에는 확신이 어려 있었지만 도담은 그저 어리둥절할 뿐이었다.

천하의 기주원이 질투라니. 지나가던 개가 웃을 얘기잖아.

＊ ♦ ＊

커피 믹스를 사겠다며 마트로 떠난 온도담이 두 시간째 돌아오지 않는다. 마트라고 해봤자 왕복 사십 분 거리던데, 백이십 분 동안 돌아오지 않는 건 문제가 있는 것 같다.

'그게 아니라면 이따위로 늦는 게 말이 안 되지.'

사실 도담이 마트로 출발한 지 한 시간이 넘어가던 순간부터 신경이 쓰이긴 했다. 하지만 쇼핑하는 데 시간이 걸릴 수도 있으니, 조금 더 기다려보기로 한 게 또 한 시간이었다. 도합 두 시간이 걸려도 돌아오지 않자, 주원은 애써 외면하고 있던 휴대폰을 찾아 들었다.

혹시나 해서 확인해 본 메시지함에는 새로운 메시지들이 많이 도착해 있었다. 하지만 그중 도담에게서 온 것은 없었다. 부재중 전화도 마찬가지였다. 이 꼴을 보자 스멀스멀 걱정이 기어 올라왔다.

'혹시 집 근처에서 유수영이라도 만났나.'

유수영 요원을 만났던 게 그리 오래된 일은 아니었기에, 어느 정도는 신빙성 있는 추측이었다. 그 추측이 맞다면 대책 없기로 유명한 온도담이 무슨 짓을 저질렀을지 모를 일이었다.

불안해진 주원은 본능적으로 도담의 휴대폰 번호를 찾았다. 평소에는 외부에서 업무 지시를 내릴 때밖에 연락하지 않았던 전화번호지만, 통화 버튼을 누르는 주원의 손끝은 몹시 거침없었다. 심상치 않게 번뜩이는 눈빛만 봐도, 만약 그녀가 전화를 안 받으면 큰일 날

듯 보였다.

—여보세요!

짧은 통화 연결음 끝에 휴대폰 너머에서 도담의 목소리가 들려왔다. 주변이 조용한 걸 보면 확실히 마트는 아니었다.

"어디입니까."

주원은 초조한 마음을 싹 감춘 목소리로 무심한 척 물었다. 그러자 돌아오는 도담의 대답은 미심쩍기 짝이 없었다.

—으음… 고속도로요.

"고속도로? 어느 고속도로."

—어느 고속도로냐고요? 그건 잘 모르겠는데….

마트에 간다고 했던 여자가 왜 뜬금없이 고속도로에…라고 생각한 것도 잠시였다. 잠깐 조용해졌던 휴대폰 너머에서 아주 익숙한 남자의 목소리가 흘러나왔다.

—도담, 여기 한남대교야.

알아채기 싫어도 알아차릴 수밖에 없는 이 목소리의 주인공은, 주원이 좇아야 하지만 꼴도 보기 싫어서 문제인 서재이였다. 그걸 알아차린 주원이 득달같이 물었다.

"너 어디서 누구랑 뭐 하는 거야. 혼자서 마트 간다며."

존댓말이고 뭐고, 애써 유지하고 있던 침착함은 개나 줘버린 뒤였다. 하지만 도담은 아직도 상황 파악이 안 됐는지, 그저 태연한 목소리로 대답했다.

—아아, 옆집 총각이랑 같이 있어요.

"그건 알아. 나도 그 빌어먹을 놈 목소리 들었어."

—아 참, 그러고 보니까 마트를 못 갔네.

"뭐? 마트도 안 갔어?"

그럼 서재이랑 어디를 갔던 건지. 뭘 하느라 두 시간 동안 연락도 없었던 건지. 주원의 머릿속이 솟구치는 의문으로 가득 찼다. 그러나 인상만 잔뜩 구긴 채 굳이 물어보지 못한 것은 곧바로 이어지는 재이와 도담의 대화 때문이었다.

—마트 들를까? 이 길에서 빠지면 백화점 금방인데.

—아뇨, 백화점까지 갈 필요는 없을 것 같아요. 커피 믹스만 사려고 했거든요. 그냥 집 앞 편의점에서 사지, 뭐.

—우리 집에 커피 많아. 우리 집에서 가져가.

—에이, 괜찮아요. 재이 씨 집에 있는 건 비싼 커피잖아요. 내가 좋아하는 건 제일 싸고 평범한 믹스커피거든요.

—내 입맛이 너무 고급이라서 미안.

…지금 나랑 얘기하다가 그 새끼한테 정신 팔린 거야?

주원은 순간 욱 하는 마음에 내뱉을 뻔했던 말을 이 악물고 참았다. 무엇 때문인지는 모르겠지만 현재 이성이 몹시 흐트러진 모양이다. 그러니까 온도담이 브로커에게 접근해 무사히 임무를 진행시키고 있는 이 상황이 불쾌하기 짝이 없지.

"후우…."

주원은 심호흡을 하며 본인도 알 수 없는 감정들을 정리했다.

—집에 다 왔으니까 조금만 기다려요! 우리 몇 시에 도착하죠?

"하, 우리…?"

하지만 자연스럽게 튀어나온 '우리'라는 단어가 다시 그의 멘탈을 어수선하게 만든다. 이 여자는 아무래도 사람 속 뒤집어놓는 데 비상한 재주가 있는 모양이다.

—음… 한 십오 분쯤 걸릴 것 같아.

—아하, 십오 분이면 도착한대요! 그럼 끊을게요! 이따 봐요, 여보!

뚝.

도담의 전화가 끊어졌다. 도담이 어디 있는지도 확인했고, 무사한 것도 확인했지만 주원의 기분은 통화 전보다 더 나빠졌다. 잠시 살벌한 기운을 풍기며 앉아있던 주원은 휴대폰을 꽉 쥔 채 자리에서 일어났다. 십오 분 후면 도담이 알아서 현관문을 열고 들어오겠지만, 왠지 쫓아나가야겠다는 생각이 든다. 이것 역시 이유는 모르겠지만.

* ◆ *

재이가 능숙하게 주차를 마쳤다. 도담은 기다렸다는 듯 안전벨트를 풀며 말했다.

“운전하느라 수고했어요. 아직 퇴근 시간이 아닌데도 차가 막히네요?”

“그야 한남대교니까. 브런치는 어땠어?”

“맛있었어요. 마지막에 가격을 확인하지 않았으면 더 좋았겠지만요. 너무 비싼 걸 얻어먹은 것 같아서 미안하네.”

“살 만해서 산 거니까 너무 신경 쓰지 마.”

“어떻게 신경을 안 쓰겠어요. 나한텐 너무 어마어마한 숫자였는데.”

재이는 그리 말하는 도담을 미소 띤 얼굴로 바라보았다. 그의 눈가에 어린 눈웃음은 언제 봐도 맑고 순수했다. 하지만 그 웃음기가 가시는 건 순식간이었다. 재이의 시선 한곳에 고정되었다. 그게 이상했던 도담이 그가 바라보는 곳으로 눈길을 옮기자, 엘리베이터로 향하는 길목에 저승사자처럼 서있는 주원의 모습이 눈에 들어왔다.

"어? 우리 남편이잖아?"

주원을 본 도담은 재이를 두고 서둘러 차에서 내렸다. 아까 전화상으로 몹시 기분이 안 좋아 보이던데, 지금의 표정은 생각했던 것보다도 더 가라앉아 있다.

"여보!"

도담은 혹시 자기가 너무 늦게 와서 그런가 싶어, 일부러 과하게 손을 흔들며 그에게로 다가갔다.

"…."

주원은 분명 도담을 보고 있었지만 아무런 대꾸도 하지 않았다.

"내가 너무 늦었죠? 많이 기다렸어요?"

"…."

"진짜 미안해요. 마트 가는 길에 재이 씨를 만났는데, 혼자 식사하기 뭐하다고 같이 먹으러 가자고 해서…."

"…."

"커피 믹스는 나중에 사러 가려고요! 어차피 여보는 믹스 커피 안 마시니까 괜찮죠?"

도담이 사과를 하며 그의 기분을 풀어보려 하는 데도, 주원의 눈빛은 조금도 풀어지지 않는다.

"도담!"

그때, 차에서 내린 재이가 도담을 불렀다. 주원에게 향해있던 그녀의 눈동자가 재이에게로 옮겨 가는 건 정말 순식간이었다.

"응?"

"장바구니 두고 갔어."

"아, 그러네!"

다가오는 재이의 손에는 외출할 때 챙겼던 장바구니 파우치가 들려 있었다. 그걸 본 도담은 밝은 얼굴로 재이에게 걸음을 옮긴다.

"챙겨줘서 고마워요! 친정에서부터 가져온 장바구니였는데."

"고마우면 보답해. 기대할게."

"어머, 뭐 이딴 걸로 보답까지 기대해?"

"하하, 그 말투 웃겨."

아주 화기애애하구만.

두 사람을 바라보는 주원의 시선에 날이 섰다. 단순히 컨디션이 안 좋은 수준이 아닌, 누가 봐도 언짢아 죽겠다는 표정이었다. 그걸 먼저 알아차린 건 재이였다. 마침 주원 쪽으로 슬쩍 눈길을 돌렸던 재이는 주원의 냉기를 눈치챘는지, 그 자리에 가만히 멈추어 섰다.

"…."

주원은 그 눈빛을 피하지 않았다. 오히려 건드리기만 건드려봐라, 하는 기세로 그를 노려보고 있다.

도담이 두 남자의 긴장감을 눈치채는 데까지는 오랜 시간이 필요하지 않았다. 원래 기주원 콘셉트가 성질 더러운 바깥양반이라고 해도, 저만큼이나 적대적으로 나오는 건 조금 위험하지 않나?

"아, 인사해요. 이미 여러 번 만난 사이긴 하지만…."

두 남자 사이에 낀 도담은 무슨 대화든 시도해 보려 했다. 주원은 본인의 대쪽 같은 성격대로 아무 대답이 없었지만, 재이는 의외로 순순히 미소를 머금었다. 그러고서 꺼내는 첫마디는 다소 놀라웠다.

"안녕하세요. 요즘 자주 뵙네요."

성별이 '남자'인 인간과는 절대 상종하지 않는다는 서재이. 그가 주원에게 처음으로 말을 걸었다. 그것도 제법 다정한 인사말을.

"어…?"

그런 재이 때문에 깜짝 놀란 도담의 눈이 휘둥그레졌다. 하지만 주원은 이 상황이 놀랍지도 않은지 일언반구 대꾸도 없었다. 그 쌀쌀맞은 태도가 신경 쓰일 법도 한데, 뒷말을 잇는 재이의 표정은 여전히 밝기만 했다.

"집에 계신 줄 몰랐어요."

"…."

"괜히 걱정 끼쳐드린 것 같아서 죄송하네요. 기다리시는 줄 알았으면 일찍 보내드렸을 텐데."

언뜻 듣기엔 사과처럼 들리는 예의 바른 멘트였지만 주원의 심기는 그 말에 더욱 불쾌해진다. 여유로운 미소로 건네는 저 멘트가 마치 늦은 귀가를 걱정하는 여자 친구 부모님께나 건넬 법한 멘트 같아서. 이어지는 재이의 행동은 더욱 가관이었다.

"도담, 오늘 즐거웠어. 매번 그랬지만."

"아, 저도… 저도 즐거웠어요! 브런치는 정말 맛있었고요!"

"그럼 또 연락할게. 들어가."

다정하게 손까지 흔드는 걸 보면 확실히 단순한 '남자 사람 친구'가 아닌 '남자 친구' 노릇을 하려는 게 맞는 모양이다.

'그 꼴은… 절대 못 봐.'

순간 주원을 움직인 건 그가 늘 집착해 왔던 이성이 아닌 본능이었다. 주원은 재이를 노려보며 성큼성큼 걸음을 옮겼고, 붙어있는 두 사람 앞에 우뚝 멈춰 섰다. 그를 감싸는 살벌한 기운은 도담에게도 선명히 느껴질 정도였다.

"저, 저기… 여보?"

혹시 무슨 사달이라도 날까 싶어, 도담은 잔뜩 긴장한 표정으로 주원을 올려다보았다. 그때, 주원이 단단한 팔을 앞으로 뻗었다. 재이의 멱살이라도 휘어잡을까 봐 걱정이었는데, 그 손이 붙잡은 건 놀랍게도 도담의 허리였다.

"으, 응?"

갑작스러운 스킨십에 놀란 도담의 눈동자가 크게 일렁였다. 재이에게서 시선을 거둔 주원은 그토록 외면하기만 했던 도담을 빤히 내려다보았고, 이내 무심한 말만 골라 하던 입술을 열었다.

"날 혼자 있게 만든 대가는 침대에서 치러볼까?"

"…네?"

사랑 없는 남자 기주원이 내뱉은 화끈한 멘트에 안 그래도 불긋했던 도담의 두 뺨이 터질 듯이 달아오르기 시작했다.

어머, 우리 남편이 제대로 돌았나 봐.

엘리베이터에서도 도담의 허리를 꽉 감싸고 있던 주원의 팔은 거실까지 들어와서야 느슨해졌다. 하지만 그 뒤에도 도담의 이성은 좀처럼 돌아오질 않았다. 주차장에서 들었던 낯 뜨거운 발언의 여파였다.

'어떻게… 어떻게 그런 말을 얼굴도 안 붉히고 할 수가 있지!'

부끄럽고 당황스러운 마음을 어쩌지 못하고 있을 무렵, 주원이 깊은 숨을 토해내고는 도담 쪽으로 시선을 돌렸다. 조금도 풀어지지 않은 그의 분위기에 마냥 얼굴만 붉히고 있던 도담은 어리둥절한 표정으로 그를 쳐다보았다.

"혼자 다녀온다며."

주원이 물었다. 가시가 느껴지는 말투로.

"예, 예? 아, 그거…."

"…."

"에이, 말했잖아요. 입구에서 재이 씨랑 만났다고."

도담의 솔직한 대답에 주원의 눈빛이 더욱 날을 세웠다. 그녀의 대답이 몹시 탐탁지 않은 모양이었다.

"만나면 그렇게 무작정 따라가?"

"네?"

"오늘 스케줄이나 다음 일정이나 이런 건 어떻게 되든 상관없나?"

주원은 득달같이 몰아붙였지만 도담은 조금도 움츠러들지 않았다. 오히려 그녀는 하늘 우러러 한 점 부끄러움 없는 듯한 태도로 주원을 마주 보고 당차고 또박또박하게 말했다.

"제 스케줄이나 다음 일정은 서재이에 따라 달라져요. 아무 스케줄이 없다가도 서재이가 접촉할 일이 생기면 그때부터 바빠지는 거고, 모든 일정이 끝났더라도 서재이가 부르면 다시 시작이에요."

"뭐…?"

"왜냐하면 저는 서재이를 감시하기 위해 배정된 요원이니까요."

무언가 반박을 하고 싶은데, 그럴 수가 없을 만큼 다 맞는 말이었다. 할 말이 없어진 주원과 달리 도담은 계속해서 말을 이었다. 그녀는 이참에 알 수 없는 태도로 몹시 신경 쓰이게 만드는 주원을 끝까지 추궁해 볼 생각이다.

"그래서 말인데요. 팀장님. 요즘 저한테 왜 그러세요?"

"내가 뭐."

"아니, 지금까지 저한테 했던 행동들을 떠올려보세요. 무슨 말을 걸 때마다 신경질적으로 반응하고, 안 그래도 사나웠던 표정은 완전히 딱딱해져서는, 내가 주는 보고서마다 오만상을 하고 읽으시잖아요."

"…."

"저는 우리가 놀이터에서 잘 풀었다고 생각했는데… 혹시 저한테 아직 화가 나신 거예요? 아니면 전에 거 풀리니까 새로운 일로 짜증이 솟구쳐요?"

이 여자가 이렇게 말을 잘했던가.

주원은 살짝 커다래진 눈으로 도담의 얼굴만 내려다보았다. 평소엔 맑은 날의 하늘처럼 흐린 기색 하나 없던 사람인데, 지금은 사정없이 몰아치는 거친 폭풍과 비슷했다. 아무래도 그녀의 어딘가를 제대로 건드린 모양이다.

"나는…."

주원은 무슨 말이라도 해보려 입술을 열었다. 하지만 어떤 변명으로도 수습할 수가 없었다. 서재이와 접촉하는 건 도담의 일이고, 서재이의 마음을 풀어놓는 것도 도담의 업무고, 한때는 그걸 부추기지 못해 안달이었는데 지금은 왜 그 꼴을 보는 게 짜증스럽기만 한 건지, 본인도 이해하지 못해서였다.

"그러니까 난…."

"혹시 서재이 질투하세요?"

주원이 전혀 예상하지 못한 질문이었다.

"…뭐?"

주원은 말도 안 되는 헛소리에 성질을 내기 위해, 도담의 눈을 똑바로 마주했다. 그러자마자 보이는 건 그녀의 입술. 입술을 의식하자마자 떠오르는 장면은 서재이와 온도담의 키스 신. 거기까지 갔을 때 급속도로 불쾌해지는 이 마음은….

"진짜 질투라도 하는 사람처럼 왜 이러냐고요! 진짜!"

아무 반응이 없는 주원이 답답했던 도담이 버럭 소리를 질렀다.

일밖에 모르는 성격 파탄자 기주원이 그런 낯 뜨겁고 간지러운 감정을 느낄 리가 없다는 걸 알지만, 이렇게 도발하면 억울해서라도 솔직하게 말을 해주겠지. 나의 어떤 점이 그렇게나 마음에 안 드는지. 내가 왜 그렇게 싫어 죽겠는지.

도담은 이어질 말을 기다리며 주원에게서 눈을 떼지 않았다.

"…."

주원은 이내 그 시선을 피하듯 고개를 숙이고 입을 닫았다. 아무 대답도 하고 싶지 않다는 듯이. 주원을 바라보는 도담의 시선이 더욱 노골적으로 깊어졌다. 처음엔 답답함만 가득하던 그 눈빛은 곧 의아함으로 물들었고, 금세 엄청난 혼란으로 가득 찼다.

"팀장님… 얼굴이 왜 이렇게 새빨개졌어요?"

도담이 물었다. 눈앞에 서있는 주원의 모습을 보고도 믿을 수 없다는 표정이었다. 그 말에 놀란 주원은 고개를 들었고 새빨개진 얼굴 그대로 되물었다.

"…내가?"

"네, 지금 볼에서부터 귀까지 엄청 난리가 나셨는데…."

주원은 손으로 제 뺨을 만져보았다. 한여름의 태양 볕이라도 쬐고 온 사람처럼 손끝에서 느껴지는 온도가 확연히 높았다. 그 사실을 깨달은 순간 주원은 절망스러워졌지만, 두 눈을 반짝이는 도담의 앞에서는 절대 티 내고 싶지 않았다.

적장의 원수가 와서 날 쳐죽인다고 해도 그렇게는 못 해. 아니, 안 해. 이건 질투가 아니니까. 온도담이 소리 지르고 집을 나가버린 충격 때문에 잠시 감정 컨트롤이 안 되는 것뿐이지, 온도담과 서재이의 사이를 질투해서 이러는 건 절대 아니야. 나는 그런 '언프로페셔널'한 짓 안 해.

"후우…."

주원은 깊은숨을 몰아쉬며 살짝 흐트러져 있던 머리를 정리했다. 그러고는 다시 도담에게로 고개를 들었다. 얼굴의 홍조는 조금도 가시지 않았지만, 적어도 표정은 인상 더러운 기주원 그대로였다. 도담은 두 눈을 끔뻑거리며 그를 바라보았다. 그러자 주원은 업무 지시를 내릴 때처럼 차분한 목소리를 그녀에게 내뱉었다.

"온도담 씨. 지금이 헛소리나 지저귈 때입니까?"

"그렇지만 눈에 보이는 게…."

"시끄럽습니다. 앞으로 업무와 상관없는 얘기는 상대하지 않을 테니, 질투니 뭐니 하는 헛소리는 온도담 씨 망상에서 끝내세요."

다시 시작된 저놈의 존댓말. 딱딱한 말투로 제 할 말만 깔끔하게 뱉어낸 주원이 홱 몸을 돌렸다. 도담에게서 멀어지는 그의 뒷모습은 단호하고 냉정했다. 그 모습만 봐서는 평소의 냉혈 인간 기주원과 별로 다를 바가 없었다. 하지만 도담은 그래서 더 의아했다.

'대체 어느 장단에 맞춰줘야 하는 거야, 저 인간.'

늘 그렇듯, 서재 앞으로 걸어간 주원이 문을 열었다. 문 앞에는 주원이 직접 쳐놓은 개 펜스가 있었지만, 무슨 생각에서인지 그는 개 펜스를 열지 않고 그냥 안으로 들어가려 했다.

쿠당탕!

요란한 소리와 함께 개 펜스가 넘어졌다. 그러자 주원은 잠시 도담 쪽을 살피는가 싶더니, 서둘러 넘어진 펜스를 다시 고정하려 애썼다. 하지만 개 펜스는 주원의 말을 순순히 들어주기 싫었는지, 좀처럼 문에 고정되지 않았다.

"아, 좀…!"

"…."

"이거나 저거나 마음에 안 들어 미치겠네."

한동안 애쓰던 주원이 결국 신경질적으로 개 펜스를 내던져 버렸다. 성심성의껏 설치해 놨던 개 펜스는 그렇게 바닥 신세가 되어버렸다. 도담은 이 모든 광경을 가만히 서서 지켜보고 있었다. 분명 화를 내고는 있는 것 같은데, 평소처럼 엄해 보이는 것이 아니라… 어쩐지 묘하게 안쓰러워 보였다.

“저… 팀장님, 도와드릴까요?”

“아니요.”

머지않아 주원은 아무 일 없던 것처럼 꼿꼿이 일어섰다. 그러고는 도담 쪽으로 몹시 까칠한 시선을 건넸다.

“앞으로는 스케줄 공유 똑바로 하세요. 돌발 상황일수록 상사한테 즉시 보고하는 건 기본 중의 기본입니다.”

“….”

“알았습니까, 온도담 씨.”

“아, 예. 뭐….”

어쩐지 탐탁지 않은 도담의 대답. 하지만 주원은 더 이상 추궁하지 않고 서재로 들어가 버렸다.

쾅!

덩그러니 거실에 남은 도담은 그가 사라진 자리를 물끄러미 바라보다가, 고개를 갸웃거리며 혼잣말을 중얼거렸다.

“방금… 뭘 하신 거지?”

그 시각, 궁지에 몰린 소라게처럼 서재 안에 몸을 숨긴 기주원.

“하아… 내가 미쳤나….”

처음으로 누군가에게 강하게 휘둘린 그는 애꿎은 관자놀이만 꾹꾹 문지르는 중이었다. 하지만 그런다고 해서 마음이 차분해질 리 없었다. 아무래도 장기적인 프로젝트를 맡다 보니, 과부하에 걸린 것 같다. 그렇지 않고서야 이렇게 감정적으로 동요할 수가 없다. 정말 ‘언프로페셔널’하게.

＊ ✦ ＊

유달리 햇살이 좋은 아침. 서재의 문이 열렸다. 때마침 거실에서 토스트를 먹고 있던 도담은 그 안에서 걸어 나오는 바깥 양반에게 인사를 건넸다.

"좋은 아침입니다!"

"네."

다시 생각해 봐도 이상했던 '기주원 딸기 사태' 후 얼마나 지났더라. 주원은 여전히 로봇 같은 태도와 존댓말을 유지하는 중이었다. 도담은 그런 그에게 몇 번이나 자연스럽게 대하라고 얘기해 봤지만, 그때마다 그는 줄곧 못 들은 척해왔기에 이젠 그냥 내버려 두는 중이다.

"식사는요?"

"점심 약속이 있습니다."

"누구랑?"

"그걸 꼭 온도담 씨한테 일일이 보고해야 합니까?"

까칠하게 대답한 주원은 드레스 룸으로 향했다.

어차피 외근 나가는 거면서 괜히 뭐 있는 척하긴.

도담은 주원이 들어간 드레스룸을 흘겨보며 다시 아침에 집중했다. 하지만 얼마 뒤, 옷을 제대로 갖춰 입은 주원이 등장했을 때 도담의 얼굴에는 어리둥절한 기색이 역력했다.

본부에 가는 거라면 정장을 풀 세팅으로 갖춰 입을 텐데, 묘하게 캐주얼한 저 댄디룩은 뭐지. 게다가 손에 들린 커다란 선물 박스는 여성 가방 브랜드 아닌가?

"어디 가세요?"

그 선물 박스를 무시할 수 없었던 도담이 묻자 주원은 곧장 현관으로 향하며 무심한 대답만 남겨놓았다.

"보고할 생각 없다고 말했습니다."

"아니, 같은 팀인데 어디 가는지 정도는 알아야죠. 무슨 일 때문인데 그래요?"

"사적인 스케줄입니다. 업무랑은 관련 없는 일이니 신경 끄세요."

업무랑 관련 없는 사적인 스케줄 뭐!

도담은 버럭 소리 지르고 싶은 걸 가까스로 참아냈다. 이렇게 추궁해 봤자 싸우기만 하리라는 걸 뻔히 알고 있기 때문이었다.

후우, 참을 인이 세 개면 살인도 면한다고 했어. 참을 인 두 번이면 이혼의 위기 정도는 극복할 수 있겠지.

"그, 그럼 일찍 들어올 거죠?"

도담이 토스트를 든 채 주원의 뒤를 졸졸 따르며 물었다. 그사이 구두를 다 신은 주원은 여전히 쌀쌀맞은 목소리로 대답했다.

"확답 못 합니다."

그러다 현관문을 열려다 말고, 도담에게로 흘깃 시선을 돌린다.

"온도담 씨."

"왜요."

"서재 책상 위에 종이 가방이 하나 더 있는데, 그것 좀 가져다주겠습니까?"

"누굴 만나는지는 모르겠지만 선물 엄청 많이 사 들고 가시네요."

"서둘러주면 더 고맙겠는데요."

주원의 재촉에, 도담은 눈을 흘기면서도 순순히 서재로 향했다. 개펜스가 사라지긴 했지만, 공식적으로는 온도담 출입 금지 구역인 서재. 기분이 언짢은 와중에도 그의 프라이버시가 살짝 궁금하긴 했다.

"하도 못 들어오게 하길래 꿀단지라도 숨겨놓은 줄 알았는데… 뭐, 별거 없네."

도담은 깨끗하게 정리된 서재를 보며 혼잣말을 중얼거렸다. 분류에 맞춰 깔끔하게 정리된 책꽂이, 먼지 하나 없이 깨끗한 선반. 거기에 파는 침대라고 해도 믿을 만큼 구김 없이 정리된 이부자리까지. 기주원의 공간은 평소 깐깐하고 꼼꼼한 그의 성격을 여실히 보여주고 있었다.

도담은 그 방을 쭈욱 훑어보다가 책상 쪽으로 다가갔다. 필기도구와 노트북, 자료들이 똑바로 정리된 그의 책상에는 오늘 아침까지도 일한 흔적이 고스란히 남아있었다.

"사람이 참 성실하긴 해."

도담은 그리 말하며 책상 위에 올려진 종이 가방을 집어 들었다. 백화점에서 나눠주는 커다란 봉투일 줄 알았는데 의외로 손바닥만 한 아담한 사이즈였다.

"이게 뭐지?"

도담은 손잡이 끈에 꽃 모양 장식까지 달린 종이 가방을 유심히 바라보았다. 하지만 딱히 브랜드명이 적혀 있지 않아서 아리송할 뿐이던 그때, 도담의 눈에 주원의 탁상 달력이 보였다.

"어…?"

오늘 날짜에 표시된 빨간 동그라미. 그 밑에 작은 글씨로 적힌 내용은 도담의 시선은 물론 온 신경까지 잡아끈다.

나은 씨 만나는 날

"나은 씨?"

한 번도 누구를 부를 때 성을 빼본 적 없던 사람이….

"나은 씨?"

순간 이성을 잃은 도담이 쿵쾅거리는 걸음으로 주원에게 달려갔다. 아직 현관에 서있던 주원이 까칠한 표정으로 그녀를 맞이했다.

"뭐가 이렇게 늦습니까. 숨겨놓은 거 찾는 것도 아니면서."

"나은 씨가 누구예요?"

"뭐?"

"나은 씨가 누구냐구요! 나은 씨 만나러 가는 거잖아요, 지금!"

어찌나 목소리가 컸던지 귀에서 삐이 하는 이명이 돌았다. 주원은 귀 한쪽을 막고 인상을 쓴 채, 무심한 대답만 꺼내놓았다.

"남의 스케줄러는 왜 훔쳐봅니까."

"내가 보려고 봤어요? '나은 씨' 세 글자가 아주 내 눈을 잡아 끌더만!"

"누구든 온도담 씨한테 설명할 의무는 없다고 생각합니다."

"봐봐! 나는 온도담 씨면서! 나은 씨는 나은 씨고!"

지금껏 원래 그런 사람이라고 생각해서 자신을 아무리 쌀쌀맞게 대해도 신경 안 쓰던 도담이었다. 하지만 누군가에게는 성을 빼고 이름만 다정하게 불러줄 수 있는 남자였다니. 게다가 예쁘게 포장된 선물 공세까지 할 수 있는 스위트 가이였다니. 이건 정말 반칙이다. 아무리 논리 없는 배신감이라 하더라도 어쨌든 내 마음이 그렇다면 그런 거다.

"실랑이할 시간 없습니다. 그사이 무슨 일 생기면 연락하세요."

그 마음을 알아줄 생각도 없는지, 주원은 도담이 들고 있던 작은 선물을 낚아채고 현관문을 나섰다.

무슨 일은 지금 생겼는데, 이대로 내빼겠다 이거지?

도담은 집을 나선 주원을 따라 현관문을 박차고 나갔다. 그러고는 엄청 신경 쓰이는 상대를 만나러 가면서 아무 말도 해주지 않는 그 남자에게 버럭 소리를 내질렀다.

"혹시 여자 친구 있어요?"

"…."

"말 좀 해봐요!"

"…."

"야! 기주원! 너 연애하냐고! 그럼 말이라도 좀 해주던가!"

쩌렁쩌렁 울리는 고함에도 일언반구 대꾸도 없이 엘리베이터에 몸을 싣고 내려가 버린 야속한 남자.

"씨이…."

열이 올라서 얼굴까지 빨개져 있던 그때, 뒤편에서 문이 열리는 소리가 들렸다.

"도담?"

이어지는 목소리는 이 상황을 절대 보여서는 안 되는 대상이었다. 더욱더 절망스러워진 도담은 울기 직전의 표정 그대로 그에게로 고개를 돌렸다.

"다 들었어요…?"

"뭘? 너 남편 바람피우는 거?"

"씨이… 기주원 진짜…."

도담이 원망을 풀어놓으며 이마를 감싸 쥔 채 고개를 푹 떨구었다. 재이는 그런 그녀를 향해 실내화도 신지 않은 맨발로 걸어왔다. 고개를 푹 떨군 참에 그 발만 물끄러미 내려다보고 있으니, 이내 부드러운 손길이 그녀의 정수리에 와닿았다.

"들어가자. 오늘 너한테는 내가 필요하겠다."

* ✦ *

경기도 용인의 외곽도로를 한 시간 반가량 달려온 차가 좁은 길로 접어들었다. 양 갈래로 펼쳐진 푸르른 참나무가 그림처럼 아름다운 길목. 하지만 이곳에 접어드는 주원의 표정은 그리 밝지 못했다. 목적지에 다다르면 다다를수록, 내비게이션에 거리가 줄어들면 줄어들수록 점점 더 무겁게 가라앉는 마음 때문이었다.

주원은 그 복잡한 감정을 애써 무시한 채 도로 끝만 바라보았다. 머지않아 참나무 길 끝에 익숙한 나무 판넬이 보였다.

사랑하는 이를 기억하는 공간, 하늘꽃 추모원

너무 진하게 쓰인 탓에 외면할 수도 없는 글씨를 보자, 핸들을 쥔 주원의 손에 더욱 힘이 들어간다. 그렇게 얼마나 애를 쓰고 달려갔을까. 주원의 까만 세단이 추모원 주차장에 멈추었다. 차의 시동은 금세 꺼졌지만, 주원은 핸들만 붙잡은 채 한동안 움직이질 않았다.

하늘과 가까운 산 중턱에 위치한 추모원. 오늘은 하필 구름 한 점 떠있지 않은 맑은 날이라, 주원은 감히 밖으로 나갈 수가 없었다. 혹시라도 그 사람이 이곳을 내려다보고 있을까 봐, 그게 두려워서.

"후우…."

주원은 긴 숨으로 착잡한 심정을 정리했다. 이런다고 짙은 어둠이 가시질 않는다는 걸 알지만, 뭐라도 해보지 않으면 안 됐다. 그때 똑똑 하고 누군가 운전석 창문을 두드렸다. 놀란 주원의 눈이 소리 나는 쪽으로 향했다. 그러자 보이는 건 마주할 때마다 평정심을 무너트리는 얼굴이었다.

"주원 씨, 안 내리고 뭐 해?"

"나은 씨…."

오늘도 어김없이 싱그러운 미소를 입가에 머금은 채, 주원을 살갑게 바라보는 그녀. 주원은 그녀가 알아채지 못할 만큼 이를 악 깨물었다. 그래야 그녀만 보면 토해버릴 것 같은 말을 삼킬 수 있어서였다.

그래서 자꾸 같이 있고 싶나 봐

"용케 울지는 않네."

재이가 식탁에 앉은 도담의 앞에 찻잔을 놓아주며 말했다. 그의 말대로 용케 울지는 않고 있지만, 표정은 울상 그 자체인 도담이 심술 맞은 목소리로 대꾸했다.

"왜요. 집이 떠나가라 울어댔으면 좋겠어요?"

"아니, 너무 다행이라서. 나 우는 여자한테 약하거든. 방금 실연당한 여자한테도 약하고."

"허이구, 누가 들으면 우는 여자랑 실연당한 여자 빼고는 다 강한 줄 알겠네."

도담의 빈정거림 지수가 몇 배는 높아졌다. 하지만 재이는 도담이 빈정대는 말투로 말할 때가 제일 재미있었다. 아마 그럴 때마다 병아리처럼 뾰족하게 튀어나오는 입술이 귀여워서일지도 모르겠다.

"일단 커피부터 마셔. 너 이거 좋아한다며."

재이가 도담의 앞으로 커피잔을 밀어주었다. 도담은 그제야 테이블 위 찻잔으로 시선을 끌어내렸다. 어쩐지 인스턴트의 향이 달콤하게 풍긴다 했더니, 찻잔에 담긴 커피는 도담이 좋아하는 믹스 커피였다.

"믹스 커피는 없다면서요."

"없었는데 어제 편의점 갔다가 보이길래 사봤어."

"집에 다른 좋은 커피 많으면서 뭐 하러 샀대?"

"너 놀러 올 때마다 타주려고."

재이가 부드러운 미소를 띠며 말했다. 다른 이성이었다면 살짝 마음이 흔들렸을 수도 있었을 멘트였지만, 방금 전 실연당한 도담에게는 다 삐딱하게만 들릴 뿐이었다.

"그래요, 나는 평생 이런 거나 마실게요."

"니가 좋아한다고 해서 사놨는데 왜 삐졌어?"

"아, 몰라요! 아무랑도 말하기 싫어."

도담은 툴툴거리면서도 커피를 마셨다. 달콤한 맛이 입안을 감돌자 언짢았던 기분이 조금은 풀리는 듯했다.

"물은 잘 맞췄네, 뭐."

그래서 되지도 않는 칭찬을 건네니, 재이는 정말 기쁘다는 듯이 웃었다.

"영광입니다."

찬장에서 유명 파티셰의 쿠키까지 꺼내 온 재이가 도담의 맞은편에 앉았다. 그러고는 하나도 진지하지 않은 표정으로 대뜸 물었다.

"그래서, 남편한테 여자가 생겼다고?"

"쿨럭!"

너무 직접적이라서 당황스럽기까지 했다. 이제 와서 아니라고 할 수도 없는 노릇이었기에, 도담은 조금만 솔직해지기로 했다.

"생긴 건지 아닌 건지는 잘 모르겠는데, 신경 쓰이는 이름은 있네요."

"신경 쓰이는 이름?"

"오늘 아침에 엄청 열심히 나갈 준비를 하는 거예요. 평소 회사 갈 때보다도 더 예쁘게 입고."

"바람이네. 회사에 상대가 있나 보다."

"아직 일 절반에 안 했거든요? 그런데 거기서 더 이상한 건 선물을 들고 나가는 거예요. 그것도 여자 가방!"

"바람 맞네. 회사에 가방 좋아하는 여자가 있나 보다."

똑같은 대답의 반복이었지만, 재이의 표정은 굉장히 단호했다. 주원에게 상대가 있다는 것을 확신하고 있는 모양이다. 지금까지의 정황상으로는 그렇게 생각하는 게 당연했다. 하지만 일말의 희망을 찾아보고 싶었던 도담은 계속해서 설명을 이어나갔다.

"아후, 바람 타령만 하지 말고 내 말을 좀 들어봐요."

"계속하세요."

"뭔가 이상하긴 했는데 가방 쇼핑백에 가방이 담겨있으라는 법은 없으니까, 거기까지는 그냥 넘겼어요. 그런데 남편이 책상 위에 쇼핑백 하나 두고 왔다고 가져오라고 하대요?"

"작은 사이즈에 예쁘장한?"

"그걸 어떻게 알았어요?"

"뻔하지. 가방 나왔으면 반지나 목걸이 같은 액세서리 정도 나와 줘야지."

재이는 장난스럽게 말했지만 도담은 그걸 장난으로 넘길 수 없었다. 열불은 나지만 그래도 애써 사업적으로 중요한 사람일 거로 생각해 왔는데, 역시 다른 사람들이 보기에도 선물부터가 수상쩍었나 보다. 그때, 재이가 조언 하나를 덧붙였다.

"남편 휴대폰이나 수첩이나 달력 같은 거 확인해 봐. 거기 묘하게 자주 등장하는 이름이 있으면 높은 확률로 그 여자일 거야."

"나은 씨…."

"아, 이미 확인해 봤구나."

"씨이… 나은 씨인가 봐…."

그놈의 나은 씨가 누군지는 모르겠지만, 지금까지의 증거로만 봤을 땐 그 여자가 기주원과 보통 사이가 아니라는 게 확실한 상황. 꾹 잠가놨던 도담의 눈물 꼭지는 그제야 빠끔 열려버렸다. 서재이의 앞에서 약한 모습을 보이고 싶진 않은데, 도담은 이 현실이 너무 슬퍼서 참을 수가 없었다.

비록 우리가 진짜 부부는 아니더라도…. 대놓고 다른 여자 만나러 가는 건 너무하잖아. 그것도 선물까지 사 들고!

"도담, 울어?"

훌쩍거리는 도담을 본 재이는 당황한 듯 티슈를 뽑아 건넸다. 기분 탓인지는 모르겠지만, 어째 이 집 식탁에 앉았다 하면 계속 울기만 하는 것 같다.

"울지 마. 나 우는 여자한테 약하다고 했잖아."

"지금 그런 농담이 나와요? 남편한테 버림받은 사람 앞에서!"

"방금 실연당한 여자한테도 약하고."

"뭐라는 거야, 진짜아…."

도담에게 농담만 건네던 재이가 별안간 자리에서 일어났다. 그런 뒤 건네는 물음은 슬픔에 잠겨있던 도담에게는 굉장히 난데없었다.

"데이트하러 가자."

"뭘 하러 가자고요?"

"데이트. 너희 남편도 하는데 너라고 못할 게 뭐야."

"데이트는 무슨…."

도담이 거절하기도 전에, 재이는 제 드레스룸으로 발걸음을 옮겼다. 그러다 살짝 고개를 돌려 말했다.

"뭐 챙기거나 준비할 필요도 없이 몸만 따라 나와. 풀코스로 내가 책임질게."

* ✦ *

아무리 볕 좋은 날이어도 추모원 내부는 어쩐지 싸늘하게 느껴졌다. 그 사람의 유골함은 좋지도, 나쁘지도 않은 자리에 놓여있다. 어찌나 작고 좁은지, 꼭 교실 사물함 안에 그 사람을 처박아둔 것 같아서 별로 마음이 좋지 않다.

주원은 유리 너머에 들어있는 사진을 물끄러미 내려다보았다. 이 앞에 서있는 사람이 어떤 기분인지도 모르고 사람 좋게 웃고 있는 얼굴. 몇 년째 달라지지 않는 그와 눈을 맞추는 건 주원에게 너무 힘이 드는 일이었다.

'차현도.'

유골함에 쓰인 이름이 눈에 들어왔다. 그 이름을 부르면 기꺼이 대답해 주던 때가 생각나서, 주원의 표정이 한층 더 어두워졌다.

"주원 씨가 올해로 서른넷이던가?"

곁에 서있던 나은이 물었다. 현도만큼이나 주원을 챙겨주었던 현도의 아내. 주원은 그녀의 눈을 제대로 바라보지도 못하고 대답했다.

"…네."

"주원 씨, 처음 봤을 때는 되게 어려 보였는데."

"…."

"지금은 저기 사진 속의 현도 씨랑 비슷해 보여. 나이가 들긴 들었나 봐."

그녀는 현도에 대한 이야기를 나누는 걸 좋아한다. 죽음을 의식하지 않고 내일도 볼 수 있을 것처럼 이야기하는 건 그녀만의 추모 방식이었으나, 주원은 아직 그녀를 따라가기가 힘들다.

"취직하셨다면서요."

그래서 그 사람의 유골함을 앞에 두고서도 화제를 다른 곳으로 돌리니, 나은이 부드럽게 웃으며 대답했다.

"응, 식품회사 영업직. 어디서 들었어?"

"아는 선배한테서 들었습니다."

"아, 그랬구나. 보상금만으로는 애 키우기가 힘들어서 시작했어. 아직은 초짜라서 너무 힘든데 어찌 됐건 열심히 해보려고."

그녀가 씩씩하게 꺼내는 아이의 이야기. 그것 역시 주원이 감당하기 힘든 주제였다. 아이가 태어날 날만을 손꼽아 기다리며 행복해하던 그 사람의 얼굴이 자꾸만 생각나서. 여러 가지로 힘든 시간을 주원은 조금이라도 빨리 끝내보려 들고 온 선물 가방을 내밀었다. 나은은 뜻밖의 선물에 의아함을 감추지 못했다.

"이게 다 뭐야?"

"지난번에 가방이 낡으셨길래… 하나 샀습니다."

"아, 고마워. 이런 건 준비 안 해도 되는데."

"그리고 이건 시계. 외근이 잦은 직업이시니까…."

"시계까지? 너무 받기만 해서 어떡해?"

"둘 다 부담 느끼실 가격은 아니니 신경 쓰지 않으셔도 됩니다."

선물을 숙제처럼 넘겨버린 주원은 나은에게서 시선을 거두었다. 그러고는 또 다시 현도의 사진으로 가라앉은 눈동자를 고정시켰다. 마치 벌이라도 받는 사람처럼. 벌써 오 년째였다. 지치지도 않고 스스로를 단죄하고 있는 주원이, 나은은 그저 측은할 뿐이었다. 슬픔을 덜지 못하고 이렇게 오랜 시간 고통스러워하는 건 그 사람도 원치 않을 텐데, 주원은 그걸 알고 있으면서도 변하지를 못한다.

이번엔 좀 달라졌으려나 했는데, 어째 더 심해진 것 같아.

미동조차 없는 주원의 뒷모습을 가만히 바라보던 나은이 말했다.

"현도 씨는 좋겠다. 주원 씨가 자기 뒤를 이렇게 든든하게 이어주고 있어서."

"…."

"그 사람, 주원 씨를 제일 아꼈잖아. 가장 아끼는 후배가 어느새 이렇게 듬직한 팀장님이 돼서 나타나는 거, 나는 안 겪어봤지만 정말 기분 좋을 것 같아."

"…."

"아마 그래서 오늘도 날씨가 이렇게 좋나 봐. 주원 씨랑 오면 흐린 날이 없더라."

그 말은 주원을 짓누르고 있는 죄책감을 어떻게든 덜어내 보려는 그녀의 노력이었다. 하지만 주원은 제대로 들었으면서 대답 한마디 똑바로 하지 못했다.

'기주원! 안 돼!'

'선배님…!'

끼이이익 쾅!

그는 나로 인해 죽었다. 누가 위로를 해준다 해도 그 사실 하나는 절대 변하지 않을 것이다. 그러니 지금 이 작은 유골함에 들어간 그에게 내가 건넬 수 있는 인사는….

"그럼… 다음에 또 뵙겠습니다, 선배님."

다음에도 악착스럽게 찾아와 내가 없애버린 당신과 내가 망쳐버린 당신의 가족들에게 용서를 빌겠다는, 이제 와선 아무짝에도 쓸모없는 참회뿐.

* ✦ *

강남역 대형 영화관.

도담은 울적한 표정 그대로 티켓 판매기 앞에 서있다. 평소에는 금방 빛을 되찾던 여자인데, 오늘은 충격이 충격이니 만큼 쉽사리 기분이 좋아지질 않는다.

"보고 싶은 거 있어?"

재이가 묻자 도담은 한숨을 푸욱 내쉬더니 기운이 다 빠진 목소리로 대답했다.

"하아… 실연당한 사람이 영화를 봐서 뭐 해요."

"공포 영화볼까? 스트레스 확 풀리게."

"나 그런 거 싫어하는데…."

"그럼 액션은 어때? 속 시원해질 텐데."

"액션도 별로…."

계속 고개만 젓던 도담의 시선이 흘깃 영화 시간표로 향했다. 며칠 전 예고편을 보고서는 흥미를 느꼈던 영화가 마침 알맞은 시간대에 잡혀있었다.

"〈백 일간의 에로스〉 어때요? 로맨스 영화라서 별로려나…."

"로맨스? 난 아무래도 좋아. 이거 볼까?"

"네, 뭐… 굳이 본다면 그걸로…."

기운이 빠진 와중에도 호불호는 확실한 여자. 재이는 그런 그녀의 마음을 어떻게든 풀어주기 위해 티켓을 결제했다.

"콜라랑 팝콘은… 먹을 기분이 아닌가?"

입맛이 하나도 없어 보이는 그녀에게 혹시나 해서 물으니, 긴 한숨부터 내쉰 그녀는 우울한 목소리로 대답한다.

"휴우… 저는 먹을 기분이 아닌데, 입은 먹을 기분이라고 하네요."

"응?"

"팝콘은 캐러멜, 어니언 반반. 콜라는 제로로요…."

도담의 정확한 주문을 들은 재이의 입가에 미소가 번졌다. 어쩜 이 여자는 슬퍼하는 모습도 재미있을 수 있는지. 이래서 자꾸만 같이 시간을 보내고 싶어지나 보다.

"알았어. 도담이 먹고 싶은 거 다 먹어."

웃음기 어린 목소리로 대답한 재이는 머지않아 도담이 주문한 간식까지 전부 들고 왔다. 입장 시간을 기다리며 의자에 앉아있던 도담은 팝콘을 받아들자마자 자연스럽게 입에 집어넣는다.

"이 와중에 맛은 있네."

그러면서 내뱉는 감탄사는 진심 같았다. 저러는 걸 보면 생각만큼 충격이 세지는 않은 모양이다. 그런 도담을 가만히 바라보던 재이가 넌지시 물었다.

"생각보다는 괜찮아 보이네. 보통은 자기가 버려졌다는 걸 느낀 순간부터 이성을 잃고 날뛰던데."

진심으로 궁금해하는 눈빛이었다. 하지만 도담은 솔직하게 대답할 수 없었다. 버려졌다고 하기엔 애매한 자신의 처지 때문이었다. 그놈의 '나은'이라는 여자가 정말 주원의 애인이라면, 속은 무척 상할 거다. 실망도 엄청 할 거고, 며칠 동안은 비구름이라도 낀 것처럼 기분이 우중충할 거다. 하지만 남편의 외도를 맞이한 다른 여자들만큼 절망하진 못한다.

우린 애초부터 진짜 부부 사이가 아니었는걸. 믿음 같은 건 기대할 수도 없는 일방적인 짝사랑이었지.

"내가 강남 한복판에서 이성을 잃고 날뛰었으면 좋겠어요?"

도담이 뾰족해진 말투로 묻자 재이는 도리도리 고개를 저으며 대답했다.

"아니, 그런 걸 기대한 건 아니고."

"난리를 피워도 남편 앞에서 피워야지. 내 기분 전환시켜 주겠다고 데리고 온 사람한테 해서 쓰나."

"그럼 참고 있는 거야?"

"말하자면 그래요. 제가 워낙 배려심이 깊어놔서."

도담은 그리 대답하고는 휴대폰을 확인했다. 시간은 마침 영화 시작 십 분 전. 불리한 대화를 끝내기 딱 좋은 타이밍이다.

"이제 슬슬 들어가요."

도담이 자리에서 일어나자, 재이는 순순히 그녀의 뒤를 따랐다. 뭐가 그렇게 좋은지, 그는 여전히 생글생글 웃고 있다.

"뭐가 그렇게 재밌어요?"

그게 자꾸 거슬려서 물어보니, 재이는 가볍게 대답했다.

"넌 정말 신기해."

"네?"

"그래서 자꾸 같이 있고 싶나 봐."

다른 여자들이 들었다면 충분히 가슴 설렜을 멘트였다. 그러나 머릿속이 기주원으로 가득 차 있는 도담의 반응은 몹시 시니컬했다.

"그렇게 자꾸만 나 구경할 거면 관람료라도 내든지."

컨디션이 컨디션인지라, 평소보다 딱딱하게 대답한 도담이 걸음을 재촉했다. 그 뒷모습을 바라보는 재이의 입가에 미소가 더욱 짙어졌다.

* ✦ *

먼 길을 달려온 것치고는 턱없이 짧은 만남이었지만 주원에게는 이만큼도 버거웠다. 몇 마디 대화를 위해서 얼마나 처절하게 목소리를 정돈했는지. 그녀가 현도에 대한 이야기를 더 꺼냈더라면 제대로 무너질 뻔했다.

"주원 씨, 이왕 만난 김에 커피라도 마시고 들어가지 않을래?"

추모원을 나오며 나은이 물었다.

"급한 업무 때문에 바로 들어가 봐야 할 것 같습니다."

주원의 대답은 순 거짓말이었다. 하지만 견디기 힘든 상황에서 벗어나기 위해서는 어쩔 수 없는 선택이었다.

"그래? 하긴, 주원 씨는 바쁜 사람이니까."

그리 말하는 나은도 주원이 도망치는 중이라는 걸 눈치채고 있을 것이다. 하지만 그녀는 늘 그랬듯이 다 괜찮다는 얼굴로 웃어 보였다.

"그럼 산책이나 같이해. 주차장까지만."

"…."

"그 정도 할 시간은 있지?"

아무리 이 만남을 빨리 끝내고 싶었던 주원이라도 그것까지 거절할 명목은 없었다. 주원은 걸음을 천천히 하는 것으로 대답을 대신했고, 나은은 기회를 놓칠세라 그의 곁으로 조금 더 가까이 다가왔다.

"요즘도 회사 사람들이랑 데면데면하게 지내?"

나은의 질문은 현도가 자주 묻던 것이었다. 현도는 너무 융통성이 없어서 팀원들과 어울리지 못하는 주원을 항상 걱정했다. 그때마다 뭐라고 대답했더라.

"그냥 그렇습니다."

주원은 현도에게 그랬듯, 아무 의미 없는 대답을 나은에게 꺼내놓았다. 매번 똑같은 대답이었으나 나은은 그 대답의 무게가 달라졌다는 걸 알고 있다.

"그쯤 되면 회사 사람들이 대단한 건지, 주원 씨가 대단한 건지 모르겠어. 팔 년 동안 눈만 마주치는 사이였다고 해도 내적 친밀감은 장난 아닐 텐데."

"…."

"최근에 유독 가까워진 사람도 없어?"

이번 질문 뒤에는 떠오르는 얼굴이 있긴 했다. 오늘 어딜 가냐며 득달같이 캐묻던 그녀. 친밀한 사이라고는 말 못 하겠지만, 그나마 가까워진 사람이었다.

"요즘에는… 한 명 정도는 있는 것 같습니다. 프로젝트를 같이 진행하고 있는 팀원이요."

"정말 잘됐다! 여자, 남자?"

"여자입니다."

"그래? 여자야?"

나은의 얼굴에 더욱 화색이 돌았다. 친밀하게 지내는 사람이 여자라는 것만으로 별별 상상을 다 펼치고 있는 모양이었다. 현도만큼이나 호들갑스러운 나은의 성격을 잘 아는 주원은 서둘러 뒷말을 덧붙였다.

"생각하시는 만큼 친밀한 관계는 아닙니다. 그렇게 지낼 생각도 없고요."

"왜? 주원 씨 스타일이 아니야?"

"그렇다기보단… 이 이상 관계를 진전시키고 싶지 않습니다."

주원은 정면에만 시선을 둔 채 딱딱하게 대답했다. 나은은 그런 그를 설득하려는 듯, 보다 적극적으로 그를 올려다보았다.

"팔 년 동안 아무도 못 깼던 주원 씨의 철벽을 깬 사람이라면 보통은 아닌 것 같은데."

"…."

"마음 열고 잘 만나봐. 주원 씨 직업 특성상 같은 일 하는 사람 만나는 게 더 좋지 않겠어?"

틈만 나면 들이대는 온도담은 확실히 보통이 아니었다. 굉장히 특이하고, 과하고, 엉뚱하고. 그래서 천하의 기주원을 자꾸만 휘둘리게 만드는 그런 여자였다. 게다가 주원을 짝사랑한다고 노골적으로 표현해대니, 주원이 마음을 살짝만 열어줘도 관계는 밑도 끝도 없이 진전될 테지만….

"특별한 사람을 두고 싶은 마음이 없습니다."

주원은 그러고 싶지 않다.

"제 직업 특성상 그게 맞는 일이기도 하고요."

언제 목숨이 끊어져도 이상하지 않은 이 직업에 몸담고 있는 이상, 특별한 사람을 만들어 지금의 자신과 같은 고통을 겪게 하고 싶지 않다.

주원의 단호한 대답에 나은은 잠시 아무 말도 하지 않았다. 하지만 대화를 끝마치고자 하는 건 아니었다. 느리고 조용하게 흘러나오는 숨소리만 들어봐도, 그녀는 주원의 대답을 곰곰이 곱씹고 있다. 그러다 들려온 나은의 목소리는 주원의 가슴 깊은 곳을 쿡 하고 찔렀다.

"주원 씨 눈에는 내가 불쌍한가 봐."

분명 그런 의도로 한 말은 아니었는데 심장이 철렁 내려앉는 기분이다. 무슨 해명이라도 하고 싶었던 주원은 정면에만 고정해 두었던 시선을 나은에게로 돌렸다. 하지만 입을 열기도 전에, 나은은 차분한 목소리를 꺼내놓았다.

"하긴, 현도 씨 장례식 날은 내가 봐도 참 불쌍한 꼴이었지. 배는 남산만 하게 불러서 검은 상복까지 입고."

"…."

"엄청나게 울어댔잖아. 마지막 날엔 눈이 너무 퉁퉁 부어서 앞도 제대로 안 보였어."

아직 어제 일처럼 생생한 그날의 이야기에 주원은 귀를 막고만 싶다. 하지만 그날의 이야기를 되새기는 것도 주원이 받아야 할 형벌이었기에, 그는 입술을 꾹 닫은 채 나은이 하는 말을 가만히 들었다.

"우리 도은이 태어나던 날에도 불쌍해 보일 법했어. 아이가 태어났으면 행복하게 웃고 있어야 하는데, 주원 씨 얼굴 보자마자 또 엄청 울었잖아."

"…."

"생각해 보니까 주원 씨 앞에서는 불쌍한 꼴밖에 안 보였네."

아까는 타이밍을 놓쳐서 해명을 못 했는데, 지금은 목소리가 안 나와서 아무 해명도 못 하겠다. 여기서 무슨 말이라도 했다가는 지금 얼마나 고통스러워하고 있는지 낱낱이 드러나 버리고 말 거다. 그래서 어쩔 수 없이 아무 반응도 보이지 않았더니, 나은이 별안간 걸음을 멈추었다. 그러고는 그녀를 따라 두 발을 멈춘 주원을 똑바로 올려다보며, 차분하게 말을 이었다.

"그래도 진짜로 불쌍했던 적은 없어. 나는 그 사람을 만나고, 그 사람과 결혼하고, 그 사람의 아이를 가져서 진심으로 행복했으니까."

"나은 씨…."

"그 사람이 떠나던 날에도 이별이 아쉬웠을 뿐이지, 내 삶이 불행하진 않았어. 그 사람이 사라진다고 해서 우리가 함께했던 시간까지 사라지는 건 아니잖아."

"…."

"난 그 사람과의 추억만 있으면 언제든, 어디서든 금방 행복해질 수 있어. 그래서 지금도 이렇게 행복하게 사는 거고."

나은이 주원에게로 손을 뻗었다. 차가운 주원의 손을 감싸는 그녀의 온기는 얼굴에 번진 미소만큼이나 따듯했다.

"그러니까…."

"…."

"주원 씨도 행복해졌으면 좋겠어. 꼭."

그런 뒤 내뱉는 그녀의 소원은 주원의 가슴을 쓰라리게 만들었다.

나도 그 사람과 함께한 시간이 좋았는데. 나도 그 좋았던 순간들을 하나도 빠짐없이 기억하고 있는데. 왜 이렇게 내 삶이 불행한지 모르겠어. 빛 한 점 들어오지 않는 끝없는 터널을 터벅터벅 걷고 있는 느낌이야. 아마 그 사람은 내가 나의 죄를 잊지 않기를 바라나 봐.

그녀의 앞에서는 도저히 솔직해질 수 없었던 주원은 마른 침부터 삼켰다. 그러고는 겨우 입술을 떼어내어 대답했다.

"…그랬으면 좋겠군요."

행복해지겠다는 의지도, 각오도 보이지 않는 무기력한 대답. 하지만 그것이 최선이었다. 사실 주원의 마음속에는 그랬으면 좋겠다는 정도의 희망조차도 없었으니까.

＊ ◆ ＊

슬프다고 소문난 로맨스 영화 〈백 일간의 에로스〉.

"으으으…."

그렇다고 해도 도담은 아무도 안 우는 초반부부터 눈물을 줄줄 흘리고 있다. 그도 그럴 것이, 영화의 줄거리 자체가 오랜 연인이자 배우자인 프시케에게 버림받은 에로스가 남자 주인공이기 때문이었다. 프시케가 에로스의 가장 절친한 친구 제피로스와 바람이 났다는 걸 알게 된 순간부터 잔잔하게 시작되었던 도담의 눈물은 프시케의 환생 격인 여자 주인공도 제피로스를 좋아한다는 사실에 콸콸 터져버렸다. 하지만 그건 영화의 극 초반부로, 도담은 지금 영화가 시작된 지 십오 분 만에 오열하고 있는 것이다. 아무도 안 우는데 혼자서만.

"흐으으으… 저 나쁜 가시나…."

"도담, 괜찮아?"

"어떻게 좋아하는 사람이 생겼다는 걸 그렇게 감쪽같이 숨길 수가 있어? 어떻게… 흐으으으…."

"안 되겠다. 도담, 나 봐봐."

재이는 눈물로 범벅이 된 도담의 얼굴을 제 쪽으로 돌려놓았다. 영화 따위는 아무래도 좋은지, 그녀는 순순히 재이를 바라보았다.

"너 영화 보는 거 아니지."

"흐으으으…."

"남편 생각하고 있지."

"흐어어어…."

"하아… 바보같이."

재이가 소매 끝을 내려 도담의 얼굴을 가볍게 두드려주었다. 도담은 재이의 손길을 곧이곧대로 받으면서도 눈물을 멈추지 못했다.

영화 속 에로스의 처지가 자신과 너무 비슷해서 눈물이 난다. 물론 나는 에로스처럼 그 사람의 배우자도 아니고, 그 사람에게 믿음을 바랄 주제도 안 되지만, 어쨌든 배신감만큼은 에로스랑 비등비등하다고 본다.

'온도담 씨, 지금 제정신입니까.'

'지금 뭐 하자는 겁니까, 온도담 씨.'

'온도담, 일 똑바로 해.'

'온도담, 정신 안 차려?'

내 이름은 성까지 딱딱 붙여가면서 그렇게 쌀쌀맞게 불렀으면서. 나은 씨라니. 그놈의 나은 씨 만나러 선물까지 두 개 챙겨 나가는 꼴이라니. 진짜 너무해. 기주원이 매정한 성격이었던 게 아니라, 그냥 나한테만 정이 없었다는 거잖아.

어차피 진짜 부부도 아니니 깊이 생각하지 말자고 다짐했던 마음은 슬픈 로맨스 영화에 심하게 이입을 하면서 무너져 내려버렸다.

아직도 떠나간 여자를 그리워하는 에로스가 어찌나 바보 천치 같은지. 그건 이 순간까지도 그 여자와 희희낙락거리고 있을 기주원 생각에 슬퍼하는 제 처지와 똑같아서, 서러움이 가시지를 않는다.

"아까는 내 앞에서 울고불고 난리 안 치겠다며."

재이가 속삭이자 도담은 그런 그를 괜히 원망스럽게 째려보며 화풀이했다.

"그게 내 마음처럼 쉽나? 사람 감정이 마음먹은 대로 다 됐으면 남편 짝사랑하는 것부터 진작 때려치웠어요."

이 와중에 말은 참 잘한다. 매번 신이 나있던 사람이 이렇게 엉엉 우는 모습도 새롭긴 하지만… 역시 이 여자는 웃는 얼굴이 훨씬 더 보기 좋네. 도담의 젖은 얼굴을 가만히 들여다보던 재이는 짧은 한숨을 내쉬었다. 그러고는 나직한 목소리로 물었다.

"내가 그치라고 해도 안 그칠 거지."

"안 그치는 건가. 못 그치는 거지이이…."

"나 눈물 뚝 멎게 하는 법 아는데, 그거라도 해줄까?"

"그게 뭔데요오오…."

되묻기가 무섭게 재이는 둘 사이에 있던 팔걸이를 올려버렸다. 한 손으로 도담의 팔을 끌어당기고, 다른 한 손으로는 가까워진 그녀의 몸을 꼬옥 감싸 안는다.

"재, 재이 씨…?"

재이의 가슴팍에 폭 파묻히는 도담의 젖은 얼굴. 갑작스러운 스킨십에 너무 놀란 도담이 울음을 뚝 그친 목소리로 그를 부르자, 재이의 나직한 목소리가 들려왔다.

"어때? 효과가 좀 있어?"

토닥토닥.

재이의 손길이 도담의 등을 토닥거리기 시작했다. 어찌나 부드럽고 느긋한지, 이 품을 벗어날 생각조차 못 하게 만든다.

"아니, 지금 뭐 하는 거…."

"쉿… 울음 다 그치면 놔줄 거야."

그렇게 도담을 품고 있던 재이는 그녀의 숨소리에서 울음기가 완벽하게 가신 뒤에야 그녀를 놓아주었다. 눈물이 아직 마르지 않아서 유독 촉촉한 그녀의 눈동자를 마주 보는 재이의 눈가에 눈웃음이 맺혔다.

"봐, 이제 뚝 그쳤지?"

처음엔 용의자. 그다음엔 문제 많은 옆집 남자. 또 그다음엔 편한 친구. 함께 보내는 시간이 쌓이면 쌓일수록 다르게 느껴지던 그의 존재감. 지금 그는 또 다른 의미로 느껴진다. 이러고 있으니까 꼭 썸이라도….

기주원 바라기 온도담의 신분으로는 할 수 없는 엄청난 단어를 막 떠올린 그때, 툭툭 하고 누군가 도담의 좌석을 신경질적으로 찼다. 깜짝 놀란 도담은 눈물부터 정리했고, 재이는 뒷좌석의 남자에게로 고개를 돌렸다.

"아니, 누가 자꾸 이렇게 시끄럽게 하는 거야."

"시끄러웠어요?"

"네, 시끄러웠어요. 그러니까 여자 친구 수도꼭지 간수 좀 잘 해주세요. 예?"

"너무 미안해요. 내 여자 친구가 감수성이 풍부해서."

재이는 성이 난 뒷좌석 남자에게 넉살 좋게 웃으며 사과했다. 원인 제공자 도담도 그런 재이를 따라 사과하기 위해 뒷좌석으로 시선을 돌렸다.

"아, 죄송…."

하지만 스크린에서 새어 나오는 빛을 통해 뒷좌석의 남자를 확인하자마자, 그녀의 얼굴은 새하얗게 질리고 만다.

"어…?"

그녀의 얼굴을 확인하자마자 짜증 가득했던 눈을 휘둥그레 뜨는 그 남자.

"누나…?"

누나 취급은 안 해주지만 일단은 도담을 누나라고 불러야 하는 그 남자.

"온…도영?"

예상치도 못하게 마주친 남동생, 도영의 얼굴을 확인한 도담이 그대로 얼어붙었다. 도영은 그런 도담을 믿을 수 없다는 눈으로 바라보다가, 의심스러운 시선을 그대로 재이에게로 옮겼다.

"아니, 지금 상황이 어떻게 돌아가는…."

"도담, 친동생이야?"

그 심상찮은 눈빛을 의심이라고 받아들였는지, 재이가 도담에게 물었다. 이 어이없는 상황에 말도 안 나와서 정면으로 홱 고개만 돌려두니, 재이가 도영에게 천진한 인사를 건넸다.

"안녕, 동생."

"그쪽은 누군데 지방에 처박혀 있어야 할 우리 누나랑…."

"아까 우리가 껴안은 거 너희 매형한테 비밀로 해주면 크게 보답할게. 현금 박치기로."

"매형…?"

망했다. 아마 상황이 이거보다 더 망하기는 힘들 거다.

"형이 여자를 좋아하긴 해도 결혼한 여자는 안 건드리거든. 그러니까 오해했다면…."

"결호오온?"

아니구나. 실시간으로 더 망해가는구나.

듣다 못한 도담이 재이의 손을 꽉 붙잡았다. 도영을 설득하려 노력 중이던 재이는 휘둥그레진 눈을 도담에게로 옮겼다.

"재이 씨."

"응?"

"뛰어나갈 수 있죠?"

"뭐…?"

알 수 없는 그녀의 질문을 이해하는 데까지는 얼마 걸리지 않았다. 그녀는 말을 마치자마자, 먹던 팝콘도 내버려 둔 채 냅다 뛰어나가기 시작했으니까.

"야! 온도담! 너 이씨…! 수지야, 미안하다! 오빠가 나중에 전화할게! 너 거기 안 서!"

뒤에서 들려오는 패닉에 빠진 온도영의 목소리. 도담의 다리가 점점 더 빨라졌다. 그 뒤를 엉겁결에 따르고 있는 재이의 시선이 잠시 맞잡은 손 위로 머물렀다.

우리 누나 결혼 안 했는데?

"도, 도담! 왜 그래!"

영화 상영관을 뛰쳐나와서 마구 달리는 도담을 뒤따르며 재이가 물었다. 대답할 기력까지도 전부 달리기에 써야 했던 도담은 말없이 속도만 올렸다.

"야! 온도담! 어딜 튀어!"

하지만 그녀의 동생 온도영은 쓸데없이 악착같은 구석이 있었다.

"니가 도망갈 수 있을 것 같냐!"

게다가 진짜 쓸데없이 체력이 어마어마했다. 고등학교 때는 그의 단거리 달리기 실력을 보고 체대에서 스카우트하려 했을 정도였으니.

"사, 사람 잘못 봤어요!"

"잘못 보긴! 내 이름까지 불러놓고서 뭘 잘못 봐!"

"아씨… 어쨌든 나 니 누나 아니라고!"

"아! 그럼 거기 잠깐 서보세요! 모르는 아가씨!"

도담은 미친 듯이 추격해 오는 도영을 피해 비상구로 들어갔다. 계단을 몇 개씩 성큼성큼 내려가는 그녀는 마치 날다람쥐 같았다. 재이는 그런 그녀를 따라가기 버거웠다.

"도담! 나 계단 빨리 못 내려가!"

"업어줄까요?"

"그게 말이 돼? 너랑 나랑 키 차이가 얼만데…!"

그래서 미묘하게 재이만 뒤처진다 싶었던 그때였다. 폴짝, 쿠웅! 온도영이 난간을 통해 바로 아래 계단으로 뛰어내리는 엄청난 기술을 선보였다.

"잡았다! 이놈!"

그런 그가 꽉 끌어안아 붙잡은 사람은 안타깝게도 재이였다.

"앗! 재이 씨!"

당황한 도담이 재이의 이름을 불렀다. 그러자 도영은 재이의 목덜미를 한쪽 팔로 꽉 조여놓고는, 휴대폰을 전기충격기라도 되는 양 재이의 턱 근처에 가져가 댄다.

"어어, 아가씨. 거기 서서 말해. 안 그러면 이자는 죽소."

"미쳤어? 너! 뭐 하는 짓이야!"

"미친 건 누나겠지! 지방으로 출장 가서 몇 달은 못 돌아온다며! 그런데 평일 낮에, 그것도 강남에서 지금 뭐 하는 짓이지?"

"그, 그건…!"

도담이 재이의 눈치를 보았다. 상황을 전혀 파악하지 못한 재이는 두 눈만 깜빡이며 도영의 품에 가만히 붙잡혀 있었다. 도담은 그가 수상한 낌새를 눈치채기 전에, 이 상황을 대충 마무리 지어보려 했다. 흥분한 온도영을 가라앉힐 수 있는 마법의 단어. 도영에게는 그거 하나면 충분했다.

"온도영! 지금 아무것도 묻지도, 따지지도 않고 돌아가 준다면 용돈 줄게! 니가 원하는 만큼!"

"뭐?"

"너 요즘 휴대폰 바꾸고 싶어 했지? 그거 바꿀 수 있을 만큼은 줄게! 그러니까 그 사람 놓고 순순히 돌아가! 수자 씨한테!"

"수지거든!"

굳건하던 도영의 눈빛이 조금씩 흔들리기 시작했다. 이대로라면 머지않아 고집을 꺾고 계좌번호나 찍어주고 제자리로 돌아갈 것이다.

휴우… 내 동생이 가족에 대한 의리는 없고, 돈만 밝히는 쓰레기라서 너무 다행이야.

"조, 좋아. 그럼 적어도 최신형 무약정으로 바꿀 수 있을 정도는…."

"매형한테도 비밀로 해주면 내가 용돈 더 얹어줄 수 있는데."

극적 협상의 실마리가 보이려는데, 그때 재이가 끼어들었다. 아까도 들었던 '매형'이라는 단어에 겨우 풀어지나 싶었던 도영의 표정이 다시 예리해졌다.

"저기요, 형. 아까부터 자꾸 매형, 매형 하는데… 그게 뭔 말?"

"아, 아! 재, 재이 씨! 아무 말도 하지…!"

"너희 누나 남편. 아, 요즘은 매형 말고 다른 단어로 부르나?"

오 마이 갓. 신이시여. 어찌 저에게 이런 시련을.

"남편…?"

도영의 혼란스러운 눈동자가 다시 도담에게로 향했다. 임기응변에 강한 그녀였지만, 이 상황을 어떤 식으로 넘어가야 할지는 쉽사리 떠오르지 않았다. 그래서 하얗게 질린 얼굴로 굳어있던 그때, 도영의 입에서 기어이 그 말이 나오고야 말았다.

"우리 누나 결혼 안 했는데?"

"응?"

"누나가 그쪽한테 유부녀인 척했어요?"

"아…."

"혹시…."

도영이 의심스러운 눈초리로 도담을 쏘아보았다.

"누나, 혹시 사기단에서 일해?"

딱 그 말까지 나왔을 때, 더 이상 상황이 망해가는 걸 두고 볼 수 없었던 도담은 도영에게로 걸음을 옮겼다.

"뭐, 뭐야. 왜 이래. 가까이 오지 마. 다가오면 쏜다!"

도영은 심상치 않은 포스를 풍기며 가까워지는 도담을 경계심 어린 표정으로 바라보았다. 하지만 그의 앞에 선 도담은 재빠른 손놀림으로 도영의 휴대폰을 빼앗아 가져간 뒤, 빠악! 도영의 정수리를 야무지게 내리쳐버렸다.

"이게 진짜!"

"아악!"

갑작스럽게 찾아온 고통에, 도영이 재이까지 놓아버리고 소리를 내질렀다.

"너 엄마한테 입 한 번만 뻥끗했다가는 진짜 죽을 줄 알아!"

"아니, 나는 걱정돼서…!"

"알았어, 몰랐어?"

"알았어! 알았다고! 내 휴대폰 내놔!"

도담은 약속을 받아내고 나서야 휴대폰을 던지듯 돌려주었다.

진작 이렇게 무력으로 제압할걸. 이성적으로 잘 해결해 보려고 했던 내가 등신이지!

"재이 씨, 가요!"

도담은 곁에 서있던 재이의 팔을 다시 붙잡아 끌려 했다. 드디어 상황이 정리됐다는 안도감에 한숨까지 몰아쉬었다. 하지만 재이는 그녀의 손길을 가볍게 피하는가 싶더니, 그의 손으로 직접 도담의 팔을 붙잡았다. 제법 힘이 들어간 그의 손아귀에 도담의 눈이 휘둥그레졌다.

"도담, 우리 얘기 좀 할까?"

처음 듣는 낮은 목소리였다.

재이를 만난 이후, 이렇게 가라앉은 분위기는 처음이었다. 얼굴에는 늘 그렇듯 은은한 미소가 어려있지만, 딱히 기분 좋아서 웃는 것이 아니라 관성적으로 굳어버린 듯한 미소였다.

얼음이 반쯤 녹아서 묽어진 커피를 들여다보던 도담이 어렵사리 입을 열었다.

"저기… 아까 일 말인데요."

카페 창밖을 향해있던 재이의 눈동자가 그제야 도담에게 향했다. 목을 가다듬은 도담은 한층 조심스러워진 목소리로 얘기를 꺼낸다.

"가족한테는 사정이 있어서 제가 어떻게 사는지 말을 못 했거든요."

자기가 생각해도 말이 안 되는 변명에 도담의 눈빛이 한층 더 움츠러들었다. 재이는 그런 그녀를 빤히 들여다보며 특유의 나른한 목소리로 묻는다.

"결혼했다는 걸… 가족들한테까지 말 못 할 수 있나?"

"네, 네?"

"정혼이라며. 그럼 가족은 무조건 알아야 하는 거잖아."

"아… 그게…."

"정략결혼이라는 게 거짓말인 거야, 아니면… 결혼 자체가 거짓말인 거야?"

재이가 그리 묻는 순간. 도담은 머리를 최대한 굴려 어떤 쪽을 선택하는 것이 더 나을지를 생각했다. 하지만 NSO로부터 넘겨받은 자료에 적혀있던 서재이에 관한 설명이 그녀의 결정을 막았다.

그는 단 한 번의 거짓말도 용납하지 않는다. 실제로 그에게 접근했던 첫 번째 여자 요원은 서재이와 친밀도를 최대로 높이는 데 성공했으나, 직업에 대한 거짓말이 발각된 이후로 모든 연락과 관계가 끊겼다.

'둘 중 어느 하나를 선택해도… 서재이의 마음은 쾅 닫혀버리려나.'

진퇴양난에 놓인 도담은 깊은숨을 들이마셨다. 그러고는 재이의 눈을 똑바로 들여다보았다. 거짓말을 용납하지 못하는 남자. 그렇다면 둘 다 사실로 만들어버리면 되는 거다.

"제가 그랬죠. 정략결혼 '때문에' 같이 사는 거라고."

"응."

"맞아요. 정략결혼 때문이에요. 기주원 씨 정략결혼 때문에 나랑 그 사람이랑 살림 차린 거예요."

"기주원 씨… 정략결혼?"

그때도 한 번 유용하게 써먹었던 로맨스 소설 내용이었다. 완전한 도박이라는 걸 알고 있지만, 어차피 인생은 도박이라고 했다.

"그 사람이 집안에서 정해준 사람이랑 결혼하기 싫어서 나랑 사실혼 관계인 척하는 거예요. 집안에서 결혼 포기할 때까지 이렇게 장단 맞춰주기로 했어요."

"…."

"그래서 업체 때문에 날아가긴 했지만 웨딩 사진도 찍고, 분위기는 안 좋았지만 둘만의 결혼식도 하고…. 그걸로도 의심받을 것 같아서 한동안은 같이 살림 차리기로 했어요."

"…."

"가족들한테는 이런 일 한다고 말하고 싶지 않아서 지방에 있는 회사에 취직했다고 해뒀고요…."

거기까지 말한 도담은 재이의 눈치를 봤다. 더는 말할 내용도 없었다. 다행히도 재이가 다음 질문을 꺼내주었다.

"뭐 때문에 그런 일을 해?"

"그게… 제가 원래 짝사랑하던 상대라서 돕고 싶기도 했고…."

도담은 예전에 재이에게 술김에 했었던 얘길 다시 꺼내보았지만,

동요 없는 재이의 눈빛은 다른 설명을 필요로 하는 듯 보였다. 엄마는 이럴 때 팔아먹으려고 남동생을 낳아줬나 보다.

"또, 집안의 빚이 이 짓거리에 휘말리게 하는 데 큰 몫을 했지요. 남동생이 도박을 해서 집을 날렸거든요."

"아까 그 친구?"

"네, 재이 씨도 봤잖아요. 그 상황에서도 휴대폰 바꿀 돈 달라고 징징거리는 거. 애가 철이 안 들었어요."

도담은 설득력을 높이기 위해 땅이 꺼져라 한숨을 내쉬었다. 재이는 그 모습을 가만히 지켜보다가, 도담에게 한 번 더 질문을 던졌다.

"그럼 유부녀가 아닌 거네?"

"그, 그렇죠?"

"지금 같이 사는 남자랑 법적으로는 아무 사이도 아닌 거 맞지?"

"네, 뭐…."

이렇게 꼬치꼬치 캐묻는 걸 보니, 역시 탐탁지 않은 변명인가 싶어졌다. 도담은 식은땀이 나오는 손을 숨기기 위해 괜히 차가운 커피잔만 꼭 잡아 쥐었다. 그렇게 얼마나 가슴 졸이고 있었을까. 재이의 입술이 열렸다.

"다행이다…."

"네?"

"아니, 안 됐다고. 항상 웃고 다녀서 그런 사정이 있었을 줄 몰랐어."

재이의 눈가에 다시 편안한 미소가 어렸다. 모든 경계심을 허문 원래의 미소 그대로였다. 도담은 이 말도 안 되는 변명이 통했다는 사실에 심히 기뻐했다.

"제 말… 다 이해한 거예요?"

"응. 정혼 싫어서 집안에 시위하겠답시고 아무나 붙잡고 살림 차리는 거, 종종 일어나는 일이잖아. 내 주변엔 그러다가 애까지 만들어서 진짜 결혼하게 된 사람도 봤어. 좋은 꼴로 살고 있진 않지만."

휴우, 신이시여. 서재이를 이런 말도 안 되는 상황을 이해할 수 있는 재벌 3세로 태어나게 해주셔서 감사합니다.

"아, 그렇죠! 흔하게 쓰는 방법이라고 하더라구요! 저, 저는 소시민이라 잘 모르지만…."

"높으신 분 자제분들이야 동물의 왕국이 따로 없지."

"어쨌든 오늘 일, 남편… 아니, 주원 씨한테는 비밀로 해줘요. 다른 사람한테 가짜 살림인 거 들킨 거 알면, 돈 받기는커녕 몇 배로 물어줘야 한단 말이에요!"

도담은 겨우 넘어간 상황에 몹시 안도하며 거짓말을 더 했다.

"그냥 내가 위자료 물어줄 테니까, 너 우리 집 들어와서 살면 안 돼?"

"뭐라고요?"

"농담이야. 정색하긴."

그 말에 대답하는 재이의 표정은 그저 밝았다. 이번 건 진짜 안 믿을 줄 알았는데, 정말 하늘이 도운 모양이다.

"저기… 차도 다 마셨는데, 혹시 뭐 먹고 싶은 거 없어요? 영화표도 날렸으니까 밥은 내가 살게요!"

기분이 좋아진 도담은 다시 씩씩해진 목소리로 물었다. 재이는 늘 그렇듯 장난인지 진심인지 모를 반응을 보였다.

"나 비싼 거 먹을 건데 괜찮아?"

"어, 얼마나 비싼 거요?"

"호텔 코스 요리."

"에이, 그건 너무하지. 딱 버린 영화표 값만큼만 해요. 네?"

"도담, 너는 다 좋은데 너무 짠순이야."

모든 것은 다 그대로였다. 재이의 상큼한 미소도, 친근감 넘치는 편안한 분위기도.

"그러지 말고 나랑 분위기 좋은 데 가자."

"분위기 좋은 데요? 나랑?"

"응. 앞으로는 너랑 가고 싶은 곳도, 하고 싶은 것도 다 하려고."

"네?"

"우리 이제 그래도 되잖아."

하지만 무언가 미묘하게 달리 느껴진다면, 내가 찔리는 게 있는 탓일까.

도담은 커다란 눈동자로 재이의 얼굴을 물끄러미 바라보았다. 친절을 베풀 때만 조심스럽게 다가올 뿐, 한 번도 이유 없이 닿은 적은 없었던 그의 손이 그녀의 어깨를 감쌌다.

"뭐, 뭐예요?"

"에스코트."

"날 언제부터 이렇게까지 에스코트해 줬다고!"

"자꾸 잔소리하면 가짜 남편한테 다 이른다?"

"치사한 양반…."

재이의 걸음이 카페 밖으로 향했다. 그에게 이끌려 가는 도담은 순간 이래도 되나 싶었지만, 오늘은 최대한 맞춰주기로 했다. 괜히 수상하게 대했다가, 허점 많은 그녀의 변명을 되새기기라도 하면 큰 일이니까.

조금 전 일로 물고 늘어지고 실컷 놀려 먹기라도 할 줄 알았는데, 재이는 의외로 분위기 좋은 레스토랑으로 도담을 데려갔다. 시시콜콜한 이야기들을 나눴으며, 돌아오는 길엔 농담 따먹기나 하면서 즐거운 외출을 마무리했다. 온도영 깽판 사건이 있었나, 싶을 만큼 평소와 다를 거 없는 분위기였다.

"도담, 그럼 잘 들어가. 연락할게."

하지만 문 앞에서 작별 인사를 나눌 때, 스스럼없이 도담의 옆머리를 쓰다듬던 재이의 손길. 그게 평소와는 아주 미묘하게 달라서, 집에 들어와서도 도담의 머릿속을 떠나지 않았다. 그때 현관문이 열렸다. 머지않아 거실로 모습을 드러내는 사람은 도담의 가짜 남편, 기주원이었다.

"어, 여보 왔어요?"

도담은 자리에서 일어나며 주원에게 인사를 건넸다.

"저기, 오늘 말이에요…."

그러고는 아무리 생각해도 조용히 묻어둘 순 없을 것 같은 오늘의 불미스러운 일을 슬쩍 꺼내놓으려 하는데….

"내일…."

"네?"

"오늘은 얘기할 기운이 없으니까… 뭐든 내일 얘기하면 좋겠는데."

낮게 가라앉은 주원의 대답이 들려왔다. 평소보다 더 지쳐있는 목소리에, 도담의 눈빛에 걱정이 어렸다.

"어디 아프세요?"

"…."

"너무 기운 없어 보이는데…."

도담은 조심스럽게 주원에게로 다가가며 물었다. 하지만 주원은 그럴수록 빨리 서재로 걸음을 옮겼고, 문고리를 붙잡으며 말했다.

"내일 봅시다, 온도담 씨."

잔뜩 굳은 목소리로 꺼낸 딱딱한 인사. 할 말도 많고, 묻고 싶은 말도 많지만 하나도 입 밖에 꺼내지 못할 만큼 선명한 경계선이 보인다. 서재이와는 오늘 본의 아니게 더 가까워져 버린 것 같은데…. 어쩐지 정말 가까워지고 싶은 사람이랑은 점점 더 멀어지는 기분이다. 더 많은 감정을 나누고, 더 특별한 사이가 되면 좋으련만. 저 굳게 닫힌 마음이 언제쯤 틈을 보여줄지 도담은 도무지 모르겠다.

내 남편을 간호하는 법

다음 날 아침, 도담은 빈 벽을 보고 서있었다. 요즘 들어 이 집이 더욱 허전하게 느껴졌다. 지난번 가출 사건 때 약속도 받았겠다, 슬슬 결혼사진을 찍어서 걸어놔야 하는데…. 갑자기 이유도 없이 멀어진 기주원 때문에 결혼사진의 '결' 자도 못 꺼내봤다.

"오늘은 진짜 예약 잡아야지. 무슨 일이 있어도 꼭 잡을 거야."

사실 스튜디오는 몇 군데 추려놨다. 노트북에 즐겨찾기까지 해놨으니, 주원만 협조해 준다면 함께 고르기만 하면 되는 문제였다. 하지만 그놈의 기주원이 문제였다. 매번 도담보다 훨씬 일찍 일어나서 이른 아침부터 업무 태세를 갖추던 그가 오늘 서재 밖으로 한 발자국도 안 나왔다.

"방에 콕 틀어박혀서 뭐 하는 거야. 이쯤 되면 커피 마실 시간인데…."

도담은 조심조심 걸음을 옮겨 주원의 개인 공간이나 다름없는 서재로 향했다. 노크에 앞서 문에 귀를 바짝 가져다 대고 그의 기척을 살펴봤지만, 노트북 키보드 소리조차 들려오지 않았다.

"흐음… 일하는 건 아닌 것 같네."

똑똑.

도담은 한결 가벼운 마음으로 서재 문을 두드렸다. 보통 노크를 하면 즉각 '뭡니까.' 하며 퉁명스럽게 답하던 그였는데, 오늘은 어쩐지 아무런 대꾸가 없었다.

똑똑똑.

도담은 한 번 더 노크하며 귀를 조금 더 바짝 가져다 댔다. 안에서 미세한 기척이 들려오는 걸 보면 사람이 있긴 있는 모양인데, 주원은 여전히 아무런 말도 하질 않는다.

"팀장님? 안에 계시죠? 왜 대답이 없어요."

도담은 목소리로 그를 부르기 시작했다. 그녀가 말 거는 걸 몹시 귀찮아하는 주원이니, 이 정도면 뭐라 반응이라도 해줄 터였다. 아니나 다를까. 이내 방 안에서 주원의 대답이 들려왔다.

"가…."

다 꺼져가는 쉰 목소리였다. 마치 중병이라도 걸린 사람이 내는 신음과 비슷해서 도담은 가슴이 철렁 내려앉았다.

"어디 아프세요? 목소리가 안 좋은데…."

"됐어…."

"아픈 거죠? 아픈 거 맞죠?"

"됐으니까 가라고…."

"어떻게 가요! 지금 들어갈 테니까 옷 벗고 있으면 아무거나 둘러요! 알았죠!"

주원이 몹시 걱정스러웠던 도담은 슬쩍 문을 열었다. 주원은 춥지도 않은 방 안에서 이불을 둘둘 싸맨 채, 바닥에 깐 이부자리 위에 누워있었다.

"팀장님!"

깜짝 놀란 도담은 곧장 주원의 머리맡으로 달려갔다. 식은 땀이 그의 머리카락을 흠뻑 적시고 있었다. 어제 돌아와서부터 컨디션이 안 좋아 보인다 했더니, 감기라도 걸린 모양이었다.

"세상에… 땀 좀 봐. 팀장님, 저 좀 봐요!"

"비켜…."

"아니, 말 좀 들어요! 환자 주제에!"

도담은 웅크린 상태로 버티는 주원을 억지로 똑바로 눕혀놓았다. 그의 이마에 손을 올리니, 뜨거운 열이 확실히 느껴졌다.

"못 살아, 못 살아! 이렇게 아파서 못 나오고 있는 거였으면 말을 하지! 사람이 미련하게!"

퍽!

속상해진 도담이 저도 모르게 주원의 골반 부근을 내리쳤다. 그녀의 엄마, 홍 여사의 버릇이었다. 곧바로 정신을 차린 도담은 화들짝 놀라 그에게 사과했다.

"어머, 팀장님. 죄송해요. 때리려고 때린 건 아니고…."

"나가라고…."

"이불 때문에 아프진 않았죠?"

"제발 좀… 나가…."

하지만 주원은 엉덩이 한 대 얻어맞은 것 따윈 신경도 못 쓸 만큼 정신이 혼미한 상태였다. 가끔 스트레스가 한계치를 넘으면 이렇게 몸에서 탈이 나곤 하는데, 오늘이 바로 그날인 모양이었다. 이런 날은 병원도 소용없고, 하루 종일 죽은 듯 누워있어야 했다.

"일단 해열제부터 먹어야겠다. 아닌가? 죽 같은 거부터 먹어야 하나? 지금 음식 넘어가겠어요?"

그런데 이 여자는 왜 자꾸 귀찮게 말을 거는지. 모든 게 귀찮았던 주원은 이불 밖으로 손만 빼내서 휘휘 내저었다. 그건 누가 봐도 꺼지라는 뜻이었지만, 도담은 이를 못 본 것처럼 과하게 의욕적인 대답을 내뱉었다.

"팀장님! 아무 걱정 마세요! 오늘 하루 동안 제가 완벽하게 간호할게요!"

'아무것도 하지 마. 부탁이야.'

정말 하고 싶은 그 말을 꺼낼 기력도 없었다. 그래서 이불만 머리 위로 푹 뒤집어썼더니 신경에 거슬리는 그녀의 요란한 기척이 들려왔다.

쿠당탕!

"약이… 약이… 아! 찾았다! 해열제! 근데 약만 먹으면 속 버릴 텐데! 뭐 간단하게 먹을 거 없나?"

흐린 정신에도 들려오는 무시할 수 없는 혼잣말로 예상컨대, 기어이 무슨 일을 벌이려는 모양이다. 머지않아 그녀의 발소리가 다시 서재 쪽으로 가까워졌다. 주원은 도담이 또 무슨 짓을 하려나 싶어 살짝 이불을 내렸다.

“잠깐만 일어나 봐요! 옳지!”

도담은 주원의 뒷목을 붙잡고, 억지로 고개를 들어 올렸다.

“미쳤…!”

뭐라 성질을 내기도 전에, 주원의 입으로 꾸역꾸역 들어오는 밥 한 숟가락.

“꼭꼭! 아이구, 잘 먹는다! 자, 한 입만 더 먹고 약 먹어요!”

“그만 안… 우욱!”

이러다 나 죽겠다. 정말.

억지로 붙잡혀서 밥 몇 숟가락을 먹고, 억지로 알약까지 삼키고 잠이 든 건지, 기절한 건지 분간이 안 갈 정도로 정신을 잃었다가 오후에야 겨우 눈을 떴다. 주원은 습관처럼 머리맡에 놓아두었던 손목시계부터 확인했다. 시간은 벌써 오후 네 시. 아무것도 안 하고 누워서 하루를 버린 기분이다.

“아….”

주원은 흐린 신음을 내뱉으며 이부자리에서 몸을 일으켰다. 도담이 강제로 먹였던 해열제 덕분인지 열은 많이 떨어져 있었다. 하지만 그다지 고맙지는 않았다. 호들갑을 떨어대던 온도담 때문에 감기 전에 기 빨려서 죽을 뻔했으니까.

“목이 타네….”

땀을 많이 흘린 주원은 수분을 보충하기 위해 이부자리를 벗어났다. 열이 떨어졌다고 해도 아직 어지러운 머리 때문에 걸음이 비틀

비틀거려 책상을 지지대 삼아 겨우 문까지 걸음을 옮기고, 오늘따라 천근만근인 팔을 들어 서재 문을 열었다.

"팀장님! 이제 일어나셨어요? 뭐 필요한 거 있어요? 화장실 가시게요? 아니면 뭐, 따듯한 물 드릴까요?"

쾅! 그리고 바로 닫았다. 기다렸다는 듯 들려온 그녀의 목소리 때문에.

"앗! 뭐야, 나오시려는 거 아니었어요?"

득달같이 쪼르르 서재 앞으로 달려온 도담이 바로 닫혀버린 문 앞에 서서 물었다. 여전히 호들갑스러운 목소리였다. 도담의 넘치는 에너지를 감당할 기력이 없었던 주원은 문 하나를 사이에 두고 그녀에게 말했다.

"온도담, 심호흡해."

"아니, 문을 열어주시지 않고 왜…."

"일단 심호흡부터 하라고."

"후하. 후하."

이 와중에 말은 참 잘 듣는다. 도담의 흥분기를 가라앉힌 주원은 마치 대치 상황에서 협상이라도 하듯, 조곤조곤한 목소리로 그녀를 타이른다.

"한 번에 한 마디씩. 목소리 톤은 작게. 알았어?"

"네! 알았습니다!"

"더 줄여. 아직 시끄러워."

"네에… 알았습니다아아…."

도담이 속닥거렸다. 쩌렁쩌렁 골을 울리던 목소리보다는 차라리 그게 더 나았다. 주원은 그제야 다시 닫았던 문을 열었다. 몇 시간 새에 더 수척해진 그의 얼굴에 도담의 가슴 한구석이 찌르르 아파왔다.

"세상에… 저 잘생긴 얼굴이 그새 엉망진창이 됐네…."

도담이 안타까움이 담긴 혼잣말을 중얼거렸다. 평소 얼굴에 대한 평가를 딱히 신경 쓰지 않는 주원이었지만, 도담의 입에서 나온 '엉망진창'은 왠지 거슬려서 고개를 푹 숙였다.

"엉망진창이면 보지 마."

"에이, 못생겨졌다는 뜻은 아니고요. 그 인물 어디 가겠어요?"

"별소리를…."

도담을 가볍게 치워낸 주원은 주방으로 걸음을 옮겼다. 어쩐지 불안한 걸음걸이를 본 도담이 그를 부축해주기 위해 다가갔지만, 주원은 오지 말라는 제스처를 취하며 그녀를 막았다.

"치… 비싸게 굴긴."

도담의 툴툴거리는 목소리가 들렸다. 주원은 아무것도 못 들은 척 냉장고에서 물을 꺼냈다. 그를 따라 주방으로 온 도담이 냄비가 올려진 가스레인지 앞에 서며 말했다.

"죽 끓여놨어요. 그거 먹고 저녁 약 먹어요."

"입맛 없어."

"그래도 먹어야죠. 안 그러면 내일까지 골골거릴걸요?"

주원의 거절에도 불구하고 도담은 기어이 불을 켰다. 어쩜 저렇게 제멋대로 굴 수 있는지, 주원은 그녀를 볼 때마다 기가 찬다.

"넌 귀가 달린 거야, 만 거야? 내 말을 왜 그렇게 안 들어."

주원은 신경질적으로 그녀를 타박했다. 그러나 도담은 눈 하나 깜짝 않고 받아쳤다.

"어머, 자기는."

"뭐?"

"잔말 말고 식탁에 앉아요. 내가 나 좋으려고 이래요? 다 팀장님 빨리 건강해지라고 이러는 거지."

"하…."

편해도 너무 편해진 말투에, 헛웃음이 절로 나왔다. 부부 역할에 심취한 나머지 두 사람이 원래 직장에서 상하 관계라는 사실을 잊은 모양이다.

"온도담, 너…."

"아이고, 알았어요. 안 까불게요. 그러니까 팀장님도 말 좀 들으세요."

주원은 잔소리를 더 늘어놓고 싶었지만, 뭔 말을 제대로 꺼내기도 전에 도담이 그를 식탁 쪽으로 마구 밀어댔다. 몸이 멀쩡했으면 이렇게 작은 여자쯤이야 쉽게 떨구어낼 수 있었을 텐데, 오늘은 그럴 힘이 없어서 순순히 의자에 앉고 말았다. 잔뜩 구겨진 미간으로 불편한 심기를 드러내고 있으니, 도담이 그 얼굴을 보며 피식 웃었다.

"뭐가 웃기지? 사람 싫어하는 거 안 보이나?"

"보여요. 보이는데…."

"…."

"이제야 다시 원래 팀장님으로 돌아온 것 같네요. 딱딱한 존댓말도 안 쓰고, 투정도 엄청 부리고."

아… 사무적인 존댓말. 열 때문에 정신이 없어서 잊고 있었다. 그녀에게 불필요하게 감정을 소모하는 것 같아서, 의식적으로 관계를 되돌리던 중이었는데 이놈의 감기 때문에 다 망했다.

"정신 차리세요. 난 온도담 씨 상사입니다."

정신을 차린 주원은 이제라도 위엄을 되찾아보기 위해 은근슬쩍 말을 높였다. 그새 다시 냄비 앞으로 쪼르르 걸음을 옮긴 도담이 하하 웃었다.

"하하, 그냥 반말 쓰세요. 무의식중에는 반말 쓰는 거 보니까 팀장님도 반말이 훨씬 편한 것 같은데."

저 여자가 진짜….

주원의 심기가 점점 더 까칠해지든 말든, 도담은 열심히 만든 죽을 데우는 데 열중했다. 요리에 자신 있는 편은 아니었지만, 솔솔 올라오는 냄새를 맡아보니 제법 그럴싸하다.

"재료가 그렇게 많진 않아서 돼지고기 다진 거랑 당근밖에 못 넣었어요. 그래서 요리 이름은… 돼지고기 당근 죽!"

도담은 국자로 슬슬 뜨거워지고 있는 죽을 휘휘 저으며 말했다. 그 뒷모습을 물끄러미 바라보던 주원이 여전히 가시 돋친 목소리로 물었다.

"내 끼니 신경 쓸 시간에 개인적인 업무나 하지."

"몸이 아픈 파트너를 챙기는 것도 중요한 업무 중 하나죠."

"남의 도움 필요할 정도 아프지 않아."

"우리가 남인가. 고마우면 고맙다고 해요. 괜히 어린 애처럼 툴툴거리지 말고."

그리 대답하는 도담은 자신의 발전을 새삼 실감하는 중이었다. 원래는 기주원 앞에서 찍소리 못 하던 겁 많은 신입이었건만, 이젠 어느 정도 맞받아치는 것도 가능해졌다. 같이 살면서 볼 거 못 볼 거 다 봤기 때문이겠지. 요즘 주원이 딱딱하게 굴기 시작하면서 다시 원래대로 돌아가는 건가 걱정했는데, 그동안 함께 보냈던 시간들은 다행히 남아있었던 모양이다.

싱글벙글하는 사이에 냄비 안에 담긴 죽에서는 뜨거운 김이 솔솔 피어오르기 시작했다. 도담은 뜨끈뜨끈한 죽을 그릇에 정갈히 떠 담고, 주원이 기다리고 있는 식탁으로 가져다 놓았다.

"자, 천천히 드세요. 반찬 꺼내드릴게요."

그러고선 재빨리 냉장고를 열어 김치까지 꺼내 차려주니, 갑자기 주원의 진짜 아내가 된 것 같은 느낌이 든다. 아픈 남편을 챙겨주는 와이프. 이거 너무 애틋한 광경이잖아.

"뭐… 이렇게 된 거 잘 먹을게."

안 먹겠다고 고집통머리를 부리던 주원도 다 차려진 밥상 앞에서는 별수 없는지 긴말 않고 숟가락을 들었다. 맞은편에 앉은 도담은 그 모습을 가만히 지켜보았다.

이제 겨우 황소고집을 꺾고, 다시 그녀를 편히 대하기 시작한 그에게 묻고 싶은 게 있는데…. 도망가지 못할 지금이 적절한 타이밍이 아닐까?

"저기요. 팀장님."

도담이 주원을 넌지시 불렀다. 주원은 입술 근처까지 가져갔던 숟가락을 멈추고 그녀에게로 시선을 두었다. 도담은 그 눈을 똑바로 바라보며 계속 신경 쓰였던 이름을 한 번 더 꺼내놓았다.

"그래서… 나은 씨가 누구예요?"

"…."

"지금 만나는 사람이에요?"

주원의 미간이 대뜸 구겨졌다.

"쓸데없는 거 묻지 마."

"그 정도는 알려줄 수 있잖아요."

"내가 왜 그래야 하는데?"

"아니, 뭐… 너무 신경 쓰여서 업무에 집중하는 데 방해되니까…."

"…."

"그냥 여자 친구면 여자 친구다, 아니면 아니다. 확실히 말해주는 게 좋지 않을까 해서…."

풀어지지 않는 주원의 표정을 보자 말꼬리가 흐려졌다. 하지만 도담의 눈에 어린 호기심만은 걷히지 않았다. 주원은 그 동그란 눈동자를 보며 어떻게 대답해야 할까, 잠깐 고민했다.

나 때문에 목숨을 잃은 선배의 아내. 나 때문에 남편을 잃은 여자. 나 때문에 아버지를 잃은 아이들의 엄마.

머릿속에 떠오르는 단어 중 자신의 입 밖으로 내뱉고 싶은 말은 없었다. 주원은 모래알 같은 밥알을 꾸역꾸역 입안에 욱여넣으며 잠시 시간을 벌다가, 다시 또 새 술을 뜨는 척하며 자연스러운 침묵을 유지했다.

"혹시 말하기 싫은 게 아니라… 말하기 아픈 사람이라서 말 못 하는 거예요?"

그러다 그녀의 송곳처럼 예리한 질문에 놀라 뜨거운 숟가락을 떨어트리고 말았다.

"아, 뜨거…!"

김이 솔솔 나올 만큼 뜨거운 죽이 가슴팍에 떨어지는 바람에 큰 소리가 터져 나오자, 주원보다 당황한 도담이 후다닥 달려왔다.

"팀장님! 괜찮으세요?"

그러고는 상태를 확인해야 한다는 생각 하나에 사로잡힌 나머지, 주원의 티셔츠를 화악 걷어 올렸다.

"어디 봐! 어디! 안 데였어요?"

"…."

"어쩜 좋아. 피부가 빨개졌…."

그렇게 본인이 저지를 수 있는 최대의 사고를 저지르고 난 다음에서야, 도담은 뒤늦게 의식하기 시작했다. 제 눈앞에 펼쳐진 불긋하고 하얗고 단단한… 주원의 맨가슴을.

"어머…."

외마디 탄식과 함께 도담이 떨리는 눈동자를 들어 올렸다. 며칠 전보다 훨씬 더 새빨개진 기주원의 얼굴이 눈에 들어왔다. 사람이 죽기 전에 주마등이 스쳐 지나간다고 하던데, 순간 도담의 머릿속에도 그 비슷한 게 보이는 기분이었다.

"옷 좀… 내려주지 그래."

싸늘한 목소리에도 그의 옷깃을 붙잡은 도담은 그의 맨가슴에 시선을 고정한 채 어떤 반응도 못 하고 있었다.

"온도담."

주원은 그런 그녀의 이름을 불렀다.

"…예?"

도담의 반응이 겨우 돌아왔다. 아직 제정신은 못 찾았는지 옷깃은 꽉 붙잡고 있는 상태였다.

"놓으라고."

주원이 힘주어 말했다. 도담은 그제야 퍼뜩 정신줄을 다잡고, 새빨개진 얼굴로 주원의 티셔츠를 내려주었다.

"어머, 내가 미쳤나 봐. 진짜 죄송해요."

"…."

"그런데 팀장님은 복근이 다 있네요. 하긴, 저번에 보니까 팔뚝도 튼실하더라. 캐리어 들 때 근육이 딱 서서 셔츠가 팽팽… 읍."

한창 칭찬을 늘어놓던 중, 주원의 손이 도담의 입을 막았다. 동그란 눈동자로 올려다본 주원의 얼굴은 붉게 달아오른 것과 상관없이 몹시 짜증이 가득했다.

"그만."

"읍…?"

"제발 아무 말도 하지 마."

협박과 다름없는 그 말에, 도담은 조용히 고개를 끄덕였다. 주원은 그러고 나서야 죽 그릇을 들고 자리에서 일어섰고, 서재 쪽으로 걸음을 옮겼다.

"방에 들어가서 드시려고요?"

"…."

"여기서 편히 드시지. 방에 음식 냄새 배는 것도 싫어하면서…."

큰 소리와 함께 방문이 닫혔다. 식탁 의자 옆에 쪼그려 앉아서 닫힌 문을 바라보던 도담은 그래도 걱정되는지, 문가로 쪼르르 다가갔다.

"근데 진짜 괜찮은 거 맞아요? 김이 솔솔 나던데…."

문에 바짝 입술을 대고 넌지시 물으니, 한동안 잠잠하던 서재에서 딱딱한 목소리가 되돌아왔다.

"넌 어떻게 그렇게 태연해?"

"예? 뭐가요?"

"남의 옷을… 그렇게 벗겨놓고."

엄연히 따지면 벗긴 건 아니었다. 혹시 몰라 화상 정도를 보려고 살짝 들어 올렸을 뿐이지. 그리고 태연했던 건 집에서 운동하겠답시고 웃통을 벗고 설쳐대는 남동생 때문이었다. 다 큰 남자의 상반신은 집에서 생활하는 동안 질리도록 봐서, 단지 그 사실만으로는 도담에겐 큰 감흥이 없다.

"남자 속살이야 뭐… 자주 보니까요."

도담은 대수롭지 않은 일이라든 듯 가볍게 대답했다. 그러자 방 안에서는 날카로운 되물음이 돌아왔다.

"자주 봐? 누구 걸 그렇게 자주 보는데."

"아, 그야 저랑 같이…."

"됐어. 아무 대답도 듣고 싶지 않아."

같이 사는 남동생이라고 솔직하게 얘기해 주려 했는데, 주원의 목소리가 그걸 탁 끊어버렸다. 이건 대화를 하자는 건지 말자는 건지 모르겠다. 하지만 이 이상 그의 심기를 불편하게 만들었다간 무슨 봉변을 당할지 몰랐기에, 도담은 일단 서재 앞에서 조금 물러서기로 했다.

"알았어요. 그럼. 화상 연고 있으니까 혹시 물집 잡히거나 따갑거나 그러면 꼭 말해줘야 해요."

도담은 좀처럼 자신을 의지하지 않는 주원에게 신신당부를 한 뒤, 식탁을 정리하기 위해 다시 주방 쪽으로 뒤를 돌았다. 이왕 죽을 들고 들어가 버렸으니 김치 정도는 가져다줄까 했지만, 일단은 혼자만의 시간이 필요한 것 같아서 관두기로 했다.

그 시각, 아직 얼굴의 붉은 기를 정리하지 못한 서재 안의 기주원은 지금 그녀에게 맥없이 드러나 버린 제 가슴보다, 다른 것을 신경 쓰는 중이다.

"많이 봐…?"

남자 가슴을 대체 어디서 봐? 그게 그렇게 흔히 볼 수 있는 건가? TV나 영화로 본 걸 얘기한 거겠지. 남자 상반신 탈의 장면이야 곧잘 나오니까. 하지만 그렇게 이해를 해보려 해도 도담이 아까 하려던 대답의 앞부분이 찝찝하리만큼 신경 쓰인다. 분명히 '아, 그야 저랑 같이….'까지 얘기했는데…. 같이 사는 사람은 나니까 그건 아닐 테고, 요즘 같이 다니는 사람은….

순간 애써 외면하고 있던 누군가의 얼굴이 떠올랐다. 도담과 한창 같이 다니면서, 모든 여자에게 오픈 마인드인 옆집 남자 서재이. 그를 떠올리자 주원의 기분이 롤러코스터처럼 급속도로 추락했다. 책상 의자에 앉아 죽 한 숟갈을 뜨는 주원의 손놀림이 보다 신경질적으로 변했다.

* ✦ *

평창동. 운성 그룹 회장의 본가.

탁 트인 정원이 한눈에 보이는 디너 룸엔 영화 속에서나 볼 수 있을 법한 만찬이 펼쳐지고 있었다.

"삼촌, 다음 주말에 포스트 IT 대표랑 골프 약속이 있다고 하셨죠? 이번에도 이길 자신 있으세요?"

"그쪽이야 워낙 프로 실력인데 나한테 져주는 거지, 뭐."

"에이, 삼촌도 어디서 빠지지 않는 실력이면서."

오랜만의 가족 만찬인 만큼 소소한 대화가 오가는 테이블. 그사이에는 재이가 있다. 한 손으로는 접시에 담긴 음식들을 깨작거리면서, 다른 한 손으로는 휴대폰을 만지작거리는 그에게서는 가족들의 대화에 끼려는 노력도, 의지도 보이지 않는다.

"재이는 요즘 별일 없어?"

그런 그를 보다 못한 재이의 고모가 물었다. 운성 그룹에서 운영하는 미술관의 관장인 그녀는 서씨 집안에서 그나마 재이에게 호의적인 사람이었다. 재이는 그제야 휴대폰에서 시선을 떼고 그녀를 바라보았다.

"최근에 헤어진 여자 친구가 정보원 소속이었대요."

"뭐어?"

그의 파격적인 근황에 사람들의 시선이 죄다 재이에게로 향했다. 하지만 회장과 가장 가까운 곳에서 식사를 하고 있는 태환만은 포크질을 멈추지 않았다.

"뭐? 그런 거 어디서 못 밝히잖아. 혹시 걔가 너 뒷조사하고 다녔던 거 아니야?"

고모가 조금 더 자세히 물었다. 순간 재이의 시선이 슬쩍 태환 쪽으로 어긋났다. 태환은 끝끝내 그 눈을 마주하지 않았다.

"글쎄요…."

"…."

"어쨌든 그걸 저한테 밝히고 사라졌다는 건, 이제 더 이상 절 의심하지 않는다는 소리니까… 결국엔 잘 됐죠, 뭐."

재이의 느긋한 대답에 서 회장이 미간을 구겼다.

"누가 뒷조사를 의뢰했으면 그게 누군지, 어떤 이유로 그런 수작질을 시켰는지 알아내야지."

"경쟁 업체겠죠, 회장님. 저희한테 있지도 않은 비리 의혹 들이밀면서 건드리는 곳이 한두 곳인가요. 이럴수록 반응하면 더 난리예요."

"맞아요. 어쨌든 뒷조사하던 애가 물러났다는 건 혐의를 벗었다는 얘기니까 안심하셔도 될 것 같습니다."

서 회장의 첫째, 둘째 사위들은 심기 불편해하는 서 회장을 어떻게든 진정시키려 했다. 장남인 태환보다 열 살 이상 차이가 나지만, 직접적인 핏줄이 아닌 탓에 제대로 된 자리를 물려받지 못한 그들은 평소에도 서 회장의 비위 맞추기에 혈안이었다.

"하하…."

재이는 그들의 얼굴을 가만히 들여다보다가 노골적인 비웃음을 흘렸다. 재이가 이 집안에 들어오던 순간부터, 그를 눈엣가시로 여겼던 장녀와 차녀가 그 꼴을 그냥 넘어가지 못했다.

"사고를 몰고 다니는 장본인 치고 너무 남 일처럼 얘기하네. 웃음이 나오니?"

"아버지, 저 애 너무 감싸고도시지 마세요. 정말 뒤로 무슨 짓을 하고 다닐지 누가 알겠어요."

"너넨 아직도 재이를 가족으로 받아들이지 못한 거냐. 못난 것들…."

"아버지, 제 말은 그게 아니잖아요!"

그녀들이 나설 때마다 시작되는 다툼은 어느새 만찬의 한 코너가 되어있었다. 하지만 그 상황에서도 태환만큼은 무표정했다. 마치 모든 일과 전혀 관련이 없는 것처럼. 서재이의 앞을 지키고 있는 가장 거대한 방패막이인 서 회장의 눈에 조금도 띄지 않기 위해서.

타악!

그때, 재이가 들고 있던 포크를 테이블 위에 요란하게 내려놓았다. 집안 식구들의 시선이 일제히 재이에게로 향했다. 재이는 그 팽팽한 긴장감이 감도는 테이블에서 유일하게 씨익 미소 지었다.

"잘 먹었습니다. 오늘 요리도 맛있네요. 역시 우리 아버지 픽은 최고야."

재이는 서 회장에게 귀여운 윙크를 날렸다. 모두가 하늘처럼 우러러보는 그에게 그 정도로 편히 대할 수 있는 사람은 재이밖에 없었다. 서 회장은 예전부터 재이의 그 기세가 마음에 들었다. 가장 약하고 볼품없는 모습으로 들어와, 아무리 짓밟아도 끝도 없이 살아났던 집념은 서 회장과 본부인 사이에서 낳은 자식들에게선 찾아볼 수 없던 모습이었다.

"너라도 이 자리가 마음에 들었다니 다행이구나."

서 회장은 그 신임을 드러내듯 편안해진 음성으로 말했다. 그제야 태환의 날 선 눈동자가 재이에게로 어긋났다. 재이는 웃음기 어린 눈을 태환에게로 옮겼고, 사르르 녹아 없어질 듯 부드러운 목소리를 흘려보냈다.

"아, 맞다. 형. 다음 달 내 생일 파티 형 쪽에서 주최해 준다며?"

"…."

"굳이 안 챙겨줘도 되는데, 고마워. 꼭 참석하도록 할게."

재이가 태어난 날과 전혀 무관한, 재이가 이 집안에 처음으로 들어온 날. 그 끔찍한 날을 태환 측에서 챙기게 된 건 순전히 서 회장의 지시 때문이었다. 스테이크 나이프를 쥔 태환의 손에 힘이 들어갔다.

이걸 그대로 저 가증스러운 얼굴에 휘둘러버리고 싶은데… 빌어먹을 노인네의 가호가 사라지기 전까진 가당치도 않은 일이겠지. 그렇다면 그 가호가 끝나는 순간까지 나의 칼이나 갈고 있는 수밖에.

태환의 눈동자가 다시 스테이크로 내리꽂혔다. 목으로 도저히 넘어 가지가 않아서 난도질 된 고기 조각이 마치 자신처럼 느껴졌다. 정말 기분 더럽게.

* ✦ *

기주원의 가슴을 보고 말았다. 조금의 틈도 허용하지 않던 기주원의 옷을 확 뒤집어 까서 그의 속살을 보고 말았다. 주원은 그 후 말없이 죽 한 그릇을 들고는 그대로 일어나 서재로 다시 들어가 버렸다. 굳게 닫히던 문이 얼마나 싸늘하게 느껴지던지. 그 뒤로 두 시간 동안 거실에 홀로 남게 된 도담은 꾹 닫힌 서재만 바라보며 애태우는 중이다.

"왜 난 머리가 행동을 앞서가지 못하는 걸까… 왜…."

도담은 머리를 감싸 쥔 채 부질없는 참회만 반복했다. 원래는 오늘 주원과 결혼사진 촬영 일정을 정할 생각이었는데, 촬영은커녕 앞으로는 말도 제대로 못 붙이게 생겼다.

"결혼사진은 물 건너갔나…."

도담은 커피 테이블 위에 펼쳐놓은 노트북을 바라보았다. 인터넷 창으로 몇 개씩 띄워놓은 스튜디오 홈페이지들이 도담을 더욱 아쉽게 만들었다. 도담은 미련 가득한 눈빛으로 제일 마음에 들었던 스튜디오를 다시 한번 살폈다. 고풍스러운 한옥 느낌의 스튜디오는 주원의 우아한 분위기와 잘 어울릴 것 같아서 일 순위로 점찍어둔 곳이었다.

"팀장님이 찍었으면 여기 모델보다 훨씬 더 훤칠하게 나왔을 텐데…."

도담은 아쉬운 혼잣말을 중얼거리며 스튜디오 포트폴리오만 뚫어져라 들여다보았다.

그때 서재 문이 열렸다. 도담의 반짝이는 눈동자가 서재 쪽으로 향했다. 모습을 드러낸 사람은 조금 더 잠을 잔 듯한 주원이었다.

"몇 시지?"

"여, 여섯 시 반입니다."

지은 죄가 있는 도담은 살짝 경직된 목소리로 그에게 답했다. 주원은 평소보다 흐트러진 차림으로 주방으로 향했다. 그러고는 물 한 잔을 따라 들고 도담이 있는 거실 쪽으로 느릿느릿 다가온다.

"몸은 좀 괜찮으세요?"

도담은 제 뒤에 있는 소파에 자릴 잡고 앉는 주원의 안부부터 살폈다. 주원은 물 한 모금으로 목부터 축이고는 아직 가라앉아 있는 목소리로 대답했다.

"아까보단 나아졌어."

"아… 다행이네요."

"그렇지."

짧은 대화가 끝났다. 민망한 두 사람 사이에는 더 이상 할 말이 없었다. 그래도 주원이 가까이 다가온 김에, 도담은 그의 속살을 멋대로 들춘 일부터 사과하기로 했다.

"저기… 팀장님, 아까 그 일 말인데요…."

"그 일은 묻어두지 그래."

본론을 꺼내기도 전에 그가 딱 잘라 말했다. 불미스러운 일은 상기시키고 싶지도 않은 모양이었다.

"역시 그게 낫겠죠? 알았습니다. 죄송했다는 것만 알아주세요."

도담은 주원의 뜻을 냉큼 따라주었다. 그의 예민한 심기를 건드렸다가는 늘 좋은 꼴을 못 봤다. 주원은 그런 그녀를 가만히 바라보다가 다시 입을 열었다.

"원래 그렇게 어디 가서 남의 옷을 잘 벗기고 그러나?"

"네?"

"스스럼이 없길래."

"설마요! 아까는 팀장님 화상이라도 입었을까 봐 너무 놀라서 저도 모르게 그만…."

"알았어. 얘기 꺼내지 마."

"네, 알겠습니다."

깔끔하게 대답한 도담이 다시 노트북으로 고개를 돌렸다. 그렇게 또 일 분이나 지났을까.

"너무 놀라면 항상 그렇게 행동해?"

"예, 예?"

"만약에 비슷한 일이 생기면 서재이 옷도 그렇게 막 벗길 거야?"

"아니, 그게 무슨…."

이 남자는 얘기 꺼내지 말라면서, 왜 자꾸 본인이 얘기를 꺼내는 거야.

도담은 영 속내를 알 수 없는 주원에게로 다시 한번 시선을 두었다. 자꾸 죄책감을 자극하기에 그녀를 노려보기라도 할 줄 알았는데, 그의 시선은 의외로 손에 들린 컵에 고정되어 있었다.

"혹시 하고 싶은 말이라도 있으세요?"

"뭐가."

"그 얘길 자꾸 먼저 꺼내시니까 아직 성이 안 풀렸나 해서요."

"…."

"차라리 욕을 시원하게 하고 털어버리시는 게…."

"됐어, 이제 안 꺼내."

주원의 목소리가 다시 까칠해졌다. 무슨 포인트에서 신경질이 났는지, 좀처럼 이해할 수 없는 반응이었다. 도담은 그런 그를 바라보다가 한숨 섞인 목소리로 내뱉었다.

"팀장님 몸이니까 걱정돼서 그런 거죠. 제가 재이 씨 옷을 왜 들춰요."

일단 물어보기에 대답은 해줬건만, 그 말을 들은 주원의 표정이 묘하게 풀어진 것 같다면 기분 탓일까. 그 뒤로 주원은 별말이 없었다. 더 이상 이상한 걸 물어보지도 않았고 괜한 시비를 걸지도 않았다. 대신 고개를 들어 도담의 노트북 모니터를 살펴본 그는 무심한 목소리로 뜻밖에 얘기를 꺼내놓았다.

"…거기 괜찮네. 거기로 예약해."

"네? 뭐요?"

"스튜디오. 우리 결혼사진 촬영 업체 알아보던 거 아니었어?"

"아, 예… 그렇긴 한데… 진짜 촬영해도 돼요?"

"해. 임무에 필요한 거면."

정말 사고의 흐름을 이해할 수가 없는 남자. 도담은 시시때때로 바뀌는 주원의 기분을 도저히 따라갈 수가 없었다. 하지만 이 기회를 놓치고 싶지 않았던 도담은 냉큼 붙잡아버리기로 했다.

"진짜죠? 나중에 촬영 당일 날 돼서 마음 바뀌고 그러면 안 돼요! 알았죠?"

"알았어."

"좋았어! 전화해서 바로 예약해 놔야지!"

그래, 이런들 어떠하리 저런들 어떠하리. 기주원이랑 신랑 신부 콘셉트로 웨딩 화보만 촬영할 수 있으면 됐지.

"그럼 보자, 우리 스케줄이…."

노트북 옆에 놓아두었던 스케줄러를 확인하는 도담의 눈빛이 몹시 반짝거렸다. 그런 그녀를 바라보는 주원의 눈가에 미세한 웃음기가 어렸다. 예약하느라 바쁜 도담은 그의 만족스러움을 눈치챌 수도 없었지만.

귀엽기도 하지,
우리 여보

"드디어 오늘…!"

이른 아침, 침대에서 눈을 반짝 뜬 도담이 상체를 일으켰다. 알람이 울리자마자 튀어 오르듯 자리를 박차고 일어난 건 오늘이 처음이었다. 그녀는 깃털보다 가벼운 발걸음으로 안방 욕실로 향했고, 싱글벙글 웃는 얼굴로 세수를 했다. 그러고서 거울에 비친 얼굴을 확인해 봤더니, 세상에나. 오늘따라 피부도 잡티 하나 없이 완벽하다.

"아휴, 오늘 예쁜 옷 입는 건 어떻게 알아가지고…."

도담은 흥이 가득 담긴 혼잣말을 중얼거리며 욕실에서 나왔다.

오늘은 대망의 결혼사진 촬영용 드레스를 고르는 날이었다. 진짜 촬영일은 아니지만 도담이 이렇게까지 들뜬 이유는 기대하는 바가 있기 때문이다. 영화나 드라마에서 보면 웨딩드레스를 입은 여자주인공을 보고 차갑던 남자주인공의 마음에 사랑이 찾아오던데…. 도담은 오늘 그 대단한 일을 주원과 함께 할 참이다. 어쩌면 오늘을 기점으로 주원이 자신에게 쏙 빠져버릴지도 모른다는 생각에, 절로 웃음이 실실 배어 나온다.

"휴우… 진정하자. 화장할 때 웃으면 안 되지."

화장대 앞에 앉은 도담은 평소보다 공을 들여 화장했다. 드레스를 입을 걸 고려해서 피부는 화사하게, 눈매는 부드럽게, 그리고 입술은 딱 보기 좋을 만큼만 붉고 촉촉하게. 어찌나 정성에 정성을 더했는지, 나름 서두른다고 서둘렀는데도 평소보다 삼십 분이나 더 걸렸다.

"이 정도면… 완벽해!"

속눈썹까지 짱짱하게 올려붙인 도담은 싱글벙글한 얼굴로 자리에서 일어났다. 옷은 최대한 갈아입기 편한 옷으로 걸쳤다. 비포 애프터가 드라마틱할수록 남자의 가슴도 더욱 드라마틱하게 날뛰는 법이다. 그렇게 모든 준비를 마치고서야 도담은 제 방문을 열고 밖으로 나갔다.

"팀장님! 좋은 아침입니다!"

주원은 거실에 서있었다. 직접 내린 아이스 커피가 담긴 텀블러를 손에 들고, 브리프 케이스 안에 있는 각종 서류를 대충 훑어보고, 그는 신발장으로 걸어가 목에 맨 넥타이를 똑바로 정리한다. 그 모습은 흡사 출근 때와 비슷해 보였기에, 도담은 하하 웃으며 너스레를 떨었다.

"드레스 셀렉 하는 것도 일이라서 그러고 가시는 거예요? 팀장님도 참, 못 말리는 일벌레라니까."

"온도담, 잠깐 가방 좀 들어봐."

"앗, 네."

주원은 머리를 매만지기 위해 도담에게 브리프 케이스를 넘겼다. 묵직한 가방의 무게를 확인한 도담은 살짝 걱정스러운 목소리로 툴툴거렸다.

"노트북 챙기셨어요? 저 드레스 입은 모습에 집중 못 하시겠네."

그사이 머리를 제대로 올려 세운 주원은 그녀에게서 브리프 케이스를 다시 가져갔고, 현관 문고리를 돌리며 무심한 목소리를 내뱉었다.

"유수영이 부모님 고향으로 내려가고 있다는 정보를 얻었어. 지금 당장 그 여자 잡으러 내려가야 돼."

"네, 네? 그럼 드레스는요? 저도 출동 준비해야 하나요?"

"아니, 유수영은 내 담당이야. 넌 너 할 일 해. 드레스 가격대는 상관없으니까 너 마음에 드는 거로 고르고, 내가 입는 슈트 치수는 메시지로 보내놓을 테니까 적당한 거로 알아서 빌려 와."

"혼자 가라고요? 그럴 거면 진작 말을 해주시지!"

"십 분 전에 받은 호출이야. 그럼 수고해."

"어, 어? 잠깐! 진짜 간다고?"

마지막으로 손목시계를 확인한 주원이 바삐 구두를 신었다. 유수영이 탄 고속버스보다 서둘러 움직여야 하니, 심리적으로도 시간적으로도 무척 촉박한 모양이었다.

그 심정 충분히 이해는 한다만….

"진짜 나 버려두고 가는 거예요? 내가 그렇게 기대했는데?"

도담은 서러움 가득한 표정으로 떠나는 주원의 등에 대고 외쳤다.

현관문을 열려던 주원의 손길이 잠시 멈추었다. 그는 흘끗 고갤 돌려 다시 그녀에게로 시선을 두었다. 막상 그의 시선이 닿으니, 도담의 어깨가 절로 움츠러들었다. 바쁜 사람 붙잡고 징징거려서 들을 수 있는 건 어차피 욕밖에 없었다.

"아니, 그게… 저도 속상하니까…."

그래서 최대한 불쌍한 얼굴로 그에게 중얼거리니, 주원이 꾹 닫혀 있던 입술을 열었다.

"…아니다."

"네? 뭐가 아니에요?"

"난 이만."

"욕하려고 그랬죠! 진짜 너무해!"

알 수 없는 작별인사만 남기고 주원은 그렇게 집을 빠져나갔다. 뭐가 중요한지는 도담도 잘 알고 있었지만 그래도 서운한 마음은 감출 수 없었다. 어젯밤의 도담은 처음으로 소풍을 가게 된 유치원생보다도 들떴었으니.

"하아… 속상해 죽겠네."

도담은 긴 한숨을 내쉬며 그가 사라진 현관문만 노려보았다. 출발 직전에 바람맞은 기분은 그야말로 최악이었다.

"이러다 웨딩 촬영 당일도 일 생겨서 못 나오는 거 아니야?"

스멀스멀 올라오는 걱정은 그녀의 마음을 더욱 착잡하게 만들었다. 하지만 이렇게 속상해하다가는 끝도 없었기에, 그녀는 어떻게든 스스로를 달래보려 했다.

세상에 혼자 웨딩드레스 고르러 가는 신부가 나쁜만은 아니겠지.

이렇게 당일 날 버림받은 신부도 나 하나뿐만은 아닐 거야.

'그래…. 신랑이 너무 바쁘면 종종 일어날 수 있는 일이야.'

그렇게 억지스럽게라도 심신의 안정을 찾고 있던 그때였다.

띵동 하고 초인종이 울렸다. 혹시 기적적으로 출장이 취소된 주원이 돌아온 건가 싶어진 도담이 일말의 기대를 안고 문을 열었다.

"도담, 안녕. 좋은 아침."

하지만 현관 앞에 서 있는 얼굴을 보자마자 그녀의 눈동자는 다시금 풀이 죽는다.

"아… 재이 씨였구나…."

대놓고 아쉬워하는 반응을 본 재이가 눈썹을 내려트리고 서운해했다.

"반응이 그게 뭐야. 택배라도 기다리고 있었어?"

"아니요… 무슨 일로 왔어요?"

"아, 너랑 마트 가려고. 그때 샀던 물 벌써 다 마셨어."

"돈도 많다면서 차라리 정수기를 들이지…. 안 돼요, 나 오늘 바빠요."

도담이 단칼에 고개를 내저었다. 평소 히치하이킹 하듯이 붙잡아도 순순히 잡혀주던 도담이었는데, 오늘따라 그녀의 거절엔 군더더기가 없었다.

"그럼…."

용건이 끝났다고 생각한 도담은 그대로 현관문을 닫으려 했다. 그러나 재이가 미련 가득한 손으로 문을 붙잡았다.

"잠깐만. 왜 바쁜데?"

"아휴, 뭘 그런 것까지 물어보고 그래요?"

"알고 싶어. 얼마나 중요한 약속이길래 나 목말라 죽어가는 것도 모른 척하려는 건지."

"무슨 말을 또 그렇게 해?"

도담이 극단적으로 상황을 곡해하는 재이를 어이없다는 듯 쳐다보았다. 하지만 집념 어린 눈빛으로 그녀를 내려다보고 있는 재이는 정확한 이유를 듣기 전까진 물러나지 않을 태세였다. 결국 도담은 제 입으로 꺼내고 싶지 않았던 비참한 얘기를 말해주었다.

"그때 업체에서 다시 찍어주기로 한 결혼사진 있잖아요."

"응."

"오늘이 촬영용 드레스 셀렉 하는 날이거든요."

"아아… 그렇구나. 그런데 아까 너희 가짜 남편 출근하는 것 같던데."

"재이 씨는 일 안 하고 남의 집 사정만 들여다보고 있어요?"

도담은 안 그래도 아프던 곳을 쿡 찌르는 재이를 째려보았다. 그녀의 예민한 반응에, 재이는 서둘러 해명을 늘어놓았다.

"우연히 봤어, 우연히. 정말이야."

"우연히 보는 것도 많네. 그래요, 남편은 오늘 갑자기 급한 일이 생겨서 나갔어요. 됐어요?"

"그러면 드레스 셀렉은 혼자 하러 가는 거야?"

"네."

제 처지만 더 안쓰러워지는 이 대화를 빨리 끝내고 싶었던 도담은 짧게 대답했다. 그러자 재이는 마른기침을 하며 목소리를 정돈하더니 지나가는 얘기처럼 흘리듯이 말했다.

"그거 누가 같이 가서 봐줘야 할 텐데…."

"…."

"혼자 가서 고른 건 나중에 엄청 후회한다던데…."

"어차피 사실혼 관계인 척하려고 걸어놓는 건데, 후회로 남든 말든."

"그래도 태어나서 처음 남겨보는 결혼사진이잖아. 거실에 걸어둘 건데, 진짜든 가짜든 예쁘게 잘 나오면 좋지."

도담은 제 일도 아니면서 의미를 부여하는 재이를 미심쩍은 시선으로 바라보았다. 초롱초롱 빛나는 눈동자를 보니, 그가 무엇을 원하는지 조금 알 것 같기도 하다.

"혹시… 재이 씨가 같이 가고 싶어서 그래요?"

도담은 당연히 거절할 생각으로 그를 떠보았다. 그러자 그럴 필요 없다는 말을 덧붙이기도 전에, 재이가 제집 쪽으로 홱 몸을 틀었다.

"도담, 십 분만 기다려. 준비하고 차 키 들고 나올게!"

* ✦ *

잠적했던 유수영의 소식이 들려왔다. 서울 고속버스 터미널에서 창원으로 가는 버스를 끊었다는 것이 오늘 아침 들어온 뉴스였다. 창원은 유수영의 부모가 살고 있는 지역이었고, 주원은 그녀의 본가 주소를 이미 손에 넣은 상태였다. 그러니 어떻게든 유수영보다 먼저 창원 터미널에 도착해야 하는데….

"흐음…."

주원은 좀처럼 운전에 집중을 할 수가 없다.

'진짜 나 버려두고 가는 거예요? 내가 그렇게 기대했는데?'

현관문 앞에 서서 버려진 강아지처럼 그를 바라보던 도담의 눈빛 때문이었다.

드레스 셀렉 날 출동 명령이 떨어진 것이 주원의 잘못은 아니었다. 워낙 불시에 터진 소식인지라 도담에게 설명할 시간도 없었다. 게다가 임무의 중요도를 놓고 생각해 봤을 때도, 도담의 드레스를 고르러 가는 일보다 유수영을 잡으러 가는 일이 훨씬 더 중요했다. 그러니 결과적으로 다른 선택지는 없었는데도, 주원은 자꾸 남겨진 그녀가 생각난다. 미안한 감정까진 아니지만, 신경이 쓰이는 건 어쩔 수 없다.

"운전이나 똑바로 하자. 운전이나…."

주원은 억지로 머리를 비우고 운전대를 꽉 잡았다. 오늘 그는 두 가지 선택지 중 옳은 쪽을 선택했고, 그게 정답이면 된 거다. 어쩔 수 없다고 생각하니 무거웠던 마음이 조금은 풀어졌다. 바로 그 순간, 도담에게서 메시지가 도착했다.

[드레스 셀렉은 재이 씨랑 갈 것 같아요. 알아두시라고요.]

쓸데없이 좋은 주원의 세단이 굳이 친절하게 읽어주는 메시지 내용은 겨우 가라앉혔던 주원의 혈압을 다시 높여놓았다.

"그놈은 왜 또 남의 집 집안사에…."

분명 누구든 같이 가는 게 혼자 처량하게 가는 것보다 나은 일인데. 그 사람이 바로 옆에서 관찰해야 하는 대상이라면 더할 나위 없이 좋은 기회인데. 그런데… 주원은 꼬리뼈에서부터 정수리까지 뜨거운 무언가가 솟구쳐 오르는 기분이다. 형용할 수 없을 정도로 기분 더럽게.

"저 앞차는 운전을 왜 저따위로…!"

빠앙!

이번에도 그의 짜증을 받아줄 만한 상대는 애꿎은 앞차뿐이었다. 하지만 몇 번이나 신경질을 부려도 기분은 나아지지 않아서, 그의 미간에 주름만 깊이 패였다.

* ✦ *

경쾌한 알림음과 함께 엘리베이터 문이 열리자마자 나타난 유러피안 스타일의 입구는 도담을 착잡하게 만들었다. 이곳은 청담동에 위치한 인기 드레스 숍. 도담이 열심히 고르고 골라서 선택한 숍이고, 오늘 아침까지만 해도 빨리 가고 싶어서 안달 났던 곳인데, 이상하게 마음 한쪽이 불편하다.

그건 바로 같이 온 남자가 서재이라서겠지.

"아, 역시 안 되겠어요. 나 이런 데 서재이 씨랑 들어가고 싶지 않아요."

정말 기분이 이상했던 도담은 드레스 숍 문 앞에서 걸음을 멈추었다. 재이는 그런 그녀에게 의아한 표정으로 물었다.

"왜?"

"재이 씨가 남편인 줄 알 거 아니에요. 그런 오해 받기 싫어요."

"진짜 유부녀도 아니면서…."

"어쨌든요."

안 그래도 요즘 재이와 썸을 타는 것 같아서 기분이 이상하던 찰나였다. 언젠가는 정을 끊어야 하고, 모든 진실이 밝혀지면 서로 적이 되어버릴 사이인데, 같이 드레스를 고르러 오다니.

'이건 정말 이상하잖아….'

하지만 그녀가 어떻게 느끼는지 상관없이, 재이는 여유로운 미소를 띤 채 대답했다.

"원래 이런 건 신랑이 시간 안 되면 친구랑 고르러 오는 거잖아. 날 너의 친구라고 생각해, 도담."

"그래도… 드레스를 남사친이랑 고르러 오는 건 좀 이상하죠."

"정 신경 쓰이면 친오빠라고 하면 되잖아. 동생 드레스 골라주러 왔다고 할게."

그녀의 속을 모르는 재이는 먼저 문 앞으로 다가가 드레스 숍의 문을 열어버렸다.

딸랑.

손님이 왔음을 알리는 종소리가 울리자 더는 뺄 수도 없게 된 도담은 하는 수 없이 안으로 걸음을 옮겼다.

"오늘은 정말 친오빠 역할인 거예요."

"응, 알았어."

"친남매가 얼마나 원수 같은 사이인지 알죠? 그 이상처럼 보이면 절대 안 돼요."

"알았다니까. 나도 누나 두 명 있어. 나이가 많고 안 친해서 그렇지."

"그럼 잘 하겠네. 재이 씨 누나들한테 하는 것처럼 대해요."

도담은 신신당부를 하며 안내 데스크까지 걸음을 옮겼다.

"어서 오세요, 신부님!"

세미 정장을 단정하게 차려입은 직원이 나와 도담을 맞이했다. 도담은 어색한 미소로 인사하고는 함께 온 재이를 소개하려 했다.

"안녕하세요, 이쪽은…."

하지만 그녀가 막 입을 떼기가 무섭게 재이가 먼저 그녀에게 손을 내밀었다.

"안녕하세요. 예비 신랑 되는 사람입니다."

"뭐, 뭐요?"

"오늘 가장 예쁜 드레스만 엄선해서 보여주세요."

세상에… 어쩜 이렇게 뻔뻔할 수가.

"오, 오빠. 왜 이래. 하하하… 예비 신랑이라니."

도담은 말했던 대로 따라주지 않는 재이의 옆구리를 팔꿈치로 쿡쿡 찔렀다. 그러나 재이는 눈 하나 꿈쩍 않고, 더 나아가 도담의 두 뺨까지 소중히 감싸 쥐었다.

"하긴, 이미 한 오피스텔에 같이 살고 있으니까 예비 신랑은 아닌가?"

"아니, 지금 뭐 하자는…."

"알았어. 앞으로는 여보라고 꼬박꼬박 불러주면 되잖아. 아휴, 귀엽기도 하지. 우리 여보."

할 말이 너무 많으면 오히려 어떤 말도 나오지 않는다고 하던가. 지금 도담의 상황이 딱 그랬다.

드레스 숍 직원 앞에서 사랑스러운 윙크까지 건네는 서재이에게는 할 얘기가 너무 많아서, 오히려 머릿속이 멍해졌다. 대신 이 모든 분노를 담아서, 저 사랑스러운 얼굴 한 번만 꼬집어봤으면 좋겠네. 비명조차 안 나올 만큼 온 힘을 다해 꽈아아아악!

"신부님, 허리 괜찮으세요?"

"네…."

"아담하셔서 그런지 벨 라인 원피스가 너무 잘 어울리시네요. 풍성한 드레스 타입은 이런 쪽으로 고르시면 될 것 같아요."

"그렇군요…."

드디어 드레스를 시착해 보는 시간. 도담의 얼굴은 새빨개졌다.

"그렇게 떨리세요?"

"네?"

"신랑님한테 드레스 입은 모습 보여주는 건 처음이시죠?"

"아… 뭐…."

누구든 도담의 달아오른 얼굴을 보면 숍 직원처럼 생각하겠지만, 사실 그녀의 마음엔 조금의 설렘도 없었다. 다만….

"왜요? 우리 여보가 그렇게 예뻐요?"

"하아…."

"밖에서 말로만 들으니까 너무 기대된다. 언제 나와요?"

"저 인간을…."

"아직 멀었어요? 나 되게 참을성 없는 스타일인데."

"어쩌면 좋아…."

밖에서 온갖 수선을 다 떨어대는 서재이가 몹시 창피할 뿐.

"하하, 신랑님이 되게 사랑꾼이시네요."

그가 호들갑을 떨 때마다 하하 웃던 직원이 부럽다는 투로 말했다. 도담은 어색하게 웃으며 고개를 끄덕였지만, 사실은 버럭 소리지르고 싶었다. 제발, 그 입 좀 다물어달라고.

'날 보는 기 팀장님이 이런 기분일까.'

새삼 주원의 마음을 이해하고 있던 찰나, 직원이 탈의실 커튼을 붙잡았다. 착잡해하는 사이에 다 마무리된 모양이었다.

"신부님 다 됐습니다. 신랑님 기절하지 않게 마음 잘 붙잡고 계세요."

"그 정도로 예뻐요?"

"그럼요. 제가 본 신부님들 중에 가장 귀엽고 아름다우세요."

직원은 오바스러운 말로 재이의 기대감을 잔뜩 높였다. 도담이 그러지 말라는 의미로 고개를 저었지만, 직원은 그녀가 수줍어서 그러는 줄만 알고 하하 웃었다. 진짜 결혼사진 촬영을 앞둔 도담 빼고 나머지가 신난 이상한 분위기에서 무거운 커튼이 열렸다.

도담은 도자기 인형처럼 굳어버린 채, 정면의 거울에만 시선을 고정시켰다. 깨끗한 피부를 돋보이게 만드는 하얀색 원단, 빛을 받을 때마다 보석처럼 반짝이는 큐빅, 예쁜 꽃봉오리처럼 피어난 풍성한 레이스. 대기실 거울에 비친 제 모습은 스스로 봐도 제법 잘 어울렸다. 이거라면 주원의 눈에도 예쁘게 비칠 것 같다.

"네, 저는 마음에 드네요. 일단 하나는 이걸로…."

도담은 빠른 결정을 내리는 것으로 이 낯 뜨거운 쇼 타임을 마무리 짓기로 했다.

"도담…."

그때, 소파에 앉아있던 재이가 자리에서 일어섰다.

"드레스 정말 잘 어울린다…."

"…."

"나 이대로 반해버릴 것 같아."

이어지는 건 참 재이다운 칭찬이었다. 친오빠가 할 법한 멘트 그 이상은 날리지 않겠다고 했으면서, 그 약속은 개나 줘버린 모양이다. 도담은 그런 그를 자제시키기 위해 뒤늦게 재이에게로 시선을 두었다. 하지만 재이의 모습을 눈에 담은 순간, 하고자 했던 말들은 전부 거짓말처럼 사라져버렸다.

"…어때?"

주원이 입기로 한 턱시도를 빼입고 있는 서재이. 그는 평소 입는 슈트보다 살짝 품이 큰 그 턱시도를 입고, 정말 결혼을 앞둔 새신랑이라도 된 듯 해맑게 웃고 있었다.

"나 잘 어울려?"

"그 턱시도…!"

도담은 너무 놀라서 휘둥그레진 눈동자로 재이를 바라보았다. 결코 칭찬하는 눈빛이 아니었는데, 재이는 제 얼굴을 매만지며 수줍게 대답한다.

"알아, 나도 나 멋있는 거."

그런 얘기는 할 생각도 없어, 이 뻔뻔한 놈아!

마음 같아서는 그렇게 야단을 치고 싶었다. 하지만 서재이는 좋은 관계를 유지하며 밀착 감시해야 하는 대상이라서, 도담은 오늘도 가슴에 참을 인을 새기며 열을 삭인다.

"후우…."

"그렇게 숨 골라야 할 정도로 설레?"

"조용히 해요. 방금 내가 목숨 한 번 살려준 거니까."

도담은 진심이었지만 재이는 장난스러운 눈웃음만 배시시 머금었다. 그렇게 웃기만 하는 재이 덕분에, 점원은 둘 사이의 온도 차를 눈치채지 못하고 물었다.

"사진 찍어드릴까요?"

"아, 아니요! 괜찮…."

"네, 찍어주세요. 제 휴대폰으로 부탁드릴게요."

그럼 그렇지. 사사건건 내 마음의 반대로 하는 당신이 이 기회를 놓칠 리가 없지.

도담이 무슨 토를 달기 전에, 그녀가 서있는 단상 위로 재빨리 올라온 재이가 한쪽 팔로 도담을 감싸 안았다. 도담의 속이야 어떻든, 겉으로 보이는 두 사람의 모습은 굉장히 잘 어울렸다.

"하나, 둘, 셋… 신부님 웃으세요!"

"나 참 미치겠네."

"그래? 내가 그렇게 미칠 만큼 멋있어? 감동이야, 도담."

"하…."

자기애 넘치는 재이의 멘트에 헛웃음이 나올 때쯤, '찰칵!' 하고 눌려버린 휴대폰 카메라 셔터.

"두 분 다 너무 선남선녀라서 그런지, 사진이 너무 잘 나왔어요!"

직원이 만족스러운 표정으로 찍힌 사진을 보여주었다. 그녀의 말대로 이 와중에 사진은 너무 잘 어울리게 잘 찍혀서, 도담은 어이가 없을 지경이었다.

＊ ✦ ＊

주원의 까만 세단이 창원 터미널에 도착했다. 급히 운전석에서 내린 주원은 최대한 빠르게, 하지만 눈에 띄지 않게 하차장으로 다가갔다. 다행히 유수영을 태운 버스가 도착할 때까지는 십 분 정도 시간이 남아있었다. 거치적거리는 앞차들에게 감정을 실어 성질을 낸 덕분이었다.

주원은 그녀의 눈에 잘 띄진 않지만 그렇다고 해서 벗어날 수도 없는 곳에 자리를 잡았다. 터미널에는 이미 다른 지사 요원들이 다수 배치되어 있었다. 본부 요원들 역시 유수영의 본가에 도착해 진을 치고 있다고 하니, 잘하면 오늘 그녀를 검거하는 데 성공할 수도 있을 것 같다.

주원은 휴대폰을 들어 배 팀장에게 전화를 걸었다. 안 그래도 주원의 연락만 기다리고 있던 원격 지원 담당 배 팀장은 신호음이 울리자마자 전화를 받았다.

—어, 그래. 도착했어?

“터미널 도착했습니다. 서울 고속 터미널 발 버스가 도착하면 그때 바로 급습하겠습니다.”

—유수영 본가에도 인력 배치했어. 이제 걘 도망칠 곳도 없을 거야.

"네, 그러길 바라야죠."

—그럼 마지막까지 수고해. 검거하고 나서 다시 연락하자고.

짧은 통화를 마치고, 주원은 휴대폰을 다시 집어넣으려 했다. 그러다 우연찮게 다시 보게 된 통화 목록 속 도담의 이름. 서재이와 드레스 숍에 간다던 그녀는 지금쯤 뭘 하고 있을까.

임무 중에 쓸데없는 생각이 드는 걸 보니, 요즘 많이 느슨해지긴 한 모양이었다. 주원은 억지로 머릿속을 비우고 유수영으로만 가득 채워놓았다.

그때 창원 터미널로 서울발 버스 한 대가 진입했다. 번호를 보니 유수영이 탔다는 그 버스였다. 주원은 옆에 누가 버려놓고 간 신문으로 자연스럽게 얼굴을 가리며, 버스가 완전히 멈춰 서길 기다렸다. 그리고 버스 문이 열리자마자, 누구보다 빨리 버스 안으로 뛰어 들어갔다.

"잠시만 자리에 앉아 계세요. 확인할 게 있습니다."

"까, 깜짝이야. 내리고 타시지…!"

갑작스러운 급습에 기사까지도 당황한 눈치였지만, 주원은 대꾸도 않고 승객의 얼굴부터 하나하나 확인했다. 굳이 사진을 대조해 보지 않더라도, 오며가며 몇 번 인사를 나눴던 유수영의 얼굴을 알아보는 건 어렵지 않은 일이었다. 하지만 얼마 타지도 않은 승객들 중 그녀는 없었다. 어리둥절한 표정으로 주원을 바라보는 사람들은 전부 모르는 얼굴이었다.

"하아… 이 안에 있을 텐데…."

그때, 버스 맨 구석 자리에 고갤 숙이고 앉아있는 한 여자가 눈에 띄었다. 검은 모자를 푹 눌러쓰고 모두가 주원을 바라볼 때 혼자 외면하고 있는 것이 수상스럽기 짝이 없었다.

주원은 그녀가 도망칠 만한 퇴로를 양팔로 막아가며 천천히 다가갔다. 그녀는 주원이 바로 옆자리까지 다가왔음에도 불구하고 고개를 들지 않았다. 주원은 그런 여자에게로 손을 뻗었다.

"고개 좀…."

"…."

"들어보시죠."

그녀의 어깨를 붙잡아 살짝 흔들자, 여자가 고갤 들어 주원을 마주 보았다.

"아…."

"어우, 피곤해… 어? 벌써 도착했네?"

막 잠에서 깬 그 얼굴은 주원이 한 번도 본 적 없던 낯선 얼굴이었다.

"하아…."

허탈해진 주원은 머리를 흩트리며 한숨을 내쉬었다.

"차에 탄 승객은 여기 있는 사람들이 전부입니까?"

그런 뒤 여전히 주원을 이상하게 바라보고 있는 기사에게 묻자, 기사는 고개를 끄덕이며 대답했다.

"뭐, 그렇겠죠?"

"다른 정류소에서 정차한 적은 없으셨습니까?"

"네, 저희야 뭐 고속 터미널에서 창원 터미널까지 한 번에 오는 버스니까요."

"중간에 강제 하차하거나, 휴게소에서 사라진 승객은요?"

"그런 승객이 있을 리가… 아니지, 잠깐."

주원의 대답에 열심히 대답하던 기사가 잠시 멈칫했다. 무언가를 떠올린 듯한 그는 이내 힘 빠지게 만드는 비보를 꺼내놓았다.

"출발하자마자 황급히 내린 여자가 있어요!"

"황급히 내린… 여자?"

"원래 안 내려주긴 하는데 터미널 벗어나자마자 바로였고, 엄청 급해 보여서 문을 다시 열어주긴 했는데…."

주원은 그 여자가 누군지 확신할 수 있었다. 하지만 일말의 기대감을 담아, 그는 유수영의 사진을 기사에게 보여주었다.

"그 여자… 이 여자 맞습니까."

"아, 네! 이 여자예요!"

그녀를 찾아 창원까지 내려온 시간이 무색해졌다. 모든 작전은 은밀하게 진행되었을 텐데, 그녀가 어떻게 NSO의 움직임을 눈치챘는지는 모르겠다. 이렇게 도망 다닌다고 해서 해결되는 것은 없을 텐데, 앞으로 어쩔 생각인지도 모르겠다. 그녀의 이해 안 되는 행보 중 가장 납득하기 어려운 건, 도망자의 신분임에도 불구하고 서재이의 주변을 맴돈다는 것.

'이번에도 결국 서재이에게서 벗어날 수 없었던 건가….'

주원은 유수영에게 묻고 싶은 것이 많아졌다. 하지만 이 모든 의문들을 풀기 위해선 가장 먼저 그녀를 잡아야 하니, 마음이 답답해질 따름이다.

* ✦ *

말 많고 탈 많은 드레스 셀렉을 마친 후, 도담과 재이는 숍 근처의 평양냉면집에 왔다. 남의 속을 있는 대로 뒤집어놓은 서재이는 세상에서 제일 맛있게 식사하는 중이었다. 그런 그를 뚫어져라 바라보던 도담은 젓가락으로 삿대질을 해가며 까칠하게 물었다.

"나 가지고 노는 게 그렇게 재미있어요?"

"아니."

"그럼 왜 자꾸 청개구리처럼 구는 거예요? 이해가 안 가서 그래요."

그녀의 말에, 재이는 물 한 잔으로 입안을 정리하고 가볍게 대답했다.

"별로였어? 다른 애들은 이렇게 갑자기 애인 노릇 해주면 되게 좋아하던데."

"그럼 그런 거 좋아하는 애들한테 가서 해요. 저한테 이러지 말고."

"싫어. 그러다 애먼 애들이 나한테 넘어오면 어떡해."

"하이고, 아주 잘나셨네. 잘나셨어."

재이는 진심이었으나, 도담은 코웃음을 치며 그를 비웃었다. 여심을 모조리 쓸어 담는다는 서재이의 명성에 대해서는 익히 들어왔지만, 도담은 그 사실을 도저히 믿을 수가 없다. 호감이 생기려고 하면 이렇게 어깃장을 내고, 정이 들라치면 이렇게 사고를 치는데. 대체 누가 이 남자한테 홀랑 넘어간다는 거야, 정말.

"혹시나 해서 하는 말인데, 나한테로 넘어올 것 같으면 말해. 마중 나갈게."

"냉면이나 드세요."

틈만 보이면 들이대니 역시 무시가 답이었다. 도담은 시니컬하게 냉면 그릇으로 시선을 끌어내렸고, 다시 허기를 채우는 데 열중했다. 그런 그녀를 가만히 바라보던 재이의 얼굴에 맑은 미소가 어렸다.

"그렇게 맛있어?"

도담은 대답 대신 고개를 끄덕였다.

"많이 먹어. 그래야 키도 쑥쑥 크지."

그 모습이 귀여워서 괜한 장난을 걸었더니, 그녀는 면을 오물거리면서 재이를 뾰족하게 노려본다. 그 얼굴은 꼭 심술 난 햄스터 같아서 웃음이 멈추질 않는다.

"알았어, 이제 그만 놀릴게. 대신 휴대폰 번호 좀 알려주라."

이미 웃을 만큼 웃어댄 재이가 휴대폰을 내밀었다. 도담은 입에 있던 음식물을 꿀꺽 삼키고 예민한 목소리로 대꾸했다.

"그게 무슨 대신이에요. 엄청 생색내면서 내 번호를 따 가네?"

"그럼 놀리는 것도 하게 해주고, 번호도 주든가."

"놀리는 건 그만해요. 그러라고 번호 주는 거니까."

도담은 재이의 휴대전화에 제 번호를 찍었다. 정확히 말하면 개인 휴대폰 번호가 아닌, NSO로부터 받은 새 휴대폰의 번호였지만 그는 진심으로 기뻐했다.

"와, 너도 010이야? 나도 010인데. 우리는 천생연분인가 봐."

"그런 거로 천생연분이면 대한민국 사람 대부분이 내 인생의 반쪽이겠네."

"5가 두 개 들어가는 것도 똑같은데? 이 정도 인연은 흔치 않지."

도담의 전화번호를 받아간 재이가 너스레를 떨며 무언가를 입력했다. 머지않아 그녀의 휴대폰으로 앞자리 010과 5 두 개가 똑같은 번호가 메시지 하나를 보내왔다.

"뭐예요?"

"확인해 봐."

굳이 지금 열어볼 생각은 없었지만, 반짝반짝한 재이의 눈빛을 외면할 수는 없었다. 그래서 어쩔 수 없이 열어본 메시지에는 아까 드레스 숍에서 찍었던 재이와 도담의 커플 사진이 첨부되어 있었다.

"재이 씨 엄청 잘 나왔네요. 웃는 거 예쁘다."

사진 속 재이의 얼굴을 들여다보던 도담이 솔직한 감상을 전했다. 칭찬을 들은 재이는 당연하다는 듯 어깨를 으쓱이며 대답했다.

"그런 소리 질릴 정도로 많이 들어."

"아아, 그러시구나. 그래도 이 사진 어디 올리지는 마세요. 너무 웨딩드레스랑 턱시도 차림이잖아."

"걱정하지 마. 나 연예인 제의 들어올까 봐 내 사진 어디 안 올리니까."

하여간, 저놈의 잘난 척을 어쩌면 좋아.

도담은 용건이 끝난 휴대폰을 미련 없이 가방 안으로 집어넣었다. 그런 뒤 다시 식사에 열중하기 시작했지만, 재이는 오래도록 휴대폰에서 눈을 떼지 못했다. 사진 속 그녀는 어색하게 웃고 있지만, 재이는 그런 것 따윈 상관없이 이 사진이 참 마음에 든다.

이렇게 놓고 보면 우리는 아무리 봐도 잘 어울리는 것 같은데. 숍의 직원들도 모두 입을 모아 극찬했는데. 왜 그녀만 이 사실을 인정하지 못하는지 모르겠다. 그래서 그런가. 왠지 자꾸 애가 닳는 기분이다.

옆집 남자와 남편의 차이

강남 고속버스 터미널.

주원은 유수영의 마지막 발견지인 터미널 주변을 샅샅이 훑는 중이다. 그녀가 아직까지 이곳에 있으리라는 희망은 없다. 본부에서도 다시 서재이 감시 임무로 복귀하라는 명령이 떨어졌다. 하지만 그래도 혹시 몰라, 주원은 유수영에 대한 단서를 수소문했다.

"이렇게 생긴 여자 못 봤습니까? 오늘 오전 열 시경, 터미널에 있었다고 하던데요."

"아휴, 하루에 가게 앞을 스쳐 지나가는 사람들이 몇 명인데 어떻게 일일이 얼굴을 외워요."

"그래도 다시 한번 확인을…."

"기억 안 나요. 저 바쁘니까 다른 사람들한테 물어보세요."

주원은 결국 마지막 가게에서도 발길을 돌렸다.

본부는 이미 고속버스 터미널에 설치되어 있는 모든 CCTV를 확보했고, 유수영의 이동 경로 추적에 돌입했다. 움직일 수 있는 최대 인력을 투입했으니 그녀의 행방을 찾는 데는 얼마 걸리지 않을 것이다. 그러나 주원의 마음속 불편함은 좀처럼 가시질 않았다. 오늘 하루, 그녀를 잡겠답시고 버린 시간과 스케줄이 그를 더 분노하게 만드는지도 몰랐다.

"온도담은 잘 하고 있는 건가."

주원은 이미 놓쳐버린 유수영에게서, 아직도 한창 임무 중일 도담에게로 신경을 돌렸다. 오늘 아침에 주원 대신 서재이와 드레스를 보러 간다고 했던 것 같은데, 거기서는 무슨 사고라도 안 쳤는지 모르겠다.

요즘 들어 부쩍 서재이와 함께 하는 시간이 많아졌다. 도담이 임무를 아주 잘 해내고 있다는 증거였지만, 주원은 그게 무척이나 마음에 들지 않았다. 그냥 적당히 친하게 지내면서 감시만 하면 되는데, 사사건건 오지랖을 부려가며 서재이와 별걸 다 하는 걸 보면 그녀는 서재이가 브로커라는 사실도 잊은 것 같다.

거기까지 생각이 흘러가고 나니 두 사람의 이번 만남도 슬슬 불안해지기 시작했다. 주원은 손목시계를 확인했다. 드레스 숍은 오전 열한 시로 예약했었고 지금은 저녁 여덟 시니까, 아홉 시간 정도면 어지간한 대화는 다 나누었을 터였다. 이제 그 둘을 떼어놓을 때가 되었다고 생각한 주원은 휴대폰을 꺼내 전화를 걸었다. 수신인은 물어볼 것도 없이 도담이었다. 원래 주원의 전화라면 신호가 세 번 울리기도 전에 받는 그녀였는데, 오늘은 어쩐지 받는 데까지 시간이 꽤 오래 걸린다.

"하, 이것들이…."

안 그래도 저기압이었던 주원의 신경이 더욱 날카로워졌다. 이대로 음성사서함까지 넘어간다면 아주 심하게 도담을 질책하게 될지도 몰랐다. 하지만 그 정도 눈치는 있는 건지, 도담은 신호음이 끝나기 직전에 전화를 받았고, 주원의 기분과는 상관없는 밝은 목소리로 말했다.

—어머, 여보! 어쩐 일로 전화를 다 줬어요!

여보는 무슨…. 주원은 인상을 쓴 채 삐딱하게 대꾸했다.

"너 어디야. 서재이랑 있지."

—당연하죠. 아까 말했잖아요. 같이 드레스 보러 갈 거라고.

"드레스 다 봤잖아. 왜 아직도 붙어있어."

—그야… 오늘 딱히 바쁜 일도 없으니까….

"저녁은. 먹었어?"

참고로 주원은 아침 점심 저녁 세 끼를 다 굶은 상태였다. 그래서 미우나 고우나, 도담과 저녁 식사를 친히 함께해 줄 생각이었는데.

—먹었죠. 시간이 몇 신데.

도담은 당연한 걸 묻는다는 듯 대답했다. 이 시간이 되도록 못 먹은 주원은 왠지 짜증이 솟구쳤다.

"서재이랑?"

—네.

"나한테는 저녁 어떻게 할 건지 묻지도 않고?"

—아, 맞다. 여보는 저녁 어떻게 할 거예요?

"됐어. 이제 와서 물어보라고 하는 말 아니야."

부글부글. 가슴 깊은 곳에서부터 뜨거운 감정이 끓고 있는 기분이다. 이런 걸 부아가 치민다고 하던가.

"집에는 언제 들어가?"

그리 묻는 주원의 목소리에는 뾰족한 날이 서있었다. 하지만 원체 주원의 날카로운 목소리에 적응이 되어있던 도담은 딱히 사태의 심각성을 느끼지 못했다.

—글쎄요. 잘 모르겠네. 지금 카페 왔거든요.

"카페? 지금 시간이 몇 신데 커피를 마셔? 오늘 잠 설치고 내일 하루 다 망칠 생각이야?"

—저 스무디 먹는데요?

"어쨌든, 그런 데 가기엔 시간이 늦었다고."

—아니, 늦긴 뭐가 늦어요. 여기 새벽 두 시까지 하는 데인데.

"그래서 새벽 두 시까지 있겠다는 거야?"

—들어가긴 들어가야겠죠. 집에.

이 여자 말투가 원래 이렇게 마지못해 대답하는 말투였나.

주원의 심기가 더욱더 불편해졌다. 이대로라면 도담의 얼굴을 보자마자 필요 이상으로 화를 내게 될 것만 같다.

'그랬다간 또 집을 나가겠지. 역시 저 둘은 그냥 무시해야겠어.'

인내심의 한계를 느낀 주원은 이쯤에서 다 관두기로 했다. 그녀의 임무는 죽이 되든 밥이 되든 그녀가 알아서 할 수 있도록, 모든 관심을 꺼버릴 생각이었다.

—혹시 데리러 오시게요?

바로 그때, 그녀가 물었다. 삐뚤어진 마음을 담아서, 그냥 집에 들어오지 않아도 된다고 말하려 한 순간이었다. 주원은 진짜 내뱉을 뻔했던 말을 간신히 삼키고, 사뭇 가라앉은 목소리로 되물었다.

"…그렇다면?"

—우와, 진짜요?

휴대폰 너머로 그녀의 감탄사가 들려왔다.

—여기 강남역 십일 번 출구 바로 앞 카페예요! 도착하기 오 분 전에 전화 주시면 잘 보이는 자리에서 대기하고 있을게요!

그리 말하는 도담은 옆에 있을 서재이 따위는 안중에도 없어 보였다. 주원이 도착하는 즉시 자리를 박차고 달려 나올 기세다. 그 사실을 느끼고 나니까, 바닥을 기었던 기분이 왜 은근슬쩍 들떠오는지….

"십 분 뒤에 나와. 그 근처니까."

주원은 못 이기는 척 도담에게 말했다. 목소리는 평소의 주원과 다를 바 없이 도도하고 까칠했지만, 주차장으로 향하는 발걸음만큼은 미묘하게 빨랐다.

"그리고 니가 좋든 싫든, 밥부터 먹으러 갈 거니까 그런 줄 알고."

물론 그 사실은 도담에게 엄포를 놓는 주원 스스로도 인지하지 못한 것이었지만.

"정말 갈 거야?"

강남역 십일 번 출구 앞. 지나가는 차들만 바라보고 있는 도담에게 재이가 물었다. 도담은 여전히 도로에서 시선을 떼지 않은 채, 한 치의 고민 없이 대답했다.

"남편이 데리러 온다고 하잖아요. 가야지 어떡해."

"너 데리고 와인 마시러 가려고 했는데."

"어머, 유부녀가 이 밤에 무슨 와인?"

"진짜 결혼도 아니라면서…."

"내가 그 얘기 밖에서 하지 말라 그랬죠. 남편한테 걸리면 모가지라니까."

그리 대답하는 도담에게선 조금의 아쉬움도 느껴지지 않았다. 제일 좋아한다는 치즈 케이크도 남편 때문에 절반밖에 못 먹고 나왔으면서, 그건 벌써 기억 저편으로 사라진 모양이었다. 재이는 도담을 물끄러미 바라보았다. 주원의 차만 찾는 그녀가 신경을 안 쓰고는 못 배길 만큼 빤히. 결국 그 눈빛을 무시 못 한 그녀가 재이에게로 시선을 돌렸다.

"뭐 할 말 있어요?"

"응. 할 말 있어."

"뭔데요?"

아직은 헤어지기 아쉬운 데 나랑 조금 더 있자.

그 말을 입 밖으로 꺼내는 건 재이에게 조금도 어렵지 않았다. 하지만 입술을 뗀 순간, 기가 막힌 타이밍으로 도착한 검은 세단은 그녀의 눈길을 다시 빼앗아갔다.

"어, 주원 씨 차다!"

"…."

그녀를 따라 고개를 돌리자, 운전석에 앉은 주원과 곧장 눈이 마주쳐 버렸다. 재이는 그 시선을 피하지 않았고, 그건 주원 역시 마찬가지였다. 묘한 긴장감이 도는 두 남자 사이에서 여유를 부리는 사람은 오직 도담뿐이었다. 도담은 주원의 차가 서자마자 조수석 문을 열었고, 신이 난 목소리로 주원에게 인사했다.

"여보! 오느라 안 힘들었어요?"

"십오 분 거리인데 뭐가 힘들어."

"그래도. 이 근처 엄청 복잡하잖아요."

"복잡한 거 알면 일단 타서 얘기하지."

주원이 도담을 재촉했다. 도담은 차에 몸을 실으려다 말고, 재이 쪽으로 고개를 돌려 물었다.

"이 차로 같이 갈래요? 차야 언제든 다시 가지러 와도 되잖아."

"에이, 됐어. 그게 더 복잡해."

"그래도 어차피 옆집 사는데…."

"그러시죠, 그럼."

도담이 튕기는 재이를 한 번 더 붙잡아보려는데 주원이 그 말을 중간에서 뚝 끊어버렸다. 누가 봐도 노골적으로 선을 긋고 있는 중이었다. 재이는 그런 주원에게 웃는 얼굴로 대꾸했다.

"한 번 더 물어보면 마지못해 타려고 했는데, 알짤없으시네요."

"제가 사정사정하면서까지 데려다드리고 싶진 않아서."

"어디서 융통성 없다는 얘기 많이 들으시겠어요. 하하하."

"네, 많이 듣습니다."

한마디 한마디 날카로운 뼈밖에 없는 대화에 두 남자 사이에 서있던 도담의 표정이 어리둥절해졌다. 남자와는 상종을 안 한다면서 주원에게만큼은 말대꾸를 참지 않는 재이도, 살살 구슬려서 경계심을 풀어줘도 모자랄 타깃에게 날을 세우는 주원도, 도담의 머리로는 도무지 이해가 가지 않아서였다.

"기분 탓인지 모르겠는데, 둘이 되게 톰과 제리 같네요. 하하."

그래서 혼자라도 어색하게 웃으며 농담을 건네자, 재이가 눈웃음 띤 얼굴 그대로 도담에게 물었다.

"내가 톰 맞지? 나 더 센 거 하고 싶은데."

둘 중 누가 톰이고 누가 제리든 상관없었던 도담은 되는대로 고개를 끄덕였다.

"그래요, 재이 씨가 톰 해요. 하고 싶은 거 하셔야지."

순간 운전석에 앉아있던 주원의 눈빛이 도담의 뒤통수에 날카롭게 꽂혔다. 마지막 인사를 건네기 위해 아직까지 재이만 보고 있는 도담은 눈치채지 못했지만.

"그럼 조심히 들어가요, 재이 씨. 오늘 드레스 같이 골라줘서 고마웠어요."

도담이 손을 흔들며 드디어 조수석에 올랐다. 재이는 마지못해 고갯짓으로 인사하고는 다시 주원을 바라보았다.

"다음에는 와이프 바람맞히지 마세요."

그래놓고 건네는 마지막 인사는 주원의 심기를 제대로 건드렸다. 하지만 드러내놓고 면박을 줄 수도 없게, 재이는 장난기 어린 표정으로 생글생글 웃고 있었다. 이런 도발은 무시가 답이라고 생각한 주원은 재이를 쳐다보지도 않고 말했다.

"문 닫지?"

"아, 네!"

도담은 참 주원의 말을 잘 듣는 여자였다. 재이는 주원의 명령이 떨어지자마자 차 문을 닫아버리는 그녀를 물끄러미 바라보았다. 떠나지 못하는 그 모습이 마음에 걸렸는지, 도담이 조수석 창문을 열고 빼꼼히 얼굴을 내밀었다.

"옆집 이웃 놓고 먼저 들어가려니까 기분 좀 이상하다. 그럼 재이 씨, 잘 들어가요!"

두고 가는 사람치고는 군더더기 없는 인사였다. 재이가 같이 손을 흔들어줄 새도 없이 조수석 창문이 스르륵 닫히더니 검은 세단은 야속하게도 쌩하니 가버렸다.

물론….

"옆집 이웃…?"

그녀가 스스럼없이 뱉어낸 단순한 단어보다는 덜했지만.

"왜 내가 제리야."

주원이 느닷없는 질문을 던졌다. 조수석에서 야경을 감상하고 있던 도담은 동그란 눈으로 그를 바라보았다.

"네?"

"왜 내가 제리냐고. 서재이는 톰이고."

"제가 언제 팀장님보고 제리라고 했어요?"

"서재이가 날 이겨먹고 싶어서 톰 시켜달랬더니, 그렇게 하라고 냉큼 대답한 게 누구더라."

주원은 어쩐지 심통이 잔뜩 난 표정이다. 오랜 시간 기주원을 관찰해 온 짬밥으로 확신하건대, 그는 현재 약간 빈정이 상했다.

"지나가면서 한 말 일일이 신경 쓰는 타입이세요? 전혀 몰랐네."

도담은 생각보다 별거 아닌 일에 의미를 두는 주원에게 대꾸했다. 비꼬려는 의도는 없었지만, 주원은 미간을 구긴 채 득달같이 정정했다.

"신경 쓰는 게 아니라 거슬리는 거야."

"가만 보면 팀장님은 그 말 하루도 안 빼놓고 하는 거 같아요. 꼭 영양제 챙겨 먹는 것처럼."

"니가 하루도 안 빼놓고 거슬리는 짓 한다는 생각은 안 해봤어?"

"치, 오늘은 내가 뭘 했다고 그래요. 일하러 간다고 팩 내쳐버린 건 팀장님이시면서."

도담은 서운함이 가득 담긴 목소리로 툴툴거렸다. 재이가 같이 가준 덕분에 웨딩드레스를 혼자 가서 고르는 민망한 상황은 면했지만, 그래도 아직 아쉬운 건 아쉬운 거였다. 하지만 그것이 임무 때문인 이상, 아쉬워하는 자신의 마음이 잘못된 것이었다. 도담은 프로페셔널하지 못하다는 주원의 타박이 쏟아지기 전에, 서둘러 변명하듯이 사과하려 했다.

"물론 그게 잘못됐다는 건 아니고요…."

그렇게 막 운을 뗀 그때였다.

"미안해."

주원이 도담에게 사과의 말을 꺼냈다. 뜻밖의 반응에 놀란 도담은 하려던 말도 집어넣고 주원을 빤히 바라보았다.

"오늘 드레스 숍 같이 못 가준 거, 미안하게 생각한다고."

혹시나 환청이 들린 건가 했는데, 주원은 다시 한번 도담에게 사과했다. 일이 어찌 흘러갔든, 고의적이든, 고의적이지 않든, 약속을 지키지 못해서 미안하다고.

그 말을 들은 도담은 순간 머리가 새하얘졌다. 언제나 일이 최우선인 사람이라 모든 기준과 잣대가 업무적인 것으로만 이뤄져 있는 사람인데, 이번 일은 당연히 우선시해야 하는 업무 때문에 벌어진 일이었음에도 불구하고 사과를 했으니. 이 갑작스러운 변화를 어떻게 받아들여야 할지 몰라 혼란스러웠던 도담은 말없이 정면으로 시선을 돌렸다.

"왜. 또 뭐가 불만인데."

운전 중인 주원이 도담을 흘깃 쳐다보며 물었다. 도담은 한참을 우물쭈물하다가 겨우 대답했다.

"아니, 그게 아니라… 사과 받을 줄 몰랐어요. 저랑 드레스 고르러 가는 것보다 중요한 임무였잖아요."

"…."

"그러니까 사과까지는 기대도 안 하고 있었는데…."

"기대도 없었으면 안 하고 넘어갈 걸 그랬네."

주원은 그런 그녀에게 괜히 툴툴거렸다. 말은 그렇게 해도 사과는 진심이었는지, 구겨졌던 미간은 어느새 온화하게 풀어져 있다. 이때가 기회라고 생각한 도담은 오늘 하루 종일 그녀를 불안하게 만들었던 질문을 넌지시 꺼내놓았다.

"진짜 촬영 날에는 꼭 참석하실 거죠?"

주원은 핸들을 고쳐 쥐었고, 무심한 시선으로 옆 차선을 확인하며 대답했다.

"서재이랑 같이 있는 꼴 보기 싫어서라도 내가 가."

단조롭게 흘러나와서 더욱 설레는 말이었다. 그를 바라보는 도담의 가슴이 처음 반했던 그날처럼 두근두근 뛰기 시작했다.

— 2권에서 계속

팀장님은 신혼이 피곤하다 1

2024년 1월 24일 초판 1쇄 발행

지은이 강하다
펴낸이 박시형, 최세현

책임편집 김혜정 **디자인** 이정현
마케팅 권금숙, 양근모, 양봉호 **온라인마케팅** 신하은, 현나래, 최혜빈
디지털콘텐츠 김명래, 최은정, 김혜정 **해외기획** 우정민, 배혜림
경영지원 홍성택, 강신우 **제작** 이진영
펴낸곳 팩토리나인 **출판신고** 2006년 9월 25일 제406-2006-000210호
주소 서울시 마포구 월드컵북로 396 누리꿈스퀘어 비즈니스타워 18층
전화 02-6712-9800 **팩스** 02-6712-9810 **이메일** info@smpk.kr

ISBN 979-11-6534-877-9 (03810)

쌤앤파커스(Sam&Parkers)는 독자 여러분의 책에 관한 아이디어와 원고 투고를 설레는 마음으로 기다리고 있습니다. 책으로 엮기를 원하는 아이디어가 있으신 분은 이메일 book@smpk.kr로 간단한 개요와 취지, 연락처 등을 보내주세요. 머뭇거리지 말고 문을 두드리세요. 길이 열립니다.